宋詞と言葉

中原健二著

汲古書院

Tz'u Poetry
and
Poetic Diction
in
the T'ang and Sung Dynasties

* * *

by
Kenji NAKAHARA

2009. Tokyo

宋詞と言葉　目次

第一部　宋詞とその表現　3
第一章　宋詞略説　5
第二章　宋詞の一側面——陳宓の詞を媒介に　29
第三章　温庭筠詞の修辞　53
第四章　柳永の艶詞とその表現　77
第五章　蘇東坡と悼亡詞　109
第六章　蘇東坡の「羽扇綸巾」とその変容　131
第七章　「羽扇綸巾」の誕生　151
第二部　宋人と詩語——継承と変容　167
第一章　詩語「断腸」考　169
第二章　詩語「春帰」考　191
第三章　李義山「楽遊原」と宋人　223
第四章　韓愈の「約心」と宋人　245

第三部　詞と北曲　263
第一章　元代江南における詞楽の伝承　265
第二章　元代江南における北曲と詞　299
附　論　329
附論一　温庭筠詩における色彩語表現　331
附論二　詩語「三月尽」試論　355
附論三　中原音韻序と葉宋英自度曲譜序　383
あとがき　397
初出一覧　401
索　引　*1*

宋詞と言葉

第一部　宋詞とその表現

詞は唐代に発生した文学様式だが、唐代においては、温庭筠などの一部の詩人がこれに手を染めて、文学としての洗練を加えたものの、詞が広範に詩人たちに受け入れられたとは、五代をも含めて言い難い。詞が隆盛を見たのは宋代に至ってからで、後世、宋代を代表する文学様式と言われるようになる。しかし、それは詞がそれまでの伝統的な詩を凌駕する存在になったことを意味するわけではない。韻文文学の中心的位置はやはり詩が占めていた。『全宋詞』が五冊、『全宋詩』が七十二冊から成ることは、そのことを窺うのに十分である（一頁あたりの収録字数などの違いを考慮すれば、その差はさらにひらくだろう）。詞のみを作って詩は作らない、という士大夫は、おそらく皆無だったのではあるまいか。しかし、宋代文学を考える場合、詞を特殊なものとして埒外に置いておくことはできない。なぜなら、詞を作らなかった、あるいは作ろうとしなかった詩人は、おそらく極めて少数であったと考えられるからである。宋代の士大夫にとって、詩と詞は全く別物であったわけではない。いまに伝わる宋詞の大部分は、詩や散文の制作を文学活動の中心に置いていた士大夫たちによって書かれている。

とは言え、詞は詩とはまた異なる形式をもち、かつ実際に歌唱される生きた歌辞文芸であったから、独自の魅力を有するとともに、詩とは異なる特性を持っていた。それは形式・内容はもちろんのこと、表現においても見ることができる。したがって、宋代文学を能う限りトータルに捉えるためには、詞という歌辞文芸について一定の理解を有していることは必要不可欠だと思う。第一部は、宋詞とその表現を扱った論稿から成る。

第一章　宋詞略説

はじめに

本章は、第一部の総序として宋詞を俯瞰する。詞という文学様式はどのように捉えるべきか、宋詞の特徴はどのような面に表れているのか、さらには詞は宋人にとってどのような存在であったのかなどについて私見を述べた。

第一節　宋詞前史

唐五代の詞

詞は、唐代に起こって、宋代に隆盛を極めた韻文の一形式である。唐代といえば、中国の文学史上、詩の黄金時代と称されるが、詞は広義には詩と同じ韻文であっても、狭義には詩と異なるものである。唐代には西域の音楽の影響を強く受けた新しい音楽が起こった。新しい音楽には、それに合う新しい形式の歌詞がふさわしい。そこで生まれたのが曲子詞、のちに詞とよばれるものであった。詞は楽曲のメロディーに合わせてことばを塡めてゆくもので、塡詞ともいうが、この新しい韻文形式に詩人たちが興味をおぼえ、その制作に手を染めるようになるのは中唐のころからであった。その例として、張志和の「漁父」や白居易の「憶江南」などが挙げられる。

憶江南　　白居易

江南好　　　　江南は好し
風景旧曾諳　　風景　旧《もと》　曾て諳んず
日出江花紅勝火　　日出でて江花は紅きこと火に勝り
春来江水緑如藍　　春来って江水は緑《あお》きこと藍の如し
能不憶江南　　能く江南を憶わざらんや

（『全唐詩』）

詞が詩人たちによって作られるようになったとはいっても、白居易のような例はまだ寥々たるものであった。詞が独立した文学様式として成長し始めるのは、晩唐を代表する詩人でもあった温庭筠からである。温庭筠は詞の制作に積極的に取り組み、これに文学としての洗練を加えたとされ、七十首の詞をいまに伝えている。その多くは孤独な女性の憂愁や悲哀を、濃艶で夢幻的な情緒でうたったものであった（温庭筠の詞については第三章で詳論する）。これは詞の音楽が宴席で妓女などが歌うためのものから出発したことに由来する。五代に至ると、詞はいまの四川省の地に拠った蜀や、江南の地を占めた南唐で盛んとなった。蜀では現存最古の詞の選集『花間集』が編まれている。温庭筠六十六首を筆頭に、すべて十八家五百首を収めるが、多くは温庭筠の模倣の域を出ない。南唐では国主の李璟、李煜父子、宰相の馮延巳を中心に宮廷で詞が栄えた。とくに李煜の亡国後の悲哀を詠じた詞は、唐五代の詞のなかで異彩を放っている。

以上、ごく簡略に詞の発生から五代までの歴史をたどった。詞は五代に至って発展を見たとは言える。しかし、五代の詞は甘美で艶麗な憂愁と悲哀の世界を作りあげたとは言えるものの、マンネリズムと化して行き詰まっていたとも言える。とくに『花間集』の温庭筠の模倣者たちはそうである。詞が名実ともに独自の韻文形式として確立されて、その存在を無視できぬほどに盛んになるのは宋代を待たねばならない。宋代でも詩がやはり正統な韻文文学であったのだが、「漢文、唐詩、宋詞、元曲」ということばが示すように、詞は宋という時代を象徴する文学様式であった。

小令と慢詞

詞が宋代に隆盛に至ったことについては、宋詩についての次のような指摘に注目したい。

> 詩の外形上のわくは唐代において、完成し確定した。一句の長さは五言または七言を原則とし、一首の句数は、絶句（四句）、律詩（八句）、古詩（長短不定）の三類であることは、唐詩も宋詩もかわりはない。もっとこまかな制約、たとえば平仄・押韻・対句などの点でも、宋代にあらたにできたと考えられるものはない。……二世紀以後（魏晉）の詩人たちが五言詩をきそって作り始めたときのように、あるいは唐の初め（七世紀）の詩人たちが七言詩の制作にうちこんだときのように、新たな形式への熱情は、もはや見られない。
>
> 小川環樹『宋詩選』（筑摩書房、一九六七）解説

宋人が「新たな形式への熱情」を全く失っていたのでは、おそらくない。宋人がその「新たな形式への熱情」を向

けたのは、詩ではなく詞であったと思う。しかし、詞は宋代に起こったわけではない。すでに唐代に起こっている。唐人こそ詞という「新たな形式への熱情」を示していてもよいと思われる。ところが、唐人の残した詞は宋人に比べて極めて少ない。これはなぜであろうか。

詩の形式は盛唐に至って確定した。したがって、白居易などの中唐の詩人に若干の詞が伝わるのは、唐人の「新たな形式への熱情」の表れであったと見做される。しかし、それは広がりをもたなかった。晩唐の温庭筠に七十首の詞が伝わるのは、ほとんど孤立した現象であると言える。ではなぜ唐代では詞の制作が広がりを見せなかったのか。その大きな要因として考えられるのが、当時の詞が小令という短篇形式であったことである。事情は五代でも変わらない。五代の詞もほとんど小令であった。例を挙げよう。

菩薩蛮　温庭筠

牡丹花謝鶯声歇　牡丹の花は謝《ち》り　鶯の声は歇《や》み
緑楊満院中庭月　緑楊　院《にわ》に満ち　中庭に月あり
相憶夢難成　相憶うて　夢は成り難く
背窓灯半明　窓に背けし灯は半ば明らかなり

翠鈿金圧臉　翠鈿　金は臉《ほほ》を圧し
寂寞香閨掩　寂寞として香閨掩《おお》わる
人遠涙闌干　人遠くして　涙闌干たり

燕飛春又残　　燕飛び　春は又た残《すた》る

（李一氓『花間集校』巻一）

この「菩薩蛮」は前後二段に分かれ、全四十四字から成る。前掲の「憶江南」のように短いものもあるが、小令はおおむね四十字から六十字程度である。

ところが、宋代に入り、十一世紀前半になると、柳永が俗間の長篇形式の詞を取り入れて、盛んな創作活動を行った。これを慢詞という。なお、以下の宋詞の引用は、とくに断らない限り『全宋詞』に拠る。

雨霖鈴　柳永

寒蟬凄切　　寒蟬　凄切たり
対長亭晩　　長亭の晩《く》れ
驟雨初歇　　驟雨　初めて歇むに対す
都門帳飲無緒　　都門に帳飲すれば緒《あじき》無く
留恋処　蘭舟催発　　留恋する処　蘭舟　発つを催《うなが》す
執手相看涙眼　　手を執りて涙眼を相看て
竟無語凝噎　　竟に語無く凝噎《むせ》ぶのみ
念去去　千里煙波　　去り去りて　千里の煙波を念《おも》えば
暮靄沈沈楚天闊　　暮靄　沈沈として　楚天は闊し

多情自古傷離別　　多情　古自り離別を傷む
更那堪　冷落清秋節　　更に那んぞ堪えん　冷落たる清秋の節に
今宵酒醒何処　　今宵　酒醒むるは何処ぞ
楊柳岸　暁風残月　　楊柳の岸　暁の風　残んの月
此去経年　　此れ去《よ》り年を経なば
応是良辰　好景虚設　　応に是れ良辰好景も虚しく設くべし
便縦有　千種風情　　便ち縦い　千種《ちぐさ》の風情有りとも
更与何人説　　更に何人と説《かた》らん

両者を比べると、慢詞の方が小令よりも一層複雑に長短の句が錯綜しているのが分かろう。これだけでも大きな違いと言えるが、慢詞と小令の違いは単に長さだけにあるのではない。慢詞と小令の違いのより重要な点は、句のリズムにある。いま「菩薩蛮」を見ると、七言と五言の句から成っている。そして、五言の句はすべて上二字・下三字に区切れ、七言の句は上四字・下三字に区切れる。つまり、五言句は二・三のリズム、七言句は四・三のリズムをもつ。小令の句のリズムはほとんどそうだと言ってよい。そして、このリズムは、実は詩における五言と七言のリズムと同じなのである。小令は詩と異なって長短の句がまじるが、一篇は長くても七言律詩とほぼ同じだし、個々の句も詩と同じリズムで作ればよい。それゆえに、小令の詞は唐人の「新たな形式への熱情」を広く呼び起こさなかったのだと思われる。

一方「雨霖鈴」を見ると、もちろん詩と同じリズムの句はある。しかし、「留恋処　蘭舟催発」や「楊柳岸　暁風残月」のように、明らかに三・四のリズムの句が随所に用いられている。また、「対長亭晩」も、四字句の通常のリズムの二・二ではなくて、一・三である。そのうえ、「対」は次の「驟雨初歇」の句まで係っており、このように句読を越えて係ってゆく例は慢詞にいくらでも見られる。五言句の例としては、同じく柳永から、

望故郷渺邈　故郷の渺邈たるを望む　（「八声甘州」）

を挙げておこう。これは一・四（あるいは三・二）のリズムである。このように、慢詞は詩とは異なった独特の句法を駆使する。また、声律の面でも、小令は近体詩に近く、慢詞はそれでは律し切れない。したがって、慢詞の制作は小令よりもずっと難しかったであろうが、逆に詩人の創作意欲を刺激したに違いない。歌辞であることの魅力に加え、小令を経て慢詞が登場したことこそが、宋人の「新たな形式への熱情」を呼び起こして、詞の制作へと向かわせたのだと言えよう。

第二節　純粋抒情詩としての詞

宋詞の出発——柳永

初期の宋詞で重要な存在は柳永（ほぼ九九〇～一〇五〇ごろ）である。その最大の功績は、すでに触れたように慢詞流行の先鞭をつけたことにあり、詞は慢詞によって新しい叙述のスタイルを獲得した。柳永の詞の多くは、男女の情愛をうたった艶詞と羈旅行役の詞である。艶詞は慢詞を用いて、恋情を綿々と語るが如くに綴ってゆく点に特徴がある。

昼夜楽

洞房記得初相遇　　洞房　記し得たり　初めて相遇いしときを
便只合　長相聚　　便ち只だ合《まさ》に長えに相聚うべかりしに
何期小会幽歓　　何ぞ期せん　小会幽歓の
変作離情別緒　　変じて離情別緒と作るを
況値闌珊春色暮　　況んや闌珊として春色の暮るるに値《あ》うをや
対満目　乱花狂絮　　満目の乱花狂絮に対《むか》いて
直恐好風光　　直《ひとえ》に恐る　好き風光の
尽随伊帰去　　尽く伊に随って帰り去らんことを

一場寂寞憑誰訴　　一場の寂寞　誰に憑ってか訴えん
算前言　総軽負　　算《おも》う　前言に総て軽く負《そむ》けり
早知恁地難拚　　早く恁地《かく》も拚《す》て難きを知らば
悔不当時留住　　悔ゆ　当時　留め住《お》かざりしを

其奈風流端正外　　其奈《いかん》せん　風流にして端正なる外に
更別有　繫人心処　　更に別に人の心を繫ぐ処の有るを
一日不思量　　一日　思量せざらんとするも
也攢眉千度　　也た眉を攢《ひそ》むること千度《ちたび》

これは少し極端で、最初から最後まで女性の繰り言をそのまま写したと言えるが、柳永の特徴の最もよく出ている詞である。また、羈旅行役の詞も慢詞を用いて、憂愁と悲哀を感傷的にうたいあげてゆくのを特徴とするが、そこに往時の歓楽への追憶や別れてきた女性への思慕の情をからませることが実に多い。羈旅行役の詞にも恋情がまとわりつくのである。詞は宴席で妓女などによって歌われる歌曲として生まれて以来、男女の情愛を主たるテーマとし、繊細な抒情性を生命とする文学として発展してきた。柳永の詞もその流れを継いでいる。

柳永は科挙受験のために都に上るが、遊里に入り浸って詞の作者として名を知られた。艶詞はこの時期に作られたとみられ、男女の心理のあやを見事に捉えている。また、羈旅行役の詞は晩年科挙に及第してのち、地方の小官を転々としていたころの作と思われ、その叙景表現と心情表現の融合の巧みさは有名である。しかし、その表現は総じて率直であからさまであり、またあまりに感傷的に過ぎるとも言える。柳永は根っからの詞人であったようだ。柳永が詩をほとんど伝えず、もっぱら詞のみを伝えるのも当然と言えるかも知れない（柳永の詞については第四章で論じる）。

雅詞の確立――周邦彦

柳永の開拓した慢詞の手法を受け継いで、宋詞のひとつの頂点を築いたのが、北宋後期の詞人周邦彦（一〇五六～一一二一）である。その代表作をひとつ挙げよう。

蘭陵王

柳

初陰直
煙裏糸糸弄碧
隋堤上　曾見幾番
払水飄綿送行色
登臨望故国
誰識
京華倦客
長亭路　年去歳来
応折柔条過千尺

閑尋旧蹤跡
又酒趁哀絃
灯照離席
梨花楡火催寒食

柳の陰は直し
煙《もや》の裏《うち》　糸糸　碧を弄ぶ
隋堤の上《ほとり》　曾て見たり　幾番《たび》か
水を払い綿を飄えして行色《たびだち》を送りしを
登臨して故国を望む
誰か識らん
京華の倦みし客《たびびと》を
長亭の路　年去り歳来り
応に柔らかき条《えだ》を折ること千尺を過ぐべし

閑《すず》ろに旧き蹤跡を尋ぬれば
又も酒は哀しき絃を趁《お》い
灯は離席を照らす
梨の花　楡の火　寒食を催す

愁一箭風快
半篙波暖
回頭迢逓便数駅
望人在天北

悽惻
恨堆積
漸別浦縈回
津堠岑寂
斜陽冉冉春無極
念月榭携手
露橋聞笛
沈思前事
似夢裏
涙暗滴

愁う　一箭の風快く
半篙の波暖かくして
頭を回らせば迢逓として便ち数駅なるを
人の天の北に在るを望むならん

悽惻たり
恨みは堆積す
漸く別浦は縈回し
津堠は岑寂たり
斜陽　冉冉として春は極まり無し
念う　月の榭《うてな》に手を携え
露の橋に笛を聞きしを
前事を沈思すれば
夢の裏に似て
涙　暗かに滴る

本文は三段に分かれ、すべて百三十字、かなりの長篇である。小題（前書き）に「柳」とあるので、柳そのものを詠じた詠物の詞のように予想されるかもしれないが、実はそうではない。柳の姿が出てくるのは前段のみである。そして、前段末の「長亭路　年去歳来、応折柔条過千尺」が、旅立つ人に柳を手折って贈るという古くからの慣習をふまえるのを契機に、中段から後段へと別離の悲哀一点に収斂してゆくのである。柳に触発された別離の悲哀という感情そのものが、この詞の主題と言ってよいだろう。しかも、この詞は、都に旅住まいする主人公が、さらに旅立つ人を送る、という設定になっているようなのだが、別離の場所は都の何処とも知れず、旅立つ人についてもわずかに女性であろうことが窺われるのみで、主人公との関係は模糊としたままである。また、後段の初めに「悽惻、恨堆積」とうたい、悲哀を噴出させるかに見えながら、次には叙景へとそらすというように、感情の生の噴出を抑制して、柳永の如くあからさまな詠嘆調の感情表現を続けることもない。こうして、作者との関連は言うまでもなく、作品世界の内部においても、すべての確かな具体を捨象した、おぼろげな悲哀と憂愁に包まれる純粋抒情の世界が構築されるのである。ここに至って、詞はひとつの頂点を極めたと言ってよい。

では、この詞に作者周邦彦の個別的体験は一切関わりないのであろうか。おそらく、そうではないだろう。それどころか、この詞に対応する具体的体験があるいはあった可能性も大きい。しかし、詞は一切それを語らない。具体的個別的体験に基づくにしても、周邦彦は事柄をいったん解体し、一般化、抽象化の過程にさらしてから再構築するのである。周邦彦は柳永からかなり影響を受けた。しかし、柳永のようにじかに悲哀に溺れてしまうことはしない。柳永の詞には生身の柳永の姿が見え隠れするが、周邦彦の詞では、感情は個別性や具体性を削ぎ落とされて、一層純化された形で立ち現れるのである。この作業は理知的、あるいは技巧的と言えるものである。柳永の詞はあからさまな感情表現をいとわない点で、通俗歌謡的色合いの濃いものと言える。一方、周邦彦の詞は、詞が柳永風の「俗詞」を脱して「雅詞」として確立され、士大夫の文学の一角を完全に占めるようになったことを示すものである。そして、周邦彦の詞風は以後の主流となった。南宋の詞人たちの多くは彼の詞風を受け継いで、さまざまな変奏を奏でたのである。

第三節　詩と詞

詞と小題

詞は周邦彦風の典雅な雅詞へ向かうとともに、別の方向でも士大夫の文学たらんとする動きを見せた。それは柳永と同時の張先（九九〇〜一〇七八）にきざし、蘇軾（一〇三六〜一一〇一）においてひとつの頂点を迎えた。張先も柳永と同じく慢詞を手がけているが、その数はずっと少ない。張先の重要性は柳永とは別のところにある。詞は唐五代以来、詞牌のみを本文の前に掲げるのが通例であって、詞の内容と作者との関連を具体的に示すもの、すなわち詩における詩題の如きものはなかった。したがって、作品の場は誰もが容易に把握できるか、あるいは逆に、受け手が勝手に設定しても構わなかったと言える。ところが、張先の詞には、作詞の時や場所、その具体的背景などを明らかにする小題が添えられていることがしばしばある。そして、これが蘇軾に受け継がれて一般化し、以後詞に小題を付すことは珍しくなくなる（村上哲見『宋詞研究・唐五代北宋篇』）。実際、蘇軾の詞のかなりの部分は小題をもち、それゆえに多くの詞が編年可能となっている（竜沐勛『東坡楽府箋』、曹銘樹『東坡詞』）。

詞に小題を添えるということは、多くの場合、詞の内容と作者自身との関連が明らかにされるということである。これは、従来悲哀や憂愁などの感情そのものの表出に重点をおき、それゆえいわば感情の一般化、普遍化への傾向をもつ詞が、作者の生活のある時点における感慨をうたうこと、換言すれば感情の個別化、特定化へ向かうことを意味する。そのことを蘇軾を例にして述べよう。

卜算子

黄州定恵院寓居作　黄州の定恵院寓居の作

欠月挂疎桐　欠月　疎桐に挂り
漏断人初静　漏断えて　人初めて静かなり
誰見幽人独往来　誰か見ん　幽人の独り往来するを
縹緲孤鴻影　縹緲たり　孤鴻の影

驚起却回頭　驚き起って　却って頭を回らせば
有恨無人省　恨み有るを人の省みる無し
揀尽寒枝不肯棲　寒枝を揀び尽くして棲むを肯んぜず
寂寞沙洲冷　寂寞として沙洲冷やかなり

（傅幹『注坡詞』巻一二）

いま試みに、「黄州の定恵院寓居の作」という小題を考えずに、この詞を読んでみよう。

かたわれ月が、葉もまばらになった桐の木にかかり、水時計の音も絶え、あたりは静まりかえる。

隠れびとのゆきつもどりつするのを目にとめる人とてなく、はるかによぎる孤雁のかげ。

ふと起って振り向けど、胸のもだえを知る人もない。

枯れ枝をあちこちとさがしまわっていたあの雁も、ついにはどこにもとまらずに飛び去って、川原はさびしさに包まれてひややかだ。

一読すれば分かるように、この詞が何時、何処で作られたかを具体的に示す語は使われていない。ここに表出されているのは、かたわれ月と孤雁の影に象徴される、隠れびとの深い孤独感と寂寥感である。男女の情愛には関わらないが、感情の表出に重きをおく点では、やはり詞的作品であると言え、これだけで十分鑑賞に耐える名作であると思う。しかし、蘇軾は小題を添えた。「黄州」とは、いまの湖北省黄岡市黄州区。一〇七九年七月、蘇軾は朝政誹謗のかどで獄につながれた。厳しい取調べに一時は死を覚悟したが、同年十二月、官位をおとして黄州へ流罪と決まった。黄州に着いたのは翌年二月で、到着後しばらく寄寓したのが「定恵院」という寺であった。小題はその時期の作であることを明示している。これによって、詞中の「幽人」は流罪人蘇軾自身と重なる。われわれは小題によって、詞の内容が蘇軾自身の閲歴と密着していて、すぐれて個人的なものでもあることを知らされるのである。この詞に表出された孤独感と寂寥感は、歌謡のもつ一般性へと完全には流されてしまわない。あくまで蘇軾自身の個的体験につなぎとめられている。詞は詩と重なり始めたのである。

詞と題材

張先には、これも小題によって知られることだが、送別や寄贈の作、あるいは他人の詞への和韻の作などがあって、詞が士大夫の日常生活にかなりはいり込んできていたことが知れる。これは、本来男女の情愛を主な題材としていた詞が、その面においても広がりを見せ始めたことを示している。張先は退官後、杭州（浙江省）に隠居していたが、そこには彼を中心に詞を愛好する文人官僚たちのグループが形成されていたらしい（前掲村上書）。張先の詞における題材の広がりは、そうした環境の産物でもあったろう。しかし、サロン的な集団のなかでは題材にも限界があったと思われる。詞が題材の面で大きな広がりを見せるのは、やはり蘇軾の天才を待たねばならない。

蘇軾は周知のとおり、宋代随一の詩文の大家である。彼が詞の制作に積極的に取り組み始めたのは、一〇七二年に杭州の副知事となって以後のことと思われる。蘇軾は杭州で張先と親しく交わり、詞作について強い影響を受けたとされ（前掲村上書）、すでに述べたように、詞に小題を添えるのは張先の影響と考えられる。それはまた、題材の面でも同様であったろう。しかし、蘇軾は張先の枠内にとどまってはいなかった。一〇七四年、杭州を去って密州（山東省）の知事に転ずるあたりから、蘇軾の詞は題材に格段の広がりを見せ始めるのである（このころから慢詞を作り始めたと思われる）。たとえば、密州への赴任の途次に弟の蘇轍に寄せた「沁園春」には、当時王安石によって始められていた新法への不満がこめられている。また、「密州出猟」の小題をもつ「江城子」は狩猟を豪快にうたう。さらに、次の徐州（江蘇省）知事時代には、郊外の農村をスケッチした「浣渓沙」の連作がある。その後、黄州では代表作の「念奴嬌」が作られている。これは「赤壁懐古」の小題をもち、かの有名な赤壁の戦いを題材としたものであるが、そのうたい振りは繊細な抒情というよりも、力強い感慨をうたうものであった。いずれの題材も、それまでは詩の題材であったと言ってよい。

清末の王国維は、詩と詞の関係について、詞は「能言詩之所不能言、而不能尽言詩之所能言、詩之境闊、詞之言長（能く詩の言う能わざる所を言うも、詩の能く言う所を尽くは言う能わず。詩の境は闊く、詞の言は長し）」（『人間詞話』）と言う。これは、簡略に言えば、詞は詩がそれまでうたってきた題材のある部分について、詩では成し得ない表現を獲得した、ということであろう。それが男女の情愛を主たる題材にした、繊細な抒情の表現であったことは言うまでもない。しかし、蘇軾はそうしたことにはとらわれず、詩の題材でも、詞にうたうことが可能なことを示そうとしたのだと思われる。次の書簡はそのことを示唆する。なお、書簡の引用は中華書局本『蘇軾文集』に拠る。

近却頗作小詞、雖無柳七郎風味、亦自是一家、呵呵、数日前、猟於郊外、所獲頗多、作得一闋、令東州壮士抵掌頓足而歌之、吹笛撃鼓以為節、頗壮観也

（近ごろ却って頗る小詞を作る。柳七郎（柳永のこと）の風味無しと雖も、亦た自ら是れ一家なり。呵呵。数日前、郊外に猟し、獲る所頗る多し。作りて一闋を得たり。東州の壮士をして掌を抵《う》ち足を頓《ふ》みならしてこれを歌わしめ、笛を吹き鼓を撃ちて以て節を為せば、頗る壮観なり）

（「与鮮于子駿書」）

詞の本色は柳永のような詞風にあることは認めながら、「自ら是れ一家なり」ということばには蘇軾の自負が窺える。なお、後半にいう「一闋」とはすでに触れた「密州出猟」の詞であろう。詞を詩と重ね合わせようとする蘇軾の意欲は、前人の詩や賦を詞にアレンジしたところにも表れている。韓愈の「聴穎師弾琴」の詩をもとにした「水調歌頭」、杜牧の「九日斉山登高」の詩の句を用いた「定風波」、陶淵明の「帰去来辞」をもとにした「哨遍」がそれである。と

くに「哨遍」については次のような書簡が残っている。

旧好誦陶潜帰去来、常患其不入音律、近輒微加増損、作般渉調哨遍、雖微改其詞、而不改其意、請以文選及本伝考之、方知字字皆非創入也

（旧《もと》より陶潜の帰去来を誦するを好むも、常に其の音律に入らざるを患う。近ごろ輒ち微《いささ》か増損を加え、般渉調の哨遍を作る。微か其の詞を改むると雖も、而も其の意を改めず。請う、文選及び本伝を以てこれを考えんことを。方に字字皆創入に非ざるを知らん）

（「与朱康叔書」）

ことばは少し変えたが、陶淵明の原意をそこなってはいないと言うのである。

では、蘇軾にとって、ある作品が詞であるための最も基本的な条件とは何であったのか。それは歌えるということに尽きよう。蘇軾の書簡や詞の小題は、しばしば詞を実際に「歌う」ことに言及している。また、蘇軾には「漁父」と題する長短句の作品があり、一般には詞とされる。ところが、それは唐五代の詞における「漁父」とは句式を異にしており、蘇軾の詞集には収められずに、かえって詩集の方に収められている。これは蘇軾自身は詞と見做していなかったことを示していよう。おそらく、詞をのせるべきメロディーが最初から存在しなかったからである（小川環樹『蘇軾』下（岩波書店、一九六二）を参照）。詞がすべて実際に歌われたとは限らず、読むだけで鑑賞された場合も多かったであろうが、蘇軾の意識では、のせるべきメロディーがすでに存在していて、歌おうと思えば歌えるものが詞であったと思われる。そうなると、詞の題材領域の拡大は必然とも言え、小題を付すことと相俟って、詞は詩と重なってくる

ことになる。しかし、それは逆に言うと、なにもわざわざ詞を作るまでもなく、詩を作ればよいとも言えるわけで、詞の文学様式としての独自性が稀薄になるという一面をも併せもつことは否定できない。蘇軾のような詞風は詞の主流とはならなかったのだが、それも当然とは言えるだろう。蘇軾の詞の制作意欲が最も盛んだったのは、杭州副知事時代から黄州流謫時代にかけてであって、以後次第に衰えていったのは、このあたりに理由があるのかも知れない。ともあれ、蘇軾の詞作活動は詞を詩に重ね合わせる方向で詞に幅を与え、詞が士大夫の文学たり得る基盤を作ったのであり、その功績は大きいと言わねばならない（蘇軾の詞については第五章～七章で論じる）。

第四節　南宋の詞

周邦彦の後継者たち

これまでは北宋の詞人を主たる材料として述べてきた。これで基本的に詞という文学様式の相貌は捉えることができるかと思う。しかし、やはり南宋の詞についても触れておかねばならない。南宋の詞は、すでに述べたように、周邦彦の詞風を受け継ぐ詞人たちによって主流が形成された。まずはその主流派の流れから述べよう。

南宋前期の主流派の代表とされるのが姜夔（一一五五～一二〇九）である。彼は周邦彦と同じく音楽に精通していて、みずから作曲もしたが、その詞集に楽譜を付した部分があることは有名である。詞の音楽は明代以降に伝承を断って歌唱不能となり、以後詞は詩と同じく朗誦するのみの韻文となったと思われる（第三部第一章参照）。姜夔の詞の楽譜は詞の音楽復元のための貴重な手がかりのひとつとされる。姜夔の詞は周邦彦以上との評価もあるが、ここで注意しておきたいのは、小題と言うよりも序と言うべき長文の前書きをもつ詞が多いことである。これは、南宋の詞が蘇軾と周邦彦の二つの詞風を経たのちの存在であることをよく示すと思う。

南宋における周邦彦の後継者たちのなかでも、その直系はおそらく呉文英（一二〇〇〜六〇ごろ）であろう。呉文英の詞は、故事や前人の詩句の積み重ねによって生じた類型的イメージ、あるいは比喩や間接的表現を活用して、おぼろげな情緒の世界を織りあげる。彼は周邦彦の修辞主義的な面をさらに押し進めたと言え、ときには晦渋にわたることすらある。ここでは比較的分かりやすい詞を挙げておこう。

風入松

聴風聴雨過清明
愁草瘞花銘
楼前緑暗分携路
一糸柳　一寸柔情
料峭春寒中酒
交加暁夢啼鶯

西園日日掃林亭
依旧賞新晴
黄蜂頻撲鞦韆索

風を聴き雨を聴き　清明を過ごす
愁いて草《か》く　瘞花の銘
楼前　緑暗し　分携の路
一糸の柳　一寸の柔情
料峭たる春寒　酒に中《あ》たりて
交加《いりみだ》る　暁夢と啼鶯と

西園　日日　林亭を掃い
旧に依りて新晴を賞づ
黄蜂　頻りに撲《う》つ　鞦韆の索

有当時　繊手香凝　　当時の繊き手の香の凝れる有り
惆悵双鴛不到　　惆悵す　双鴛は到らずして
幽階一夜苔生　　幽階　一夜にして苔の生ずるを

この詞のうたうのは、今はいない女性への追憶と別離の悲哀であるが、さきに述べた呉文英の特色のよく出た作品である。清明節のころ、一夜のあらしに花が散り、春が終わりに近づくとは、詩詞にしばしば詠じられてきたところだが、呉文英はそれを「風を聴き雨を聴く」という聴覚と「花を埋葬する銘文」を書くという行為で、間接的に表現する。また、「柳の枝のひとすじひとすじは優しい心」というのは、女性の隠喩でもある。そして、酒の酔いのうちに女性を夢見るのであろうが、その夢も朝のうぐいすのさえずりに破られる。これを呉文英は直截に述べずに、「明け方の夢とうぐいすのさえずりが入りまじる」と表現する。さらに、後関においては、「ブランコのつなにはあのひとの移り香が残っている」と非常に感覚的な表現を用い、最後に「双鴛」という比喩によって、二羽のおしどり→靴（おしどりはその飾り）→女性という連想を誘って、その不在を暗示するのである。

この詞のテーマは相変わらずのものと言ってよい。しかし、中国の古典詩は、本来「なにを」うたうかと同時に、「いかに」うたうかにも意を注いできた。そして、詞は後者により重点をおく文学様式として発展してきたのである。詞は、千篇一律という非難を甘んじて受けるであろう。テーマは同じであっても、ことばによっていかに新たな作品世界を創造するか。宋代の詞人たちはそれを追求したのである。その結果が人々の琴線に触れ得たからこそ、詞は隆盛を見たのである。さらに換言すれば、詞は「型」のバリエーションの美を追求する文学でもあると言えよう。宋代の人々は、それを受けとめる感性を豊かにもっていた。現代のわれわれはそうした感性を失いかけているのかも知れない。

なお、南宋末には、周密（一二三二〜九八）、王沂孫（生卒年未詳）、張炎（一二四八〜一三二〇ごろ）の三人の代表的詞人が出た。彼らは詠物の詞で有名だが、それが単なる詠物ではないことには注意を要する。この時期の詞には、元による宋の滅亡への悲哀が隠喩的に託されていると考えられるからである。

蘇軾の後継者たち

北宋の末から南宋において、蘇軾の開いた詞風を受け継ぐ詞人がかなり出ているが、その代表は辛棄疾（一一四〇〜一二〇七）で、「蘇辛」と併称される。南宋は国土の北半分を異民族の金に占領され、南半分を維持するのみであった。そこで、辛棄疾は憂国の悲憤慷慨をしばしば詞に託している。また、辛棄疾は詞人としては蘇軾より幅広さをもつと言え、極端な場合は経書のことばを集めて詞にしたり、詞をもって議論まで展開している。また、辛棄疾は宋代随一の多作の詞人である。現存作品は六百首を越え、主流派と比べても群を抜いている。一方、詩文はわずか百首余りしか伝えていない。辛棄疾は、詩と詞でなされる文学活動をほとんど詞のみに集中した観がある。

辛棄疾と同様の傾向を示す詞人には、彼と親交のあった張孝祥（一一三二〜七〇）、陸游（一一二五〜一二〇九）、陳亮（一一四三〜九四）らが挙げられる。また、南宋後期には、劉克荘（一一八七〜一二六九）、劉辰翁（一二三二〜九七）などが出た。ただし、彼らの詞が辛棄疾の作風を質的にさらに発展させたとは言い難い。

総じて蘇軾の流れを汲む詞人たちは、辛棄疾を除けば、どちらかと言えば詞人としてではなく、詩人あるいは思想家として名を知られる者が多い。また、彼らのなかには音楽面に通暁した者が極めて少なかったと思われ、周邦彦とその流れを汲む主流派の詞人たちの多くが音楽的素養を有していたのと好対照を成す。

第五節　詩人と詞——陸游の場合

陸游は南宋最大の詩人で、一万首近い詩を今に伝えているが、詞も少なからぬ数を作っており、百四十首ほどが伝わる。陸游は辛棄疾と同じく金に対する主戦派で、詩詞ともに憂国の情を歌う。しかし、詞においては、男女の情愛に関わる艶冶な作など、詞の本来的なテーマも作品にしている。実は、辛棄疾や蘇軾もそうした詞を残しているのであって、詞史の上で蘇軾の系列としてまとめられる詞人たちが、すべて「詩的」な詞しか作らなかったわけではなかったことは、留意しておかねばならない。

陸游はその八十四年の生涯を終えるにあたっての辞世の詩「示児」で、

死去元知万事空　　死し去れば　元より知る　万事空しと
但悲不見九州同　　但だ悲しむ　九州の同じきを見ざるを
王師北定中原日　　王師　北のかた中原を定むるの日
家祭無忘告乃翁　　家祭　忘るる無かれ　乃《なんじ》が翁に告ぐるを

（『剣南詩稿』巻八五）

とうたうほどの主戦論者であった。その陸游が一一八九年、六十五歳のとき、みずからの詞集の序を書いて次のように言う。

予少時汨於世俗、頗有所為、晩而悔之、然漁歌菱唱、猶不能止、今絶筆已数年、念旧作終不可掩、因書其首、以識吾過

（予少き時世俗に汨《しず》み、頗る為る所有り。晩にしてこれを悔ゆ。然れども漁歌菱唱は、猶お止む能わず。今筆を絶って已に数年、旧作の終には掩う可からざるを念い、因りて其の首に書きて、以て吾が過ちを識《しる》す）

（『渭南文集』巻一四「長短句序」）

陸游はみずからの詞作を「世俗に汨」むものと言い、「吾が過ち」と言って、否定しようとしてはいるが、やはり詞を捨て去るには忍びないものがあったのである。ここに陸游の詞に対する心情を読み取ることができるであろうし、それは宋人一般にも通じるものであったと思われる。

第二章　宋詞の一側面——陳宓の詞を媒介に

はじめに

宋代の士大夫の文学を考えるに際しては、詩文のみでなく、詞をも含めてトータルに捉えて行くことが求められるだろう。唐圭璋『全宋詞』および孔凡礼『全宋詞補編』は、そのために我々に多大な利便と恩恵とを与えてきたと言える。しかし、この二書が現存する宋詞をすべて網羅しているわけではなく、〝全宋詞未収作品〟については、管見の及ぶ範囲でもこれまでにいくつかの紹介と論述がある。(1)南宋の陳宓（一一七一～一二三〇）の詞も、そうした〝全宋詞未収作品〟のひとつである。本章では、陳宓の詞の紹介を媒介にして、(2)宋詞の性格について論じる。

第一節　陳宓とその文集

陳宓、字は師復、興化軍莆田（いまの福建省莆田市）の人。孝宗の乾道四年から六年にかけて宰相であった陳俊卿はその父である。『宋史』巻四〇八に伝がある。陳宓は弱年に朱熹の門に遊び、長ずるに及んで黄榦（朱熹の高弟で女婿）について学んだ。(3)後に父の恩蔭で泉州安南塩税、知安渓県などを歴任、嘉定七年（一二一四）に監進奏院として中央官界に入り、次いで軍器監簿に移る。この間時弊を指弾する上奏をして、宰相史弥遠の不興を買った。その後、太府丞に挙げられたが就任せず、知南康軍に出、さらに知南剣州に移る。次いで知漳州を任ぜられるが、寧宗崩御を機に致仕した。『宋史』本伝は、陳宓の為人を、

宓天性剛毅、信道尤篤、……自言居官必如顔真卿、居家必如陶潜、而深愛諸葛亮身死家無余財、庫無余帛、庶乎能蹈其語者

（宓は天性　剛毅にして、道を信ずること尤も篤し。……自ら言う　官に居りては必ず顔真卿の如く、家に居りては必ず陶潜の如からん、と。而も深く諸葛亮の身死して家に余財無く、庫に余帛無きを愛して、能く其の語を蹈む者に庶《ちか》し）

と言う。死後、端平の初めに直竜図閣を贈られている。

陳宓の文集は刊本で伝わることがなかったと思われる。四川大学古籍整理研究所編『現存宋人別集版本目録』にはわずかに抄本三種を載せるのみで、いずれも『復斎先生竜図陳公文集』（以下『文集』と略称する）と題する二十三巻本である。陳宓の文集はその流伝が極めて少ないと思われる。筆者はこのうちで、わが静嘉堂文庫蔵抄本（拾遺一巻、附録一巻を付し、巻首に淳祐八年の鄭性之の序を載せる）の影照本（京都大学人文科学研究所蔵）を見たのみで（陳宓の詞は巻五および巻十七に収められている）、他の南京図書館蔵本と湖南師範大学蔵本は見ていない。注（2）の「宋詞拾補」は南京図書館蔵清抄本に拠られたとのことであるが、静嘉堂文庫蔵本と同系統のテキストと考えられる。湖南師範大学蔵本もおそらく同一系統のテキストであろう。

第二節　陳宓の詞

『文集』に収める詞はすべて十三首ある。まず、書き下しと簡単な注を加えて以下に紹介することとする。なお、題下の（　）内は『文集』の巻数を示す。また、詞牌の明記されていない作品は〔　〕を用いてこれを補った。

安渓月湖念語(4)（巻一九）

潘安仁種河陽花、流芳籍甚、李元勲憩虞城柳(5)、清蔭依然、可以長生簿書之労、而無一日遊息之暇、藍渓古県、泉郡勝区、二頃碧湖、翠擎万蓋、四囲青嶂、紅隠初粧、雖無高車結駟之遊、剰有乗雁双鳬之適、鳥鳴深逕、韻甚糸簧、牛載小童、安於輿馬、暇日邀朋共酔、暑風馳想先醒、楽固在心、景為有助、欲展娯賓之伎、請陳悦耳之詞

（潘安仁　河陽の花を種え、流芳　籍甚たり、李元勲　虞城の柳に憩い、清蔭　依然たり。以て長く簿書の労を生ず可く、而うして一日遊息の暇無し。藍渓の古県は、泉郡の勝区なり。二頃の碧湖、翠は万蓋を擎げ、四囲の青嶂、紅は初粧を隠し、高車結駟の遊無しと雖も、剰《た》だ乗雁双鳬の適有り。鳥は深逕に鳴きて、韻べは糸簧より甚しく、牛は小童を載せて、輿馬よりも安らかなり。暇日に朋を邀えて共に酔い、暑風に想いを馳せて先ず醒む。楽しみは固より心に在るも、景は為に助け有り。賓を娯ますの伎《わざ》を展《の》べんと欲し、耳を悦ばすの詞を陳べんことを請う）

（1）和六一居士採桑子(6)（巻五）〔欧陽脩原詞其一〕

六一居士の採桑子に和す

月湖依約西湖好　月湖は依約たり　西湖の好しきに
翠荇逶迤　翠荇　逶迤たり
徐歩前堤　徐ろに前堤を歩けば
狎客軽鷗片片随　客に狎れたる軽鷗　片片として随う

晩来風静平如鏡　晩来　風静かに　平らかなること鏡の如く
坐見雲移　坐ろに見る　雲の移るを
碾破寒漪　碾《きし》りて寒漪を破り
一葉扁舟自在飛　一葉の扁舟　自在に飛ぶ

(2)　又（巻五）〔欧陽脩原詞其三〕

月湖依約西湖好　月湖は依約たり　西湖の好しきに
月正如紘　月　正に紘の如し
夜漏初伝　夜漏　初めて伝わり
雨岸清林隠鷺眠　雨岸　清林　鷺の眠るを隠す
荷花恰似新粧出　荷花　恰かも似たり　新たに粧《よそお》いて出で

与月争妍(7)　月と妍を争うに
霞珮軽連　霞珮　軽やかに連なり
来自華陽幾洞天　来ること華陽の 幾《いくばく》の洞天自りせる

(3) 又（巻五）〔欧陽脩原詞其五〕

月湖依約西湖好　月湖は依約たり　西湖の好しきに
五月初時　五月　初めの時
好景須追　好景　須らく追うべく
折取新荷当酒巵　折りて新荷を取りて　酒巵に当てん

軽紅嫩緑都堪愛　軽紅　嫩緑　都て愛づるに堪え
更傍斜暉　更に斜暉に傍《よりそ》う
風正清微　風　正に清微にして
肯放雲衣一片飛　肯えて雲衣の一片を放《し》て飛ばしめんや

(4) 又（巻五）〔欧陽脩原詞其七〕

月湖依約西湖好　月湖は依約たり　西湖の好しきに
花陣斉時　花陣　斉《そろ》う時

玉指紅旗
一一呉宮隊伏随

小舡不与花争道
恰愛金卮
度密穿微
不覚黄昏又欲帰

玉指　紅旗
一一　呉宮の隊　伏して随う

小舡　花と道を争わず
恰かも金卮を愛す
密なるを度《わた》り　微なるを穿ち
黄昏を覚えずして　又た帰らんと欲す

（5）　又（巻五）〔欧陽脩原詞其十〕

月湖依約西湖好
愛放糸綸(8)
怕点行雲
梅裏全晴雨一春

世間誰似農家苦
況是貧民
秧稲新新
已有攢眉望歳人

月湖は依約たり　西湖の好しきに
糸綸を放つを愛す
怕る　行雲を点じて
梅裏に全く晴れ　雨ふること一春なるを

世間　誰か似ん　農家の苦しきに
況や是れ貧民をや
秧稲　新新たるに
已に眉を攢《ひそ》めて歳《みのり》を望む人有り

（6）　又（巻五）〔欧陽脩原詞其七〕

月湖依約西湖好　　月湖は依約たり　西湖の好しきに
風正微時　　風　正に微かなる時
不用蒲葵(9)　　蒲葵《うちわ》を用いざるに
無数薫炉上下随　　無数の薫炉　上下に随う

蓮蓬恰似茶甌大　　蓮蓬　恰かも似たり　茶甌大なるに
剜作瓊巵　　剜《えぐ》りて瓊巵を作る
飲罷如遺(10)　　飲み罷りて遺《す》つるが如く
一物都無払袖帰　　一物も都て無く　袖を払いて帰る

（7）　和傅大坡(11)寒碧(12)満江紅（巻五）

傅大坡の寒碧　満江紅に和す

身侍西清　　身は西清に侍し
偸閑処　亭台新築　　閑を偸む処　亭台　新たに築けり
園数畝　花紅似錦　　園は数畝　花　紅にして錦に似
人清於竹　　人は竹よりも清し

遶舎好山開罨画
抱橋一水供横玉
問海棠　今日幾分開
人初浴

琴可語
碁堪覆
歌且緩
杯伝速
算人生彊健
底須華轂
胸次莫交塵一点
四時芳意長相続
看天機　袞袞自娯情
何時足

舎を遶る好山　罨画を開き
橋を抱ける一水　横玉を供す
海棠　今日　幾分か開くと問わば
人　初めて浴せり

琴は語るべく
碁は覆《う》つに堪えたり
歌は且つ緩やかに
杯は伝うること速し
算《おも》う　人　生れて　彊健なれば
底《なん》ぞ華轂を須いん
胸次　一点を塵《けが》さしむる莫かれ
四時　芳意　長えに相続けん
看る　天機　袞袞として自ら情を娯しませ
何時か足らんを

（8）　再和傅侍郎[13]満江紅（巻五）

再び傅侍郎の満江紅に和す

院落春濃
花深処　詩壇高築
奇絶句　伯牙流水
清風孤竹
紅薬正翻香入袂
紫荷已作円瑳玉
想騒人　日日賦清流
霜毫浴

唱与和
来還覆
酬共酢
淹仍速
算従前世路
羊腸車轂
腰下縦教懸斗大
酔頭似垂糸続(14)
問一山　風月幾人知

院落に春は濃く
花　深き処　詩壇　高く築けり
奇絶の句　伯牙の流水
清風の孤竹
紅薬　正に翻りて　香り　袂に入り
紫荷　已に作《な》す　円き瑳玉を
想う　騒人　日日に清流に賦し
霜毫　浴するを

唱うと和すると
来りて還た覆《かえ》る
酬ゆると酢《かえ》すと
淹りて仍お速し
算《おも》う　従前の世路は
羊腸の車轂なり
腰下　縦教《たと》い斗大なるを懸くれど
酔頭　垂糸の続くに似たり
一山の　風月を幾人か知ると問わば

看教足　　看て足らしめん

（9）　和劉学録詞[15]〔鷓鴣天〕（巻五）

　　劉学録の詞に和す

冥鴻底為稲梁謀　冥鴻　底《なん》ぞ稲梁の為に謀らん
取次江湖不外求　取次に江湖にて　外に求めず
秋正好時明月満　秋　正に好き時　明月　満ち
飛鳴洲渚百無憂　洲渚に飛鳴して　百《すべ》て憂い無し

槐在眼　槐は眼に在り
桂簪頭　桂は頭に簪《さ》せり
伝杯到暁未能休　杯を伝えて暁に到るも　未だ休む能わず
功名付与諸郎輩　功名は諸郎の輩に付与し
笑看騫騰万里秋　笑いて看みん　万里の秋に騫騰するを

（10）　次韻[16]泛西湖晩値[17]風雨帰賦雅歌〔念奴嬌〕（巻五）

　　西湖に泛びて晩に風雨に値い　帰りて雅歌を賦すに次韻す

西湖佳麗　西湖　佳麗にして

算風流未滅　昆明凝碧
　原注：漢昆明池、唐凝碧池
客子扁舟横截度
棹払荷珠清激
百摺琉璃
千張雲錦
都是群仙宅
畳青縈翠
暮山渾帯煙色

煙外小艇歌長
魚竜呼舞
風雨横西極
荷気吹香花遶坐
清比竹渓人逸
林際疎鍾
城頭悲角
回首催帰急

算う　風流は未だ滅ぜず　昆明と凝碧とに
客子の扁舟　横ざまに截《た》ち度《わた》り
棹は荷珠を払いて清激たり
百摺の琉璃
千張の雲錦
都て是れ群仙の宅
畳青　縈翠
暮山　渾《すべ》て煙色を帯ぶ

煙外の小艇　歌は長く
魚竜　呼び舞い
風雨　西極に横ざまなり
荷気　香を吹き　花は坐を遶り
清らかなること竹渓の人逸に比す
林際の疎鍾
城頭の悲角
回首すれば　帰るを催すこと急なり

涼坐蘄簟
華胥游更今夕

(11) 又（巻五）

玉波千頃
算従来只浸　山光嵐碧
濃似仙家醽醁醽
銷我清愁如激
千丈荷花
幾株楊柳
粧点林浦宅
平日有限
人間何処真色

誰把馬上天瓢
等閑傾動
爽気来無極
疑在広寒宮殿裏

涼しきは蘄簟に坐し
華胥　游ぶこと更に今夕ならん

玉波　千頃
算う　従来　只だ浸す　山光嵐碧を
濃きこと仙家の醽醁の醽に似て
我が清愁の激するが如きを銷せり
千丈の荷花
幾株の楊柳
林浦の宅を粧点す
平日　限り有り
人間　何処ぞ真色なる

誰か馬上の天瓢を把って
等閑に傾動せる
爽気　来りて極まり無し
疑うらくは　広寒の宮殿の裏《うち》に在りて

万袖霓裳飄逸　万袖　霓裳　飄逸たるかと
騒客偏醒　騒客　偏く醒め
詩腸易惑　詩腸　惑い易く
転自思帰急　転《かえ》って帰るを思うこと急なり
晴時重到　晴れし時　重ねて到らんも
一尊知復何夕　一尊　知んぬ　復《は》た何《いず》れの夕ならん

(12)　寿傅忠簡詞(18)〔水調歌頭〕(巻一七)

傅忠簡を寿《ことほ》ぐ詞

今歳一陽早　今歳　一陽　早く
特地放江梅　特地《ことさら》に江梅を放《さ》かしむ
不知何処　知らず　何れの処にてか
経歳相別始帰来(19)　歳を経て相別れ　始めて帰り来る
元是此花不老　元より是れ此の花は老いずして
収拾一団和気　一団の和気を収拾して
只向寿杯開　只だ寿杯に向って開く
不比桃兼李　比べず　桃と李との
春後伴輿台(20)　春後　輿台を伴とするに

耐寒意　　耐寒の意
凌暁色　　凌暁の色
照岩隈　　岩隈を照らす
有人対此　　人有りて此れに対し
華髪皓鬢両徘徊　　華髪　皓鬢　両つながら徘徊す
未問和羹心事　　未だ問わず　和羹の心事
且道精神氷雪　　且つ道う　精神の氷雪
相似者為誰　　相似たる者は誰とか為す
擬把広平賦(21)　　広平の賦を把りて
三唱送尊罍　　三たび唱って　尊罍を送らんと擬す

(13)　寿国太夫人詞(22)〔西江月〕（巻一七）
国太夫人を寿《ことほ》ぐ詞

大国曾経幾換(23)　　大国　曾《かつ》て幾たびか換わる
新年八十仍三　　新年　八十に仍お三
弄孫今已戯朝衫　　弄孫　今已に朝衫にて戯る
緑鬢朱顔未減　　緑鬢　朱顔　未だ減ぜず

綵勝佳辰競試　　綵勝　佳辰に競いて試み
宝灯午夜初酣　　宝灯　午夜に初めて酣《たけなわ》なり
画堂光景冠泉南　　画堂の光景　泉南に冠たり
莫惜寿杯深蘸　　惜しむ莫かれ　寿杯の深く蘸《ひた》さるるを

第三節　陳宓と宋詞

以上が陳宓の詞であるが、これに関連していくつかのことがらに触れておきたい。

まず、十三首を通じて、詞の本色と言うべき作は全くない。彼が道学の系統に名を連ね、(24)『宋史』本伝によれば、「宓天性剛毅、信道尤篤、……自言居官必如顔真卿、居家必如陶潜、而深愛諸葛亮身死家無余財、庫無余帛、庶乎能蹈其語者」という人物であったことを考えると、肯けることではある。劉克荘がその「湯埜孫長短句跋」（四部叢刊本『後村先生大全集』巻一一一）で、

坡谷亟称少游、而伊川以為褻瀆、莘老以為放潑、半山惜耆卿謬用其心、而范蜀公晩喜柳詞、客至輒歌之、余謂坡谷憐才者也、半山伊川莘老衛道者也、……今諸公貴人、憐才者少、衛道者多

（坡（蘇軾）谷（黄庭堅）は亟《しばし》ば少游（秦観）を称し、而も伊川（程頤）は以て褻瀆と為し、莘老（孫覚）は以て放

潑と為す。半山（王安石）は耆卿（柳永）の謬って其の心を用うるを惜しみ、而も范蜀公（范鎮）は晩に柳詞を喜《この》み、客至れば輒ちこれを歌わしむ。余は謂えらく　坡谷は才を憐む者なりて、半山、伊川、莘老は道を衛る者なり、と。……今　諸公貴人は、才を憐む者少くして、道を衛る者多し）

と言うのは、陳宓にも当てはまるかも知れない。

とは言え、陳宓も宋という時代の空気を吸っていたわけで、詞に手を染める機会があれば、こうして幾許かの作品を残すことはあったのである。さらに、『文集』巻一七には次のような詩が見える。

送孫生季蕃帰浙水

平生行止都無着　　平生の行止　都て着する無く
恰似孤雲自在閑　　恰も似たり　孤雲の自在に閑なるに
四十余年倦江浙　　四十余年　江浙に倦み
二千里外択渓山　　二千里外　渓山を択ぶ

自注：近有泉州渓上結茅之約（近く泉州の渓上に茅を結ぶの約有り）

窮愁元不上双鬢　　窮愁　元より双鬢に上らず
秀句僅能窺一斑　　秀句　僅かに能く一斑を窺う
与子暫分非久別　　子と暫く分かるるも　久別には非ず
西風時節賦刀鐶　　西風の時節　刀鐶を賦さん

「孫生季蕃」とは、孫惟信、すなわち孫花翁に相違あるまい。陳宓は当時名を知られていた超俗の詞人、孫花翁と交遊があったのである。ここからも彼が詞と全く無縁でなかったことが知れよう。(25) ただし、詞に深入りすることはなかったのである。朱熹も『全宋詞』によれば十九首の詞を今に伝えている。

次に、歌詞の内容について言えば、「採桑子」の第五首が注目される。小序「安渓月湖念語」からは予想できぬ内容なのである。つまり、その後闋に「世間誰似農家苦、況是貧民、秧稲新新、已有攢眉望歳人」と言うのは、詞らしからぬ、いわば〝社会詞〟とも言うべき内容であり、それは陳宓の知県としての責任感の然らしめる所なのであろう。蘇東坡以後、その扱う題材が詩に近づいて行くのが詞史の歩みではあるが、やはり詞では滅多にうたわれることのない内容と思われる。南宋の最後を飾る著名な詞人張炎が、これも詞人として知られる陳允平の墓を弔い、「拝西麓墓」と題する「解連環」を作ったことは、宋詞における題材の〝詩化〟の極まったことを象徴するが、陳宓のこの詞はその一里塚のひとつと言えようか。

さらに、用いられている詞牌に注目すると、

「採桑子」（小令）　＝六首
「満江紅」（慢詞）　＝二首
「鷓鴣天」（小令）　＝一首
「念奴嬌」（慢詞）　＝二首
「水調歌頭」（慢詞）＝一首
「西江月」（小令）　＝一首

となる。わずか十三首の詞に六種の詞牌が用いられており、一見多彩のようであるが、「採桑子」「鷓鴣天」「西江月」は小令であり、しかも宋詞においては馴染みの詞牌である。詞作の習熟度は、やはり慢詞を使いこなしているか否かが一つの目安となろう。そこで、陳宓の慢詞を見てみると、「満江紅」「念奴嬌」「水調歌頭」の三種となる。この三種は、実は「水竜吟」「沁園春」「満庭芳」「賀新郎」とともに、恐らく宋詞で最もよく使われる慢詞であり、いわゆる「豪放派」的な詞人の多くは、慢詞の作品中にこの七種の占める割合が極めて高い。(26) 陳宓にとって詞はおそらく余技であったと思われる。

最後に、(7)(8)(9)の三首について触れておこう。(7)と(8)は傅伯成に、(9)は劉弥邵に唱和したものである。両者ともに文集が伝わらぬようであるが、陳宓の唱和の作の存在により、彼らにも詞作があったことが知れる。傅伯成は若くして朱熹の門に学んでおり、陳宓と同じく『宋元学案』巻六九「滄洲諸儒学案上」にその名が見える。劉弥邵は林光朝の学統(『宋元学案』巻四七「艾軒学案」)に属しているが、先に引いた劉克荘の墓誌銘の記述から知られるように、やはり詞の世界とは縁が薄いように思われる。確かに、劉克荘の言うように、「為洛学者皆崇性理而抑芸文、詞尤芸文之下者也(洛学を為す者は皆性理を崇び而も芸文を抑う。詞は尤も芸文の下なる者なり)(27)」であったろうが、彼らもまた陳宓と同じく、宋という時代の空気を吸っていたのである。

陸游が自らの詞作について、

予少時汨於世俗、頗有所為、晩而悔之、然漁歌菱唱、猶不能止
(予　少き時に世俗に汨《しず》み、頗る為る所有り。晩にしてこれを悔ゆるも、然れども漁歌菱唱は、猶お止む能わず)

と言ったのはすでに第一章で触れたが、さらに王炎も自作の詞について、

曹公論鶏跖曰、食之無益、棄之可惜、此長短句五十余闋、亦鶏跖之類也(28)

（曹公　鶏跖を論じて、これを食するも益無く、これを棄つるも惜しむ可しと曰う。此の長短句五十余闋も、亦た鶏跖の類なり）

と言う。詞は宋人の建て前としては「芸文の下なる」ものであったろうが、やはり魅力ある韻文形式であったのである。

〈注〉

（1）　たとえば、施蟄存「宋金元詞拾遺」（『詞学』第九輯）、鄧子勉「宋詞輯佚五首」（『詞学』第一二輯）、倪志雲「葛長庚佚詞五首考述」（『詞学』第一三輯）、日本では村上哲見「陶枕詞考（「全宋詞」補遺三首）」（奈良女子大学文学部『研究年報』第二八号）などがある。

（2）　本章は、二〇〇五年三月に発表した旧稿に基づく。陳宓の詞の存在を知ったのは、九〇年代前半のことであった。単に字面だけを紹介するのは意義が小さいので、より詳しく調べねばと思いながら、いたずらに時間が過ぎてしまい、再び陳宓の文集に目を通して成稿を得たのは、二〇〇四年秋であった。ところが、脱稿後、『文教資料』一九九九年第二期（南京師範大学古文献整理研究所）に李更、戴蛍両氏の「宋詞拾補」があり、これに陳宓の詞が収められていることを知った。したがって、陳宓の詞の紹介という点では、プライオリティーは両氏にある。ただ、両氏は原文を録しているのみであり、「安渓月湖念語」にも言及されていない。

（3）『宋史』本伝には「少嘗及登朱熹之門、熹器異之、長従黄榦遊（少くして嘗て朱熹の門に登るに及び、熹これを器異す。長じて黄榦に従って遊ぶ）」と言い、陳宓の文集（後述）に付された鄭性之（一一七二～一二五五）の序には、

　蓋公已知文公朱先生之学、而読其書、遂受業於勉斎黄先生之門、与瓜山潘公切瑳磨琢、朝夕不相舍学、遂大進

　（蓋し公は已に文公朱先生の学を知り、而して其の書を読む。遂に業を勉斎黄先生の門に受け、瓜山の潘公（潘柄）と切瑳磨琢し、朝夕学を相舍《す》てず。遂に大いに進む）

と言う。

（4）安渓は、泉州安渓県。陳宓は嘉定三年（一二一〇）に知安渓県となっており（清、李清馥『閩中理学淵源考』巻二九）、これは在任当時の作と思われる。月湖は安渓にある湖。「安渓月湖念語」とは、言うまでもなく、欧陽脩が潁州の西湖を詠じた「採桑子」十首の連作に付した小序「西湖念語」にならったもの。次に挙げる六首の「和六一居士採桑子」の序として書かれたものと考えられる。

（5）李白「虞城県令李公去思頌碑」に、

　公名錫、字元勲、隴西成紀人也、……天宝四載、拝虞城令、……蠡丘館東有三柳焉、公往来憩之、飲水則去、行路勿剪、比於甘棠

とある。

（6）欧陽脩の作は十首の連作であるが、『文集』に見える陳宓の和詞は六首のみである。また、押韻の状況を見ると、原詞に忠実に次韻したものではないようである。

（7）「妍」は、欧陽脩の原詞では「鮮」を用いる。

（8）「綸」は、欧陽脩の原詞では「輪」を用いる。

（9）「葵」は、欧陽脩の原詞では「旗」を用いる。

（10）「遺」は、欧陽脩の原詞では「微」を用いる。

（11）傅伯成（一一四三～一二二六）のこと。字は景初、号は竹隠、諡は忠簡、晋江の人。朱熹の門人で、『宋史』巻四一五に伝が

ある。「大坡」は、諫議大夫の別称。劉克荘「竜学竹（原作行）隠傅公行状」（四部叢刊本『後村先生大全集』巻一六七）に、「嘉定改元、……除太府卿、充殿試詳定官、尋除権戸部侍郎、……除左諫議大夫」とあり、また「門人陳宓已誌其壙、某復摭其言行之大者、以告太史氏、謹状（門人の陳宓　已に其の壙に誌し、某は復た其の言行の大なる者を摭《ひろ》いて、以て太史氏に告ぐ。謹んで状す）」とある。なお、傅伯成の文集は今に伝わらぬようで、その原詞は未詳。

(12) 傅伯成の庭園。『文集』巻二に、「題傅侍郎寒碧十五韻」と題する連作があり、「筠塢」「梅坡」「橋浦橋」「百花径」などの十五首から成る。

(13) 『宋史』傅伯成伝に、「拝左諫議大夫、抗疏十有三、皆軍国大事、……左遷権吏部侍郎、以集英殿修撰知建寧府（左諫議大夫を拝し、疏を抗《あ》ぐること十有三、皆軍国の大事なり。……権吏部侍郎に左遷され、集英殿修撰を以て建寧府を知す）」とある。

(14) この句、おそらく「醉頭」の下に一字を脱す。

(15) 劉弥邵（一一六五～一二四六）のこと。字は寿翁、号は習静、莆田の人。劉克荘の叔父に当たる。劉克荘の「習静叔父墓誌銘」（四部叢刊本『後村先生大全集』巻一五一）に、「少食於学、晩歳棄去、郡博士兪来致学俸、卻不取、太守眉山楊棟、於学創尊徳堂以舎之、先生不拒、亦不留（少くして学に食し、晩歳棄て去る。郡博士の兪　来りて学俸を致すも、卻けて取らず。太守の眉山の楊棟、学において尊徳堂を創りて以てこれを舎《お》く。先生拒まざるも、亦た留まらず）」とあり、劉弥邵は興化軍学の「学録」であったらしい。また、「先生終歳杜門、罕与人接、惟質経於陳公師復、評史于鄭公子敬、問易於蔡公伯静、……饗脱粟如太牢、処陋巷如華榱（先生は終歳　門を杜《とざ》し、人と接すること罕《まれ》なり。惟だ経を陳公師復（陳宓）に質《ただ》し、史を鄭公子敬（鄭寅）に評し、易を蔡公伯静（蔡淵）に問う。……脱粟を饗するも太牢の如く、陋巷に処るも華榱の如し）」とも言い、その為人と陳宓との交遊の一端が知れる。なお、劉弥邵の文集は今に伝わらぬようで、その原詞は未詳。

(16) 原詞は未詳。あるいは傅伯成の作に次韻したものか。

(17) もと「植」に作る。意によって改める。

(18) 傅伯成のこと。『文集』では、題中で傅伯成を傅忠簡と書く例が多く見られるが、傅伯成が「忠簡」という諡を賜ったのはその死後の端平三年（一二三六）のこと（『宋史』本伝）である。おそらく後に書き改められたものと思われる。なお、『文集』

ではこの詞の直後に、「寿傅忠簡」と題する七言古詩が続く。

(19) もと「経歳相別始帰去来」に作るが、この句は七字句が通例なので、いま「去」を衍字とする。

(20) 蘇軾「再和楊公済梅花十絶」其二の「天教桃李作輿台、故遣寒梅第一開」を踏まえる。

(21) 唐の玄宗朝の名宰相、宋璟の「梅花賦」を指す。

(22) 未詳。『文集』にはこの詞の直後に「寿龔国太」と題する七律があり、「三朝十国錫封頻、八袠華齢歳律新、膝下平分千里月、門中渾作一家春、已将相業伝諸子、更喜聞孫早有人、歳把壺山如壺斝、寿渓袞袞寿杯醇」と言う。内容から見て同一人物と考えられる。おそらく陳宓の後室龔氏の一族であろう。あるいは外舅龔晟の父、龔茂良の妻を指すか。なお、「中散大夫開国龔公壙銘」（『文集』巻二二）に、「公諱晟、字仲暘、始祖居銭塘、七世祖入閩家莆田、紹興二十九年十二月十九日生考諱茂良、……女二人、長適朝奉大夫陳密（当作宓）」とある。

(23) 「幾」はもと「機」に作る。「宋詞拾補」に従って改める。

(24) 『宋元学案』巻六九「滄洲諸儒学案上」を参照。「滄洲」は朱熹のこと。また、「仰止堂規約序」（『文集』巻一〇）には、

宓家有堂、乃文公朱先生、淳熙間来訪先公正献所寓之館也、掲仰止之名、以寓高山景行之敬、与友人潘謙之講誦其間、潘久游朱先生之門、而有得者也、……諸友後生、志鋭正当可畏之年、苟泛泛然溺心於文字語言之末、而徒以博文猟渉為務、不知択其所謂明白簡要者、遵守而力行之、則将有童而習之、白首莫得其原之弊矣

（宓の家に堂有り。乃ち文公朱先生の、淳熙の間に来りて先公の正献を訪《おとな》いて寓する所の館なり。仰止の名を掲げて、以て高山景行の敬を寓し、友人の潘謙之（潘柄）と其の間に講誦す。潘は久しく朱先生の門に游びて、而も得る有る者なり。……諸友後生は、志鋭くして正に畏る可きの年に当れば、苟くも泛泛然として心を文字語言の末に溺れさせ、而も徒らに博文猟渉を以て務めと為し、其の所謂明白簡要なる者を択んで、遵守してこれを力行するを知らざれば、則ち将に童にしてこれを習うも、白首にして其の原を得る莫きの弊有らん）

とあり、「跋饒司理文藁」（『文集』巻一〇）では、「以文載道、則文足経世、以文相夸、則文為末技（文を以て道を載すれば、則ち文は経世するに足り、文を以て相夸《ほこ》れば、則ち文は末技為り）」と言っている。

また、陳宓は真徳秀とも交遊があり、『文集』には三十首を超える真徳秀宛の書簡が収められており、『西山文集』巻三六の「跋陳復斎詩巻」には、

某己丑春、嘗為自箴曰、学未若臨卭之邃、量未若南海之寛、制行劣於莆田之懿、居貧愧於義烏之安、莆田者、指予師復而言也、某与復斎平生故人、而毎嘆其不可及

（某は己丑（一二二九）の春、嘗て自箴を為りて曰く、学は未だ臨卭（魏了翁）の邃《ふか》きに若かず、量は未だ南海（崔与之）の寛きに若かず、行いを制するは莆田の懿《よ》きに劣り、貧に居るは義烏（徐嶠）の安らかなるに愧ず、と。莆田なる者は、予が師復を指して言うなり。某は復斎と平生の故人にして、而も毎に其の及ぶ可からざるを嘆ず）

とある。なお、『文集』には、朱熹の高弟である陳淳（漳州の人）の『北渓字義』の序（「北渓陳先生字義序」巻一〇）やその墓誌銘（「北渓先生主簿陳君墓誌銘」巻二二）、鄭可学（莆田の人）の墓誌銘（「持斎先生鄭公墓誌銘」巻二一）も見える。

（25）孫惟信の詞はほとんど伝わらず、『全宋詞』には十一首が収められるのみである。なお、劉克荘に「孫花翁墓誌銘」（四部叢刊本『後村先生大全集』巻一五〇）がある。

（26）試みに、『全宋詞』によって、この七種による作品数と慢詞の全作品数を見てみると、いわゆる豪放派系の詞人では、たとえば、

蘇軾＝二十五首／四十首
張孝祥＝二十八首／三十八首
陳亮＝十六首／三十首
劉辰翁＝八十八首／百六十三首

となり、いずれも五割を越える。一方、詞の専家と目される詞人は、

周邦彦＝七首／七十四首
姜夔＝六首／三十七首
呉文英＝二十三首／二百十首

周密＝八首／八十二首
張炎＝二十二首／百七十四首

となり、二割にも満たない。この数字から両者の違いを窺うことが可能であろう。なお、辛棄疾は、二百十九首中百四十六首の六十六パーセントとなり、前者に属すように見えるが、三十二種に及ぶ慢詞を使っているので、さらに別の角度から考える必要がある。

因みに、朱熹であるが、その現存する十九首を見ると、小令十二首（そのうち「西江月」二首、「鷓鴣天」三首）を除き、慢詞は「満江紅」一首、「水調歌頭」五首、「念奴嬌」一首であり、陳宓と見事に一致する。

(27)「黄孝邁長短句跋」（四部叢刊本『後村先生大全集』巻一〇六）。
(28)「長短句序」（四庫全書本『双渓類稿』巻一〇）。

第三章　温庭筠詞の修辞

はじめに

本章では、宋詞前史において最も重要な詞人である晩唐の温庭筠（飛卿）の詞を取り上げ、その特徴を文彩に焦点を当てて論じる。温詞に見える文彩がテクスト内でいかなる機能と効果をもつのかを、さらには逆にテクストがそうした文彩を生ぜしめる過程を論じて、温詞の、延いては詞のひとつの読み方を提出したい。

第一節　基本パターン

温庭筠の詞は、『花間集』を中心に七十首が伝えられているが、その大部分が「閨情」「閨怨」の作である。「閨情」「閨怨」とは、男性との別離における女性の愁いや悲哀をうたうものであって、いわば限定された相をもつ。したがって、作品世界を構成する要素はごく限られたものとならざるを得ない。主なものを挙げれば、まずは主人公の女性であり、また女性の居処であり、さらには居処を取り巻く自然である。こうした要素で構成された空間世界を背景に、主人公の女性の心情がうたわれるわけである。しかし、温詞は主人公の心情や動きを具体的にうたうことを中心とはしない。すでに言われているように、女性の容貌や姿態、閨房とその家具調度、さらには閨房を取り巻く自然を点綴するのである。(1) なかでも中心的な要素である主人公の女性の描写には、特徴的なパターンが認められる。ここでは、その典型的な例をひとつ取り上げよう。

1　藕糸秋色浅　　藕糸は秋色浅く
2　人勝参差剪　　人勝は参差として剪らる
3　双鬢隔香紅　　双鬢は香ぐわしき紅を隔て
4　玉釵頭上風　　玉釵　頭上に風《ゆら》ぐ(2)

（2「菩薩蛮」後闋(3)）

右の四句は女性を描写したものである。しかし、女性は全体像として捉えられてはいない。幾つかの構成要素に分解されて、その個々の要素が取り出され、描写されている。つまり、女性は、〝衣裳〟（1句）、〝髪飾り〟（2句）、〝両の鬢と紅を注した頬〟（3句）、〝かんざし〟（4句）という五つの要素の描写によって提示されているのである。(4) ここから、即座に女性の輪郭を思い浮かべることは、おそらく困難なことである。(5)

いま、描写の対象である女性をAとし、眉やかんざしなどの要素をa_1、a_2、……で表わすとする。温詞においては、実際のテクスト（作品）のなかに現われるのは個々の要素である。そこで、これを図式に示せば、

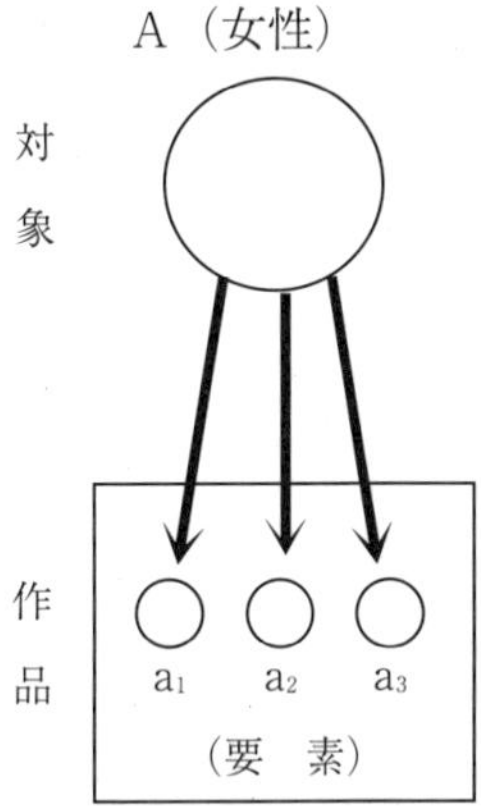

となる。これが温詞の女性描写の基本的なパターンである。そして、このパターンは、実は温詞の個々の句の修辞面においても支配的なのであって、温詞独特の風格が形成される重要な要因となっていると認められる。

第二節　二つの特徴的パターン（明示型と暗示型）

温詞の女性描写においては、抽出された個々の要素のみがテクスト内に現われて、各々にイメージを喚起するため、女性の輪郭を具体的に結ぶのは困難である。女性は暗示されるに留まっている。いま一度図式化すれば、

（1）

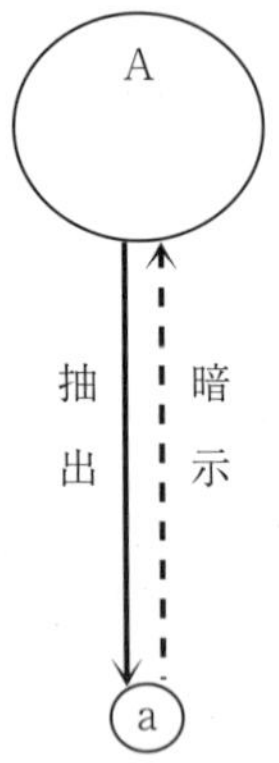

となる。これを暗示型と呼ぼう。実はこのパターンが温詞の個々の句においても多用されるのであるが、まずはその前段階とも言えるパターンについて述べよう。

1　柳糸長　　　柳糸長く
2　春雨細　　　春雨細し
3　花外漏声迢遞　　　花外に漏声迢遞たり
4　驚塞雁　　　塞雁を驚かし
5　起城烏　　　城烏を起《た》たしむ
6　画屏金鷓鴣　　　画屏　金の鷓鴣

（15「更漏子」前闋）

まず、1~3句は、柳の葉は糸のように長く垂れ、春の雨はか細く降り注ぐ。そのなかを漏刻の音が花の向うから遙かに伝わって来る、とうたい起こす。次の4~6句は、漏刻の音が閨房へと伝わって来る過程の描写である。つまり、漏刻の音は塞辺からやって来た雁を目覚めさせ、城に巣くう烏を飛び立たせて、閨房に眠る女性のもとへと伝わって来るのである。ここで6句「画屏金鷓鴣」に注目しよう。われわれはそこに二つの修辞効果を見る。第一には「画屏」の二字においてである。これが閨房の調度であることは自明であるが、その屏風のかげに女性は寝ている。すなわち、「画屏」は換喩的に女性を暗示しているのであって、聞こえ来る漏刻の音に、女性はふと目を覚まされるのである。「画屏」は4句「塞雁」（これも換喩的に男性を暗示している）とかすかに響き合っている。しかし、6句の効果はこれにとどまらない。「画屏」↓「金鷓鴣」という繋がりが、さらにひとつの効果を生み出すのである。「金鷓鴣」とは、「画屏」に描かれた金色の鷓鴣を取り出して来たものである。そこで、これを図式化すれば、

（2）

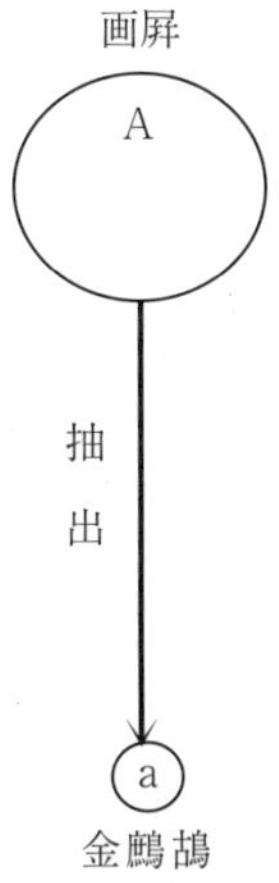

となる。Aがテクスト内に現われているので、これを明示型と呼ぼう。明示型は暗示型のようにaがAを暗示するという過程はない。われわれは、「画屏」の二字によって、まず屏風のイメージを喚起させられ、次には「金鷓鴣」の三字によって、屏風のなかから金色に輝くつがいの鷓鴣の姿が浮かび上がって来るのを見るのである。屏風のなかで睦まじく眠っていた鷓鴣は、漏刻の音にはっと目覚める。それは女性の夢の暗示でもある。

1　翠鈿金圧臉　翠鈿　金は臉を圧す
2　寂寞香閨掩　寂寞として香閨掩《とざ》さる
3　人遠涙闌干　人は遠く涙闌干たり
4　燕帰春又残　燕帰り春は又た残す
（8「菩薩蛮」後閑）

この例では1句に注目する。「翠鈿」とは翠色の金の薄板で作られ、眉間や頬に施して化粧とする。したがって、この句は女性をその要素「翠鈿」を描写することによって暗示しているわけで、暗示型になる。しかし、そればかりではない。「翠鈿」から、その材質（これも物の要素のひとつと言える）の「金」を抽出しており、これは明示型と言える。ただ単に、「翠鈿」が「臉を圧」していると言うのではなく、「翠鈿」の「金」が「臉を圧」していると言うのである。そして、「金」とは材質を意味しているだけではなく、色彩としての金をも意味している。「翠鈿金圧臉」から喚起されるイメージとは、翠鈿の金色の輝きが「臉を圧」しているさまなのである。

さらに例を挙げる。

①　戦篦金鳳斜　戦篦　金鳳斜めなり
（56「思帝郷」）

②　小鳳戦篦金颭艶　小鳳の戦篦　金は颭艶たり(6)
（22「帰国遙」）

まず、①の例についてみよう。「戦篦」は具体的にどのような物か知らないが、くしの一種であろう。「金鳳」とは、その上に描かれた絵柄であると考えられる。したがって、これも「戦篦（A）」→「金鳳（a）」というパターンであり、明示型になる。この句は、全体としては女性の髪に挿されたくしが斜めに傾いているさまをうたっている。しかし、単に「戦篦」が「斜め」だと言わずに、「金鳳」が「斜め」だと言うのである。ここでも、くしを背景に、金色に輝く鳳の姿が浮かび上がって来る。②の例は①のバリエーションと言える。今度は「戦篦」に描かれた「小鳳」の絵柄から、さらに「金」を抽出している。したがって、「戦篦」は言うまでもなく、「小鳳」の姿までもが背景へと退いて、きらきらとした金の輝きが前面へと浮かび出て来るのである。

以上、温詞における全体（A）→要素（a）という対象描写のパターンについて述べ、それが明示型と暗示型に分けられることを示した。しかし、対象をどのように捉えて描写しているかという点から見れば、両者は同類であり、暗示型は明示型の一歩進んだ形体だと認められる。そこで、次節では暗示型のパターンについて例を挙げて論じることにしよう。

第三節　温詞と提喩

暗示型は対象Aからその要素aを抽出して、Aを暗示するものであった。このパターンは、修辞学での比喩の分類に従えば、一種の〝提喩〟である。(7) およそ、比喩を用いるとは、発話者の対象の捉え方を示すものであるが、この種の提喩は、たとえば隠喩に比べて、直截的な成立過程を経ている。隠喩が二つの相異なる事物を重ね合わせることによって成立するのに対して、描写の対象Aから、その要素であるaを直截抽出して来るからである。抽出されたaがAを暗示することによって、aがAの提喩となっているのである。しかし、Aを暗示することが提喩aの主要な機能ではない。Aを暗示するといっても、aが消滅するのではない。と言うよりも、極論すれば、Aは暗示されていればそれでよいのである。提喩aの文彩としての働きは、おそらく、aをAとしてではなく、aをaと読ませるところにある。換言すれば、aによって喚起されるイメージは、Aのそれよりも強いのである。たとえば、〝新緑〟という表現に出会ったとき、われわれはそれが〝若葉〟を指していることは了解している。しかし、われわれが思い浮かべるイメージは、具体的な輪郭を伴った〝若葉〟の姿ではない。まさに、若葉のもつ〝みずみずしい緑という色彩〟そのものに他ならない[8]。

では、実例を挙げてゆこう。

① 約鬟鸞鏡裏　鬟を約《つか》ぬ　鸞鏡の裏
綉羅軽　綉羅は軽し　（54「遐方怨」）

② 越羅春水渌　越羅　春水渌《きよ》し　（21「帰国遙」）

③ 藕糸秋色浅　藕糸　秋色浅し　（2「菩薩蛮」）

まず、①は女性が鏡に向かって髪を整えるさまをうたうが、二句目ではその衣裳に描写対象が絞られてゆく。つまり、「綉羅」とは衣裳をその材質で暗示する提喩である。しかし、これは些か慣用的な提喩である。したがって、「綉羅」とあれば、即座に衣裳のイメージが喚起され易く、「綉羅」の二字の喚起するイメージはそれ程強くないと言える。

次に、②おいても①の「綉羅」と同様に、「越羅」が衣裳を暗示する提喩であるが、この句全体のもつ効果は①と異なる。と言うのも、「越羅」のあとに「春水淥」という隠喩表現が続くからである。「越羅春水淥」となれば、織細なうすぎぬのイメージが、春の清らかな水の流れのそれと重ね合わされることとなり、「越羅」の暗示する衣裳の輪郭は薄れてゆく。

③においては提喩が同時に隠喩でもある。22「帰国遙」に「舞衣無力風斂、藕糸秋色染」とあるように、「藕糸」は女性の衣裳の提喩であるが、実際の衣裳の材質を直截に意味する語ではない。〝蓮の根の糸のように細くて軽い繊維〟の意であって、同時に隠喩である。そして、②の場合と同様に、さらに「秋色浅」という隠喩表現が続くのである。また、「藕糸」→「偶思」という音による連想を誘っていることも見逃がせない。(9) このように、「藕糸秋色浅」という一句は、提喩を基盤に様々なイメージが重ね織りされてゆく。そこからは、もう具体的な衣裳のイメージはほとんど喚起されない。

次に、女性の姿態を描くことが中心となった作品を挙げよう。これは女性から分解抽出した各要素を、さらに提喩と隠喩を駆使して描写するものである。そこからは女性の全体像は浮かび上がらない。それぞれの句によって喚起されたイメージが交錯するのである。

1　含嬌含笑　　　　嬌を含み笑いを含む
2　宿翠残紅窈窕　　宿翠残紅　窈窕たり
3　鬢如蟬　　　　　鬢は蟬の如し
4　寒玉簪秋水　　　寒玉　秋水を簪《さ》し
5　軽紗捲碧烟　　　軽紗　碧烟を捲く
6　雪胸鸞鏡裏　　　雪胸　鸞鏡の裏
7　琪樹鳳楼前　　　琪樹　鳳楼の前
8　寄語青娥伴　　　語を寄す　青娥の伴
9　早求仙　　　　　早《つと》に仙を求めよ

（48「女冠子」）

これは詞牌に言うごとく、女道士をうたったものである。ほとんどはその姿態を描写する句によって占められ、最後に彼女への呼びかけという形をとって終っている。1～6句までが、顔（表情→化粧）→鬢→かんざし→衣→胸という具合に、女性を要素に分解して描写しているのであるが、[10] ここで取り上げるのは2、4、5の三句である。

2句は化粧を施した顔の描写であるが、「翠」、「紅」という色彩を描出して投げ出すのみである。ただ、各々「宿」、「残」の字がかぶせられていて、くすんだ、暗い感触が付加されてはいる。では、「宿翠」、「残紅」とはいったい何を指しているのであろうか。「残紅」は、おそらく頬に注したべにを指そうが、「宿翠」が眉を指すのか、翠鈿を指すのか、あるいは別のものを指しているのか、特定することはむずかしい。つまり、a（宿翠）の暗示するAの存在は了解されるが、それを容易には特定できないのである。しかし、これは重要な問題ではない。「宿翠」が、さらには「残紅」がわれわれに喚起させるイメージとは、眉やべになどという概念ではなく、色彩そのものなのである。(11)

次に4句に移ろう。「寒玉」とは、かんざしをその材質を抽出することで暗示する提喩である。それは「簪」の字によって了解される。ここでも「寒玉」のあとに隠喩が続くのであるが、「秋の水をかざす」とは卓抜な表現である。こうして冷やかなつやを帯びた玉のイメージは、清澄な秋の水の流れのそれと融合して、「寒玉簪秋水」の句は重層的な修辞効果を生むのである。それが具体的にどのようなかんざしであるかは、模糊として明らかではない。

5句には2句と同様の問題がある。まず、それまでの描写の流れから言えば、「軽紗」は女性のまとった衣裳の提喩と取るべきであろう。ところが、華連圃氏は「軽紗、謂窓也」（『花間集注』巻一）と言う。これはあながち間違った解釈ではない。と言うよりも、「碧紗窓外鶯啼」（毛文錫、233「河満子」）、あるいは「画灯当午隔軽紗」（張泌、203「江城子」）などとあるのを見れば、窓とするのが妥当であるかも知れない。(12)しかし、おそらくいずれの解釈でもよいのだ。a（軽紗）の暗示するAが何であるかを特定することが重要なのではない。軽やかな絹のうす布と、みどりの烟のたゆたうさまとの重ね合わせが喚起するイメージこそが重要なのである。そして、それが他の句の喚起するイメージと交錯融合して、温詞独特の雰囲気が生じるのである。ただし、Aを特定し得ないがゆえに、Aに想定されるいくつかのもののイメージが移ろうという効果が、背景においてあることも見逃すことはできないとは言えよう。このように、Aの存在は了解されるが、特定はできないということから生じる二重の効果が、温詞の提喩においてはしばしば見られるのである。そこで、次節でさらに例を挙げて論じよう。

第四節　温詞における提喩の諸相

1　小山重畳金明滅　　小山重畳として金明滅す
2　鬢雲欲度香顋雪　　鬢雲度らんと欲す　香顋の雪
3　懶起画蛾眉　　　　懶く起きて蛾眉を画く
4　弄粧梳洗遅　　　　弄粧　梳洗すること遅し

（1「菩薩蛮」前関）

これは女性の朝化粧をうたっている。2句以下に解釈の問題はない。解釈が一定しないのは1句である。「小山重畳」が何を指しているのか不明なうえに、「金明滅」についても判然としないからである。「小山」が実景である可能性は、「金明滅」と続くことや2句との関連から見て極めて小さいと言える。そこで、兪平伯氏は次のように言う。

小山屏山也、其另一首「枕上屏山掩」、可証。……金明滅三字状初日生輝与画屏相映

（『読詞偶得』一頁）

つまり、「小山」を屏風、「金」を朝日の光だとするのである。しかし、決定的とは言えない。浦江清氏はさらに可能性を拡げて次のように言う。

「小山」可以有三个解釈。一謂屏山、其另一首「枕上屏山掩」可証、「金明滅」指屏上彩画。二謂枕、其另一首「山枕隠穠粧、緑檀金鳳凰」可証、「金明滅」指屏上金漆。三謂眉額、飛卿《遐方怨》云、「宿粧眉浅粉山横」又本詞另一首「蕊黄無限当山額」、「金明滅」指額上所傅之蕊黄、飛卿《偶游》詩、「額黄無限夕陽山」是也。三説皆可通、此是飛卿用語晦渋処

（『浦江清文録』一四六～一四七頁）

さらに言えば、「小山重畳」を髪の高く結い上げられたさまとも解釈できるかも知れない。その場合、「金」とはかんざしの材質であるかも知れないし、また翠鈿であるかも知れない。以上のようにさまざまに解釈できるし、各説はそれなりに説得力を持っている。したがって、この句の解釈をひとつに限定することは、おそらく不可能なのである。「金明滅」三字については、とくにそう言えるであろう。ここは閨房内の描写であることは確かなのであるから、a（金）に対するAとは閨房内にある何かだと了解されればよい。われわれはAを特定するのではなく、aを読むべきなのである。屏風や枕などのイメージの交錯を背景に、きらきらと明滅する金のイメージが浮き上がってくるのを見るべきなのである。

もうひとつ例を挙げよう。

1　画羅金翡翠　　画羅　金翡翠
2　香燭消成涙　　香燭消えて涙を成す

3　花落子規啼　　花落ちて子規は啼く
4　緑窓残夢迷　　緑窓に残夢迷う

（6「菩薩蛮」後闋）

1句「画羅金翡翠」は、あやぎぬに金の翡翠が描かれている、ということである。これはA（画羅）→a（金翡翠）という形であって、明示型である。ところが、さらに、全体としてひとつの提喩となっているのである。ではAに当たるのは何であろうか。これもいくつか考えられる。まず、4句「緑窓残夢迷」から、主人公は眠っていると解されるので、Aは〝しとね〟だと考えられる。しかし、4句と密着させなければ、主人公の身に着けている衣裳とも考えられる。あるいは、閨房内のとばりとしてもよいだろう。さまざまに想定することができるのである。ここでもAを特定することは重要ではない。あやぎぬの上で金色に輝くつがいの翡翠は、女性の孤閨のわびしさを逆説的に暗示しているのであり、それがしとねの絵柄であろうと、衣裳の絵柄であろうと違いはない。しとねや衣裳、さらにはとばりなどを、背景として想起させながら、金の翡翠のイメージを浮かび上がらせていることこそ、この句のもつ効果なのである。温詞においては、提喩aの暗示するAの存在は確かに了解されるし、それが何であるかは、「閨情」「閨怨」という世界がある程度限定してくれる。しかし、Aはいくつか想定されても、結局特定はできない。温詞の提喩は、Aをいくつか想起させながら、かえってその特定を拒否して、あくまでaを中心に読めと迫っている。つまり、Aがひとつのものに特定されてしまう類の提喩よりも、aの比重ははるかに大きいのである。

以上、温詞の対象描写における特徴的なパターンを示し、それを提喩という文彩として捉えて、テクスト内での機能と効果について論じたが、逆にテクスト内における位置によって、ある表現が提喩としての機能を生じてくる場合がある。これについては次節で述べよう。

第五節　温詞におけるテクストと提喩

1　満宮明月梨花白　　満宮の明月　梨花白し
2　故人万里関山隔　　故人万里　関山隔つ
3　金雁一双飛　　金雁　一双飛ぶ
4　涙痕沾綉衣　　涙痕　綉衣を沾《うるお》す
5　小園芳草緑　　小園に芳草緑なり
6　家住越渓曲　　家は住む　越渓の曲《くま》
7　楊柳色依依　　楊柳　色は依依たり
8　燕帰君不帰　　燕は帰り君は帰らず

（9「菩薩蛮」）

これは主人公を西施に見立てた（「家住越渓曲」）閨怨であるが、問題にしたいのは3句「金雁一双飛」である。金は五行で秋に当たるので、「金雁」は「梨花白」、「芳草緑」などの語から想定される春という季節にそぐわないとも言える。しかし、「金雁」は2句の「関山」から連想されて出てきたものと考えられる。したがって、「金」に比重を置かずに、3句を戸外の実景の描写と解して、空を飛ぶ二羽の雁の姿を思い浮かべるのは、自然なことであると言えるであろう。と言うよりも、むしろ、2句から3句へ唱いつがれたとき、聞く者は素直に戸外の実景としての雁を思い浮かべるのであって、1句の「梨花白」と「金雁」との齟齬には思い至らない。しかし、4句に至ると事情は異なる。4句は閨房の女性を、涙の痕のついた衣を描くことによって提示するが、これは3句と直接つながらない。ここに至って、われわれは3句を振り返り、4句のもつ閨房という場に引きつけるのである。これは3・4句が韻を同じくすることによっても支持される。とすれば、「金雁一双飛」は実景としての雁の姿以外に、さらに別のイメージを喚起することになる。これについては、『浦江清文録』（一六二頁）に次のように言う。

或云、金雁即舞衣上所繡、猶之第一章之「新貼繡羅襦、双双金鷓鴣」、「金雁一双飛」言舞袖之翩翾、亦猶鄭徳輝詠舞之曲「鷓鴣飛起春羅袖」也。此可備一説。另解、金雁者言箏上所設之柱、箏柱成雁行之形、故曰雁柱、亦有称金雁者、温飛卿詠弾箏人詩云、「鈿蟬金雁今零落、一曲《伊州》涙万行」、与此詞意略同。以此解為最勝

「金雁」が、女性の衣裳の刺繡を指すか、あるいは〝ことじ〟を指すかは容易には決めがたいが、いずれにしても、3句は女性の衣裳、あるいは箏の提喩としての機能をも持つのであり、「金」の字は実際の金色を意味する。すなわち、「金雁一双飛」は、実景としての雁のイメージばかりではなく、女性の衣裳を背景に浮かび上がる金糸の雁の姿や、箏の上に並んだ〝ことじ〟の姿をもわれわれに喚起させるのである。しかも、その「金雁」は「一双飛」と表現されて、女性の孤閨の愁いに対置されている。

さらにひとつ例を挙げよう。

1　翠翹金縷双鸂鶒　　翠の翹《はね》　金の縷《いと》　双鸂鶒
2　水紋細起春池碧　　水紋細かく起き　春の池は碧なり
3　池上海棠梨　　池の上《ほとり》の海棠梨
4　雨晴紅満枝　　雨晴れて紅は枝に満つ

5　綉衫遮笑靨　　綉衫　笑靨を遮る
6　烟草粘飛蝶　　烟草　飛蝶粘《つ》く
7　青瑣対芳菲　　青瑣　芳菲に対す
8　玉関音信稀　　玉関　音信稀なり

（4「菩薩蛮」）

前関の四句は戸外の実景として詠まれているとしてよいだろう。[13] 主人公の女性はと言えば、5句に至って、はじめて衣裳の袖で顔を隠す姿が登場する。ところが、6句は再び外景の描写に戻ってしまっている。すなわち、もやのかかったような草の間を蝶が貼り付くように飛んでいるさまを描写するのである。これは7句「青瑣対芳菲」につながってゆくのだとも考えられる。しかし、前関の外景描写を経て、ようやく5句において主人公の女性が提示されたところなのであるから、5句から6句への進行は脈絡のないものとも言える。そこで、5・6句の関係に目をやれば、6

句は5句と対句をなしており、しかも韻を同じくしている。つまり、5・6句は強い平行性を有している。したがって、6句は7句よりも、5句により強く引きつけられるのである。とすると、6句を外景描写とするのは唐突の感を否めない。6句はただ単に脈絡なく投げ入れられた叙景の句なのであろうか。おそらくそうではない。6句は7句へとつながるばかりではなく、5句と密接につながるもうひとつのイメージを喚起しているのである。それが何であるかは、次の二つの例から導かれるであろう。

翠釵金作股　翠釵　金もて股と作《な》し
釵上蝶双舞　釵上に蝶双つながら舞う
（3「菩薩蛮」）

まず、右の二句は、翠のかんざしは金で股が作られていて、そこには二匹の蝶が舞っている、とうたっている。この蝶がかんざしの飾りであることは言うまでもない。髪に挿したかんざしとその飾りを、二句にまたがって少々説明的に描写したわけである。ところが、同じ対象が温の詩では隠喩を伴って次のようにうたわれている。

雲髻幾迷芳草蝶　雲髻幾ど迷わす　芳草の蝶
額黄無限夕陽山　額黄無限なり　夕陽の山
（「偶遊」）

「雲髻幾迷芳草蝶」とは、髪に挿したかんざしの先の蝶の飾りが揺れて、雲なす髪の間に見え隠れするさまを描写したものであり、ここでは隠喩が巧みに用いられている。「芳草」とは「雲髻」の隠喩なのであり、また、動詞「迷」も飾りの蝶が見え隠れすることを隠喩的に表現したものである。(14) そこで、元に戻れば、「烟草粘飛蝶」とはまさに「雲髻幾迷芳草蝶」のバリエーションであり、同じ対象を描写したものにほかならない。「芳草」が「烟草」に、「迷」が「粘」に置き換えられているのである。と言うよりも、かんざしを直截意味する語はもちろんのこと、髪を直截意味する語も使用せずに、かんざしの飾りの蝶のみを抽出した提喩表現として働いているのである。6句はかんざしの飾りの、おそらく金で作られた蝶の揺らぐイメージをも喚起している。こうして、6句は、かんざしの提喩として5句「綉衫遮笑靨」と結びつき、一方、戸外の実景として7句「青瑣対芳菲」へとつながってゆくのである。

おわりに

以上、温庭筠の詞について、その修辞面、とくに提喩に当たる描写パターンに焦点を絞って私見を述べたが、最後に、温詞の典型であり、かつ傑作のひとつである作品を〝読む〟ことで、小論を終えることにしたい。

55訴衷情

1　鶯語　　鶯は語り
2　花舞　　花は舞う

3　春昼午　春の昼午
4　雨霏微　雨は霏微たり
5　金帯枕　金帯の枕
6　宮錦　宮の錦
7　鳳凰帷　鳳凰の帷《とばり》
8　柳弱蝶交飛　柳は弱く蝶は交《こもご》も飛ぶ
9　依依　依依たり
10　遼陽音信稀　遼陽　音信稀にして
11　夢中帰　夢中に帰る

1―鶯はさえずり、2―花びらは舞う。3―春のまひるどき。4―雨はこまやか。
（まず、閨房を取り巻く自然の描写からはいるが、目に映る事物を短い語で投げつけるように点綴する）
5―金の帯した枕。6―御所の錦。7―鳳凰を描いたとばり。
（次に閨房内の描写に移る。6句「宮錦」は提喩であるが、その暗示するものは定かでない。『花間集』の用例を見ると、和凝、267「臨江仙」に「披袍窣地紅宮錦」とあって、衣裳を指している。(15) しかし、5句に「枕」とあるところから、女性の臥せているしとねとも考えられよう。これもいずれでもよい。「宮錦」が閨房（女性）に密接に関わるものの提喩だと了解されればよいのである。「宮錦」の背景に、衣裳やしとねのイメージが交錯するとしたら、それでこの句は十分効果を生じていると言えよう）

8—柳はなよなよ、蝶は飛び交う。9—ゆらゆらと。

（8句は、それまでの閨房内の描写から、再び外景の描写に戻っている。しかし、「柳弱」の二字について言えば、柳は女性の眉や姿態のなよやかさと強く結びつけられてきたし、「蝶交飛」もさきに指摘したように、かんざしの提喩としても機能し得る。つまり、「柳弱蝶交飛」の句は、一種の提喩として女性を暗示しているのである。となれば、この8句から、われわれは実際の柳や蝶のイメージはもちろんのこと、女性の眉やなよやかな姿態と、かんざしにきらめく蝶の飾りが揺らめくイメージをも喚起させられるのである。そして、これを承けた9句「依依」とは、柳の技が揺らぎ、蝶のひらひら舞い飛ぶさまを形容する語であると同時に、男性への思いの断ち切れぬ女性の、心の揺れをも表わしているのである。こうして女性の思いは10句へとつながってゆく）

10—遼陽からのたよりもまれになり、11—（あの人は）夢のなかで帰って来るだけ。

〈注〉

（1）温詞のこうした手法は六朝宮体詩の流れを汲むものである。宮体詩の特色については興膳宏「艶詩の形成と沈約」（『日本中国学会報』第二四集）に次のような指摘がある。

単に「古詩十九首」風のやるせないもの思いを描くだけでなく、その女性の容貌・表情・姿態・動作、さらに衣裳や調度から、はては彼女の住む家やそれを取り巻く自然に至るまで、克明にまた執拗に描写せずにはすまぬのが宮体詩の特色なのである。

（2）「風」は多く「かぜ」の意と解されているが、そうではないらしい。温庭筠「詠春幡」に「玉釵風不定、香歩独裴回」、また宋、晏幾道「臨江仙（闘草階前初見）」に「羅裙香露玉釵風」とあり、「風」は〃ゆらぐ、ふるえる〃の意に解すべきである。

また、宋、柳永「夜半楽（艶陽天気）」に「雲鬟風顫、半遮檀口含差、背人偸顧」とある。この「風顫」と同義であろう。

（3）詞牌上の数字は『花間集』の通し番号である。なお、テキストは李一氓『花間集校』を用いたが、従わなかったところもある。

（4）かんざしなどは本来女性とは別個のもので、その要素とは見做しにくい。しかし、温詞においては、換言すれば「閨情」「閨怨」においては、女性とは必ず美しい衣裳や装身具を身につけ、あでやかな化粧をしているのであって、衣裳や装身具、べに・おしろいの類も、全く女性を構成する要素のひとつと化していると言える。つまり、「閨情」「閨怨」という文脈においては、衣裳や装身具などまでが、顔や手などとともに、女性という概念を構成する要素となっていると考えられる。

（5）語彙面から言うと、「美人」、「謝娘」などの、女性という概念そのものを表わす語は、温詞にはほとんど見られない。

（6）「颭艶」は用例を知らない。おそらく畳韻の語であろう。杜牧「題池州弄水亭」に「弄水亭前渓、颭灩翠綃舞」、温庭筠の「鴻臚寺有開元中錫宴堂云云」と題する詩に、「颭灩蕩碧波、炫煌迷横塘」とある。この「颭灩」と同様の語と思われる。

（7）提喩と換喩の区別は議論の多いところである。たとえば、ローマン＝ヤコブソンは隣接性という観点から前者を後者に含めるが、佐藤信夫『レトリック感覚』はこれに対して両者を別個の文彩とする。しかし、元来修辞学用語の枠内であらゆる比喩を整然と分類することは困難である（中村明『比喩表現辞典』参照）。小論の目的は修辞学的な分類定義にはなく、温詞の描写パターンとその効果を示すことにあるのだが、小論における両者の区別の目安は示しておく必要があろう。なお、『美学事典』増補版（弘文堂）によって示す。

換喩（metonymy）—ある観念を表現するためこれと因果的、経験的あるいは論理的に関連する他の観念をもってする法（たとえば、（X）雁で（Y）書信を示すごときもので、（X）と（Y）は別個のものである）

提喩（synecdoche）—一部分、一者あるいは種をもって全体、多数あるいは類を示し、またはその逆を行う法

暗示型と名付けた図式を、部分で全体を示すという種類の提喩に当たると見做すのが小論の立場である。

（8）佐々木健一「言語の造形と空間――修辞学と美学――」（『思想』一九八一年第四号）は、〝岬の高みから、水平線上に一つの帆をみとめた〟という一文について、次のように言う。

それが船であることを了解しながらも、「ネルソンが見たのは帆である」と表現するところにこそ、提喩が文彩である根拠がある。帆と船とは同時に生きている。提喩はおそらく描写性を特色とする文彩であると言ってよいであろう。その描写性は、帆を帆と読むところからしか生まれてこない。

(9) いわゆる双関語である。これについては、王運熙「論呉声西曲与諧音双関語」(『六朝楽府与民歌』所収)を参照されたい。

(10) 7句「琪樹鳳楼前」は分かりにくい。「琪樹」、「鳳楼」は仙界に関連する語であるので、主人公の住む道観の実景として詠まれているのかも知れない。あるいは、「琪樹」は主人公の姿態の隠喩とも考えられそうである。

(11) 川合康三「李商隠の恋愛詩」(『中国文学報』第二四冊)によれば、対象からその色彩を抽出するというこの種の提喩は、李賀の影響らしい。また、氏は「李賀とその詩」(『中国文学報』第二三冊)において、「冷紅」、「寒緑」などの語を感覚の面から論じて、〝「代詞」と名付けるといかにもまわりくどい詩的修辞のようであるが、実はそれは感覚語をそのまま投げつけたものであり、極めて直截な表現(傍点筆者)であるとさえいうことができよう〟と言う。これは提喩の直截的な成立過程を経るという性格にも由来する。なお、温詩における李賀の影響については附論一を参照されたい。

因みに、色彩語を用いた文彩がすべて提喩というわけではないのはもちろんである。たとえば、刑事が〝奴は黒だ〟と言うときの〝黒〟は、隠喩とするのが妥当であろう。

(12) しかし、「軽紗」が衣裳を指すことはないと断定はできまい。直接の典拠にはならぬが、陸游『老学庵筆記』巻六に載せる次の話はその方向を示唆するものである。

亳州出軽紗、挙之若無、裁以為衣、真若煙霧、一州惟両家能織、相与世世為婚姻、惧他人家得其法也、云、自唐以来名家、今三百余年矣

(13) ただ、1句「翠翹金縷双鸂鶒」は実際の鸂鶒の描写であると同時に、かんざしの飾りの描写ともとれなくはない。したがって、この句にも本章で述べる問題の生じていることを認めることができようが、いまは暫く触れないでおく。兪平伯氏はこの句を次のように解釈している。

鸂鶒、鴛鴦之属、金雀釵也。上二首(1菩薩蛮、2同上・筆者)皆以妝為結束、此則以妝為起筆、可悟文格変化之方。「水

紋」以下三句、突転入写景、由仮的水鳥、飛渡到春池春水、又説起池上春花的爛縵来（『読詞偶得』六頁）

(14)「額黄無限夕陽山」の句は、額につけた額黄が眉の上で輝くさまを描写したもので、「夕陽」が「額黄」の、「山」が眉の隠喩である。なお、温詞にも、「蕊黄無限当山額」（3「菩薩蛮」）という同様の句がある。

(15)『花間集』ではもうひとつ毛文錫206「虞美人」に、

宝檀金縷鴛鴦枕、綬帯盤宮錦

という例がある。しかし、この「宮錦」が帯を指すのか、それとも衣裳を指すのかはよく分からない。

第四章　柳永の艶詞とその表現

はじめに

北宋の柳永は、第一章で述べたように、宋詞における慢詞隆盛の端緒をひらいた詞人である。柳永以後、慢詞は宋詞を特徴づける形式となったのであり、宋詞の集大成者といわれる周邦彦はその影響を受けている。柳永はその意味できわめて重要な詞人である。

本章では、柳永の表現の特徴をその艶詞を題材に探る。その際、唐・五代の艶詞の特徴と性格をふまえ、また柳永とほぼ同時代の張先、晏殊、欧陽脩の三家との比較をまじえながら論じてゆくことにしたい。

第一節　柳永とその評価

柳永は『宋史』に伝が記載されず、その詳細な伝記はいまだ明らかにされていないが、概略はおよそ次のようである。(1)

柳永は、宋、太宗の雍熙四年（九八七）に父柳宜の第三子として生まれた。若年より文名があり、二人の兄とともに

〝柳氏三絶〟と称された。科挙受験のために国都の汴京に上るが、当時、宋朝は五代の騒乱を治め、安定と繁栄の道を歩んでおり、国都汴京は政治・経済の中心として繁栄していた。柳永はたちまち都の空気に染まり、遊里に入り浸り、官吏として栄達する以前に巷間の通俗詞人として有名になってしまう。こうした行状とその艶詞のためか、科挙にはなかなか及第できず、景祐元年（一〇三四）、かなり晩年になってやっと及第することができた。しかし、昇進は意のままにならず、地方官を転々とした末、仁宗の皇祐五年（一〇五三）、官吏としては不遇の一生を終えた。

柳永は詞集として『楽章集』を今に伝えており、その収録する作品は二百首余り、大部分がいわゆる羈旅行役の詞と艶詞とで占められている。[2] 古来、柳永に対する評価は肯定論、否定論の両様に分かれるが、次に挙げるのはその一例である。

　　始有柳屯田永者、変旧声作新声、出楽章集、大得声称于世、雖協音律、而詞語塵下

　　世言柳耆卿曲俗、非也、如八声甘州云、漸霜風凄緊、関河冷落、残照当楼、此真唐人語、不減高処矣

前者は、宋、胡仔の『苕渓漁隠叢話』後集巻三三に引く女流詞人李清照の言葉である。彼女は柳永の作品を、音律にかなってはいるが、その言葉は非常に俗なものであると非難する。しかし、一方では後者のような見解も見られる。これは、宋、呉曾の『能改斎漫録』巻一六に引く晁無咎の言葉であるが、柳永の詞は俗ではなく、その「八声甘州（仙呂調）」のなかの句の如きは、唐人のものにも劣らないというものである。こうしてみると、柳永に対する評価は確かに肯定否定両様に分かれているように見えるのであるが、肯定論には実は一つの条件が付け加えられている。それは、

「羈旅行役に工みなり」(3)と言われることから窺えるように、柳永の詞でも羈旅行役の詞ならば肯定されることもあるということである。先に挙げた晁無咎の言葉でも、柳詞は俗だと言われるが、羈旅行役の詞のなかにはこのように俗でないものもあると言っているのであって、消極的な肯定論と言える。羈旅行役の詞とともに『楽章集』の大きな部分を占める艶詞は、俗だとして、はじめから無視されるか否定されているかの如きである。詞話の類でも、柳永の艶詞について議論するものはほとんど見当らないようである。柳永の艶詞はやはり〝俗〟なものであり、(4)評価の与えがたいものなのであろうか。

唐末の温庭筠によって高められ、洗練された詞という文学様式は、五代において隆盛に向かった。すなわち、蜀の地を中心としては『花間集』の詞人たち、南唐では国主の李璟・李煜父子、馮延巳を中心とした詞人たちが活躍した。これら唐・五代の詞人たちの作品は、『花間集』や『尊前集』、あるいは馮延巳の『陽春集』などとして伝えられている。(5)これらの詞集に載せる作品は多く艶詞であり、テーマとしては大体次に挙げる二種のものが多い。一つはいわゆる閨怨をテーマとした作品であり、また一つは女性の容貌や姿態の美しさを描写するたぐいの作品である。(6)柳永の艶詞においても、これら二種の作品が大部分を占めている。その点では柳永の艶詞も唐・五代のそれを受け継いでおり、テーマの選択は伝統的であると言えるが、作品の表現方法、創作態度などの点では柳永独自のものが見られるのである。以下、前述の二種のテーマの作品を中心に見てゆくことにするが、まず閨怨詞から取り上げよう。

第二節　唐・五代における閨怨詞

閨怨詞は男性と離別した女性の悲しみや恨みをテーマとするものであるが、柳永の作品においてもそれは変らない。そこで、ここでは表現方法（女性の悲しみや恨みをどのような方法で表現するか）に重点をおいて検討してゆく。柳永の作品の検討に入る前に、まず唐・五代の閨怨詞から例を挙げ、その特徴と性格をおさえておこう。(7)

菩薩蛮　　温庭筠（『花間集』巻一）

牡丹花謝鶯声歇　　牡丹の花は謝《ち》り　鶯の声は歇み
緑楊満院中庭月　　緑楊　院《にわ》に満ち　中庭の月
相憶夢難成　　相憶いて夢は成し難く
背窓灯半明　　窓に背けし灯は半ば明るし

翠鈿金圧臉　　翠鈿　金は臉を圧し
寂寞香閨掩　　寂寞として香閨を掩《とざ》す
人遠涙闌干　　人遠く涙は闌干たり
燕飛春又残　　燕飛び春は又た残《すた》る

温庭筠はいわゆる花間派を代表する詞人であり、これは著名な「菩薩蛮」十四首のうちの一首である。(8)前闋はまず、牡丹の花が散り、うぐいすの声はやみ、青青とした柳の繁る庭に月あかりの差す情景を描く。そして、次に転じて閨房の様子を写しだす。そこでは主人公である女性が、恋しい人を夢みることもできずに、うす暗いなかでベッドに臥している。後闋に入るとその女性の描写に移り、読者の眼は女性へと近づけられる。美しい髪飾りは顔に垂れかかり、遠く離れてしまった人を思ってははらはらと涙を流す。最後の「燕飛春又残」の句に至って、読者の眼は再び閨房と庭との見渡せる位置にまで退く。「燕が飛び交い、今年もまたあの人が帰って来ないままで春が終ろうとしている」とうたうこの句は、読者の眼に映ずる閨房と庭全体をもの悲しい雰囲気で包み込んでいるのである。しかも、この作品のもつ雰囲気は単にもの悲しいばかりではない。牡丹、鶯、翠鈿などの濃艶な情緒をかもし出す言葉と、美しい女性の姿態の描写とが相俟って、一方では非常に濃艶な情緒が生ぜしめられているのである。そして、これら一見相反する二つの情緒が溶け合って、一種独特の雰囲気がかもし出される。こうした独特の雰囲気を持つ温庭筠の詞風について、村上哲見氏はかつて「温飛卿の文学」（『中国文学報』第五冊、一九五六）のなかで次のように述べている。(9)

そこには、細膩にして幽遠な一の感覚的境地が構成されるだけで、具体的な情景、場面といったものは読むものの想像にまかせられる。その陶酔的な雰囲気は形をもたないために無限の拡がりをもつ。

これは的確な指摘である。しかし、「無限の拡がりをもつ」という表現には少しく注釈を付け加えておきたい。確かに、後に取り上げる女性をうたう作品においては、その夢幻的なまめかしい雰囲気が「無限の拡がりをもつ」と言えるのであるが、ここでは閨怨詞であることに留意したい。先程、作品の解釈にあたって〝読者の眼〟という言葉を使ったが、それはこの作品があたかもスクリーンに映し出された映像で構成されているがごとくに見えるからである。確かに、「具体的な情景、場面」は「読むものの想像にまかせられる」のであるが、作品の情景はスクリーンで限定されているのである。スクリーンとは、換言すれば、閨怨詞が本来主題とする女性の悲しみや恨みの感情である。悲しみや恨みというものは発散拡大してゆくものではなく、いわば凝縮してゆくもので、作品の持つ「陶酔的な雰囲気」が「無限の拡がりをもつ」といっても、決してスクリーンを飛び出して発散されることはない。つまり、修辞的な彫琢から生ずるなまめかしい雰囲気が、女性の悲しみや恨みをうたうところから生ずる暗く凝縮した雰囲気のなかに、渾然と融合しているのが、村上氏のいう「陶酔的な雰囲気」なのである。そして、このような雰囲気は温庭筠ばかりでなく、彼を中心としたいわゆる花間派の詞人の作品のもつ、あるいは志向するものであった。

次に、南唐の馮延巳の作品を挙げよう。

采桑子（『陽春集』）

小堂深静無人到　　小堂深く静かにして　人の到る無く
満院春風　　院《にわ》に満つる春風
惆悵牆東　　惆悵す　牆《かき》の東に
一樹桜桃帯雨紅　　一樹の桜桃　雨を帯びて紅《くれない》なり
愁心似酔兼如病　　愁心酔うに似て　兼ねて病むが如く

欲語還慵　　　語らんと欲して還た慵《ものう》し
日暮疏鐘　　　日暮の疏鐘
双燕帰栖画閣中　　双燕帰り栖《す》む　画閣の中

前関では、部屋には来る人もなくひっそりとし、庭には春風が舞い、桜桃の花が雨に洗われてひときわ鮮やかさを増した情景を写し、そのなかで愁い悲しむ女性の様子を描く。後関はそれを承け、心は悲しみ愁え、酒に酔い病気になったようで、物を言おうとしてもやはりものうくなってしまうとうたい出す。そして、最後に夕暮れを告げる鐘の音がまばらに聞こえて来るなかを、一つがいの燕が美しい楼閣に帰って来る情景を描写して終る。この作品には前掲の温庭筠の「菩薩蛮」のような濃艶な情緒は欠けている。それは、花間派の作品が女性の姿態の描写や、花、小動物、家具調度品、それに女性の装身具を織り込んだ描写をするのに対し、馮延巳の作品の多くが風景や情景の描写を比較的多く用いるからである。しかし、馮延巳の作品にも花間派風の描写はよく見られるのであって、馮延巳に特徴的と思われるのはむしろ次の点である。この「采桑子」について言えば、「惆悵牆東」や「愁心似酔兼如病、欲語還慵」のように、女性の悲しみ恨む状態を描写する句が作品中によく見られるということである。これが馮延巳の作品が花間派のものと異なる点であるが、それは表現方法における相違であって、閨怨詞を創作する態度の上では両者ともに同じ基盤に立っている。しかし、それについては後述することにし、ここでは唐・五代の閨怨詞の表現方法の特徴をまとめておくにとどめておこう。

〈温庭筠を中心とする花間派について〉

濃艶な情緒を生ぜしめる語彙を多用し、その濃艶さと、閨怨というテーマのもつ悲しみや恨みといった暗い情緒との融合によって織りなされる独特の雰囲気を志向する。極度に修辞的、耽美的な表現である。

〈馮延巳について〉

風景や情景の描写が比較的多用される。また、女性の悲しみ恨む状態を描写することが多く、それが直截詩句の上にのせられる。花間派に比較して、修辞的、耽美的な度合いが少ない表現が多い。

もちろん、唐・五代の作品がこれら二種の表現方法のものに整然と区別されるものではない。花間派の作品にも馮延巳に近いものがあり、その逆もまた言える。

以上、唐・五代の閨怨詞について述べて来たが、ここで、これまで述べた唐・五代の作品とは少し毛色の変った表現の見られる作品が、少数ではあるが存在するので触れておきたい。まず例として一首挙げる。

菩薩蛮　尹鶚（『花間集』巻九）

朧雲暗合秋天白　朧雲暗《ひそ》かに合し　秋天白く
俯窓独坐窺煙陌　窓に俯して独り坐し　煙陌を窺う
楼際角重吹　楼際　角《つのぶえ》重ねて吹かれ
黄昏方酔帰　黄昏　方《はじ》めて酔いて帰る

荒唐難共語　荒唐として共に語り難く

明日還応去　　明日　還た応に去るべし
上馬出門時　　馬に上りて門を出づる時
金鞭莫与伊　　金鞭　伊《かれ》に与うる莫かれ

これは放蕩な夫をもった妻の嘆きをうたった作品である。前関では、秋の暮れ方、じっと通りを見つめて待つ妻のもとに、城門の角笛が吹かれるたそがれ時になって、夫はやっと帰って来たとうたう。こうして情況が設定される。そして、帰って来た夫は酔っ払っていて、言うことはでたらめで話もできない、と後関に受け継がれてゆく。この後に、他の多くの唐・五代詞にない毛色の変った表現が見られるのである。

夫は明日もまた遊びに行ってしまうに違いない。馬に乗って出掛ける時、むちを渡してやらないで行かせないようにしよう。

これは主人公の女性の心のうちを語った言葉である。それも、他の唐・五代の作品にも見られるような、悲しいとか、男が恨めしいとかいう紋切り型の言葉ではない。そうしたいわば抽象的な表現ではなく、女性の心に生じた想念の具体的な表現である。これを心理の具体的表現と呼ぼう。こうした心理の具体的表現を含む作品は唐・五代では極めて稀なのであるが、どちらかと言えば、『花間集』よりも『尊前集』に多くみられるようである。次にそれらの作品から、該当する部分を幾つか挙げておこう。

待得不成模様、雖叵耐、又尋思、怎生嗔得伊　（欧陽炯「更漏子」、『尊前集』巻下）

夢中幾度見児夫、不忍罵伊薄倖　（魏承班「満宮花」、同前）

当初不合儘饒伊、贏得如今長恨別　（許岷「木蘭花」、同前）

換我心為儞心、始知相憶深　（顧敻「訴衷情」、『花間集』巻七）

こうした表現を含む作品は、すでに述べたように、唐・五代では極めて稀なものであり、唐・五代の閨怨詞の主流をなす表現は、あくまで花間派や馮延巳のような表現である。しかし、そうした唐・五代では稀な表現が、実は次節で述べるように、柳永の閨怨詞にはしばしば見受けられるのである。ここから、即座にそうした表現をもつ作品と柳永との関連を云云するのは性急であり、更に検討を要する問題であるが、唐・五代における女性の心理の具体的表現を有する作品の存在を確認しておくことは重要なことであろう。では、次節から柳永の閨怨詞の検討に入ることにしよう。

第三節　柳永の閨怨詞

柳永の生卒年は明確な伝記資料がないので、いまだ確認されていないが、唐圭璋氏はこれを雍熙四年（九八七）と皇祐五年（一〇五三）としている。[10] この推定はいまのところ動かないようである。また、柳永と並んで北宋初期の代表的詞人とされる張先、晏殊、欧陽脩のそれは、それぞれ次の通りである。

〈張先〉
淳化元年（九九〇）～元豊元年（一〇七八）
〈晏殊〉
淳化二年（九九一）～至和二年（一〇五五）
〈欧陽脩〉
景徳四年（一〇〇七）～熙寧五年（一〇七二）

柳、張、晏、欧の四家ともにほぼ同時代に属するが、柳、張、晏の三家は時代がほとんど重なっており、欧のみが他の三家より少し後に属している。[11] これからは前節で述べた唐・五代の作品をふまえ、張、晏、欧の三家との比較をまじえて柳永の作品を検討してゆこう。まず短い作品を挙げる。

少年遊（『楽章集』巻中、林鍾商）

簾垂深院冷蕭蕭　　簾は深院に垂れ　冷くして蕭蕭たり
花外漏声遙　　花外に漏声遙かなり
青灯未滅　　青灯　未だ滅せず
紅窓閑臥　　紅窓に閑かに臥せば
魂夢去迢迢　　魂夢　去ること迢迢たり

薄情漫有帰消息　　薄情　漫りに帰る消息有りて
鴛鴦被　　鴛鴦の被《ふすま》
半香消　　半香消ゆ
試問伊家　　試みに伊家《かれ》に問わん
阿誰心緒　　阿誰《たれ》の心緒《こころ》か
禁得恁無憀　　恁《か》くも無憀なるに禁《た》え得ん

前関は情景の描写である。奥深い庭にすだれは垂れ、花のむこうからは漏刻の音がかすかに聞こえてくる。あたりは冷え冷えとして寂しい。閨房のあかりはまだついたまま、窓辺によこたわり、夢に魂をさまよわせている一人の女性がいる。後関に入ると、その女性が夢にさまよう事情が呈示される。「薄情者は帰るという知らせを寄越したきり帰りもせず、鴛鴦のしとねは香りがなかば消えてしまった」と。これを承けた「試問伊家」以下の句に注目したい。

「あの人にきいてやろう、一体誰の心がこんな寂しさに耐えられると言うのかと」とうたうこの句は、前節で挙げた尹鶚の「菩薩蛮」などに見られた女性の心理の具体的表現である。帰らぬ男を恨み嘆く女性の内面の動きが、具体的な形で言葉に表わされている。そして、唐・五代では極めて稀であったこのような表現が、柳永の閨怨詞においては半数以上を占める作品に見られるのである。ただ、尹鶚の「菩薩蛮」のごとき作品が極めて稀ながら唐・五代にあるので、こうした表現が全く柳永の独創であるとは言えない。しかし、そうした表現が数多くの作品に見られるということは、柳永の大きな特徴と言ってよい。だが、同時代の詞人と比べてはどうであろうか。ここで張先と晏殊とについて考えてみよう（欧陽脩については後述する）。

張先の現存する作品は百六十余首、そのうち約三十首がいわゆる閨怨詞と見られる。その三十首ほどの作品のほぼ九割近くは唐・五代の主流の表現を受け継いだものであり、女性の心理の具体的表現を含む作品はわずか二、三首に過ぎない。これは柳永に比較して非常に少なく、女性の心理の具体的表現が張先の閨怨詞の特徴とはとても言えない。張先の閨怨詞はやはり唐・五代風の伝統的なものと言える。また、晏殊については、現存する作品は百三十首余りで、約三十首が閨怨詞と見られる。しかし、晏殊の閨怨詞には女性の心理の具体的表現は見当たらない。こうしてみると、ほとんど時代を同じくする柳、張、晏の三家のうちでは、柳永のみが女性の心理の具体的表現をその閨怨詞の特徴としており、唐・五代では極めて稀であった尹鶚等の表現を受け継いだ形になっていると言える。

ただ、前掲の「少年遊」における女性の心理の具体的表現は尹鶚等のそれと同様に、作品中にぽつりと使用されるだけで、いわば〝落ち〟として使用されているだけだという感じは免れない。しかし、柳永の閨怨詞にはそこに留まる作品ばかりが見られるわけではない。そうした女性の心理の具体的表現を更に推し進めた形の作品が幾つかあり、そこに見られる表現こそ柳永の独自性を示すものなのである。その一例を挙げよう。

定風波　（『楽章集』巻中、林鍾商）

自春来　　春自り来《このかた》
惨緑愁紅　　惨《かな》しき緑　愁いの紅《くれない》に
芳心是事可可　　芳心　是《すべ》ての事可可《かか》なり
日上花梢　　日は花梢に上り
鶯穿柳帯　　鶯は柳帯を穿つも
猶圧香衾臥　　猶お香衾を圧して臥せたり
暖酥消　　暖酥　消え
膩雲嚲　　膩雲　嚲《くず》れ
終日厭厭倦梳裹　　終日　厭厭として梳裹《くしけず》るに倦《ものう》し
無那　　那《いか》んともする無し
恨薄情一去　　恨むらくは　薄情　一たび去りて
音書無箇　　音書《たより》　箇《ひと》つも無し

早知恁麼　　早く恁麼《か》くのごときを知りなば
悔当初　　悔ゆ　当初
不把雕鞍鎖　　雕鞍を把りて鎖《かぎか》けざるを

向鶏窓　　鶏窓に向《おい》て
只与蛮牋象管　　只だ蛮牋と象管とのみ与えて
拘束教吟課　　拘束して吟課せしめ
鎮相随　　鎮《なが》く相随い
莫抛躲　　抛躲する莫く
針線閑拈伴伊坐　　針線を閑《のど》かに拈《と》りて　伊に伴いて坐し
和我　　我と
免使年少　　年少の
光陰虚過　　光陰をして虚しく過ぎしむるを免れん

前闋の前半「終日厭厭倦梳裹」までは、一般的な情景の描写である。春景色のなかでなすこともなく、くしけずるのさえものうい、と美しい女性のやつれた姿態を描写する。しかし、「無那、恨薄情一去、音書無箇」以下は、主人公の女性の心の動きをそのまま彼女に語らせるのである。「無那、恨薄情一去、音書無箇（どうしようもない。恨めしいのはあの薄情者、いったん出て行ったきり、便り一つ寄越しやしない）」以下の一連の句は、女性の過去への回想と悔恨という形をとり、決して抽象的、象徴的な表現にはなっていない。とくに後闋に入ってからの表現は女性の心の動きを見事に抽出していて、実に心憎いばかりの表現である。また、花間派のような場面場面で断片的に構成してゆく方法はとらず、句と句が連続的につながっている。これは凝縮、緊張した表現のなかに思想や感情を注入してゆく方向とは異なっており、心に浮かぶ想念を直截具体的にうたっており、いわば〝語り〟である。そして、この「定風波」

における様な表現は唐・五代では決して見られない。しかし、同時代の作品ではどうであろうか。張先、晏殊については先に述べたので、ここでは残る欧陽脩について考えてみよう。

欧陽脩の作品は二百四十余首、そのうち閨怨詞は六十首を越える。そのなかで女性の心理を具体的に表現するものは、張、晏二家に比較すると多く、十首余りある。なかでも、「看花回」（『酔翁琴趣外篇』巻一）はここに挙げた柳永の「定風波」に近い作品である。(12)こうしてみると、女性の心理を具体的に表現してゆく傾向は欧陽脩にも強いと言えるかも知れない。しかし、それはあくまで張、晏二家に比してであり、彼の閨怨詞の八割はそのような表現を持たず、柳永に比べれば非常に少なく、女性の心理の具体的表現が欧陽脩の閨怨詞で大きな部分を占めるまでには至っていない。また、ここで柳永と欧陽脩の生年を考えると二十年の開きがあり、かつ柳永の艶詞は彼が遊里に留連していた初期の作と考えられることを考慮すると、欧陽脩が柳永の作品に影響を受けたとも考えられるのではないか。柳永の詞が西夏でも歌われていたり、(13)その「定風波」が晏殊に非難されたということを考えると、(14)柳永の詞はかなり流布していたと言え、そこに欧陽脩が前述の「看花回」のような作品を作る一因を考え得るのではないだろうか。これは単に推測に過ぎないが、少くとも、柳永と欧陽脩の年代の開き、および柳永の艶詞の製作時期から見て、柳永が先駆的な位置を占めると言えよう。

女性の心理の具体的表現とその直截的な語り口調は、柳永の大きな特徴であり、このような特徴を明確な形で認め得る詞人は、唐・五代および北宋初期において柳永以外には見当たらないと言ってよいであろう。そして、次に挙げる一首は柳永のこうした表現方法が最も明確に押し出されている点で、頂点に位置するものと言える。

昼夜楽　（『楽章集』巻上、中呂宮）

洞房記得初相遇　洞房　記し得たり　初めて相遇いしを
便只合　便ち只だ合《まさ》に
長相聚　長えに相聚うべし
何期小会幽歓　何ぞ期せん　小会幽歓の
変作離情別緒　変じて離情別緒と作《な》るを
況値闌珊春色暮　況んや闌珊たる春色の暮れに値うをや
対満目　満目の
乱花狂絮　乱花狂絮に対《むか》いて
直恐好風光　直だ恐る　好き風光の
尽随伊帰去　尽く伊に随って帰り去らんを

一場寂寞憑誰訴　一場の寂寞　誰に憑《よ》ってか訴えん
算前言　算《おも》うに　前言
総軽負　総て軽く負《そむ》けり
早知恁地難拚　早く恁《かく》地も拚《す》て難きを知りなば
悔不当時留住　悔ゆ　当時　留《とど》住めざりしを
其奈風流端正外　其れ奈んせん　風流にして端正なる外に
更別有　更に別に

繋人心処　　　人の心を繋ぐ処有るを
一日不思量　　一日　思量せざらんも
也攢眉千度　　也《ま》た眉を攢《ひそ》むること千度《ちたび》

この作品に至っては最初から女性が語り出しており、柳永の表現法が見事に展開されている。男に去られた女性の悲しみが具体的に綿々と語られてゆくのである。なかでも、「其奈風流端正外、更別有、繋人心処（どうしようもない、あの人はすっきりした優男であるだけでなく、そのうえ人の心をつかんで放さぬところがあるのだもの）」という表現などは、女性の心理のあやを巧みに捉えた表現である。総じて、柳永は恋愛心理を捉えるのに長じた詞人であるが、このような表現は彼の体験に裏打ちされていると思われる。ことに、柳永の経歴を考えると、この作品や先の「定風波」における表現などは、単なる想像によって作りあげられたものではなく、そこには柳永自らの体験が反映されたものであることは想像するに難くない。そして、このことは、先に指摘した語り口調で女性の心理を具体的に描き出してゆく表現方法とともに、詞人の創作態度と密接な関連があると考えられるのであるが、創作態度に関する問題は女性をうたう作品を検討することにより一層明確にされるであろう。そこで、これからは閨怨詞の場合も含め、女性をうたう作品の検討を中心に、詞人の創作態度を主として考えてゆくことにしよう。

第四節　唐・五代における女性をうたう作品

では、まず唐・五代の作品について検討を加えておこう。最初に挙げるのは温庭筠の作品である。

菩薩蛮（『花間集』巻一）

水晶簾裏玻璃枕　水晶の簾の裏《うち》に玻璃の枕
暖香惹夢鴛鴦錦　暖香　夢を惹く　鴛鴦の錦
江上柳如烟　江上　柳は烟《もや》の如く
雁飛残月天　雁は飛ぶ　残月の天《そら》

藕糸秋色浅　藕糸　秋色浅く
人勝参差剪　人勝は参差として剪らる
双鬢隔香紅　双鬢は香ぐわしき紅を隔て
玉釵頭上風　玉釵　頭上に風《ゆら》ぐ

はじめに描写するのは閨房内の様子である。水晶のすだれがさがり、ベッドの上には玻璃の枕をして女性が臥している。暖かい薫物の香が房内に漂い、女性は鴛鴦の描かれたふすまのうちで夢を見ている。ここで、閨怨詞の場合と同様に、閨房の窓から見える風景の描写に転じて映像が変る。(15) 江のほとりの柳はもやのかかったごとく、雁が月の傾いた明けの空を飛んでゆく。後闋に入ると再び閨房内の描写へと転じ、女性の姿態が描写される。まず女性の服装が写され、それは藕糸の、うっすらと秋の色をした服である。次いで写されるのは髪飾りであり、それは不揃いに切って作った人勝である。そして、次には両の鬢に差した美しい花のかんざしが写され、最後に玉のかんざしが頭上で揺れるところが描写されて一首が終っている。

この作品は閨怨とは異なり、女性の悲しみや恨みを表現することがないので、先に引いた「菩薩蛮（牡丹花謝鶯声歇）」に見られた濃艶な情緒が、更に強められている。水晶のすだれ、玻璃の枕、鴛鴦の描かれた錦の衾、藕糸の服、以下濃艶な情緒をかもし出す言葉や描写がほとんど全篇を埋め尽している。また、閨怨詞に見られた断片的な描写を繋ぎ合わす方法はこの作品においても変らない。すなわち、前闋の前半二句と後半二句、そして後闋の四句、これら三つの一まとまりの表現が繋ぎ合わされて構成されているのである。こうしてみると、作品の表現方法としては閨怨詞の場合と変らないと言える。

ここで、女性をうたう作品は閨怨詞と異なり、作者自身が対象となる女性についてうたう形式をとるという点を考えると、次のような問題が浮かんで来る。それは、作家と対象の女性との関連が作品にどのように表われているかという問題である。換言すれば、詞人の創作態度の問題でもある。

ここに挙げた「菩薩蛮」について考えてみれば、全篇が女性の姿態を中心とした描写であり、作者と対象の女性との関係はなんら言及されていない。また、対象の女性に対する作者自身の感情といった、内面的な関連についてももちろん全く言及されていない。これは詞人の意図が、美しい閨房のなかの美しい女性を、いかに美しく描くかというところにあったことを意味しているのではないか。更に検討を続けよう。今度は和凝の作品を挙げる。

臨江仙　（『花間集』巻六）

披袍窣地紅宮錦　袍を披《はお》れば地を窣《はら》う　紅き宮錦
鶯語時囀軽音　鶯の語るがごとくに時に軽音を囀る
碧羅冠子穏犀簪　碧羅の冠子に犀の簪は穏やかに
鳳凰双颭歩揺金　鳳凰　双つながら颭《ゆ》れたり　歩揺金(16)

肌骨細匀紅玉軟　肌骨　細やかに匀《ととの》いて　紅玉は軟らかく
臉波微送春心　臉波　微かに春心を送る
嬌羞不肯入鴛衾　嬌羞して鴛衾に入るを肯んぜず
蘭膏光裏両情深　蘭膏の光の裏に両情深し

前閲は女性の姿態を描写する。その女性は、紅い宮中の錦の上着をはおり、衣ずれの音をたてて歩き、鶯のような声を持ち、みどりのうすぎぬのかんむりに犀のかんざしを挿していて、鳳凰をかたどった金のかんざしは歩くごとに揺れている。後閲に入ると女性の容貌の描写に移り、「肌はきめこまかく、容貌はしなやかで、眼差はかすかに春情を伝えている」とうたう。こうした描写は先の温庭筠の作と同様に、非常に濃艶な情緒をかもし出しており、作者の意図はそうした濃艶でなまめかしい情緒を作品から生ぜしめるところにあると言える。最後の「嬌羞不肯入鴛衾、蘭膏光裏両情深」の句に至っては、作者は一層なまめかしいイメージをかき立てることを意図していたであろうし、それが美しい歌妓の口唇からこぼれでた時の効果はなおさらであったろう。

以上からして、温庭筠の作も和凝の作も作者の意図は、作品からいかに濃艶でなまめかしい情緒を生ぜしめるかという点にあったと言える。したがって、女性は単なる素材でしかなく、一人の女性をうたっていても、それは特定の一人の女性ではない。作者の眼は、そこに立つ生身の女性に向けられているのではなく、女性の具有する美に向けられている。

同様のことが閨怨詞についても言える。詞人は、主人公の女性の悲しみや恨みそれ自体、言い換えれば生身の女性の感情の動きに意を向けることはない。これは花間派や馮延巳等に共通のことであり、離れていった男性への女性の恋情を表現することが彼等の意図するものではなく、悲しみや恨みから生ずる情緒（雰囲気）をいかに効果的に表現するかが彼等の意図するものなのであった。

これに対し、柳永においては詞人の態度あるいは意図というものがどのように表われているだろうか。

第五節　柳永の女性をうたう作品

では、柳永の女性をうたう作品についての検討に移ろう。まず一首挙げる。

少年遊　（『楽章集』巻中、林鐘商）

世間尤物意中人　　世間の尤物　意中の人

軽細好腰身
香幃睡起
発妝酒釅
紅臉杏花春
嬌多愛把斉紈扇
和笑掩朱脣
心性温柔
品流詳雅
不称在風塵

軽細にして好き腰身
香幃に睡りより起き
妝を発して酒は釅《こ》く(17)
紅臉　杏花の春
嬌多く愛《この》んで斉の紈扇を把り
笑い　和《もろとも》に朱脣を掩う
心性　温柔にして
品流　詳雅
風塵に在るに称《かな》わず

全篇女性の容貌や姿態に関してうたっているところは、唐・五代の作品と同じと言える。「軽細好腰身」以下「和笑掩朱脣」までの描写は、確かに先に挙げた温庭筠や和凝の作品とあまり変るところがない。しかし、ここで「世間尤物意中人」と「心性温柔、品流詳雅、不称在風塵」の句に注目したい。「世の中でもとくに美しい彼女が意中の人だ」とか、「気だてはやさしく、落ち着いた文雅な様子をしていて、遊里に居るのは似つかわしくない」という言葉は、作者の女性に対する心情の吐露であり、女性に対する評価であると考えられる。ここには詞人と対象の女性とのつながりが認められ、女性がその美しさを描写するための素材でしかなかった唐・五代の作品と異なり、詞人が対象の女性を自らと同一平面上に立つ人格として認めていることを意味していよう。また、ここで想定される女性は、唐・五代の作品が不特定の女性を想定していると言えるのに対し、ある特定の女性である。このような詞人の姿勢は必然的に次のような作品を導き出すであろう。

玉女揺仙佩（『楽章集』巻上、正宮）

飛瓊伴侶　　飛瓊の伴侶《ともがら》
偶別珠宮　　偶たま珠宮に別れ
未返神仙行綴　　未だ神仙の行綴《れつ》に返らず
取次梳妝　　取次に梳妝し
尋常言語　　尋常に言語するも
有得幾多姝麗　　幾多の姝麗を得る有り
擬把名花比　　名花を把りて比べんと擬《ほっ》するも
恐旁人笑我　　恐らくは旁人は我を笑わん
談何容易　　談ずること何ぞ容易なると
細思算　　細かに思算すれば
奇葩艶卉　　奇葩艶卉も
惟是深紅浅白而已　　惟だ是れ深紅浅白のみ
争如這多情　　争《いか》で如かん　這の多情の
占得人間　　人間の

千嬌百媚

須信画堂繡閣
皓月清風
忍把光陰軽棄
自古及今
佳人才子
少得当年双美
且恁相偎倚
未消得
憐我多才多芸
願嬭嬭
蘭心蕙性
枕前言下
表余深意
為盟誓
今生断不孤鴛被

千嬌百媚を占め得たるに

須らく信《し》るべし　画堂繡閣
皓月清風に
光陰を把りて軽く棄つるに忍びんや
古自り今に及んで
佳人と才子
当年にして双つながら美しきを得ること少なし
且らく恁《か》く相偎倚《よ》らん
未だ消《た》え得ず
我が多才多芸を憐れむに
願わくは嬭嬭よ
蘭心蕙性にして
枕前の言下に
余に深意を表わし
盟誓を為して
今生　断えて鴛被に孤《そむ》かざらん

この作品においても前闋は女性の美しさについてうたっているが、女性の姿態そのもの、あるいは付随した装身具や衣服などを描写してはいない。柳永にとってその女性の美しさは言うまでもないことで、いまさら細かく描写する必要はなく、ただ彼女は形容しがたいほど美しいのだと讃美しているのである。これは後闋における柳永の女性に対する恋情の表白を予見させる。また、表現の仕方は直截的な語り口調で、凝縮した表現ではない。これは閨怨詞において指摘した手法と同じである。

後闋では「且恁相偎倚」以下に注目しよう。「こうして私に寄り添っていて呉れ。私の才芸の豊かさは愛して呉れなくてもいいのだ。どうか美しい心のひと、枕辺の言葉に深い情を示して、この世でひとり寝をするようには決してしないと誓って欲しい。」これは女性に対する恋情の率直な表現であり、このような表現は唐・五代の詞人の口からは出たことのないものである。更に一首例を挙げよう。

鳳銜杯（『楽章集』巻上、大石調）

有美瑤卿能染翰　美しき瑤卿有りて能く翰を染む
千里寄　千里より寄す
小詩長簡　小詩と長簡
想初襞苔牋　想う　初め苔牋を襞《たた》み
旋揮翠管紅窓畔　旋いで翠管を紅窓の畔に揮えば
漸玉箸　漸く玉箸と
銀鉤満　銀鉤との満ちるを

錦嚢収　　錦嚢に収め
犀軸巻　　犀軸に巻けり
常珍重　　常に珍重して
小斎吟玩　　小斎にて吟玩し
更宝若珠璣　　更に宝とすること珠璣の若く
置之懐袖時時看　　これを懐袖に置きて時時に看る
似頻見　　似たり　頻りに
千嬌面　　千嬌の面を見るに

瑤卿とは妓女の名であろう。ここでは、女性の容貌や姿態の美しさを描写することは全くなく、瑤卿が寄越して来た手紙によって引き起こされた彼女への思いをうたっている。瑤卿の手紙を読んで、彼女が手紙を書いているところを想像してみたり（想初襞苔牋、旋揮翠管紅窓畔、漸玉箸、銀鉤満）、その手紙を巻物にして錦の袋に入れ（錦嚢収、犀軸巻）、常に大切にして書斎で吟じ味ったり（常珍重、小斎吟玩）、さらには珠玉のように大事にし、ふところに入れてしばしば見れば（更宝若珠璣、置之懐袖時時看）、瑤卿のあでやかな顔を見るように思い（似頻見、千嬌面）、彼女をなつかしむのである。これは実に率直な恋愛感情の表現である。このように、詞人が対象の女性に対する自己の恋情を吐露する作品は、唐・五代には見られないものであり、同時代の張、晏、欧の三家にもほとんど見られないものである。張、欧の二家には女性に対する作者の心情の窺えるものが幾つかあるにはあるのだが、女性をうたう作品全体のなかで一割足らずを占めるに過ぎず、柳永のような恋愛感情の率直な表現となると見当たらない。これに対し、女性に対する作者の心情の窺えるものは柳永においてはほぼ七割を占め、恋愛感情の率直に吐露されたものはその三割近くを占めているのである。柳永にとって、女性をうたう作品は単にその上に女性の美しさを再構築する場ではなく、生身の人間としての女性に対する自己の感情を表現する場であって、女性は単なる素材ではなかったのである。閨怨詞の場合も含めて、柳永の描く対象は人間の外面ではなく、人間の内面だった。

おわりに

柳永は遊里という、いわば民間で作詞活動をした詞人であり、いわゆる文人官僚である詞人とは異なった性格を持っていたと考えられる。詞という文学様式が本来歌辞文芸であることに留意すれば、柳永はいわば流行歌の作詞家といった性格を多分に持っていた詞人であると言った方がより適切であろう。(18) そして、流行歌というものがその時の民衆の心情を反映するものであるとすれば、柳永の艶詞のうちにも、その民間での生活体験から汲み取られた民衆の心情が、おのずから反映されているのではないだろうか。また、それゆえに民間に広く流布したのであろう。「定風波（自春来）」はそうした例として指摘できるだろう。男が恨めしいと嘆く女性の言葉から感得されるものは、ただ暗く湿っぽいだけの情緒ではない。なにか健康で力強い、明るい精神が感じられる。それは民衆のもつ力強い精神の反映であると言えそうである。当時、民間には柳永のような詞人が少なからずいたことであろう。そのなかで柳永の詞が広く民間に伝えられていった理由は、彼の詞が民衆の心情をよく反映していたからではないだろうか。(19) 柳永の詞集『楽章集』が今日まで伝えられている意義を、我々はその羈旅行役の詞ばかりでなく、艶詞にも見出すべきであろう。

最後に、柳永の特徴である〝語り〟とも言うべき直截的具体的表現について触れておきたい。詞は本来歌われるべき歌辞文芸であるが、柳永はそのことを十分考慮していたらしい。歌の歌詞が具体的直截的であり、〝語り〟のような形をとるということは、歌詞それ自体が〝詩〟としての独立性を強固に主張するのではなく、実際に歌われることを目的とし、メロディーを十分尊重して作詞されたことを意味すると言えよう。いわば、柳永はメロディーの書かれた楽譜そのものに歌詞を書き込んでいったのである。では、柳永のように、詞が直截的具体的な〝語り〟になり、詩作品の凝縮した表現の持つ内在的情調を喪失してゆくとき、作品の情調は何によって支えられるのであろうか。それはメロディーである。柳永の詞はメロディーにのることによって情調が補われたのではないだろうか。花間派の作品が（とくに温庭筠のそれが）、読む者にとっても独特な陶酔的雰囲気を味わい得るのに比較して、柳永のそれはメロディーへの依存度が高かったと推測される。その点、柳永が音律に長じていたのは彼の艶詞にとって幸いなことであり、歌詞とメロディーの融合はスムーズに行われたのではなかろうか。しかし、詞はメロディーが失われしまい、これは臆説の域を出ない。だが、またそれゆえに、メロディーが失われていることは柳永にとって不幸なことであるとも言えよう。詞が本来メロディーにのってこそ、その歌辞文芸としての本質を全うすることのできるものであることを考えると、メロディーの失われていることは柳永にとって大きな損失であり、その損失は他の詞人よりも大きなものであると言えるのではなかろうか。

〈注〉

（1）　柳永の伝記については、唐圭璋「柳永事迹新証」（『文学研究』一九五七年第三期）および村上哲見「柳耆卿家世閲歴考」（『集刊東洋学』第二五号、一九七一）に拠った。

（2）柳永の作品の製作年代は不明であるが、作品の内容および伝記資料から、艶詞はその早い時期の、また羈旅行役の詞は晩年の作であると考えられる。これについては、注（1）村上論文がすでに指摘している。

（3）宋、陳振孫『直斎書録解題』巻二一。

（4）柳永の詞が俗と言われるのは、俗語の多用と恋愛をうたうことが多いためであると考えられるが、小川環樹先生に次のような指摘がある。

一つ一つの単語は古典的な文語から出ていても、そのつなげ方に民話風のくだけた言いまわしが強くあらわれていると私は感じる。

（岩波書店「中国詩人選集」二集第六巻『蘇軾』下）

（5）南唐後主李煜は『南唐二主詞』にその作品が伝えられているが、詞史を通じて特異な詞風を持つ詞人とされるので、ここではしばらく除外しておく。

（6）以下、これを〝女性をうたう作品〟と呼ぶ。

（7）『花間集』『陽春集』のテキストとしては、李一氓『花間集校』、四印斎本『陽春集』を使用した。

（8）温庭筠の詞の修辞的特徴については、前章ですでに論じた。

（9）村上氏の見解は小論に挙げた作品とは異なった二首、「菩薩蛮（玉楼明月長相憶）」と「更漏子（星斗稀、鐘鼓歇）」を挙げてのものであるが、氏の見解は温庭筠のこの二首以外の作品にも通ずると言える。

（10）注（1）の唐氏論文に見える。

（11）以下、柳永の作品は彊村叢書本『楽章集』に拠り、張先、晏殊、欧陽脩の作品は『全宋詞』に拠った（存目詞は除く）。

（12）全篇を引いておく。

暁色初透東窓、酔魂方覚。恋恋繡衾半擁、動万感脈脈、春思無託。追想少年、何処青楼貪歓楽。当媚景、恨月愁花、算伊全妄鳳幃約。　空涙滴、真珠暗落。又被誰、連宵留著。不暁高天甚意、既付与風流、卻恁情薄。細把身心自解、只与猛拚郤。又及至、見来了、怎生教人悪。

(13) 葉夢得『避暑録話』に見える。

余仕丹徒、嘗見一西夏帰朝官、云、凡有井水飲処、即歌柳詞、言其伝之広也。

(14) 張舜民『画墁録』に見える。

柳三変既以詞忤仁朝、吏部不放改官、三変不能堪、詣相府、晏公曰、賢俊作曲子麼、三変曰、只如相公亦作曲子、公曰、殊雖作曲子、不曾道、綵線慵拈伴伊坐、柳遂退

(15) 「江上」以下の二句を夢のなかの情景ととる説もあるが、いまはとらない。

(16) この句をかんざしではなく、女性の穿く靴の描写とする説もある（華連圃『花間集注』）。

(17) 「発妝」は、酒に酔って顔が赤くなることを言うと思われる。宋、釈恵洪「長春花」に「人間花亦有仙骨、卯酉発妝呼不醒」（『石門文字禅』巻一六）、また欧陽脩「惜芳時」に「発妝酒冷重温過」（『酔翁琴趣外篇』巻二）とある。

(18) とくに「木蘭花」の連作四首はいわば妓女のコマーシャルソングであり、柳永のこうした性格を物語っていると言えよう。

木蘭花　（『楽章集』巻中、林鍾商）

心娘自小能歌舞。挙意動容皆済楚。解教天上念奴羞、不怕掌中飛燕妒。玲瓏繡扇花蔵語。宛転香茵雲襯歩。王孫若擬贈千金、只在画楼東畔住。

同其二

佳娘捧板花鈿簇。唱出新声羣艶伏。金鵝扇掩調纍纍、文杏梁高塵簌簌。鸞吟鳳嘯清相続。管裂絃焦争可逐。何当夜召入連昌、飛上九天歌一曲。

同其三

虫娘挙措皆温潤。毎到婆娑偏恃俊。香檀敲緩玉纖遅、画鼓声催蓮歩緊。貪為顧盼誇風韻。往往曲終情未尽。坐中年少暗消魂、争問青鸞家遠近。

同其四

酥娘一搦腰肢裊。回雪縈塵皆尽妙。幾多狎客看無厭、一輩舞童功不到。星眸顧指精神峭。羅袖迎風身段小。而今長大懶婆娑、只要千金酬一笑。

(19) 柳永の詞が民間に広く伝えられたのは、彼を主人公とした俗文学が少なからずあることでも知られる。それらの俗文学は、民衆の柳永理解を表わしているとも言え、また、柳永の詞人としての性格を考えるうえでも貴重な資料となろう。その幾つかを挙げておく。

花衢実録（『新編酔翁談録』）

柳耆卿詩酒翫江楼記（『清平山堂話本』）

衆名妓春風弔柳七（『古今小説』）

第五章　蘇東坡と悼亡詞

はじめに

蘇軾、その号でよべば東坡は、宋代を代表する文人官僚で、文学芸術の多くの分野ですぐれた才能を発揮した。宋詞においても東坡の存在の重要性は際立っている。このことについては、すでに第一章において言及しておいたところである。その東坡に、次のような詞がある。

江城子

乙卯正月二十日夜記夢

十年生死両茫茫　　十年　生死　両つながら茫茫たり
不思量　　思量せざらんとすれど
自難忘　　自ら忘れ難し
千里孤墳　　千里の孤墳
無処話凄涼　　凄涼を話《かた》るに処無し
縦使相逢応不識　　縦使《たとい》相逢うとも　応に識らざるべし

塵満面
鬢如霜

夜来幽夢忽還郷
小軒窓
正梳妝
相顧無言
唯有涙千行
料得年年腸断処
明月夜
短松崗

塵は面に満ち
鬢は霜の如し

夜来の幽夢　忽ち郷に還る
小軒の窓べにて
正に梳妝す
相顧りみて言無く
唯だ涙の千行《ちすじ》なる有るのみ
料《はか》り得たり　年年　腸断たるる処
明月の夜
短松の崗

これは明らかに、死別した女性への思いをうたったものである。小題にいう「乙卯」とは、北宋の熙寧八年（一〇七五）で、東坡は知事として密州（山東省）にあった。そのちょうど十年前、治平二年（一〇六五）に、東坡は最初の妻王氏（通義君）をなくしている。そして、翌年、王氏は二人の故郷の眉州（四川省）に葬られた。[1] このことは、「十年生死両茫茫」「千里孤墳」の句に対応している。したがって、従来から言われているように、この「江城子」が亡き妻をうたったもの、すなわち悼亡の詞であることは疑いを容れない。

悼亡とは亡き妻を悼むことで、三世紀、晉の潘岳が亡き妻楊氏を悼む詩を「悼亡」と題したことに始まる。そして、潘岳以後、梁の沈約の「悼亡」、江淹の「悼室人」、北周の庾信の「傷往」、唐代では韋応物の「傷逝」等、元稹の「遣悲懐」等などを代表として、確固たる悼亡詩の伝統が形成されることとなった。(2) ところが、東坡には悼亡詩が見当たらない。東坡は悼亡を伝統的な詩ではなくて、詞でうたったわけである。このことは従来から指摘されているが、それをどう解釈するかと言えば、要するに、東坡はそのときの感情を最もよく表現してくれる形式として、詩ではなく詞をえらんだのだと考えられているようである。(3) これを換言すれば、悼亡という亡き妻を悼む思いを託す形式としては、詩よりも詞の方がふさわしいということになろうか。また、さらにこれを進めて、宋人は悼亡というテーマを詩から詞へ移してしまった、という説もある。(4) たしかに、詞という韻文形式の本色は、男女の恋情を主とした純粋抒情詩であるという点にあることは動かしがたい。悼亡も妻への愛情の表白という点から言えば、詞の本色の領域に入るもののごとくに見える。しかし、こと悼亡というテーマに関しては、そのような見方はできないように思われる。東坡が悼亡を詞でうたったことについては、また別の見方をすべきであって、それは延いては詞という歌辞文芸のもつ性格の一面を明らかにすることにつながるだろう。

第一節　悼亡詩と悼亡詞

潘岳以来の悼亡詩の伝統を、宋代において受け継いだ詩人としては、まず梅堯臣（一〇〇二～六〇）が挙げられる。梅堯臣は東坡が科挙に及第したときの試験官のひとりで、かつ東坡の答案を高く評価した人である。ちなみに、そのときの主任試験官が梅堯臣の友人で、東坡が梅堯臣とともに師と仰ぐ欧陽脩であったことは知られている（欧陽脩についても後に述べる)。

梅堯臣は慶暦四年(一〇四四)、四十三歳のときに十七年連れ添った妻謝氏をなくした。以後、彼は「悼亡三首」以下、数多くの悼亡詩を作ってゆく。(5) 梅堯臣は北宋の代表的詩人であるが、詞を全く作らなかったかと言えば、そうではなく、二首の詞(『全宋詞』に拠る。以下詞については同じ)が今に伝わっている。そして、その二首はいずれも悼亡の作ではない。わずか二首の詞しか残っていないのでもちろん断言はできないのだが、梅堯臣はおそらく詞の形式では悼亡をうたわなかったと思われる。

同じことは、欧陽脩(一〇〇七~七二)についてさらにはっきりと言える。欧陽脩も明道二年(一〇三三)、二十七歳のときに最初の妻胥氏に先立たれているが、(6) 彼の場合もやはり「緑竹堂独飲」と題する悼亡詩が残っている。(7) 一方、欧陽脩は詞においても北宋の著名な作家のひとりで、二百首を越す詞が今に伝えられており、この数は宋代の詞人のなかでも多い方に属する。しかし、その詞に悼亡と認められる作品は見当たらない。欧陽脩もやはり詞ではなく、伝統的な詩の形式で悼亡をうたっているのである。

次に、曾鞏(一〇一九~八三)も嘉祐七年(一〇六二)に二十六歳の妻晁氏をなくしていて、(8) やはり悼亡と認められる詩がいくつかある。曾鞏の悼亡詩はあまり知られていないと思われるので、いまそのひとつを挙げておこう。(9)

秋夜

秋露随節至　　秋露　節に随って至り
霄零在幽篁　　霄《よる》に零《お》ちて幽篁に在り
灝気入我牖　　灝気　我が牖に入り

蕭然衾簟涼　　蕭然として衾簟涼し
念往不能寐　　往きしを念って寐ぬる能わず
枕書嗟漏長　　書に枕して漏の長きを嗟く
平生肺腑友　　平生　肺腑の友
一訣余空床　　一訣　空床を余す
況有鵲巣徳　　況んや鵲巣の徳有りて
顧方共糟糠　　顧みれば方に糟糠を共にせしをや
偕老遂不可　　偕老　遂に可ならず
輔賢真淼茫　　輔賢　真に淼茫たり
家事成濩落　　家事　濩落と成り
嬌児亦徬徨　　嬌児も亦た徬徨す
晤言豈可接　　晤言　豈に接す可けんや
虚貌在中堂　　虚貌　中堂に在り
清淚昏我眼　　清淚　我が眼を昏くし
沉憂回我腸　　沉憂　我が腸を回らす
誠知百無益　　誠に百も益無きを知れど
恩義故難忘　　恩義　故《もと》より忘れ難し

（『元豊類藁』巻四）

この曾鞏も詞を全く作らなかったわけではなく、一首を今に伝えるが、やはり悼亡の詞ではない。
さらに、強至（一〇二二～七六）にも、「辛卯（一〇五一）七夕悼往」という悼亡詩があり[10]、詞は一首を伝えるが悼亡ではない。また、劉攽（一〇二三～八九）も妻をなくしていて[11]、「傷逝二首」がある[12]。なお、劉攽の場合は詞を全く伝えていない。

いまここに挙げた五人は、東坡の先輩の世代に属するが、いずれも悼亡詩を伝えながら、悼亡詞は伝えていない。彼らにとって、悼亡というテーマはやはり詩でうたうものであったと考えられる。換言すれば、悼亡は詩よりも詞でうたうのがふさわしいという意識が、当時一般的であったとは考えられない。もしそうであるなら、右の五人に一首も詞による悼亡の作が伝わらないのは理解しがたい。とりわけて欧陽脩のごときは、「述夢賦」という賦の形式による悼亡の作までがありながら[13]、二百首余りの詞のなかに悼亡の作が見当たらないのは、不思議なことと言わねばならない。悼亡を詞でうたったのは、実は東坡が最初であり、それは当時の一般的意識からの一種の跳躍であった。

では、東坡が悼亡を詞でうたって以後、状況はどうなったであろうか。詩は悼亡というテーマを詞にゆずったであろうか。賀鋳（一〇五二～一一二五）に次のような詞がある。

半死桐

重過閶門万事非　　重ねて閶門を過ぎれば　万事非なり
同来何事不同帰　　同《とも》に来るも　何事ぞ同に帰らざる
梧桐半死清霜後　　梧桐半ば死せり　清霜の後

頭白鴛鴦失伴飛　　頭白き鴛鴦　伴を失って飛ぶ
原上草　　原上の草
露初晞　　露初めて晞《かわ》く
旧棲新壠両依依　　旧棲と新壠と両つながら依依たり
空床臥聴南窓雨　　空床　臥して聴く　南窓の雨
誰復挑灯夜補衣　　誰か復た灯を挑げて　夜　衣を補《つくろ》わん

鍾振振氏に拠れば、この詞は建中靖国元年（一一〇一）、蘇州にて亡き妻趙氏を思っての作、つまり悼亡詞である。(14)したがって、賀鋳は悼亡を詞でうたっていることになるが、詩ではうたわなかったのだろうか。賀鋳の詩集は『慶湖遺老集』というが、今伝わる詩集に悼亡詩と認められる詩はない。しかし、もともと前後集合わせて二十巻あった詩集のうちで、元符二年（一〇九九）以後の詩を収めた後集は早くから散佚してしまっていて、現在伝わるのは前集のみであるので、(15)鍾氏の言うように、右の詞が建中靖国元年の作で、趙氏の死がそのころとすれば、後集に悼亡詩があった可能性はある。賀鋳に悼亡詩がなかったとは断言できない。とは言え、賀鋳が詞で悼亡をうたったという事実は認められるわけである。それでは、他の詞人も同様かと言えば、決してそうではない。管見に拠れば、北宋の主だった詞人のなかで悼亡詞を今に伝える人は賀鋳のほかには見当たらないのである。(16)北宋においては、詩が悼亡というテーマを詞に譲ってしまったとは言えないと思う。逆に、東坡の後輩のなかにも、悼亡詩の存在を指摘できる例はある。たとえば、賀鋳と同世代の張耒（一〇五四～一一一四）の文集に、「悼亡九首」および「悼逝」という悼亡詩が見えるのが、それである。[17] 張耒はいわゆる蘇門四学士のひとりで、詞もわずかながら六首を今に伝える。しかし、いずれも悼亡の詞ではない。張耒もおそらく悼亡詞を作らなかったと思われる。

以上、北宋においては、東坡の先輩の世代であれ後輩の世代であれ、詩が悼亡というテーマを詞に譲ってしまったということはなさそうである。[18] 悼亡は詩でうたわれるものというのが、やはり一般の認識であったと考えるべきであろう。そのなかで、東坡ひとりが悼亡は詩ではなく詞にふさわしいと認識していたのであろうか。おそらく、そうではないだろう。東坡も悼亡は通常は詩にうたわれるべきテーマだと考えていたのだと思う。東坡が悼亡を詞でうたったのは、詞および悼亡に対する、当時の一般的認識が然らしめた結果では、おそらくない。

第二節　東坡と悼亡詞

一般に、中国の詩人たちは、妓女を除くと、いわゆるかたぎの女性への恋情を率直にうたうことには、極めて消極的であった。また、たとえ対象が妓女であっても、あまりほめられたことではなかった。その唯一の例外とも言えるのが、正式の妻を対象とした詩、なかでも悼亡詩であった。[19] 悼亡はすぐれて個人的で重いテーマであるが、同時に対社会的にも重いテーマであったと思われる。いわば公的なテーマでもあるのだ。儒家の倫理観を背負っていた士大夫にとって、悼亡とは、対象である亡き妻への心情の実際はどうであれ、公的には妓女や侍妾への愛情の表白と比べればずっと重いテーマであったろう。それを、宴席の歌謡から発達し、妓女への恋情をしばしばあからさまにうたってきた（これも古くは詩が担ってきたものなのだが）詞という形式に盛り込むのは、士大夫にとって抵抗感があったはずである。すでに述べたように、北宋においては詩が悼亡を詞に譲ったとは考えられないし、東坡以前に詞による悼亡の作が残されていないのも、そうした抵抗感ゆえのことだと考えられる。悼亡とは、逆説的になるが、おそらく最も詞に取り入れにくいテーマであったのだ。では、東坡があえて悼亡を詞にうたったのはどう考えればよいのだろうか。ここで、「江城子」制作前後の東坡の詞に対する認識と詞作の状況を見てみよう。まず、東坡の詞に対する基本的な認識は、たとえば次のような資料から窺えるだろう。

又恵新詞、句句警抜、詩人之雄、非小詞也
（又た新詞を恵まる。句句警抜にして、詩人の雄たり。小詞に非ざるなり）（「与陳季常書」）

比雖不作詩、小詞不礙、輒作一首、今録呈、為一笑
（比《このごろ》詩を作らずと雖も、小詞は礙げざれば、輒ち一首を作れり。今録して呈し、一笑と為さん）（「与陳大夫書」）

いずれも元豊三年（一〇八〇）から元豊七年にかけての黄州時代の書簡の一節である。ここで注意したいのは、詩に対して、詞を「小詞」と言っていることである。詞は詩に比べれば、やはり「小」という形容の付く軽いものであったのである。また、黄州は東坡の流謫の地で、その原因は周知の筆禍事件であった。東坡の詩文が朝政を誹謗したとされたのだが、右の書簡に「比詩を作らず」というのも、それを意識してのことであろう。しかし、「小詞は礙げず」なのである。これは、詩は公的な発言と見做されやすいが、詞はそれほどでもないという意識から来ることばであろ

う。[20] さらに、次のような資料もある。

題張子野詩集後

張子野詩筆老妙、歌詞乃其余技耳、……若此之類、皆可以追配古人、而世俗但称其歌詞、昔周昉画人物、皆入神品、而世俗但知有周昉士女、皆所謂未見好徳如好色者歟、元祐五年四月二十一日

（張子野は詩筆老妙たり。歌詞は乃ち其の余技のみ。……此くの若きの類は、皆以て古人に追配すべし。而も世俗は但だ其の歌詞のみを称す。昔周昉人物を画きて、皆神品に入る、而も世俗は但だ周昉の士女有るを知るのみ。皆所謂未だ徳を好むこと色を好むが如くする者を見ずなるか。元祐五年四月二十一日）

元祐五年とは一〇九〇年、張子野とはすなわち張先で、東坡の詞作に影響を与えた詞人として有名である。これは張先の詩集に題したものだが、みなは張先の詞ばかりをほめるが、その本領は詩にあり、詞は詩に比べれば余技にすぎない、と東坡は言うのである。また、『論語』に見える有名なことば「吾未見好徳如好色者也」を引きあいに出して、「徳＝詩」「色＝詞」という図式を呈示してみせるのも、詞はやはり詩に比べれば一段低い文学なのだという東坡の認識、少なくとも公的な認識を示している。では次に、「江城子」を作った密州時代の前後、東坡の詞作はどのようなものであったかを見てみよう。

東坡が新しい韻文形式である詞の制作に積極的に取り組みはじめたのは、熙寧四年（一〇七一）に杭州の副知事となってからである。[21] 杭州には張先が隠居しており、東坡はその影響を受けたとされる。しかし、杭州時代は比較的作るのがやさしい小令ばかりを作っていたようで、いわば習作の時代であった。第一章第三節で述べたところを繰り返せば、

本格的な長篇形式である慢詞を作りはじめ、かつ作品の内容にも独自の広がりを示すのは、実は熙寧七年（一〇七四）に密州の知事に移る頃から黄州流謫時代にかけてである。「密州に赴かんとして早に行ち、馬上にて子由に寄す」という小題をもつ「沁園春」は、弟蘇轍に寄せたものだが、当時王安石によって始められていた新法に対する不満を込めている。[22] さらに、東坡は詞という形式を用いて狩猟のさまをうたい[23]、農村をスケッチし[24]、三国時代の赤壁の戦いを懐古する[25]など、それまでもっぱら詩によってうたわれていた題材を詞に取り入れた。つまり、東坡はそれまで男女の恋情を主たる題材としていた詞の世界を拡大して、詩に重ね合わせようとしたのだと言える。そして、密州時代、先にふれた狩猟をうたった詞を作ったときに書かれたと思われる書簡からは、東坡がみずからのこうした作風をはっきりと意識しており、さらには一定の自負を抱いていたことが窺える。

近却頗作小詞、雖無柳七郎風味、亦自是一家、呵呵、数日前、猟於郊外、所獲頗多、作得一闋、令東州壮士抵掌頓足而歌之、吹笛撃鼓以為節、頗壮観也、写呈取笑

（近ごろ却って頗る小詞を作る。柳七郎の風味無しと雖も、亦た自ら是れ一家なり。呵呵。数日前、郊外に猟《かり》し、獲る所頗る多し。作りて一闋を得たり。東州の壮士をして掌を抵《う》ち足を頓《ふ》みならしてこれを歌わしめ、笛を吹き鼓を撃ちて以て節を為さば、頗る壮観ならん。写して呈して笑いを取らん）

（「与鮮于子駿書」）

柳七郎とは柳永で、詞の本色を代表する詞人である。その柳永と対比して、「自ら是れ一家なり」というのは、東坡のみずからの詞風に対する自負の表明と言えるだろう。すなわち、柳永のように詞の本色というべき詞風ではないが、

おのれの作る作品も立派な「詞」なのだという自負である。(26)

密州から黄州にかけての時代は、東坡がかなり意識的に詞の革新者たらんとした時期であったと思う。東坡が密州時代に、亡き妻王氏への思いを伝統的な詩という形式ではなく、詞という新しい形式でうたったということは、右のような脈絡のなかで捉えねばならない。東坡は詞が悼亡というテーマにふさわしいからというのではなく、伝統的には詩でうたわれるべき悼亡というテーマが、詞という新しい韻文形式でもうたえることを示そうとしたのである。「江城子」は、悼亡詩の歴史においても画期的な作品であった。

第三節　「江城子」と梅堯臣の悼亡詩

東坡の悼亡詞「江城子」については、さらに梅堯臣の悼亡詩の存在を見逃すことはできない。「江城子」の小題は、「乙卯正月二十日　夜夢を記す」というものであった。つまり東坡は亡き妻を夢に見て、そのことをうたっているわけである。このように亡き妻を夢に見たことをうたうのは、唐の韋応物からといわれるが、(27)梅堯臣の一連の悼亡詩のなかには夢をうたったものが実に多い。それは「来夢」「夢感」など十一首にものぼる。(28)そして、そのなかに次のような詩がある。

　戊子正月二十六日夜夢

自我再婚来　　我れ再婚して自り来《このかた》

二年不入夢　二年　夢に入らず
昨宵見顔色　昨宵　顔色を見
中夕生悲痛　中夕　悲痛を生ず
暗灯露微明　暗灯　微明を露わし
寂寂照梁棟　寂寂として梁棟を照らす
無端打窓雪　端無くも　窓を打つ雪の
更被狂風送　更に狂風に送らる

（『宛陵集』巻三二）

詩題にいう「戊子」とは、慶暦八年（一〇四八）である。すなわち妻謝氏をなくしてから四年後、再婚して後妻刁氏を娶ってからは二年後の作になる。詩は、再婚して新しい妻との生活を始めてからは夢に見ることのなかった前妻謝氏を、二年ぶりにふと夢に見たときの悲哀をうたう。その詩題「戊子正月二十六日夜夢」は、東坡の「江城子」の小題「乙卯正月二十日夜記夢」と非常によく似ている。そればかりではない。実は東坡も妻王氏（通義君）をなくしてから三年後の熙寧元年（一〇六八）に、王氏のいとこで同じく王氏（同安君）を後妻としている。東坡が「江城子」を作った当時、後妻の同安君はもちろん東坡のかたわらにいた[29]。東坡の小題が梅堯臣の詩題に酷似しているばかりではなく、作品が作られた状況も同じなのである。通義君を失ってから十年、後添えの同安君を娶ってから七年後の「乙卯正月二十日夜」、おそらく梅堯臣と同じように、しばらく夢に見ることのなかった前妻通義君を夢に見て、東坡は梅堯臣の「戊子正月云々」の悼亡詩を思い起こしたに違いない。と言うのも、梅堯臣は著名な詩人であったのみならず、すでに触れたように、東坡にとっては師でもあったからである。[30]管見では、梅堯臣に触れた東坡の文章のなかに直接その悼亡詩に言及したものはないが、東坡は梅堯臣の一連の悼亡詩を知っていたと考えてよいだろう。「自我再婚来、二年不入夢、昨宵見顔色、中夕生悲痛」という梅詩の四句は、まさに東坡の思いそのままではなかったか。

また、すでに触れたように、欧陽脩にもやはり亡き妻胥氏を夢に見ての「述夢賦」がある。その欧陽脩が梅堯臣の求めに応じて、その妻謝氏の墓誌銘を書いているのであるが、そのなかに梅堯臣が語るかたちで、謝氏の生前の賢明さを示すエピソードが記されている。それがまた、東坡が通義君のために書いた墓誌銘の一節とよく似ているのである。[31]このことも、悼亡をめぐっての東坡と梅堯臣とのつながりを思わせる。

詞は本来詞牌を掲げるのみで、小題を添えることはなかった。詞は歌謡であるから、その内容は必ずしも特定の個人や事件に限定して理解されるものではなく、一般性をもつと言える。したがって、東坡が「江城子」を作ったとき、悼亡という一面ではすぐれて個人的なテーマを、歌謡の一般性といったもののなかへと流してしまいたくはなかった。だから「乙卯正月云々」の小題を添えたのだ、とも考えられる。[32]つまり悼亡は詞でうたうのがふさわしい。しかし、詞という歌辞文芸のもつ一般性のなかへ王氏への思いを流してしまいたくはなかった。そこで「乙卯正月云々」の小題を添えた、ということになる。しかし、梅堯臣の悼亡詩とのつながりを考えれば、おそらく東坡は、「乙卯正月云々」の小題を添えることによって、「江城子」を詞のかたちをとった〝悼亡詩〟として提示したのである。歌謡の一般性に流されるのを引き止めるために制作の日付を小題として添えるという、消極的な意図ではなく、詞という新しい韻文形式をもって悼亡をうたうのだという積極的な意図をもっていたのだ。[33]では、東坡はなぜ亡き妻を悼むことをもっとはっきりと示す小題、たとえば「悼亡」や「傷逝」などにしなかったのであろうか。それは次のように説明され得るだろう。悼亡詩において、「悼亡」や「傷逝」などという直接的な題は、妻の死から程遠からぬ時期に作られたものにふさわしい。潘岳然り。また梅堯臣然りである。(34) 妻を失った悲しみが時の流れの漂白にさらされて薄れ、その底部に伏在するようになってからの題にはなりにくいと思われる。東坡が「江城子」を作ったのは、通義君の死後十年、同安君との再婚後七年の歳月を経てからであった。時の流れの底部からふと湧き上った悲しみ、それが東坡の悲しみであった。(35)

おわりに

詞という、いわば軟文学であることを本色とする韻文形式に、おそらく最も取り入れにくい悼亡というテーマ、それを詞でもうたえることを示したのが東坡の「江城子」であった。それは、東坡の密州時代における詞作に対する意欲の表われのひとつであるとともに、潘岳以来の長い伝統をもつ悼亡詩に、新たな形式を導入しようとする意欲の表われでもあった。そして、東坡の王氏への思いの深さと細やかさが、そのことによっていささかも減じていないことは、「江城子」という作品自体が証明している。

〈注〉

(1) 東坡の「亡妻王氏墓誌銘」に次のように言う。なお、東坡の文は『蘇軾文集』(中華書局、一九八六)に拠った。
治平二年五月丁亥、趙郡蘇軾之妻王氏、卒於京師、六月甲午、殯于京城之西、其明年六月壬午、葬於眉之東北彭山県安鎮郷可竜里先君先夫人墓之西北八歩

（2）潘岳から元稹までの悼亡詩の流れを論じたものに、入谷仙介「悼亡詩について——潘岳から元稹まで——」（『入矢教授小川教授退休記念中国文学語学論集』、一九七四）がある。また、拙稿「詩人と妻——中唐士大夫意識の一断面」（『中国文学報』第四七冊、一九九三）も参照されたい。

（3）たとえば、村上哲見「詩と詞のあいだ——蘇東坡の場合」（『東方学』第三五輯、一九六八、のちに『宋詞研究・唐五代北宋篇』に収録）、野口一雄「東坡詞題注小考」（『中哲文学会報』第三号、一九七八）。

（4）佐藤保「宋詩における女性像および女性観」（『中国文学の女性像』、汲古書院、一九八二）。

（5）梅堯臣の悼亡詩についての専論としては、森山秀二「梅堯臣の悼亡詩」（『漢学研究』第二六号、一九八八）、林雪云「関於梅堯臣的悼亡詩」（『中国言語文化研究』第八号、二〇〇八）があるので参照されたい。

（6）「胥氏夫人墓誌銘」（四部叢刊本『居士外集』巻一二）を参照。

（7）長篇だが、ほぼ全篇を引いておく。

夏篁解籜陰加樛、臥斎公退無喧囂、清和況復値佳月、翠樹好鳥鳴咬咬、芳罇有酒美可酌、胡為欲飲先長謡、人生暫別客秦楚、尚欲泣涙相攀邀、況茲一訣乃永已、独使幽夢恨蓬蒿、憶予駆馬別家去、去時柳陌東風高、楚郷留滞一千里、帰来落尽李与桃、残花不共一日看、東風送哭声嗷嗷、洛池不見青春色、白楊但有風蕭蕭、……吾聞荘生善斉物、平日吐論奇牙聱、憂従中来不自遣、強叩瓦缶何譊譊、伊人達者尚乃爾、情之所鍾況吾曹、愁塡胸中若山積、雖欲強飲如沃焦、乃判自古英壮気、不有此恨如何消、又聞浮屠説生死、滅没謂若夢幻泡、前有万古後万世、其中一世独蚼蟧、安得独灑一榻涙、欲助河水増滔滔、古来此事無可奈、不如飲此罇中醪

（『居士外集』巻一）

（8）「祭亡妻晁氏文」（四部叢刊本『元豊類藁』巻三八）、「又祭亡妻晁氏文」（同前）および「亡妻宜興県君文柔晁氏墓誌銘」（巻四六）を参照。

（9）他に悼亡詩と認められるものに、「合醬作」（巻四）、「鄖口」（巻五）がある。後者には自注があり、「昔与宜興君同過此」と言う。

（10）本文は次の通り。

憶共佳人曝繡衣、余香如昨旧歓非、鵲橋雖別年年在、猶勝嬌魂去不帰

（四庫全書本『祠部集』巻一二）

なお、「賞春」（巻七）の自注に、「予近喪偶」とある。また、「篋中得調官時楊氏所寄書、慨然追感」と題する七律（巻一〇）があり、次のようにうたう。

笑語無蹤莫更尋、毎懐平昔恨猶深、況看満幅相思字、曾訴幽閨独自心、因想音容如在目、不知涕涙已盈襟、恨銷除是綵牋滅、弗比遺香苦易沈

これもやはり亡妻楊氏を追憶した悼亡の詩である。詳しくは、清、強汝詢「祠部公年譜」（『求益斎文集』巻八）を参照。

（11）「祭亡妻穎陽県君韓氏文」（四庫全書本『彭城集』巻四〇）を参照。

（12）いま、その第一首を引いておく。

去水不可還、逝者日已疎、悲憂若沈痾、百薬無能除、英英韶華子、夭夭昔同車、令徳其芬芬、佩玉聯瓊琚、舟移悼蔵壑、天祝嗟愁予、蕙蘭秀不実、徒見荊棘墟、含悽撫衆稚、弔影還室廬、高天杳茫茫、日月空居諸

（『彭城集』巻六）

（13）全文を引いておく。

夫君去我而何之乎、時節逝兮如波、昔共処兮堂上、忽独棄兮山阿、嗚呼、人羨久生、生不可久、死其奈何、死不可復、惟可以哭、病予喉使不得哭兮、況欲施乎其他、憤既不得与声而倶発兮、独飲恨而悲歌、歌不成兮断絶、涙疾下兮滂沱、行求兮不可過、坐思兮不知処、可見惟夢兮、奈寐少而寤多、或十寐而一見兮、又若有而若無、乍若去而若来、忽若親而若疎、杳兮倏兮、猶勝于不見兮、願此夢之須臾、尺蠖憐予兮為之不動、飛蠅閔予兮為之無声、冀駐君兮可久、恍予夢之先驚、夢一断兮魂立断、空堂耿耿兮華灯、世之言曰死者澌也、今之来兮是也非也、又曰覚之所得者為実、夢之所得者為想、苟一慰乎予心、又何較乎真妄、緑髪兮思君而白、豊肌兮以君而瘠、君之意兮不可忘、何憔悴而云惜、願日之疾兮、願月之遅、夜長于昼兮、無有四時、雖音容之遠矣、于恍惚以求之

（『居士外集』巻八）

(14)『東山詞』（鍾振振校注、上海古籍出版社、一九八九）二五頁参照。

(15)『四庫提要』参照。

(16)北宋の恵洪の『冷斎夜話』巻三に、李元膺が悼亡の詞を作ったという次のような記事が見える。

許彦周曰、李元膺作南京教官、喪妻、作長短句曰、去年相逢深院宇、海棠下、曾歌金縷、歌罷花如面、翠羅衫上、点点紅無数、今歳重尋携手処、物是人非春莫、回首青門路、乱紅飛絮、相逐東風去、李元膺尋亦卒

しかし、この記事には疑問が残る。詞の内容からいうと、なくなった女性をうたったとは思えない。唐の崔護の有名な七絶「都城の南荘に題す」の焼き直しに見えるからである。また、よしんばなくなった女性をうたったものだとしても、妻というよりは、妓女が対象だと思われる。なお、李元膺は蔡京と同時の人という。

(17)「悼亡九首」は七絶の連作で、「悼逝」は五古。いずれも『張右史文集』巻三六（四部叢刊本）に見える。いま、「悼逝」を引いておく。

結髪為夫婦、少年共飢寒、我迂趨世拙、十載困微官、男児不終窮、会展凌風翰、相期脱崎嶇、一笑紓艱難、秋風摧芳蕙、既去不可還、滴我眼中血、悲哉摧肺肝、児稚立我前、求母夜不眠、我雖欲告之、哽咽不能言、積金雖至斗、紆朱走華軒、失我同心人、撫事皆悲酸、積日而成時、積時更成年。山海会崩竭、音容永茫然

なお、清の邵祖壽『張文潜先生年譜』（「宋人年譜叢刊」所収）に拠れば、張耒が妻を亡くしたのは、元豊五年（一〇八二）、二十九歳のときである。ただし、姓名などの詳細については未詳。

(18)南宋を含めた宋代の悼亡作品については、拙稿「夫と妻のあいだ――宋代文人の場合」（『中華文人の生活』、平凡社、一九九四）を参照していただきたい。南宋においても、詩が詞に悼亡というテーマをゆずってしまったということはないと言える。

(19)小論でいう悼亡詩（悼亡詞）とは正妻を対象としたものを指す。妓女や侍妾を対象とした作品も悼亡とよぶことはあるが、ここでは含めない。妓女や侍妾は、公的には正妻とはっきり一線を画される存在であろう。潘岳以来の悼亡詩の伝統のなかに、妓女や侍妾の死を悼んだ作品までをも含めるのは妥当性を欠くと思う。柳永に「離別難（花謝水流倏忽）」、晁端礼に「満庭芳

（浅約鴉黄）」、晁補之に「青玉案・傷娉娉（彩雲易散琉璃脆）」があって、いずれもなくなった女性を悼むが、その対象は遊里の妓女や家妓に相違なく、これらを悼亡詞と見做さないのが小論の立場である。

(20)『東坡烏台詩案』（函海本）を見ると、東坡の詩や文はいくつもやり玉に挙げられているが、詞は二、三挙げられているものの、そのなかの句が直接云々されることはない。また、のちに触れる「沁園春」もやり玉に挙げられてよさそうだが、『詩案』には見えない。

(21) 張先および東坡の詞については、村上哲見『宋詞研究――唐五代北宋篇』などを参照されたい。

(22) その後闋を引いておく。

当時共客長安。似二陸初来倶少年。有筆頭千字、胸中万巻、致君堯舜、此事何難。用舎由時、行蔵在我、袖手何妨閑処看。身長健、但優游卒歳、且闘樽前。

(23)「密州出猟」と題する「江城子」（『東坡楽府箋』に拠る）である。

老夫聊発少年狂。左牽黄、右擎蒼。錦帽貂裘、千騎巻平岡。為報傾城随太守、親射虎、看孫郎。酒酣胸胆尚開張。鬢微霜。又何妨持節雲中、何日遣馮唐。会挽雕弓如満月、西北望、射天狼。

(24)「徐門の石潭に雨を謝する道上の作五首云々」の小題をもつ「浣渓沙」の連作で、元豊元年（一〇七八）、徐州での作。いまその第四首を引いておく。

簌簌衣巾落棗花。村南村北響繰車。牛衣古柳売黄瓜。酒困路長惟欲睡、日高人渇漫思茶。敲門試問野人家。

(25)「赤壁懐古」と題する「念奴嬌」で、黄州時代の作。原文は第六章注（1）を参照。

(26) 熙寧九年（一〇七六）、密州での詩に「答李邦直」（『蘇文忠公詩合註』巻一四）がある。李邦直とはすなわち李清臣のことで、当時京東路提刑として徐州にあった。東坡はその詩の末尾で、「聞子有賢婦、華堂詠螽斯、曷不倒嚢橐、売剣買蛾眉、不用教糸竹、唱我新歌詞」とうたっている。すなわち、聞けばあなたには賢婦人があって、子孫の多きを願っているとか、財布をはたいて美人を買うことです、そしたら楽器を仕込むに及びません、私の新作の歌を歌わせるのです、というのである。詩全体に李清臣に対する軽い戯れの調子はあるが、末二句からは、当時東坡がみずからの詞作にかなり自信を抱くようになっていたことが窺える。

(27) 注（2）入谷論文。

(28) 注（5）森山、林論文参照。

(29) 「江城子」が作られたと同じ煕寧八年（一〇七五）に、「小児」（『蘇文忠公詩合註』巻一三）と題する次のような詩がある。

小児不識愁、起坐牽我衣、我欲嗔小児、老妻勧児痴、児痴君更甚、不楽愁何為、還坐愧此言、洗盞当我前、大勝劉伶婦、区区為酒銭

この詩で、その賢明さを東坡から感謝されているのが同安君である。

(30) 科挙及第後、東坡が梅堯臣に宛てた書簡のなかには次のように言う。

軾七八歳時、始知読書、聞今天下有欧陽公者、其為人如古孟軻、韓愈之徒、而又有梅公者従之遊、而与之上下其議論、其後益壮、始能読其文詞、想見其為人、意其飄然脱去世俗之楽而自楽其楽也、方学為対偶声律之文、求斗升之禄、自度無以進見於諸公之間、来京師逾年、未嘗窺其門、今年春、天下之士羣至於礼部、執事与欧陽公実親試之、誠不自意、獲在第二、……而嚮之十余年間、聞其名而不得見者、一朝為知己、退而思之、人不可以苟富貴、亦不可以徒貧賤、有大賢焉而為其徒、則亦足恃矣、……執事名満天下、而位不過五品、其容色温然而不怒、其文章寛厚敦朴而無怨言、此必有所楽乎斯道也、軾願与聞焉

（「上梅直講書」）

また、梅堯臣の詩への題跋に、

吾雖後輩、猶及与之周旋、覧其親書詩、如見其抵掌談笑也

（「題梅聖俞詩後」）

とあり、さらには、

先君与聖俞游時、余与子由年甚少、世未有知者、聖俞極称之

（「書聖俞贈欧陽閥詩後」）

とも言う。

（31）該当部分の原文は次の通り。

吾嘗与士大夫語、謝氏多従戸屛窃聴之、閑則尽能商摧其人才能賢否及時事之得失、皆有条理

（「南陽県君謝氏墓誌銘」、『居士集』巻三六）

軾与客言於外、君立屛間聴之、退必反覆其言曰、某人也言輒持両端、惟子意之所嚮、子何用与是人言

（「亡妻王氏墓誌銘」）

これはすでに清水茂氏に指摘がある。『唐宋八家文』下（朝日新聞社、中国古典選）参照。

（32）注（3）野口論文参照。

（33）このことは、注（2）入谷論文が元稹の悼亡詩について、潘岳以来の五言古詩ではなくて、七言律詩という「もっとも新しく成立した、もっとも唐代的な詩形」を用いたのを、元稹の悼亡詩の詩形に対する意欲の表われであり、「破天荒な試み」とするのにつながるであろう。

（34）潘岳の「悼亡」は妻の死の翌年（高橋和巳「潘岳論」（『中国文学報』第七冊）参照）、梅堯臣の「悼亡」は妻の死の年（注（5）所掲論文参照）の作である。また、韋応物の悼亡詩は十九首の連作で、その最初に置かれるのが「傷逝」である。注（2）入谷論文には、

十九首は視座の変化のみでなく、時間の推移にともなう感情の密度の変化とも対応する。死者に対する哀悼の感情は、いうまでもなく死の直後にもっとも密度が高く、時間を経過するにつれて薄れるのが人情の自然であろう。十九首の排列は「傷逝」を頂点として、感情がしだいに下り坂になってくるのが見られる

と言う。馬驥「新発見的唐韋応物夫婦及子韋慶復夫婦墓誌考」（『紀念西安碑林九百二十周年華誕国際学術研討会論文集』、文物出版社、二〇〇八）によれば、韋応物の妻元蘋は大暦十一年（七七六）九月に亡くなっている。管見では、「傷逝」から「秋夜二首」までの十七首は、妻の死から翌年の秋までの一年間の時間の推移に従って詠まれている。これは潘岳の「悼亡」三首の構成にならったものであろう。「感夢」についてははっきりしないが、おそらく「秋夜二首」より後の作であろう。最後の

「同徳精舎旧居傷懐」のみが、妻の死の一年後以降、同徳精舎の旧居に帰っての作ではないかと思う。なお、韋応物の悼亡詩については、深沢一幸氏の「韋応物の悼亡詩」（『飈風』第五号）を参照されたい。

（35）　以上は、詩人東坡（詞の作家であることも含める）という観点から論じたのであり、これに生身の生活者東坡という観点を加えれば、「乙卯正月二十日夜記夢」という小題には、継室同安君への心遣いがあったと考えることもできる。東坡の同安君への心情の一端は、すでに注（29）で触れたところである。ただ、東坡の同安君への心遣いを言うなら、小題よりも詞の本文の方に窺えるのではないだろうか。それは梅堯臣と比べた場合なのだが、梅堯臣の「戊子正月二十六日夜夢」の初句「自我再婚来」は、夢に見たのが前妻であることを、東坡の「江城子」に比べればずっとあからさまに示している。また、梅堯臣は後妻として刁氏を娶ったときに「新婚」（『宛陵先生集』巻二八）と題する詩を作っているが、そのなかで「前日新婚を為し、今を喜び復た昔を悲しむ」、「呼ぶに慣れて猶お口誤まり、往《さき》に似て頗る心積もる」とうたい、前妻謝氏への思いを隠さない。とくに「呼ぶに慣れて猶お口誤まる」とは、謝氏への心情の表現として心を打つものがあるが、生身の生活者の立場に立てば、後妻刁氏への配慮に欠けているという非難もあり得るだろう。梅堯臣の場合は、前妻謝氏への心情を吐露することの方にかなり傾斜している。東坡の「江城子」は、詩人東坡と生活者東坡の微妙なバランスの上に成り立った作品と言えるかも知れない。

第六章　蘇東坡の「羽扇綸巾」とその変容

はじめに

明の丘濬（景泰五年（一四五四）の進士）に「赤壁図」（『重編瓊台会稿』巻二）なる詩がある。

烏林赤壁江東注　　烏林の赤壁　江は東に注ぎ
千載曹劉争戦処　　千載　曹劉　争戦する処
黄州遷客雪堂成　　黄州の遷客　雪堂成り
水落山高天薄暮　　水落ち山高くして　天は薄暮なり
扁舟一葉泝流光　　扁舟　一葉　流光を泝《さかのぼ》り
洞簫吹月鶴横江　　洞簫　月に吹けば　鶴は江を横ぎる
自従両賦留伝後　　両賦の留伝して自《よ》従り後
世人不復談周郎　　世人は復た周郎を談ぜず

蘇東坡の「赤壁の賦」が後世にいかに大きな影響を及ぼしたかがこの詩から知れるのだが、赤壁と言えば、同じく

黄州流謫時に作られ、「赤壁懐古」の小題をもつ詞「念奴嬌」も必ず意識される。そのなかに、

遙想公瑾当年　　遙かに想う　公瑾　当年にして
小喬初嫁了　　小喬　初めて嫁し了り
雄姿英発　　雄姿　英発なりしを
羽扇綸巾　　羽扇綸巾にて
談笑間　強虜灰飛煙滅　　談笑の間に　強虜は灰と飛び煙と滅せり

とあり[1]、「羽扇綸巾」はもちろん周瑜（字は公瑾）を指す。ところが、諸葛亮（以下、孔明と呼ぶ）とする説も根強くて一時期論争が続いた[2]。しかし、近年中国で出版された注釈本を見ると、おおむね周瑜説に落ち着いたようである。思うに孔明説には、この詞に小説『三国志演義』（以下、『演義』と略称）に連なる民間文学の影響を見ようとする意識が働いているのではなかろうか[3]。たしかに『演義』では孔明は「羽扇綸巾」で登場する。しかし、士大夫の間では赤壁の戦いと言えば周瑜、というのが基本的認識であり続けたことは、丘濬の詩からも想像される[4]。本章では、赤壁の戦いが明代に至るまでどのように捉えられてきたか、また、東坡の「念奴嬌」の「羽扇綸巾」がどのように理解されてきたか、を東坡以後の宋代の詩詞を中心に探り、さらに元明代の状況について述べる。

第一節　宋人と赤壁の戦い

『三国志』などの史書において、赤壁の戦いの最大の功労者とされるのが周瑜であるのは言を俟たない。それは以後の詩においても同様である。たとえば、唐の李白の「赤壁歌送別」、杜牧の「赤壁」、胡曾の「詠史詩」はよく知られているが、そのいずれもが孔明ではなく周瑜に言及する。(5) 宋代に入っても同様であり、たとえば、北宋の前期の人、王周の「赤壁」（『全宋詩』第三冊一七六二頁）と題する詩でも、

帳前斫案決大議　　帳前　案を斫って　大議決し
赤壁火船焼戦旗　　赤壁の火船　戦旗を焼く
若使曹瞞忠漢室　　若し曹瞞をして漢室に忠なら使めば
周郎焉敢破王師　　周郎　焉んぞ敢えて王師を破らん

とあり、孔明は出てこない。では、東坡自身はどうであるかと言えば、赤壁関連の作品で孔明に言及することはやはりない。まず、「赤壁賦」であるが、そのなかに「此非孟徳之困於周郎者乎」というのは周知のことである。また、「記赤壁」（中華書局排印本『蘇軾文集』巻七一）と題する文があるが、これも「黄州守居之数百歩為赤壁、或言即周瑜破曹公処、不知果是否」とあり、孔明ではなく周瑜である。さらに、「与范子豊書」（『蘇軾文集』巻五〇）では赤壁に遊んだことを記して、「坐念孟徳、公瑾、如昨日耳」と述べている。東坡が「念奴嬌」に限って孔明をよみこんだ（しかも叙述の

流れをぎくしゃくさせてまで）と解釈するのは無理があろう。そこで、東坡以後の赤壁をテーマにした作品を見てみると、管見ではやはりその功を周瑜に帰している。主なものを年代順に挙げよう。

〈1〉南宋、袁説友「過赤壁」（『東塘集』巻七）
幾年青史説周郎　幾年か青史　周郎を説く
赤壁烏林在武昌　赤壁　烏林　武昌に在り

〈2〉金、元好問「赤壁図」（『遺山先生文集』巻三）
可憐当日周公瑾　憐れむ可し　当日の周公瑾[6]
憔悴黄州一禿翁　憔悴せり　黄州の一禿翁

〈3〉元、劉秉忠「赤壁故事」（『蔵春集』巻四）
赤壁風濤千載後　赤壁の風濤　千載の後
只教勲業属周郎　只だ勲業をして周郎に属さ教む

〈4〉元、貢性之「赤壁磯」（『南湖集』巻下）
漫有坡仙重賦詠　漫らに坡仙の重ねて賦詠する有れば
至今形勝属周郎　今に至るも　形勝　周郎に属す

〈5〉明、方孝孺「赤壁」（『遜志斎集』巻二四）
奸雄将軍気蓋世　奸雄の将軍　気は世を蓋うも
敗卒零落慚周郎　敗卒　零落して　周郎に慚ず

〈6〉明、李昌祺「題東坡遊赤壁図」（『運甓漫稿』巻二）

　緬懐公瑾真英雄　　緬かに懐う　公瑾の真に英雄たるを
　破敵於此成奇功　　敵を此に破って　奇功を成す

以上、六例を挙げたが、時代が下っても、赤壁＝周瑜という図式に変化のないことが確認されるだろう。なお、〈2〉〈4〉は、言うまでもなく東坡を意識したものである。では、東坡の「念奴嬌」の「羽扇綸巾」はどう解釈されていたのだろうか。

第二節　宋人の「羽扇綸巾」の解釈

南宋の趙以夫の詞（「漢宮春、次方時父元夕見寄」）に次のように言う。

　応自笑　　　　　応に自ら笑うべし
　周郎少日　　　　周郎　少き日
　風流羽扇綸巾　　風流にして羽扇綸巾なりしを

これは小題からも知れるように直接赤壁を詠んだものではないが、東坡の「念奴嬌」を承けているに違いなく、かつ「羽扇綸巾」を周瑜と解している。(7) もう少し具体的な例を挙げよう。南宋の戴復古の「赤壁」（『石屏詩集』巻四）である。

千載周公瑾　千載　周公瑾
如其在目前　其の目前に在るが如し
英風揮羽扇　英風　羽扇を揮い
烈火破楼船　烈火　楼船を破る
白鳥滄波上　白鳥　滄波の上
黄州赤壁辺　黄州　赤壁の辺
長江酹明月　長江　明月に酹し
更憶老坡仙　更に憶う　老坡仙

これは一目瞭然であろう。「羽扇を揮」って曹操軍を破ったのは、周瑜だったのである。次いで時代を下って、明人の例を挙げておこう。明初の人、林鴻の「赤壁」と題する五古（『鳴盛集』巻一）には次のように言う。

周郎払白羽　周郎　白羽を払い
談笑有良籌　談笑して良籌有り
馮夷鼓駭浪　馮夷　駭浪を鼓し

天呉扇雄飆　　天呉　雄飆を扇ぐ
烈焰蕩万塁　　烈焰　万塁を蕩《はら》い
飛灰喪千艘　　飛灰　千艘を喪う

この詩でも、「白羽（扇）」を「払」って指揮し、「談笑」の間に曹操軍を壊滅させたのを「周郎」としている。以上から東坡の「羽扇綸巾」は周瑜と解すべきであるのは首肯されようが、さらにひとつ例を挙げれば、南宋、楊万里の「寄題周元吉湖北漕司志功堂」（『誠斎集』巻二三）がある。

周郎昨賛元戎幕　　周郎　昨《さき》に元戎の幕を賛け
夜眺秦川登剣閣　　夜　秦川を眺め　剣閣に登る
函関不用一丸泥　　函関　用いず　一丸の泥も
談笑生風掃河洛　　談笑　風を生じて　河洛を掃う
（略）
又揮白羽岸綸巾　　又た白羽を揮い　綸巾を岸《あ》げ
却去武昌尋赤壁　　却て武昌に去って赤壁を尋ぬ
一覧亭前山月明　　一覧亭前　山月明るく
志功堂下大江横　　志功堂下　大江横たわる
前称公瑾後元吉　　前に公瑾を称し　後には元吉

君家世有千人英　　君が家は世よ千人の英有り
公瑾小喬在何許　　公瑾の小喬　何許にか在る
元吉小蛮花解語　　元吉の小蛮　花は語を解す

元吉とは、周頡の字で、紹興十五年の進士。右司郎中から湖北転運判官に移っている。この詩では、「前称公瑾後元吉、君家世有千人英」の句に明らかなように、周頡の姓に因んで、彼を周瑜に見立てている。「周郎」「談笑」「揮白羽（扇）」「岸綸巾」「小喬」という語がちりばめられており、東坡の「念奴嬌」を意識したものである。

第三節　「羽扇綸巾」諸葛亮説の淵源

赤壁の戦いの功績＝周瑜、東坡「念奴嬌」の「羽扇綸巾」＝周瑜、という理解は、士大夫の間では少なくとも明代まで基本的に変化はなかったと考えられる。しかし、「羽扇綸巾」＝孔明という図式も全くないわけではなかった。まず、挙げられるのは、南宋の劉克荘の詞（「沁園春　五和、韻狭不可復和、偶読孔明伝、戯成」）である。

昔臥竜公　　昔　臥竜公
北走曹瞞　　北は曹瞞を走らせ
西克劉璋　　西は劉璋に克つ

看沙頭八陣　看る　沙頭の八陣
百神呵護　百神の呵護
渭浜一表　渭浜の一表
三代文章　三代の文章を
（略）
但綸巾指授　但だ綸巾にて指授すれば
関河震動　関河　震動し
霊旗征討　霊旗にて征討すれば
夷漢賓将　夷漢　賓《したが》将う

ただし、「沙頭八陣」、「渭浜一表」、「但綸巾指授、関河震動、霊旗征討、夷漢賓将」のいずれも、赤壁の戦いよりのち、劉備が蜀に入って以後のことをうたっている。蜀の丞相としての孔明は、綸巾を着けていたと考えられていたのかも知れない。同じく南宋の魯訔の「観武侯陣図」（『全宋詩』第三三冊二一二五五頁）には次のようにある。

西川漢鼎倚綸巾　西川の漢鼎　綸巾に倚り
翠石壘壘作陣新　翠石　壘壘として　陣を作りて新し
一夜掃雲驚虎旅　一夜　雲を掃いて　虎旅を驚かし
九天飛雨泣竜鱗　九天　雨を飛ばして　竜鱗を泣かしむ

当年已落中原胆　　当年　已に落とす　中原の胆
今日猶憐故国身　　今日　猶お憐れむ　故国の身
曾踏斜陽看旧塁　　曾て斜陽を踏んで　旧塁を看る
英雄千古只伊人　　英雄　千古　只だ伊《か》の人のみ

「綸巾」は孔明を指すに相違あるまいが、詩題および「西川漢鼎」とあるからには、やはり入蜀以後のこととして詠んでいるのであろう。さらに、南宋の李石の「武侯祠」（『方舟集』巻五）では、はっきりと孔明と「羽扇綸巾」を結びつけている。

風弄波濤鼓角喧　　風は波濤を弄して　鼓角喧く
蜀江猶有陣図存　　蜀江　猶お陣図の存する有り
綸巾羽扇人何在　　綸巾　羽扇　人は何くにか在る
眼看羣児戯棘門　　眼看《み》る　羣児の棘門に戯るるを

この詩においても「風弄波濤鼓角喧、蜀江猶有陣図存」の二句から見て、やはり孔明と赤壁の戦いを直接結びつけた「羽扇綸巾」ではないと考えてよいだろう。ただ、遅くとも南宋に至れば、赤壁を離れる限り、孔明も「羽扇綸巾」であり得たとは言えそうである。当時すでに、武侯祠の像は言うまでもなく、孔明の肖像画もしばしば描かれていたと思われ、それはおそらく「羽扇綸巾」の出で立ちであるとされていたのであろう。(8) このことは、さらに元、明におけるいくつかの詩文から推測できる。例を挙げよう。

羽扇飄飄　羽扇　飄飄として
綸巾蕭蕭　綸巾　蕭蕭たり
渭原星墜　渭原に星は墜ち
梁父寂寥　梁父　寂寥たり

（元、張憲「諸葛武侯像」、『玉笥集』巻五）

炎祚日微　炎祚　日びに微《おとろ》え
三分鼎列　三分　鼎は列なれり
羽扇綸巾　羽扇　綸巾
天挺豪傑　天挺の豪傑たり

（明、鄭真「諸葛孔明画像賛」其二、『滎陽外史集』巻五〇）[9]

また、明の永楽中の人、唐文鳳の「跋諸葛武侯像賛」（『梧岡集』巻七）の次の一節は、当時の武侯像の様をやや具体的に伝えてくれる。

予聞蘇長公称武侯出師表、与説命相表裏[10]、自三代以後、翛然王佐才、惟武侯一人而已、侯之平生出処大節、諸先生論之詳矣、後学豈能容喙於其間哉、今観此像丰姿神俊、意気閑雅、手把如意、肘支圜枕、綸巾垂帯、氅衣披袂、

欹坐匡床、脱履露足、注目凝想、而游心於祁山褒邪之遠、猶若指麾三軍時也

このように孔明と「羽扇綸巾」を結びつける例はたしかにあるのだが、周瑜と「羽扇綸巾」をいうものに比べれば極めて少ないし、しかも、はじめは孔明と赤壁を結びつけたものではなかったと見られる。

第四節　「羽扇綸巾」諸葛亮説の成立

元代、十四世紀前半に活躍した詩人、薩都刺に「回風坡、弔孔明先生」（『雁門集』巻四）と題する詩がある。

大江東流日夜白　　大江　東に流れ　日夜　白し
已矣英雄不堪説　　已んぬるかな　英雄　説くに堪えず
朔風挟雨過江来　　朔風　雨を挟んで　江を過《よぎ》りて来り
猶向磯頭濺腥血　　猶お磯頭に向《おい》て　腥血を濺《そそ》ぐ
漢家神気四海揺　　漢家の神気　四海　揺らぎ
奸雄賊子相貪饕　　奸雄　賊子　相貪饕《むさぼ》る
二竜雌雄尚未決　　二竜の雌雄　尚お未だ決せず
将軍戦骨如山高　　将軍の戦骨　山の如く高し

先生謀畧満懐抱　　先生の謀畧　懐抱に満ちるも
坐視狂塵不為掃　　狂塵を坐視して　為に掃わず
若非蜀主三顧賢　　若し蜀主三顧の賢なるに非ずんば
終只如竜臥南畝　　終に只だ竜の如く南畝に臥せん
仰天一出摧奸鋒　　天を仰いで　一たび奸を摧《くじ》くの鋒を出だし
綸巾羽扇生清風　　綸巾　羽扇　清風を生ず
許君義気肝胆裂　　君を許《たの》みし義気　肝胆　裂け
兵枢尽在掌握中　　兵枢　尽く掌握の中に在り
赤壁楼船満江夏　　赤壁の楼船　江夏に満ち
伏剣登壇唯叱咤　　剣を伏せて壇に登り　唯だ叱咤す
忠心耿耿天必従　　忠心　耿耿として　天　必ず従わん
烈火回風山亦赭　　烈火　回風　山も亦た赭《あか》し
可憐一炬功未成　　憐れむ可し　一炬　功は未だ成らざるに
将星已墜西南営　　将星　已に墜つ　西南の営
力吹漢水灰未醒　　力《つと》めて漢水を吹くも　灰は未だ醒めず
嗚呼天命何不平　　嗚呼　天命　何ぞ平らかならざる
佇立磯頭盼呉越　　磯頭に佇立して　呉越を盼《のぞ》めば
感慨令人生白髪　　感慨　人をして白髪を生ぜ令む

先生雖死遺表存　　先生　死すと雖も　遺表　存す
大義晶晶明日月　　大義　晶晶として　日月　明かし

「仰天一出摧奸鋒」から「兵枢尽在掌握中」の四句は、孔明が劉備の三顧の礼を容れて起ったことを言い、それに続く「赤壁楼船満江夏」から「烈火回風山亦赭」の四句は赤壁の戦いをうたっている。「綸巾羽扇生清風」は孔明の颯爽とした出で立ちをいうのであり、直接赤壁の戦いに「羽扇綸巾」で臨んだと言ってはいないが、すぐ続いて赤壁をうたうところを見ると、孔明は赤壁でも当然「羽扇綸巾」であったと薩都剌は考えていたらしい。この詩に至って、孔明は「羽扇綸巾」で赤壁の戦いに臨んだことになったようである。実はこの詩は、当時民間に流布していた『演義』の原型となる講談や芝居などの内容の反映があると思われる。三国の覇権争奪の物語は『演義』が出現する以前、元代においては『三国志平話』というかたちで刊行されたが、すでに孔明が壇を築いて祈り、風を起こしたことが見えるからである。「伏剣登壇唯叱咤」の句は明らかにこれに通ずる。[11] 薩都剌は山西雁門の出身の詩人であるが、一時期南方で商売に従事していたことは知られている。この詩はその商人としての経歴に関連があるのかも知れない。元代の山西を中心とした北方から南方への人と物の移動に伴った文化の移動によって、『演義』は成立したのではないかとは、金文京氏の指摘である。[12] そして、薩都剌から半世紀あまり時代が下ると、方孝孺がその「江山万里図」（『遜志斎集』巻二四）では「烟焰旌旗魏武兵、綸巾羽扇周郎策」と言い、一方また「蜀相像」（『遜志斎集』巻二四）では「羽扇綸巾一臥竜、誓匡宝祚剪奸雄」と言うように、周瑜＝羽扇綸巾、孔明＝羽扇綸巾という二つの図式が一人の作品に混在するまでになっている。どうやら赤壁に関しても、明初までには、孔明＝羽扇綸巾とされる素地ができ上がっていたように思われる。[13]

第五節　『三国志平話』から『演義』へ

『三国志平話』ではすでに孔明の美化が始まっており、赤壁の戦いの後、周瑜は孔明との智謀の争いに負けて、憤死してしまう。しかし、羽扇、綸巾はまだ孔明に結びつけられてはいない。やはり、孔明＝羽扇綸巾という図式が、周瑜＝羽扇綸巾というそれを押しのけるようになるのは、『演義』の出現を待たねばならなかったようである。『演義』において、孔明は「羽扇綸巾」で登場する。しかも、それは通行本である清初刊行の毛宗崗本に始まるのではない。『演義』の現存する最も古い版本は、嘉靖元（一五二二）年の序のある嘉靖本であるが、たとえば、巻一一「諸葛亮傍略四郡」に、

中間一輛四輪車、車中端座一人、頭戴綸巾、身披鶴氅、手執羽扇、用扇招邢道栄曰、吾乃南陽諸葛孔明也(14)

とあるように、孔明の出で立ちはすでに「綸巾羽扇」になっている。『演義』に至るや、周瑜は「羽扇綸巾」の装束を孔明に横取りされてしまったのである。また、『三国志平話』を承けて、知謀ではことごとく孔明に劣り、引き立て役に回されているのだが、その程度はさらに徹底している。(15)三国の昔、赤壁の戦いの英雄周瑜も、時代の流れには抗えず、孔明の軍門に下ったのであった。そして、これ以後、孔明と言えば「羽扇綸巾」というイメージが定着していったのではなかろうか。『演義』は面白い。その内容は、知らず知らずのうちに士大夫の教養の中身を浸蝕していったのであり、とくに毛宗崗本の出た清朝では、士大夫といえども、時としてその影響から免れ得なくなったのではあるま

いか。毛宗崗本刊行と同時期の人、査慎行の「赤壁」（『敬業堂詩集』巻四）は、

一戦三分定　一戦　三分　定まり
英雄洵有神　英雄　洵《まこと》に神有り
古今才不偶　古今　才は偶《あ》わず
天地局長新　天地　局は長《つね》に新たなり
故塁秋吹角　故塁　秋に角《つのぶえ》を吹き
荒江晩問津　荒江　晩に津を問う
祭風台下路　祭風台下の路
惆悵是帰人　惆悵するは是れ帰人

と言う。「祭風台下路」の句は明らかに『演義』の影響を思わせる。査慎行は「赤壁」と題しながら孔明を想起しているのである。「古今才不偶」の句もおそらく孔明を指すのだろう[16]。とすれば、現代の我々はなおさらのことで、東坡の「羽扇綸巾」に異解が生じるのもむべなるかなと思われるのである。

おわりに

以上、東坡の「羽扇綸巾」が、周瑜の装束という本来の意味から外れて、孔明のそれと解釈される素地が形成されるまでの過程を素描してみた。そこには、明代以来の『演義』の影響が考えられた。しかし、注目されるのは、嘉靖本（巻一〇）と葉逢春本（巻五）の「曹操敗走華容道」に、

此時正是三江水戦、赤壁鏖兵、着鎗中箭、火焚水溺、軍馬死者、不計其数、有賦曰、……時也天気厳寒、江声吼凍、夜月上而星斗昏、東風起兮天地動、展黄蓋之神威、助周郎之妙用、……公瑾周郎、談笑独揮其麈尾、徳謀程普、往来尽仗乎竜泉、……孔明回還夏口兮風正狂、孟徳敗走華容兮火未滅、数既難逃、天已剖決、鼎分三国之山河、名播一時之豪傑(17)

とあることである。「有賦曰」以下には、「公瑾周郎、談笑独揮其麈尾」とあり、「羽扇」でなく「麈尾」になってはいるが、東坡の「念奴嬌」に基づいた表現であるのは明らかだろう。最後の「名播一時之豪傑」が「念奴嬌」の前関末句「一時多少豪傑」に通ずるのも、この見方を補強してくれる。これは、東坡の「羽扇綸巾」が周瑜であるとの理解を示しているわけで、二つの嘉靖刊本では「羽扇綸巾」のいでたちを孔明とする理解と周瑜とする理解が混在していることになる。ところが、毛宗崗本は「有賦曰」以下の部分を削除してしまっている。つまり、「羽扇綸巾」を孔明のみに帰すように改変を加えたとおぼしいのである。嘉靖本と葉逢春本という二つの嘉靖刊本は、俗間の三国志物語と

士大夫の文学がいまだ混然と混じり合った状態の、なお過渡的なエディションであったようである。

〈注〉

(1)「念奴嬌」の全文を引いておく。「赤壁賦」「後赤壁賦」は省略する。なお、以下の引用は、とくに断りがない限り、詩文は四庫全書本あるいは四部叢刊本、宋詞は『全宋詞』による。

大江東去、浪淘尽　千古風流人物、故塁西辺、人道是　三国周郎赤壁、乱石崩雲、驚濤裂岸、捲起千堆雪、江山如画、一時多少豪傑

遙想公瑾当年、小喬初嫁了、雄姿英発、羽扇綸巾、談笑間　強虜灰飛煙滅、故国神遊、多情応笑我、早生華髪、人間如夢、一樽還酹江月

(2) 唐圭璋「論蘇軾〝念奴嬌〟詞裏的〝羽扇綸巾〟」(『語文教学』一九五六年一二期)が孔明説の嚆矢であろう。このテーマを扱った論文は多く、さらに東坡詞や宋詞の選集における解釈まで加えるとかなりの数になる。筆者はそのすべては把握していないことをお断りしなければならない。なお、唐氏の論は『太平御覧』等の書が引く裴啓の『語林』に、孔明が「葛巾」と「羽扇」で軍を指揮したというのに拠る(南宋の傅幹の『注坡詞』も『蜀志』として引く)。「葛巾」=「綸巾」とするのは検討の余地があると思われるが、いまは立ち入らない。

(3) すでに宋代から蜀に肩入れした講談や芝居があったことは知られている。たとえば、金文京氏『三国志演義の世界』(東方書店、一九九三)七四~八〇頁を参照。

(4) 丘濬には、「和東坡韻題赤壁図」の小題を持つ「酹江月」(「念奴嬌」の異名)詞(『重編瓊台会稾』巻六)もあって、やはり周瑜を言い、孔明を言わない。

(5) 二竜争戦決雌雄、赤壁楼船掃地空、烈火張天照雲海、周瑜於此破曹公

(李白「赤壁歌送別」)

折戟沈沙鉄未銷、自将磨洗認前朝、東風不与周郎便、銅雀春深鎖二喬

（杜牧「赤壁」）

烈火西焚魏帝旗、周郎開国虎争時、交兵不仮揮長剣、已挫英雄百万師

（胡曾「詠史詩・赤壁」）

（6）元好問はまた「題閑閑書赤壁賦後」（『遺山先生文集』巻四〇）においても、「夏口之戦、古今喜称道之、東坡赤壁詞、戯以周郎自況也」と言う。

（7）筆者は以前、この詞をはじめとする宋詞を例に挙げて、「羽扇綸巾」を周瑜と解すべき理由の一端を示しておいた（角川書店『宋代詩詞』二七一頁、一九八八）。その後、土屋文子氏が「「羽扇綸巾」と諸葛亮」（『早稲田大学大学院文学研究科紀要』別冊第一八集　文学・芸術学編、一九九一）を書かれている。土屋氏の論考は小説『三国志演義』から発想されたものであり、小論とは視点の異なるものである。

（8）清の著名な歴史学者、趙翼の「石刻諸葛忠武侯像歌」（『甌北集』巻三八）に、孔明を「綸巾羽扇の人」というが、その序によれば、唐の閻立本の原画の模写をもとに石に刻したという。もしその通りならば、孔明を「羽扇綸巾」で描くことはかなり古くからあったことになる。因みに、『新唐書』地理志四に、「襄州襄陽郡、望、土貢、綸巾、漆器云々」とあり、襄陽の名産として綸巾が挙げられている。そして、『三国志』諸葛亮伝の注に『漢晉春秋』を引いて、「亮家于南陽之鄧県、在襄陽城西二十里、号曰隆中」というように、襄陽と孔明の関係は深い。孔明が綸巾と結びつけられる一因は、あるいはここにあるのかも知れない。博雅の御指教を待つことにしたい。

（9）鄭真は明初の人。

（10）「楽全先生文集叙」（『蘇軾文集』巻一〇）に、「至出師表簡而尽、直而不肆、大哉言乎、与伊訓説命相表裏、非秦漢以来以事君為悦者所能至也」とある。

（11）史書には強風が吹いたとだけ言う。また、清の薩竜光の注（上海古籍出版社排印本『雁門集』一七六頁）には、「回風坡」は九江にある「迴風磯」のことらしいが、内容は武昌の「祭風台」に係わると言う。

（12）注（3）金書一四〇～一四二頁を参照。金氏には、こうした観点から「劉知遠諸宮調」および明、成化年間刊「新編劉知遠

還郷白兎記」の形成過程を論じた、「劉知遠の物語」（『東方学』第六二輯、一九八一）がある。

（13）元、馮子振（一二五七～？）の「鸚鵡曲　赤壁懐古」（『朝野新声太平楽府』巻一。なお、『全金元詞』『全元散曲』ともにこれを収める）も、東坡の「羽扇綸巾」を孔明と解しているらしい。序によれば大徳六年（一三〇二）の作である。

　茅廬諸葛親曾住。早賺出抱膝梁父。笑談間漢鼎三分、不記得南陽耕雨。〔么〕嘆西風捲尽豪華、往事大江東去。徹如今話説漁樵、算也是英雄了処。

東坡の「羽扇綸巾」を孔明と解するのは、薩都剌に限らず、十四世紀初頭のころまでには始まっていたらしい。

（14）嘉靖本に少し遅れ、嘉靖二十七年（一五四八）の序をもつ葉逢春本（巻五「諸葛亮傍掠四郡」）も、「頭戴」から「羽扇」まで全く同じ。

（15）たとえば、有名な赤壁での「借箭」の話も、『三国志』呉主伝の注に引く『魏略』によれば、もとは赤壁の戦いの後、孫権が曹操と濡須口で対峙したときに使った手であるが、『三国志平話』では、「却説周瑜用帳幕船只、曹操一発箭、周瑜船射了左面、令扮棹人回船、却射右辺、移時箭満於船、周瑜回、約得数百万只箭、周瑜喜道、丞相、謝箭」とあるように、周瑜の奇策とされていた。しかし、『演義』ではこれも孔明のものとなっている。

（16）ただし、明代後期から清朝の赤壁関連作品については、筆者の力の及ぶところではなく、調査は極めて粗雑である。なお、注（3）金書三六頁～三七頁には『演義』に惑わされた例として、王士禎の「落鳳坡弔龐士元」なる詩が挙げられている。

（17）引用は嘉靖本による。葉逢春本も細かい異同を除けば違いはない。

第七章　「羽扇綸巾」の誕生

はじめに

前章では、蘇東坡の「念奴嬌」に見える「羽扇綸巾」は本来周瑜を指していたが、それが時代の変遷につれ、とくに小説『三国志演義』の影響を受けて、一方で諸葛亮を指すと理解されるようになって行く過程について述べた。本章では少し角度を変えて、東坡が「羽扇綸巾」の語を使うまでの経緯を探り、さらに関連することがらに及びたい。

第一節　東坡における「羽扇」と「綸巾」

「念奴嬌」が作られたのは、元豊年間、黄州流謫の時代である。では、それ以前の詩詞や散文において、東坡が「羽扇」と「綸巾」を対にして用いたことがあったかというと、実はない。ただ、それぞれ単独の用例はあるので、まず「綸巾」の用例から見てみよう。(1)

（1）　更著綸巾披鶴氅　　更に綸巾を著け　鶴氅を披《はお》り

他年応作画図誇　　他年　応に画図を作りて誇るべし

（「次韻周長官寿星院同餞魯少卿」、『詩集』五一二頁、熙寧六年（一〇七三）杭州作）

（2）回首旧遊真是夢　　回首すれば　旧遊は真に是れ夢なり

一簪華髪岸綸巾　　一簪の華髪　綸巾を岸《あ》ぐ

（「台頭寺歩月得人字」、『詩集』九二〇頁、元豊二年（一〇七九）徐州作）

（3）綸巾鶴氅、驚笑呉婦

（綸巾鶴氅、呉婦を驚笑せしむ）

（「祭柳子玉文」、『文集』一九三八頁）[2]

「綸巾」とは、青色の絹糸で作られた頭巾で、貴族や隠者、文人の着用するものとされるが、「綸巾」にまつわる故事を伝えられる人物で最もよく知られるのは晉の謝安の弟、謝万である。『晉書』の伝には、

簡文帝作相、聞其名、召為撫軍従事中郎、万著白綸巾、鶴氅裘、履版而前、既見、与帝共談移日

（簡文帝　相と作り、其の名を聞き、召して撫軍従事中郎と為す。万は白綸巾、鶴氅裘を著け、版《げた》を履きて前《すす》む。既に見ゆるや、帝と共に談じて日を移せり）

とある。謝万の着けていたのは、「白綸巾」と「鶴氅裘（羽毛の外套）」で、以後「綸巾」はしばしば「鶴氅」と対になって用いられることになる。東坡の（1）と（3）はまさにそうである。そして、もちろん、三例ともに周瑜や諸葛亮との直接的関連は見出せない。どうやら「綸巾」は周瑜や諸葛亮とすぐには結びつかないようである。

次に「羽扇」であるが、東坡の詩においては次の四例を見出せる。

（4）書生古亦有戦陣　　書生　古にも亦た戦陣有り
葛巾羽扇揮三軍　　葛巾　羽扇にて三軍を揮《さしず》せり
（「犍為王氏書楼」、『詩集』七頁、嘉祐四年（一〇五九）犍為作）

（5）落日岸葛巾　　落日　葛巾を岸げ
晩風吹羽扇　　晩風　羽扇を吹く
（「自浄土寺歩至功臣寺」、『詩集』三四五頁、熙寧五年（一〇七二）杭州作）

（6）陣雲冷圧黄茅瘴　　陣雲　冷たく圧す　黄茅瘴
羽扇斜揮白葛巾　　羽扇　斜めに揮う　白葛巾
（「聞喬太博換左蔵知欽州以詩招飲」、『詩集』六八二頁、熙寧九年（一〇七六）密州作）

（7）葛巾羽扇紅塵静　　葛巾　羽扇　紅塵静まり
投壺雅歌清燕開　　投壺　雅歌　清燕開く

（「送将官梁左蔵赴莫州」、『詩集』八四六頁、元豊元年（一〇七八）徐州作）

この四例で注目されるのは、「羽扇」はすべて「葛巾（葛布で作った頭巾）」と対になって用いられていることである。つまり「羽扇綸巾」ではなく、「羽扇葛巾」である。となれば、例の裴啓の『語林』に見える故事がすぐさま想起される。

諸葛武侯与司馬宣王在渭浜、将戦、武侯乗素輿、葛巾白羽扇、指麾三軍、三軍皆随其進止

（諸葛武侯は司馬宣王と渭浜に在り。将に戦わんとして、武侯は素輿に乗り、葛巾と白羽扇にて、三軍を指麾す。三軍は皆其の進止に随う）[3]

諸葛亮が司馬懿と会戦したときに「葛巾」を着け、「羽扇」を手にして指揮をしたというものである。「羽扇綸巾」ではなく「羽扇葛巾」であるならば、それはこの『語林』の記事を踏まえていると考えてよいだろう。実際、（4）は直接諸葛亮を引き合いに出したものであり、（6）は、太常博士から武官の左蔵庫副使に換えられて知欽州となった喬叙の着任後のさまを想像してうたったもので、これも『語林』を踏まえている。また、（7）も、（6）の喬叙と同様に武官の梁交の知莫州着任後のさまを想像したものであって、やはり『語林』に基づく。（5）のみは東坡自身のくつろいだ出で立ちをいい、直接的に諸葛亮を想像させるものではないが、「羽扇」と「葛巾」の併用はやはり諸葛亮のイメージを伴っている。つまり、東坡において「羽扇」は常に「葛巾」と結びつき、「羽扇葛巾」と言えば諸葛亮を指し

ていたのである。[4]

第二節　東坡以前の「綸巾」・「葛巾」・「羽扇」

「念奴嬌」以前の東坡の用例を見ると、「羽扇」や「綸巾」は周瑜と必然的な結びつきがあるわけではなかったと考えられる。では、東坡以前はどうであろうか。「羽扇綸巾」あるいは「羽扇葛巾」と対にした例があるだろうか。また、「綸巾」と「葛巾」はどのような使われ方をしているのだろうか。すべての文献の調査は当然ながら筆者の力の及ぶところではないので、漢魏から東坡に至るまでの詩について探ってみることにしたい。

唐代以前は、実は「綸巾」「葛巾」ともに用例がほとんどない。管見に入ったのは、庾信の「示封中録二首」其二の「葛巾久乖角、菊逕簡経過」のみである。したがって、もちろん「羽扇」と対になった例は見当たらない。時代が下って唐代に至ると、「綸巾」「葛巾」ともにかなりの数の用例を見出せるようになる。いま、いくつか例を挙げておこう。[5]

（8）暁垂朱綬帯　　暁には垂らす　朱綬帯
晩著白綸巾　　晩には著す　白綸巾
出去為朝客　　出で去りて朝客と為るも
帰来是野人　　帰り来れば是れ野人
（白居易「訪陳二」）

（9）玉珮金章紫花綬　　玉珮　金章　紫花綬
紵衫藤帯白綸巾　　紵衫　藤帯　白綸巾
晨興拝表称朝士　　晨に興きて表を拝し　朝士を称し
晩出遊山作野人　　晩に出でて山に遊び　野人と作る
（白居易「拝表回閑遊」）

（10）白綸巾下髪如糸　　白綸巾の下　髪は糸の如く
静倚楓根坐釣磯　　静かに楓根に倚って釣磯に坐す
中婦桑村挑葉去　　中婦は桑村に葉を挑《と》りて去り
小児沙市買蓑帰　　小児は沙市に蓑を買いて帰る
（皮日休「西塞山泊漁家」）

（11）陶令日日酔　　陶令　日日に酔い
不知五柳春　　五柳の春を知らず
素琴本無弦　　素琴　本より弦無く
漉酒用葛巾　　漉酒　葛巾を用う
（李白「戯贈鄭溧陽」）

（12）不厭晴林下　　厭わず　晴林の下
微風度葛巾　　微風　葛巾を度《わた》るを
寧唯北窓月　　寧んぞ唯だ北窓の月のみ

自謂上皇人　　自ら上皇の人と謂わん

（銭起「衡門春夜」）

（13）一片白葛巾　　一片の白葛巾
潜夫自能結　　潜夫　自ら能く結ぶ
籬辺折枯蒿　　籬辺に枯蒿を折り
聊用簪華髪　　聊か用《もっ》て華髪に簪《さ》さん

（劉言史「葛巾歌」）

「綸巾」「葛巾」ともに唐詩ではそれほど珍しい語ではなくなっていると言えるが、「羽扇」と併用された例はやはり見出し得ず、ここに挙げた例もすべて単独で使用されたものである。(6)では、次いで、宋代に入ってから東坡まではどうかというと、これも唐詩と同様のようである。つまり、単独の用例はあるが、「羽扇」と並べた例は見当たらない。いま、ひとつずつ例を挙げておく。

（14）重到田園草木零　　重ねて田園に到れば草木零《しお》れ
鬢毛蕭颯白綸巾　　鬢毛　蕭颯たり　白綸巾
謾誇孺子能分肉　　謾りに誇る　孺子の能く肉を分かつを
堪笑書生尚負薪　　笑うに堪えたり　書生の尚お薪を負うを
……

東籬已有黄金蕊　　東籬　已に黄金の蕊有り
只欠白衣送酒人　　只だ欠く　白衣の酒を送る人
（陳舜兪「晩秋田間」）

（15）看雨揹藤杖　　雨を看て藤杖を揹《っ》き
迎風卸葛巾　　風を迎えて葛巾を卸す
我来懐愧甚　　我来りて愧を懐くこと甚し
衣上有紅塵　　衣の上に紅塵有ればなり
（文同「書隠者壁」）

ただし、ここで留意しておきたいのは、「綸巾」と「葛巾」の持つイメージには共通したものがあるということである。両者は本来別物であったはずである。しかし、どちらも、士人の公的生活における衣冠といった正装とは異なり、私的生活におけるくつろいだ服装という点では同じなのである。（8）（9）（12）（13）の例はそのことを示している。そして、さらにこれにとどまらず、両者ともに隠者の服装へと繫がってゆくことは、（10）（14）（15）の例を見れば首肯されるはずである。とくに「葛巾」については、（11）で明白であるように、有名な陶淵明の「葛巾漉酒」の故事を[7]背景に持っていることに留意すべきであろう。要するに、「綸巾」と「葛巾」は常に明確に区別されていたというわけでもなさそうである。であるならば、東坡が「念奴嬌」でうたった「羽扇綸巾」が、元来「羽扇葛巾」の故事を持つ諸葛亮に引きつけて理解されるのも、あながち理由のないことではなかったのである。

以上、これまで述べてきたところによれば、周瑜を「羽扇綸巾」で形容するのは東坡の「念奴嬌」が最初だったらしい、ということになる。つまり、周瑜の「羽扇綸巾」は、実は「念奴嬌」における東坡の独創であったと考えられるのである。

第三節　綸巾と周瑜、諸葛亮

東坡が周瑜に言及することは諸葛亮に比べれば少ない。周瑜を直接題材にしたものとしては、すでに注（4）で挙げた「周瑜雅量」と「記李邦直言周瑜」（『文集』二〇七七頁）があるが、いずれも短いものである。一方、諸葛亮については言及も多く、「諸葛亮論」（『文集』一一二頁）なる論文も書かれている。周瑜は諸葛亮に比べてやや軽い扱いを受けていると言えるが、諸葛亮の歴史上の存在の大きさから言って、怪しむに足りないことだろう。

さて、その多くはない周瑜への言及は、黄州時代が半数近くを占める。いま、それを挙げると以下の通りである。[8]

(16) 西望夏口、東望武昌、山川相繆、鬱乎蒼蒼、此非孟徳之困於周郎者乎

（「赤壁賦」、『文集』五頁）

（西のかた夏口を望み、東のかた武昌を望めば、山川相繆《まと》わりて、鬱乎として蒼蒼たり。此れ孟徳の周郎に困しめられし者に非ざらんや）

(17) 黄州守居之数百歩為赤壁、或言即周瑜破曹公処、不知果是否

（黄州の守居の数百歩を赤壁と為す。或ひと言う、即ち周瑜の曹公を破りし処なり、と。果して是なるや否

やを知らず）

（「記赤壁」、『文集』二二五五頁）

(18) 今日李委秀才来相別、因以小舟載酒飲赤壁下、李善吹笛、酒酣作数弄、……坐念孟徳公瑾、如昨日耳

（今日　李委秀才来りて相別る。因りて小舟を以て酒を載せて赤壁の下に飲む。李は善く笛を吹き、酒酣にして数弄を作《な》す。……坐ろに孟徳公瑾を念えば、昨日の如きのみ）

（「与范子豊八首」其七、『文集』一四五二頁）

(19) 与君飲酒細論文　君と酒を飲みて細く文を論ずれば

酒酣訪古江之濆　酒酣にして古を訪う　江の濆

仲謀公瑾不須弔　仲謀　公瑾　弔らうを須いず

一酹波神英烈君　一たび酹せん　波神英烈の君に

（「王斉万秀才寓居武昌県劉郎洑、正与伍洲相対、伍子胥奔呉所従渡江也」、『詩集』一〇三八頁）

これはやはり、黄州流謫という境遇と赤壁の存在が大きな刺激となったからに相違あるまい。そして、東坡はその詞「念奴嬌」で「赤壁」の戦いを「懐古」して、「遙想公瑾当年、小喬初嫁了、雄姿英発、羽扇綸巾、談笑間　強虜灰飛煙滅」とうたったのだが、周瑜に「羽扇綸巾」を結びつける発想はどこから来たのであろうか。先に「綸巾」と「葛巾」は明確に区別されていたわけではないことを述べた。しかし、両者が本来もつイメージは異なっている。「綸巾」は、謝万の故事が最もよく知られていることからも分かるように、やはり六朝の貴族の被ったものとしてのイメージがより強いし、一方「葛巾」は、書生（学問の徒）や隠者の被るものとしてのイメージがより強い。「葛巾」が隠者のイ

メージをより強く与えるのは、すでに挙げた陶淵明の故事ばかりがその例ではなく、たとえば、『晉書』隠逸伝の郭文の伝に、

恒著鹿裘葛巾、不飲酒食肉、区種菽麦、採竹葉木実、貿塩以自供

（恒に鹿裘葛巾を著け、飲酒食肉せず。菽麦を区種《おうしゅ》し、竹葉木実を採り、塩に貿《か》えて以て自らに供す）

とあり、『南史』隠逸伝の陶弘景の伝に、

後簡文臨南徐州、欽其風素、召至後堂、以葛巾進見、与談論数日而去、簡文甚敬異之

（後に簡文南徐州に臨み、其の風素を欽《うやま》い、召して後堂に至らしむ。葛巾を以て進見し、与《とも》に談論すること数日にして去れり。簡文甚だ敬いてこれを異とす）

とあるのなどを挙げることができる。また、書生との繋がりについては、晉の張華『博物志』巻九の

漢中興、士人皆冠葛巾、建安中、魏武帝造白帢、於是遂廃、唯二学書生猶著也

（漢の中興するや、士人は皆葛巾を冠る。建安中、魏の武帝白帢を造り、是に於て遂に廃る。唯だ二学（国学と太学‥筆者）の書生のみ猶お著くるなり）

という記事が参考になるが、『太平御覧』巻二三六「国子祭酒」の項に引く『斉職儀』に、

晉令、博士祭酒、掌国子学、而国子生師事祭酒執経、葛巾単衣、終身致敬
（晉令に、博士祭酒は、国子学を掌り、国子生は祭酒執経に師事し、葛巾単衣にして、終身敬を致す）

と言うのも、『博物志』の記事につながる。「綸巾」と「葛巾」本来のイメージから見れば、「綸巾」は周瑜に、「葛巾」は諸葛亮に相応しい、と言えそうである。(9)

そして、さらに言えば、「念奴嬌」の「羽扇綸巾」が直接的に発想を借りたのは、おそらく李白の「永王東巡歌十一首」其二ではなかろうか。

三川北虜乱如麻　　三川の北虜　乱れて麻の如く
四海南奔似永嘉　　四海　南に奔って　永嘉に似たり
但用東山謝安石　　但だ東山の謝安石を用うれば
為君談笑静胡沙　　君が為に談笑して胡沙を静めん

この詩の背景は改めて説くまでもあるまい。注目したいのは、「ただあの謝安石のような人物を用いさえすれば、わが君のために談笑しながらえびすの砂塵を鎮めてしまうだろう」という後半二句である。「羽扇」や「綸巾」という言葉は全く出てこないのではあるが、この二句は先に引いた「念奴嬌」の一節、とくに「談笑間　強虜灰飛煙滅」の句

に通ずるものがある。また、謝安石とは言うまでもなく晉の謝安のことで、「綸巾」の故事で有名な謝万の兄であった。謝玄らが苻堅の大軍を破ったとの報を読み終えるや、それを牀の上に放り出し、客が問うと「小児の輩　遂に已に賊を破れり」と悠然と答えた話は有名である。「綸巾」はどちらかと言えば謝安や謝万のような六朝貴族と結びつくことは先に触れたが、東坡の門弟である晁補之にも次のような例がある。

(20)　想東山謝守
　　綸巾羽扇
　　高歌下　青天半

想う　東山の謝守
綸巾羽扇にして
高歌は下る　青天の半ば

（「水竜吟　寄留守無媿文」(10)）

(21)　雲端紅粉拊雕欄
　　謝守綸巾語笑間

雲端の紅粉　雕欄を拊《う》ち
謝守　綸巾語笑の間

（「次韻李秬祥符軒」）

「謝守」とは言うまでもなく謝安である。もちろん借りて(20)では応天府留守の趙無媿を、(21)では知信州の李秬を指す。この二例ともに明らかに謝安と「綸巾」「羽扇」を結びつけている。「綸巾」は六朝貴族の服装として意識されていたのである。(11)「念奴嬌」の「羽扇綸巾」が周瑜と諸葛亮のどちらに似つかわしいか、おのずと知れるであろう。名家の出身で赤壁の英雄、かつ音楽にも精通し、呉の人々から「周郎」と呼ばれた周瑜、その出で立ちは「羽扇綸巾」こそ相応しかったのである。

おわりに

古く「羽扇葛巾」の出で立ちで戦場に臨んだのは諸葛亮であった。ところが、東坡の「念奴嬌」に至って、周瑜が「羽扇綸巾」の姿で颯爽と登場した。「赤壁賦」との相乗効果もあってか、その影響は極めて大きかった。この辺りの経緯は前章で述べたので繰り返さないが、たとえば、南宋の劉宰（一一六六～一二三九）の「賀趙守善湘到任」（『漫塘集』巻一五）に、「羽扇綸巾、周公瑾之当赤壁（羽扇綸巾にて、周公瑾の赤壁に当たり）」とあるのは、「念奴嬌」の影響の大きさを十分に窺わせてくれる。(12)「念奴嬌」以後、周瑜は「羽扇綸巾」の出で立ちで曹操の軍を破ることになったのであり、それは東坡の天才によるものであった。しかし、明代に至ると、小説の世界では諸葛亮は周瑜から「羽扇綸巾」の出で立ちを奪い取ってしまう。その誘因となるのが、みずからその流行を伝えた三国志の語り物、(13)すなわちのちに『三国志演義』へと成長する物語であることを、東坡は予見し得たであろうか。

〈注〉

（1）東坡の作品の引用は、『蘇軾詩集』（中華書局、『詩集』と略称）、『蘇軾文集』（中華書局、『文集』と略称）、『全宋詞』に拠る。詩の制作年はとくに断らない限り『蘇軾詩集』の編年に拠る。

（2）清、査慎行『補註東坡先生編年詩』巻一一「送柳子玉赴霊僊」の注に、「子玉之歿、当在丙辰丁巳間」と言う。丙辰は熙寧九年（一〇七六）である。

（3）『太平御覧』巻七〇二「扇」。その他に、同書巻三〇七「麾兵」、巻七七四「輿」、『芸文類聚』巻六七巾「帽」、『北堂書鈔』巻一一八「攻戦」一一などに見える。

（4） 蘇軾の「葛巾」の用例は、もうひとつ「周瑜雅量」（『文集』二〇二〇頁）なる散文に見え、
曹公聞周瑜年少有美才、謂可遊説動也、乃密下揚州、遣九江蔣幹往見瑜、幹有儀容、以才辯見称、独歩江淮之間、乃布衣葛巾、自託私行、詣瑜
とある。これは『三国志』周瑜伝の注に引かれる『江表伝』に拠るものであるが、曹操によって周瑜説得に向かわされた蔣幹の出で立ちであり、周瑜とは結びつかない。

（5） 以下、蘇軾以外の作品の引用は、とくに断らない限り、『先秦漢魏晉南北朝詩』、『全唐詩』、『全宋詩』、『全宋詞』に拠る。

（6） 『全唐詩』には、唐末の伝説的道士である呂巖の詞が収められ、その「雨中花」に、「岳陽楼上、綸巾羽扇、誰識天人」とある。しかし、呂巖の一連の詞は後人の偽作である可能性が高く、存疑としておく。

（7） 『晉書』陶潜伝に見える。

（8） その他の例を挙げておく。
（a） 酒酣魯叟頻相憶、曲罷周郎尚不知（「法恵小飲以詩索周開祖所作」、『詩集』二六〇七頁、熙寧五年〜七年）
（b） 但試周郎看聾否、曲音小誤已回顧（「次韻王都尉偶得耳疾」、『詩集』一五五〇頁、元祐二年作）
（c） 知音如周郎、議論亦英発（「送欧陽推官赴華州監酒」、『詩集』一八〇六頁、元祐六年作）
（d） 欲求公瑾一囷米、試満荘生五石樽（「恵守詹君見和復次韻」、『詩集』二〇七八頁、紹聖元年作）
（a）（b）（c）は「曲有誤、周郎顧」といわれた有名な故事、（d）は魯粛が二つある米蔵のうちの一つを、気前よく周瑜に与えて糧秣とさせたという故事に基づく。『三国志』の周瑜伝および魯粛伝に見える。

（9） 辞書などで、「綸巾」は一名「諸葛巾」という、と説明をすることがあるようだが、「諸葛巾」という語自体の古い用例は見つからない。これはおそらく、明の『三才図絵』の「諸葛巾」の説明に「此名綸巾（綸、音関）、諸葛武侯嘗服綸巾、執羽扇、指揮軍事、正此巾也、因其人而名之、今鮮服者（此れを綸巾（綸、音は関なり）と名づく。諸葛武侯嘗て綸巾を服し、羽扇を執り、軍事を指揮するは、正に此の巾なり。其の人に因ってこれに名づく。今は服する者は鮮《すくな》し）」というのに拠っているのであろう。「綸巾」と諸葛亮の結びつきが一般的になるのは、東坡よりずっと後の時代のことである。

（10）「丈」はもと「文」に作る。劉乃昌、楊慶存校注『晁氏琴趣外篇・晁叔用詞』（上海古籍出版社、一九九一）によって改めた。

（11）「水竜吟」は、前注の『晁氏琴趣外篇・晁叔用詞』によれば、紹聖三年（一〇九六）の作。「次韻李秬祥符軒」は、監信州塩酒税に貶とされていた元符二年（一〇九九）から三年（一一〇〇）の作と考えられる。二例ともに「念奴嬌」以後の作なので、あるいはその影響と見るべきかも知れない。李秬については未詳。晁補之には他に「次韻信守李秬二首」など十首余りの詩がある。

（12）劉宰の「回江淮大使趙端明」（『漫塘集』巻九）に、「漢晉間人、羽扇綸巾、軽裘緩帯、以却敵（漢晉の間の人は、羽扇綸巾、軽裘緩帯にて、以て敵を却く）」とあり、この「羽扇綸巾」も当然周瑜を念頭に入れていると見てよいだろう。

（13）『東坡志林』に見えるが、有名な記事なので、ここで引くことはしない。

第二部　宋人と詩語——継承と変容

主として韻文のなかに使われる言葉は詩語と呼ばれるが、宋詞がその語彙のなかに常套語と言ってよい詩語を多く含むことは容易に看取されるところで、その例として「断腸」「多情」「夢回」「断魂」「凄涼」などがすぐさま挙げられる。そして、そうした詩語は宋詞に至ってはじめて用いられたというよりも、やはり唐詩あたりで使われていたものが多いようだ。宋人は詞に用いる詩語と詩に用いるそれとを明確に区別していたのではない。ただ、宋人が詞と詩で詩語を区別していなかったといっても、それは宋人がそれまでの詩語の語義と用法を墨守していたことを意味するわけではない。

詩語は、それが使われるジャンルと時代の色彩を帯びる。しかし、こうしたジャンルと時代の色彩は、どの詩語にも一様に表れるのではなくて、個々の詩語においてそれぞれに濃淡の差があるだろう。我々は時として、そうしたジャンルと時代の色彩を色濃く反映している詩語に出会うことがある。

また、宋人は唐詩に見える詩語をどのように理解して、どのように使い、どのように展開させ、あるいはさらにはどのような影響を後世の文学に及ぼしたのか。それを考究することは、宋人の言葉に対する感覚を把握するための一助となるであろうし、同時に、宋詞の十全な理解へとつながってゆくはずである。

第二部は、以上のような観点から書いた論稿を集めた。宋人が言葉の感覚と表現の技量を錬磨したのは、とくに詞というジャンルにおいてであったと思う。

第一章　詩語「断腸」考

はじめに

「断腸」あるいは「腸断」という語は、唐詩で盛んに使われた。しかし、宋詞においては枚挙にいとまがないほどの高い頻度であらわれること、まったく前者の比ではない。『全唐詩』によって大まかに検索してみると、「断腸」（以下では「腸断」の形をも含めて言う）という語を用いている詩人はまだ全体の半数足らずとみられるのだが、宋詞に至っては、百首前後を越えるまとまった数の作品を伝える詞人で、「断腸」をまったく使用しない者はほとんどいないと言ってよい。あたかも宋詞専用の語彙であるかのようだ。本章では、この「断腸」について、宋詞に至るまで、とくに唐詩においてどのように使われてきたかを中心に論じることとしたい。

第一節　漢魏・六朝における「断腸」

唐詩における「断腸」の使い方を見ると、作品にうたわれている季節との関連にひとつの傾向を見出すことができる。それはすなわち、春という季節と「断腸」という語の結び付きである。ただ、言うまでもなく、作品によっては季節のあらわれぬものもあるし、また複数の季節がうたわれていることもあるので、作品にうたわれている季節を必ずひとつに決定できるわけではない。したがって、いささか恣意的になるおそれはあるが、明確にひとつの季節に限定できると判断された作品にしぼって、この問題を論じてゆくことにしたい。

　唐詩における用例の検討に入るまえに、まず『文選』と『玉台新詠』によって六朝までの「断腸」の用例を見ておく[1]と、『文選』で五例、『玉台新詠』で九例（『文選』との重複一例を除く）を得た。そのうちで作品における季節をひとつに限定できるのは七例である。

（1）秋風蕭瑟天気涼　　秋風　蕭瑟として　天気涼し
草木揺落露為霜　　草木　揺落して　露は霜と為る
羣燕辞帰鴈南翔　　羣燕　辞し帰り　鴈は南に翔び
念君客遊思断腸　　君の客遊するを念えば　思い腸を断つ

魏文帝「燕歌行」（『文選』巻二七）

（2）漫漫秋夜長　　漫漫として秋夜長く
烈烈北風涼　　烈烈として北風涼し
（略）
向風長嘆息　　風に向かって長嘆息すれば
断絶我中腸　　我が中腸を断絶す

同「雑詩二首」其一（同巻二九）

（3）居人掩閨臥　居人　閨を掩いて臥せ
行子夜中飯　行子　夜中に飯す
野風吹秋木　野風　秋木を吹き
行子心断腸　行子　心　断腸す
斉、鮑照「東門行」（同巻二八）

（4）秋風嫋嫋入曲房　秋風　嫋嫋として　曲房に入り
羅帳含月思心傷　羅帳　月を含んで　思心　傷む
蟋蟀夜鳴断人腸　蟋蟀　夜に鳴いて　人の腸を断ち
夜長思君心飛揚　夜長く　君を思いて　心　飛揚す
宋、湯恵休「秋風歌」（『玉台新詠』巻九）

（5）君不見孤雁関外発　君見ずや　孤雁　関外に発し
酸嘶度揚越　酸嘶して揚越を度る
空城客子心腸断　空城の客子　心腸断たれ
幽閨思婦気欲絶　幽閨の思婦　気　絶えんと欲す
斉、釈宝月「行路難」（同巻九）

（6）歌童暗理曲　歌童　暗かに曲を理《ととの》え
游女夜縫裳　游女　夜に裳を縫う
詎減当春涙　詎ぞ減ぜん　春に当たるの涙の

能断思人腸　　能く思人の腸を断つを　　梁、沈約「詠桃」（同巻五）

（7）年還楽応満　　年　還りて　楽しみ応に満つべくも
春帰思復生　　春　帰りて　思い復た生ず
桃含可憐紫　　桃は可憐の紫を含み
柳発断腸青　　柳は断腸の青を発す　　梁簡文帝「春日」（同巻七）

以上、七例のうちで、（1）から（5）までの五例が秋によって占められており、春は（6）と（7）の二例に過ぎない。六朝までの「断腸」は主として秋と結び付いていたようだ。実際、さらに拡げて『全漢三国晋南北朝詩』によって用例をひろってみても事情は変わらない。ほとんどが秋と結び付いていて、春と結び付いた例はまず見えない。つまり六朝までの「断腸」は、秋という季節のなかでの悲哀を表わす語として機能していたと考えられる。したがって、春と結び付いた（6）（7）の二例は孤立したものだと言えようが、ただ、それがともに六朝末期の梁代のものだという点には注目しておいてよい。と言うのも、後述のとおりに、「断腸」という語は初唐に至ると、春との結び付きが秋とのそれを上回るようになるからである。梁代はそのための転換期であったのかも知れない。

第二節　初盛唐期の「断腸」と季節

初唐期における「断腸」の用例はさほど多くはない。『全唐詩』によって検索したところでは、褚亮以下の三十三人中、これを用いているのは十一人で、計二十一例を得たにすぎない。(2) 次いで盛唐期は、玄宗以下の三十一人中、十一人が使用し、計六十四例を得た。(3) これは一見初唐期よりもはるかに使用頻度が増したかのようであるが、実はそのうちの四十九例が、李白の三十例、岑参の九例、杜甫の十例で占められている。これを除くと八人で十五例となって、盛唐期の詩人全体としての「断腸」愛好の度合いは、初唐期とあまり変わらないと見ておいた方がよさそうである。ただ、「断腸」という語を好んで用いる詩人が出てくるのは盛唐になってからだということは指摘できる。

では、作品における季節とのかかわりはどうなっているだろうか。まず初唐期だが、二十一例中、秋と判断されるものが楊師道、盧照鄰、沈佺期の各一例、春は宋之問に四例、蘇頲、劉希夷、沈佺期に各一例である。すなわち、春七対秋三となって、六朝までとは逆転している。ただ、七対三という数字は、合計しても十例という小さな数のなかでの対比であることを考慮に入れておくべきであろう。次に盛唐期についてだが、逐一詩人名を挙げることはしないが、六十四例中、春が十九例に対して秋が十二例と認められ、やはり春の方がやや優勢と言える。以上、初盛唐期については、春の「断腸」との結び付きの、秋のそれに対する優位が確立しつつある時期だと見做せよう。

それでは、初盛唐期の「断腸」と春との結び付きの内容をいくつかの例を挙げて見てみよう。なお、以下用例を引くときは、作品全体のなかで見るためにできるだけ全文を示すことにしたい。

（1）折楊柳　宋之問（一作沈佺期）

玉樹朝日映　玉樹　朝日映え
羅帳春風吹　羅帳　春風吹く
拭涙攀楊柳　涙を拭って楊柳を攀《たお》れば
長条宛地垂　長き条《えだ》　地に宛《まが》って垂る
白花飛歴乱　白花　飛んで歴乱たり
黄鳥思参差　黄鳥　思い参差たり
妾自肝腸断　妾自ら肝腸断たるるも
傍人那得知　傍人　那んぞ知るを得ん

（2）春思　李白

煙草如碧糸　煙草　碧の糸の如く
秦桑低緑枝　秦桑　緑枝低《た》る
当君懐帰日　君が帰るを懐うの日に当たり
是妾断腸時　是れ妾が断腸の時
春風不相識　春風　相識らざるに
何事入羅帷　何事ぞ羅帷に入る

（3）　与独孤漸道別長句兼呈厳八侍御　　岑参

輪台客舎春草満　　輪台の客舎　春草満ち
潁陽帰客腸堪断　　潁陽の帰客　腸断つに堪えたり
窮荒絶漠鳥不飛　　窮荒絶漠　鳥は飛ばず
万磧千山夢猶嬾　　万磧千山　夢は猶お嬾《ものう》し

（以下略）

（4）　人日寄杜二拾遺　　高適

人日題詩寄草堂　　人日　詩を題して草堂に寄す
遙憐故人思故郷　　遙かに憐れむ　故人の故郷を思うを
柳条弄色不忍見　　柳条　色を弄んで見るに忍びず
梅花満枝空断腸　　梅花　枝に満ちて空しく断腸す
身在遠藩無所預　　身は遠藩に在って預る所無く
心懐百憂復千慮　　心は懐く　百憂復た千慮

（中略）

竜鍾還忝二千石　　竜鍾　還《かえ》って二千石を　忝《かたじけな》くし
愧爾東西南北人　　愧ず　爾の東西南北の人たるに

右の四例は、いずれも春風、柳、春草、梅花などの春の景物をうたい込んだなかでの「断腸」である。しかし、その「断腸」とは、決して春という季節そのもの、あるいは春の景物によって直截に喚起された感情とは言えない。（1）（2）においては愛する男性との別離、（3）は羈旅と友人との別れ、（4）は友人との別離、というように、悲哀を生ぜしめる状況がすでに存在していて、そうした状況ゆえに春やその景物に悲哀を感じ取っていると言える。つまり、「断腸」で表わされる悲しみや愁いが、状況の介在なしに春やその景物によって喚起されているわけではない。初盛唐期における「断腸」と春との結び付きとは、すべてそうしたものだと言ってよい。[4]

第三節　中唐期の「断腸」と季節

中唐期の用例はかなりふえる。『全唐詩』によれば、劉長卿以下の七十六人中、「断腸」を用いているのは三十八人、計百二十四例を得た。[5]

そして、百二十四例のうちで、作品における季節が春と判断されるものは二十四例、秋は二十一例である。この数字は、中唐期においても初盛唐期と状況はほとんど変わっていないことを示している。しかし、中唐期において注目しなければならないのは春と「断腸」との結び付きの内容である。この時期、とくに元和期以後において、春という季節に対する心情やその景物によって喚起される感情が、「断腸」という語によって表現された例がいくつか見られるようになるのである。それは換言すれば、傷春や惜春あるいは惜花といった心情をも、「断腸」という語が荷うようになり始めたということである。

（1）慈恩寺残春　耿湋

双林花已尽　双林　花已に尽き
葉色占残芳　葉色　残芳を占む
若問同遊客　若し同遊の客に問わば
高年最断腸、　高年　最も断腸

（2）詠春色　楊衡

靄靄復濛濛　靄靄復た濛濛
非霧満晴空　非霧　晴空に満つ
密添宮柳翠　密かに宮柳の翠を添え
暗泄路桃紅　暗に路桃の紅を泄らす
縈糸光乍失　糸を縈って光乍ち失われ
縁隟影纔通　隟に縁って影纔かに通ず
夕迷鴛枕上　夕べに鴛枕の上に迷い
朝漫綺弦中　朝に綺弦の中に漫《み》つ
促駟馳香陌　駟を促して香陌を馳せしめ
労鶯転艶叢　鶯を労して艶叢に転ぜしむ

可憐腸断望　憐れむべし　腸断の望

併在洛城東　併《すべ》て洛城の東に在り

（3）　桃花　元稹

桃花深浅処　桃花　深浅の処

似匂深浅妝　深浅の妝を匂《ととの》うるに似たり

春風助腸断　春風　腸断を助け

吹落白衣裳　吹きて落とす　白衣裳

（1）の例では惜春の情を「断腸」という語が荷っていると言えよう。（2）は春色そのものを詠じた作品であり、春色に満たされてゆく情景を「断腸」の眺めだと嘆じている。（3）は惜花の心情を「断腸」で表現しているものである。しかし、このような「断腸」の用法は中唐期ではまだわずかで、これが目に見えて増加するのは晩唐期になってからである。そこで、次には晩唐期の例についてやや詳しく述べよう。

第四節　晩唐期の「断腸」と季節

晩唐期における用例は、『全唐詩』において、李紳以下の八十一人中、三十三人に見られ、計百十五例を得た。(6) そして、作品における季節を限定できると認められるもののうちで、春は三十八例、秋は十二例である。ここに至って、春の秋に対する優位がはっきりと言えよう。なお、五代の用例であるが、詩人の数も作品の数も少なく、数字を挙げても比較になりにくい。そこで、晩唐期に付随して言及することにしたい。

晩唐期に至って、「断腸」という語は春との結び付きを一層固くするわけだが、傷春や惜春などといった、春やその景物によって喚起された心情を「断腸」で表現することも、中唐期以前よりはるかに多く、春三十八例中で半数近くがそれと指摘できるようである。たとえば次の例が挙げられる。

（1）丙辰年鄜州遇寒食城外酔吟五首　其二　韋荘

雕陰寒食足遊人　　雕陰の寒食　遊人足《おお》く
金鳳羅衣湿麝薫　　金鳳の羅衣　麝薫湿《うるお》う
腸断入城芳草路　　腸断す　城に入る芳草の路
淡紅香白一羣羣　　淡紅香白　一羣羣

（2）嘉陵　鄭谷

細雨湿萋萋　　細雨　萋萋たるを湿らし
人稀江日西　　人稀にして江日西《かたむ》く
春愁腸已断　　春愁に腸は已に断たれ
不在子規啼　　子規の啼くに在らず

（3）　落花　　李商隠

高閣客竟去　　高閣　客竟に去り
小園花乱飛　　小園　花乱れ飛ぶ
参差連曲陌　　参差として曲陌に連なり
迢遰送斜暉　　迢遰として斜暉を送る
腸断未忍掃　　腸断たれて未だ掃くに忍びず
眼穿仍欲稀　　眼穿たれて仍お稀ならんとす
芳心向春尽　　芳心　春に向いて尽き
所得是沾衣　　得る所は是れ衣を沾らすのみ

（4）　郡庭惜牡丹　　徐夤

腸断東風落牡丹　　腸断す　東風の牡丹を落《ち》らし
為祥為瑞久留難　　祥を為し瑞を為すも久しく留まること難きに
青春不駐堪垂涙　　青春駐まらずして涙を垂らすに堪えたり
紅艶已空猶倚欄　　紅艶　已に空しく　猶お欄に倚る

（5）　晩春送牡丹　　李建勲

携觴邀客遶朱闌　　觴を携え客を邀《むか》えて朱闌を遶る
腸断残春送牡丹　　腸断して残春に牡丹を送る
風雨数来留不得　　風雨 数《しばし》ば来りて留め得ず
離披将謝忍重看　　離披として将に謝《ち》らんとするを重ねて看るに忍びんや
氛氳蘭麝香初減　　氛氳たる蘭麝　香初めて減じ
零落雲霞色漸乾　　零落たる雲霞　色漸く乾く
借問少年能幾許　　借問す　少年能く幾許《いくばく》ならん
不須推酒厭桮盤　　須いず　酒を推して桮盤を厭うを

（1）の丙辰年とは乾寧三年（八九六）で、韋荘六十一歳の作。鄜州の郊外より城内へと続く道、そこには春の草が生い茂り、紅や白の花々がひと群またひと群と見える。芳草と花という春を代表する景物が目にしみ、そこに何とも切ない感情が湧きあがってくるのである。（2）はさらに明確な形で春愁ゆえの「断腸」をうたっている。（3）（4）（5）はいずれも惜花、ひろく言えば惜春の情をうたった例である。「腸断未忍掃」「腸断東風落牡丹」「腸断残春送牡丹」の句が、惜花（惜春）の心情と「断腸」との密接な結び付きを端的に示している。なかでも（5）の李建勲は唐末から五代の人で、その今に伝わる詩は九十五首、「断腸」を用いるのは四例であるが、すべて春を背景にしたものであり、かつ三例までが惜花の情を表わしている。[7]

このように、晩唐期以後、「断腸」が傷春や惜春、惜花の心情と強く結び付くということは、春という季節こそは「断腸」を喚起するにふさわしい季節だ、といった詩的認識が、詩人たちの間で成立していたと推測させてくれる。事実、客愁や別離等の悲しみや愁いをテーマとした作品においても、一句あるいは連なった二句のなかで、春の景物（とくに花や芳草）と「断腸」とを直截に結び付けて表現することが以前に増して出てくる。それは、たとえば、

（1）芳草復芳草、断腸復断腸　（杜牧「池州春送前進士蒯希逸」）

（2）一度逢花一断腸　（崔塗「江雨望花」）

（3）二月春風最断腸　（羅隠「逼試投所知」）

がよい例である。作品全体は、（1）は送別、（2）は羈旅、（3）は試験を目前にして知己を頼むという状況を背景にしている。まず、（1）において、芳草と「断腸」とが結び付けられているのは対句の平行性を通してではある。しかし、その対句が同語反復という単純な形をとっているがゆえに、かえって結び付きが強くなっていると言える。また、（2）（3）は一句のなかで春の花や春の風が「断腸」と結び付けられたものだが、とくに（3）は、盛りの春に吹く風は最も「断腸」だ、と言い切った形である。これは第二節の例（3）（4）と同様とも言えるが、より簡潔にかつ直截的に「断腸」が春の景物と結び付けられている。

しかし、さらに注目されることは、「断腸～」という形で、「断腸」が春やその景物、あるいは春に関連した語を限定修飾するという用法が、晩唐期になって目立つことである。こうした用法は晩唐以前には皆無かと言うとそうでは

ない。[8] しかし、それが複数の詩人によって使用されるのは晩唐以後だと言ってよい。これも「断腸」と春との結び付きが詩人たちの間で安定した認識として働いていたことの表われと見られるのである。たとえば、

公子王孫莫来好、嶺花多是断腸枝　（韓琮「駱谷晩望」）

は花咲く枝を修飾したものである。また、次のような例もある。

（1）更把玉鞭雲外指、断腸春色在江南　（韋荘「古離別」）

（2）月明無睡夜、花落断腸春　（呉融「和韓致光侍郎無題三首四十韻」其一）

（3）曾逐東風払舞筵、楽遊春苑断腸天　（李商隠「柳」）

この三例は、韓琮の例よりもさらに広がりをもった形で捉えられた春を「断腸」が修飾したものである。さらに次に挙げる例は花と「断腸」が結び付いているのだが、少しひねった表現になっている。

共月已為迷眼伴　月と已に迷眼の伴と為り
与春先作断腸媒　春の与《ため》に先に断腸の媒と作《な》る

（皮日休「行次野梅」）

二句ともに主語は「野梅」である。梅は初春に咲く。そこで、梅は諸花に先がけて春の「断腸」を引き起こす媒介となるのだと言うのである。それは、梅（ひろく言えば春の花）は「断腸」を喚起するものであり、また春は「断腸」の季節なのだという認識によって支えられていると考えられるのである。

以上、唐詩において、「断腸」という語が春という季節と密接な結び付きをもつようになったことを指摘してきたが、ここで「断腸」と秋について触れておこう。

管見では、唐詩において「断腸」という語と、たとえば悲秋といった感情とを密接に作品のなかで結び付けて表現した例はまずない。例外として、白居易の

大抵四時心総苦　大抵　四時は心総て苦しくも
就中腸断是秋天　就中腸断するは是れ秋天

（「暮立」）

が挙げられるくらいであろう。その理由を考えてみると、「断腸」という語が本来的に表わす〝腸が断ち切れるほどの鋭い痛みの感覚を伴った悲哀〟と、秋という季節が我々に感ぜしめる悲哀とが元来ストレートに結び付きやすいから

かも知れない。つまり、詩人としてはことさらに秋と「断腸」とを作品中で結び付ける必要、あるいは魅力を感じなかったからではないだろうか。これに対して、春という季節は温柔な感覚を伴う。そうした感覚と本来鋭い悲哀を表わす「断腸」とを結び付けることが、とくに晩唐期の詩人たちにとって、小さいものではあっても、新しい文学的世界の創造たり得たのかも知れない。

また、初めは秋という季節のなかでの悲哀、それも羈旅や別離、死別などの厳しい状況のなかでのそれを表現する言葉であった「断腸」が、中唐以後、とくに晩唐期に至って、春という温柔な感覚に包まれたなかでの憂愁や悲哀をも取り込んだ詩語として機能するようになったことは、あたかも惜春詩の流行が中唐以後に著しくなり、晩唐に至ると盛んに制作されるようになる、という松浦友久氏の指摘と重なり合う。(9)詩語として安定した地位を得た常用語彙であっても、時代の詩的風土のなかで、その内包する意味内容は微妙に変化や増幅が加えられてゆくものであろう。「断腸」という語もそうした語彙のひとつと言えるのではないだろうか。

おわりに

唐詩における「断腸」と春との結び付きについては、以上述べたことが指摘できると思う。それでは、唐五代詞や宋詞についてはどうなのだろうか。『花間集』や『南唐二主詞』、馮延巳『陽春集』の用例をみると、唐五代の詞も晩唐期の詩と同様の傾向を示していると見てよさそうである。しかし、宋詞においては、春が秋よりも優勢だとは言えそうだが、晩唐五代におけるほどの差はない。唐代を通じてその内容をふくらませてきた「断腸」という語を、宋詞は、羈旅、離別、死別などといった状況における悲哀から傷春、惜春の情までを内包するものとしてトータルに受け継いで、様々な場で使用しているようである。宋詞において、「断腸」という語の内包するものがさらにふえたり、あるいは変化したかどうかについては、残念ながらまだ語るべき材料を十分もっていない。ただ、次の二点は指摘しておけそうである。それはひとつには、「愁腸断」「柔腸断」「離腸断」「危腸断」といったように、「腸」に修飾語をかぶせる例が目につくようになったことである。[10] またひとつには、

望欲断時腸欲断　望断たれんとする時　腸断たれんとす　（欧陽脩「玉楼春（春山斂黛低歌扇）」）

愁腸不似情難断　愁腸は似ず　情の断ち難きに　（同「鵲踏枝（一曲尊前開画扇）」）

不辞歌裏断人腸　辞せず　歌裏に人の腸を断つを
只怕有腸無処断　只だ怕る　腸の断つ所無き有るを　（陳師道「木蘭花（陰陰雲日江城晩）」）

因夢聊携手　夢に因って聊か手を携え
憑書続断腸　書に憑って断腸を続く　（向子諲「南歌子（梁苑千花乱）」）

といったように、「断腸」という語に修辞的なバリエーションを加えるようになったことである。ここにみられるのは、

「断腸」の内包するものを拡張してゆくという傾向ではなく、「断腸」という固定した形に様々な修辞的バリエーションを加えることによって効果を生み出し、悲哀や憂愁を新たな角度からうたおうとする傾向と言えよう。そして、それは詞という文学形式のもつ一面を窺わせてくれるように思えるのである。

〈注〉

（1）詩語としての「断腸」の成立および六朝までの用例については、松浦友久「「断腸」考」（『中国古典研究』第二四号、一九七九。のちに『詩語の諸相』収載）の前半部分を参照されたい。

（2）『全唐詩』については、ある程度まとまった量の作品を伝える詩人について見るために、その目安として一巻以上を当てられる詩人を取り上げることにする。それで唐詩における「断腸」の用例の大部分を尽くしていると言って差し支えない。したがって、多少の遺漏のあることは免れまいが、小論の論旨に影響することはないと考える。そこで、初唐期三十三人の詩人名を列挙しておく。なお（ ）内は用例数で、用例のない詩人はこれをはぶく。また、互見するものは便宜的に『全唐詩』において先出する詩人の例とした。盛唐期以下も同様である。

褚亮（1）、魏徵、楊師道（1）、虞世南、王績、上官儀、盧照鄰（1）、李百薬、張九齢、楊炯、宋之問（5）、王勃、李嶠、杜審言、蘇味道、郭震、崔融、李適、劉憲、蘇頲（3）、徐彦伯、駱賓王（1）、喬知之（1）、劉希夷（1）、陳子昂、張説（3）、李乂、沈佺期（3）、武平一、趙彦昭、鄭愔、賀知章、太宗

（3）玄宗、張子容、孫逖、崔国輔、盧象、盧鴻一、王維（1）、崔顥（1）、祖詠、李頎（3）、綦毋潜、儲光羲、王昌齢（2）、常建（1）、陶翰、顔真卿、李華、崔曙、王翰、孟浩然（2）、李白（30）、張謂、岑参（9）、包佶、包何、高適（4）、杜甫（10）、賈至、皇甫冉（1）、劉方平、劉眘虚

なお、杜甫の用例は通行の索引では十一例あるが、これは付載された高適詩の一例を含んだもの。

（4）ただし、杜甫の次の例はこの時期における唯一の例外と言える。

腸断春江欲尽頭、杖藜徐歩立芳洲、顚狂柳絮随風去、軽薄桃花逐水流

（「絶句漫興九首」其五）

（5）劉長卿（3）、蕭穎士、孟雲卿、韋応物（1）、李嘉祐（2）、皇甫曾、銭起、元結、張継、韓翃、独狐及、郎士元（1）、秦系、厳維、顧況（4）、耿湋（1）、戎昱（3）、戴叔倫（5）、盧綸、李益（3）、李端（3）、暢当、楊憑、楊凝（1）、楊凌、司空曙、崔峒、張南史、王建（1）、劉商（1）、朱湾、于鵠、朱放（2）、武元衡（2）、権徳輿（4）、羊士諤、楊巨源（1）、令孤楚（1）、裴度、韓愈、王涯、陳羽（3）、欧陽詹（3）、柳宗元（1）、劉禹錫（4）、張仲素、呂温（1）、孟郊（3）、張籍、盧仝（3）、李賀（1）、劉叉、元稹（16）、白居易（31）、楊衡（1）、牟融、劉言史（2）、雍裕之（1）、徐凝（1）、李徳裕（1）、熊孺登、李渉、陸暢、鮑溶（2）、舒元輿、殷尭藩（1）、沈亜之、施肩吾（1）、姚合、周賀、鄭巣、章孝標（1）、顧非熊、張祜（8）、裴夷直、賈島

なお、李賀の用例を注（1）松浦論文は無しとするが、「有所思」の「琴心与妾腸、此夜断還続」は用例とすべきであろう。

（6）李紳（4）、朱慶余（1）、雍陶、李遠（1）、杜牧（8）、許渾（4）、李商隠（18）、喩鳧、劉得仁、薛逢（3）、趙嘏（4）、盧肇、姚鵠、項斯、馬戴、薛能、韓琮（1）、李群玉（2）、温庭筠（1）、段成式、劉駕、劉滄、李頻、李郢、崔珏（1）、曹鄴、儲嗣宗、于武陵、司馬扎、高駢（1）、于濆、李昌符、汪遵、許棠、邵謁（2）、林寛、皮日休（3）、陸亀蒙（1）、司空図（2）、周繇、聶夷中、顧雲、張喬、曹唐（2）、来鵠、李山甫（1）、李咸用、胡曾、方干、羅鄴（1）、羅隠（4）、羅虬（1）、高蟾、章碣、秦韜玉、唐彦謙（2）、周朴、鄭谷（3）、許彬、崔塗（2）、韓偓（8）、呉融（12）、杜荀鶴（1）、韋荘（14）、王貞白、張蠙、翁承賛、黄滔（1）、殷文圭、徐夤（4）、銭珝、喩坦之、崔道融（1）、曹松、蘇拯、裴説（1）、李洞、唐求、于鄴、周曇、李九齢

なお、温庭筠の「楊柳枝」の二例は詞における例として除外した。

（7）他の二例は「残牡丹」「惜花」。

（8）この形の用法は、第一節に挙げた梁簡文帝の例にすでに見えていた。すなわち、

年還楽応満、春帰思復生、桃含可憐紫、柳発断腸青（「春日」）

である。そして、おそらくこれを意識した用例が初唐期にひとつ見られる。

　天津橋外陽春水、天津橋上繁華子、……可憐楊柳傷心樹、可憐桃李断腸花（劉希夷「公子行」）

がそれである。さらに、李白がこれを承けて、
　天津三月時、千門桃与李、朝為断腸花、暮逐東流水（「古風第十六首」）

とうたったのが、管見では盛唐における唯一の例である。しかも、劉、李の二例ともに作品全体は傷春や惜春の情に中心があるのではなく、春の点描といった程度の使われ方である。簡文帝の例の方がどちらかと言えば春愁に近いのであり、劉、李はその表現の形だけを借用したものと見える。また、中唐期にも戎昱にひとつ、
　江柳断腸色、黄糸垂未斉（「江上柳送人」）

の例がある。

　以上の例はいずれも孤立した例であり、また「断腸」が修飾しているのは柳と桃李のみであって、晩唐期のようなバリエーションはまだ生まれていない。

（9）「中国古典詩における「春」と「秋」――詩的時間意識の異同を中心に――」（『東方学』第六七輯、一九八四）四頁参照。
（10）ただ、「愁腸断」は中唐以後に割合によく見られる。

第二章　詩語「春帰」考

はじめに

洗芳林　　芳林を洗う
夜来風雨　　夜来の風雨
悤悤還送春去　　悤悤として還た春の去《ゆ》くを送る
方纔送得春帰了　　方纔《おりし》も春の帰るを送《お》得《く》り了《おわ》れば
那又送君南浦　　那ぞ又た君を南浦に送らん
君聴取　　君聴取せよ
怕此際　　怕らくは此の際《とき》
春帰也過呉中路　　春の帰るも也《ま》た呉中の路を過ぎん
君行到処　　君　行きて到る処
便快折湖辺　　便ち快《はや》く湖辺の
千条翠柳　　千条の翠柳を折って
為我繋春住　　我が為に春を繋ぎ住《とど》めよ

春還住
休索吟春伴侶
残花今已塵土
姑蘇台下煙波遠
西子近来何許
能喚否
又恐怕
残春到了無憑拠
煩君妙語
更為我将春
連花帯柳
写入翠箋句

春は還た住まるも
春を吟ずる伴侶を索むるを休めん
残花　今や已に塵土となれり
姑蘇台下　煙波遠く
西子　近来　何許ぞ
能く喚ぶや否や
又た恐怕《おそ》らくは
残春は到了《つい》に憑拠無し
君の炒語を煩わし
更に我が為に春を将《と》って
花連《よ》り柳帯《まで》を
写して翠箋の句に入れん

（王沂孫「摸魚児」）

これは、南宋末から元初の詞人王沂孫の詞で、送別の体裁をとりながら惜春の情をもうたったものである。いったい宋詞では、傷春や惜春の情が主題としてあるいは背景として、盛んにうたわれる。惜春とは春の終わりを惜しむのであるから、宋詞には春の終わることを表わす語彙がいろいろと使われる。その最も一般的なものとしては、「春」を主語とした〈春＋動詞〉型の語彙が考えられる。たとえば、「春暮（春暮る）」「春尽（春尽く）」の類である。[1] 王沂孫の詞には、宋詞に見えるこの類の語彙のなかで最も典型的なものが用いられている。すなわち「春帰」と「春去」である。その意味で、王沂孫の詞は宋詞にあって、惜春の情をうたう作品の典型のひとつである。

「春帰」は、実は「春」が「帰って去く」と「帰って来る」の二つの方向性を持つ。ところが、宋詞においては「帰って去く」の意で用いられることが圧倒的に多い。では「春が帰って去く」の意の用法はいつごろからあるのだろうか。また、他の類似の語彙「春暮」や「春尽」などとの関係はどうなのだろうか。本章では、これを「春帰」の用法の変遷をたどることを通して探り、さらには「春帰」や「春去」が宋詞の典型的語彙になった経緯を明らかにしたい。

第一節　唐詩以前の「春帰」

春夏秋冬の四季が、古くから詩のなかでうたわれてきたことは言うまでもない。しかし、春から夏への移り変わりを意識して、これを〈春＋動詞〉のかたちの語で表現することはそれほど古くからあった訳ではなく、管見によれば魏晋あたりからのようである。そして、六朝においてこの型の語彙は数を増してゆくのだが、まずここでそれを列挙しよう。[2]

（1）　三春已暮花従風、空留可憐誰与同　（梁、武帝「東飛伯労歌」[3]）

（2）春晩緑野秀、巖高白雲屯　（宋、謝霊運「入彭蠡湖口」）

（3）歳月如流邁、春尽秋已至　（楽府・清商曲辞「子夜変歌」）

（4）梅花柳色春難遍、情来春去在須臾　（陳、江総「新入姫人応令」）

（5）春度人不帰、望花尽成葉　（梁、蕭子顕「春閨思」）

（6）適見載青幡、三春已復傾　（楽府・清商曲辞「子夜四時歌　夏歌」）

（7）春事日已歇、池塘曠幽尋　（宋、謝霊運「読書斎」）

（8）三春迭云謝、首夏含朱明　（晉、釈支遁「四月八日讃仏詩」）

以上、「春暮」「春晩」「春尽」「春去」「春度」「春傾」「春歇」「春謝」の八つを得たが、いずれも用例はまだ非常に少ない。「春暮」は、「暮春」という語がすでに『詩経』以来あるので、用例も多いかと推測されたが[4]、六朝で得た例は十例に満たなかった。「春晩」以下も同様である。この型の語彙が詩語として盛んに用いられるのは、やはり唐代を待たねばならない。

そこで「春帰」だが、六朝に用例がないのではない。管見では「春帰」は梁のころから現われる。

（9）悵春帰之未幾、驚此歳之云半　（梁、沈約「晨征聴暁鴻」）

（10）冰軽寒尽、泉長春帰　（梁、簡文帝「和贈逸民応詔」）

（11）年還楽応満、春帰思復生　（同「春日」）

（12）枝中水上春併帰、長楊掃地桃花飛　（同「江南曲」）

（13）水逐桃花去、春随楊柳帰　（梁、費昶「和蕭記室春旦有所思」）

（14）鴈還高柳北、春帰洛水南　（梁、姚翻「同郭侍郎採桑」）

（15）柳黄知節変、草緑識春帰　（隋、王冑「棗下何纂纂」）

唐以前の用例として得ているのはこの七例だが、すべて「春帰来」の意と考えられる。調査に遺漏のあるおそれはあるが、六朝の詩人たちにとっては、春は帰って「来る」ものであって、帰って「去く」ものではなかった、と言ってよいと思う。因みに、「帰」と類義の「還」を用いた「春還」も、

春還春節美、春日春風過　（梁、元帝「春日」）

というように、やはりすべて「還って来る」の意で用いられており、また逆に（1）〜（8）の例のなかに「帰」や「還」の類義語が見えないのも、傍証となるだろう。

「帰」とは、あるべき所あるいは本来あった所に「帰る」という意だと言えよう。「春帰」を「春帰来」の意で用いるとは、春は詩人たちの所に「帰」すべきものだという意識、換言すれば春を楽しみに満ちた季節として、その到来を喜ぶ心情が大きな前提になっていると思われる。明るく華やかな春という季節は、また必ず「帰って来る」喜ばしい季節だったのである。(5) もちろん六朝の詩のなかで、傷春や惜春の情がうたわれない訳ではない。しかし、詩人たちの春が終わることに対する感慨は、おそらくまだそれほど深いものでも、また普遍的なものでもなかったのではないだろうか。

第二節　唐詩における「春帰」

「春帰」は、六朝では「春帰来」の意で使われていたと考えられる。唐詩ではどうなのであろうか[6]。まず、初盛唐の詩に見える「春帰」を、煩をいとわずここで挙げよう。

（1）鶯啼知歳隔、条変識春帰　（盧照鄰「折揚柳」）

（2）春帰竜塞北、騎指雁門垂　（同「和呉侍御被使燕然」）

（3）秋至含霜動、春帰応律鳴　（宋之問「詠鐘」）

（4）園楼春正帰、入苑弄芳菲　（李嶠「春日遊苑喜雨応詔」）

（5）心是傷帰望、春帰異往年　（杜審言「春日懐帰」）

（6）長楽喜春帰、披香瑞雪霏　（李適「遊禁苑幸臨渭亭遇雪応制」）

（7）春華帰柳樹、俯景落蓂枝　（周彦暉「晦日重宴」）

（8）暁光随馬度、春色伴人帰　（劉希夷「入塞」）

（9）主家山第早春帰、御輦春遊繞翠微　（沈佺期「奉和春初幸太平公主南荘応制」）

（10）賞洽情方遠、春帰景未賒　（張錫「晦日宴高文学林亭」）

（11）客愁当暗満、春色向明帰　（丁仙芝「京中守歳」）

（12）寒尽歳陰催、春帰物華証　（孫逖「立春日贈韋侍御等諸公」）

（13）寒尽函関路、春帰洛水辺　（徐安貞「送呂向補闕西岳勒碑」）

（14）玉樹春帰日、金宮楽事多　（李白「宮中行楽詞」其四）

（15）寒雪梅中尽、春風柳上帰　（同「同前」其七）

(16)　長安春色帰、先入青門道　（同「寓言」其三）

(17)　長安雪後似春帰、積素凝華連曙暉　（岑参「和祠部王員外雪後早朝即事」）

(18)　正憐日破浪花出、更復春従沙際帰　（杜甫「閬水歌」）

(19)　乱後居難定、春帰客未還　（同「入宅三首」其二）

(20)　臘破思端綺、春帰待一金　（同「白帝楼」）

ここに挙げた盧照鄰から杜甫までの二十例は、いずれも「帰」を「帰来」の意で用いている。つまり、依然として六朝の用法を受け継いだものである。この時期では、「春」は「帰」って「来」るものだという意識が、まだ主流であったと考えられる。[7]

事情は中唐、それも元和期に入ると大きく変わる。「春帰」を明らかに「春帰去」の意で用いる例が数多く現われるのである。もちろん、たとえば、

楚沢雪初霽、楚城春欲帰

（劉禹錫「歳杪将発楚州呈楽天」）

春鳩報春帰、苦寒生暗風　（盧仝「酬願公雪中見寄」）

などのように、「春帰来」の意での用法は依然としてある。しかし、「春帰去」の意の用法は、にわかに「春帰来」の意の用法と対等に使われるようになった。例を挙げておこう。

(21)　日日人空老、年年春更帰　（王涯「送春詞」）

(22)　昨来楼上迎春処、今日登楼又送帰　（劉禹錫「送春詞」）

(23)　草樹知春不久帰、百般紅紫闘芳菲　（韓愈「晩春」）

(24)　送春帰、三月尽日日暮時　（白居易「送春帰」）

(25)　酒醒聞客別、年長送春帰　（姚合「暮春即事」）

晩唐においても「春帰去」の意の「春帰」がしばしば用いられること、中唐と同様である。これも数例を挙げておこう。

(26) 枕前聞去雁、楼上送春帰　（杜牧「為人題贈二首」其二）

(27) 沅江寂寂春帰尽、水緑蘋香人自愁　（李羣玉「南荘春晩二首」其二）

(28) 一葉落時空下涙、三春帰尽復何情　（高蟾「落花」）

以上の例を見れば、「春帰去」の意の「春帰」が、中晩唐において詩人たち共有の詩語としての地位を確立したことが了解されるだろう。そして、この詩語「春帰」は五代を経て宋代へと受け継がれてゆく。しかし、宋代の「春帰」について述べる前に、唐詩における春の終わりを表わす〈春＋動詞〉型の詩語について検討しておこう。

第三節　唐詩における春の終わりの表現

初唐において、春の終わりを表わす〈春＋動詞〉型の詩語としては、「春去」「春晩」「春尽」「春暮」「春闌」「春罷」

「春度」がある。このなかで「春闌」以下は各一例を得ただけである。その他の用例数を表にすると次のようになる。(8)

表(1)

春―	
去	7
晩	5
尽	3
暮	3

これらはほとんどが六朝に用例があり、それを受け継いでいると言える。次に、盛唐のものを挙げれば、「春尽」「春晩」「春暮」「春老」「春去」「春闌」「春過」「春残」がある。このなかで比較的多いものを初唐の場合と同じく表にすると、

表(2)

春―	
尽	10
晩	7
暮	4
老	4
去	3

となる。(9)この時期には「春老」が新しく主要な語彙として現われているが、総じて初盛唐ともに検出し得た用例はかなり少ない。両時期を合わせて表にしても、

表(3)

春―	
尽	13
晩	12
去	10
暮	7
老	4

となって、〈春＋動詞〉型の詩語で、春の終わりを表わすものの少ないことが知れよう。これは、傷春や惜春の詩が大量に作られるのが中唐以後のことであるのに、おそらく関係している。(10)傷春や惜春の情をうたうことがあまりなければ、春の終わりをうたうことも少なく、したがってこの型の詩語も少ないと考えてよいだろう。

中唐になると、この型の詩語は飛躍的にふえる。その主なものを表にすると次のようになる。[11]

表(4)

春―	尽	去	帰	暮	老	晩	残
	64	24	18	12	11	11	4

同様に晩唐について表示すると、

表(5)

春―	尽	残	去	帰	暮	晩	老
	47	14	13	8	6	6	5

となる。[12] 表（4）と（5）を比べると、晩唐において「春残」の用例が増加したことを除いて、全般的に同じ傾向を示している。そこで中晩唐を合わせて表にすると次のようになる。

表(6)

春―	尽	去	帰	残	暮	晩	老
	111	37	26	18	18	17	16

この表（6）と表（3）とを比べると、初盛唐から中晩唐にかけての変化が見てとれる。そのなかで注目されるのは、

（1）「春尽」の圧倒的優位の獲得
（2）「春尽」や「春去」が六朝以来の詩語であるのに対して、「春帰」が新たに主要な詩語の仲間入りをしたこと

である。そこで、以下この二点について検討しよう。

「春尽」は六朝以来の詩語である。その六朝での用例はすでに挙げた。初唐の例としては、

　　愁心伴楊柳、春尽乱如糸　（劉希夷「春女行」）

などがある。盛唐のものとしては李白と杜甫を挙げておこう。

　　別来門前草、春尽秋転碧　（李白「自代内贈」）

　　青春欲尽急還郷、紫塞寧論尚有霜　（杜甫「官池春雁二首」其二）

　この「春尽」が中唐以後飛び抜けて多く用いられて、唐詩における春の終わりを表わす詩語の代表となったのだが、その原動力となったのが、ほかならぬ中唐元和期の詩人たちであった。いま、韓愈、孟郊、姚合、賈島、劉禹錫、柳宗元、張籍、元稹、白居易の九人を合わせると四十一例となり、中唐の例の七割近くを占めるのである。[13] そのなかでも最も注目されるのは白居易である。と言うのも、その二十五という用例数は群を抜いているからである。「春尽」は

この白居易をはじめとした当時の多くの詩人に使われ、春の終わりを表わす最も代表的な詩語として詩人たちに共有されたということになる。そして、これに決定的役割を演じたのが白居易であったと言えるだろう。

「春」が「尽」きるとは、以後春の存在した気配は全く消えうせる、ということである。詩人の意識は春の終焉を一点において捉える。唐の詩人たちはそのような共感を「春尽」の語に凝集し、「春」の「尽」きる、その日をうたった。

　　江春今日尽、程館祖筵開　　（元稹「三月三十日程氏館餞杜十四帰京」）

　　慈恩春色今朝尽、尽日裵回倚寺門　　（白居易「三月三十日題慈恩寺」）

　　夏雲生此日、春色尽今朝　　（賈島「和孟逸人林下道情」）

「春尽」という詩語は、惜春の情の昂揚を極点で捉えた表現であった。そして、これをさらに突きつめたのも、また白居易であった。

　　今朝三月尽、寂莫春事畢　　（「三月三十日作」）

　　五年三月今朝尽、客散筵空独掩扉

三月尽是頭白日、与春老別更依依（「春尽日宴罷感事独吟」[14]）

（「柳絮」）

単に「春」ではなく、春の三か月の最後の月である「三月」、それが「尽」きるのだと表現することにより、惜春の情は「春尽」より一層しぼり込まれてうたわれたのである。[15]

次に、「春帰」は用例こそ六朝以来あるが、ほとんどすべて「春帰来」、すなわち春の到来の意であった。それが中唐になると「春帰去」の意でもしばしば用いられるようになって、春の終わりを表わす詩語の仲間入りをした。それはなぜであろうか。ここで、ひとつの推論を提出しておこう。それは、中唐以降、傷春や惜春の情をうたう作品が急増することに照応した現象であろう、ということである。春は生命が再び活動を開始し、万物が美しく華やかに彩られる季節である。春の到来は人々に喜びをもたらす。その意味で「春」は本来「帰って来る」ものだった。しかし、春の美しさや華やかさよりも、その美しさや華やかさが衰残し消滅することの方に、詩人の意識がより強く引きつけられるようになったとき、あたかも束の間の交歓を終えてあわただしく帰り去る賓客のように、「春」は「帰って去く」ものともなったのである。[16] 唐人の季節感や自然観は、おそらく中唐を境にしてかなり変化したのであり、「春帰」はその詩語における表われの一例だと考えられる。

「春帰」に関してもうひとつ重要なことは、「春帰去」の意の「春帰」を詩語として定着させる原動力となったのが、やはり中唐元和期の詩人たちであったということである。中唐の用例は十八例だが、韓愈、王涯、姚合、劉禹錫、白居易が十七例を占めるからである。[17] そして、ここでも白居易は最も重要である。白居易の九例というのは中唐の用例の半数に当たり、晩唐を含めてこれほど多用した詩人はいない。後述のように、「春帰」は宋詞において「春尽」を圧倒する。その端緒を開いた詩人が白居易であった。白居易は「春尽」の唐詩における優位を決定づけた詩人である一方で、その「春尽」に対する「春帰」の、宋詞における優勢への方向づけをした詩人でもあったのだ。このことは、唐から宋への文学史の流れのなかにおける、白居易を代表とする中唐元和期の詩人たちの存在の重要性を示唆していると思われる。

第四節　宋詞における「春帰」

唐詩において、春の終わりを表わす〈春＋動詞〉型の詩語としては、「春尽」が圧倒的に多く用いられた。「春去」「春帰」などは「春尽」の半数にも満たなかった。これが宋詞ではどのように変わったか。いま、ある程度まとまった数の作品を残す詞人について、『全宋詞』に拠って検索した結果から主なものを示す。(18)

表(7)

春―	帰	去	老	暮	尽	残
北宋	45	37	32	26	13	13
南宋	118	116	43	35	23	16
全期	163	153	75	61	36	29

この表から読み取れることは次のようにまとめられるだろう。まず北宋では、唐詩において圧倒的優位にあった「春

尽」が激減し、代わって「春帰」が急増した。次いで南宋になると、「春帰」と「春去」の圧倒的優勢が確立する、と。宋詞におけるこの型の詩語の典型は「春帰」と「春去」であることが、数字の上ではっきりと見てとれよう。では、なぜ「春帰」と「春去」なのか。

「春尽」や「春帰」などをこれまで〈春＋動詞〉型と呼んできたが、それはいわば基本型であり、「春」の代わりに「春色」「春風」「青春」などが使われる場合も含むことはすでに注（1）に記しておいた。また、動詞の前に副詞系統の語（已、将、欲など）が置かれる場合があることも、これまで挙げた例から知れよう。しかし、「春尽」をはじめとして、この型の詩語はそれ以上の変化を見せないのが通例である。因みに、唐詩では副詞の類を用いるバリエーションがほとんどであると言える。ところが、宋詞では、「春帰」と「春去」がさらなる変奏をかなでるのである。その例はすでに唐詩にいくつか見える。

随風未弁帰何処、澆酒唯求住少時　（姚合「別春」）

春已去、花亦不知春去処　（王建「春去曲」）

落日已将春色去、残花応逐夜風飛　（李昌符「三月尽日」）

誰収春色将帰去、慢緑妖紅半不存　（韓愈「晩春」）

愁応暮雨留教住、春被残鶯喚遣帰　（白居易「閑居春尽」）

「春尽」以下「春老」「春暮」などは、このような変奏を見せない。それ自体で完結している詩語なのだ。一方、「春帰」と「春去」は、自居易らの例がさらなる変奏の可能性を示してくれている。それを宋の詞人たちはみずからの詩語として選び取ったのである。では、宋の詞人たちのかなでた「春帰」と「春去」の変奏を見てゆこう。まず挙げるのは、姚合や王建にならった例である。

借問春帰何処所、暮雲空闊不知音、惟有緑楊芳草路　（欧陽脩「玉楼春」）

煙水流紅、暮山凝紫、是春帰処　（周密「水竜吟、次張斗南韻」）

問春何去、乱随風飛堕、楊花籬落　（何夢桂「酹江月、感旧再和前韻」）

春帰何処、寂寞無行路、若有人知春去処、喚取帰来同住　（黄庭堅「清平楽」）

次に、韓愈や李昌符を承けて、「春が何かについて帰ってゆく」あるいは「何かが春を連れて帰ってしまう」とうたう例。

縦無語也、心応恨我来遅、恰柳絮、将春帰後　（晁補之「洞仙歌、温園賞海棠」）

城上春雲低閣雨、漸覚春随、一片花飛去　（毛滂「蝶恋花、席上和孫使君云云」）

明日春和人去、繡屏空　（呉文英「烏夜啼、題趙三畏舎館海棠」）

さらには、白居易の発想を承けて、「うぐいすが春に帰れとせき立てる」とうたう例。

流鶯不許青春住、催得春帰花亦去　（王千秋「菩薩蛮、荼蘼」）

春の帰るのをせき立てるのはうぐいすだけではない。ほととぎすも春の帰るのをせき立てる。

可堪杜宇、空只解声声、催他春去　（程垓「南浦」）

不堪鶗鴂、早教百草放春帰　（辛棄疾「婆羅門引、用韻答趙晉臣敷文」）

辛棄疾の例は、単に「放春帰」とするよりさらにひねって、二重の使役を用いている。また、次の例は「春帰何処」と結合させて、別の変奏をかなでる。

怕春去、問杜宇喚春、帰去何処　（陳允平「掃花游」）

同じく陳允平は、これを逆手に取って、「たとえほととぎすが春を帰さないでいてくれても」と、次のようにもうたう。

甚薄倖、随波縹緲、縦啼鵑、不喚春帰、人自老　（「垂楊」）

もうひとつ春の帰るのをせき立てるものに、風と雨がある。

春光不肯留、風雨催将去

（趙師俠「生査子、丙午鉄炉岡回」）

晩春の景物までが春の終わるのをせき立てるかのように目に映じるとき、宋の詞人たちは「春帰」と「春去」を用いてさまざまな変奏を加え、これを惜しんだのである。そして、春を惜しむ感情は「春を帰らせてはならない」という変奏を当然生むだろう。これもやはり白居易の

憑鶯為向楊花道、絆惹春風莫放帰　（「柳絮」）

から学んだと思われ、宋の詞人はその「莫放帰」をもとにしてさらに変奏を加えた。

勧春住、莫教容易去　（李弥遠「十様花」）

勺薬擁芳蹊、未放春帰去　（洪适「生査子、盤洲曲」）

以上は、唐詩に学んで発展させた例と言えるが、次に、おそらく唐詩にはない「春帰」と「春去」の変奏を挙げよう。

何処春風帰路　（陳允平「宴桃源」）

持酒勧雲雲且住、憑君礙断春帰路　（秦観「蝶恋花」）

春欲去、無計得留春住、縦著天涯渾柳絮、春帰還有路　（陳允平「謁金門」）

まず「春」の「帰」る「路」というのが発想の原初形態であり、そこから「春」の「帰」る「路」を「礙断」するとか、たとえ柳架でうめ尽して遮っても、やっぱり「春」の「帰」る「路」は「有」るのだという表現も生まれて来ると考えられる。この三例は、「春帰」から「春帰路」というかたちを生じ、発想の進展に伴ってさらに変奏が加えられてゆく過程として捉えられるだろう。

最後に挙げるのは、春に付き物の「愁」を「春帰」にからませたものである。

怎消遣、人道愁与春帰、春帰愁未断　（程垓「祝英台、晩春」）

春愁元自逐春来、却不肯、随春帰去　（趙彦端「鵲橋仙」）

是他春帯愁来、春帰何処、却不解、将愁帰去

（辛棄疾「祝英台近、晩春」）

宋の詞人たちは、さらなる表現の可能性を持った詩語として、唐詩のなかから「春帰」と「春去」を選び取ったのである。では、その表現の可能性はどこから来るのであろうか。

いま、動詞の部分に注目すると、「尽」や「暮」、また「残」や「晩」は直接人の行為を表わす語ではない。これに対して、「帰」や「去」は人の行為を表わす。その主語として「春」を立てるということは、「春」を擬人化して捉えることにつながると言え、次のような例はその表われとして見ることができるだろう。

才始送春帰、又送君帰

（王観「卜算子、送鮑浩然之浙東」）

「送春帰」とは、あたかも友人を送るかのように、春の帰るのを送っているのである。唐詩においても、「送春」の語を詩題や詩中に用いることがしばしばある。これと「春帰」をつなぎ合わせると、すでに挙げた白居易の例、

送春帰、三月尽日日暮時

（「送春帰」）

のように、「送春帰」というかたちができあがる。[19] しかし、人の行為を表わさない「尽」や「暮」を使った「送春尽」や「送春暮」はまずない。[20]「春帰」や「春去」は春をあたかも人の如くに見做せるがゆえに、さまざまな表現の可能性を持っていたのである。それは、これまで挙げた宋詞の「春帰」と「春去」の例の多くが、春や春の景物をあたかも人のようにうたっていることを見れば、了解されるであろう。たとえば、春を人の如くに見做すからこそ、「春帰路」のような表現も生まれるのである。そして、「春帰」と「春去」に関連して、さらに例を挙げれば、

日麗風暄、暗催春去、春尚留恋　（趙師俠「永遇楽、為盧顕文家金林檎賦」）

春汝帰歟、風雨蔽江、煙塵暗天　（劉辰翁「沁園春、送春」）

なども、宋詞における春の擬人化への志向を窺わせてくれると言えよう。

また、唐詩では用例の比較的少なかった「春老」が、宋詞では第三位にあるということもゆえなしとしないと思われる。「春老」は「春帰」や「春去」に比べて、はるかにバリエーションの生じる可能性の低いかたちである。それにもかかわらず、宋詞で好んで用いられたのも、おそらく「老」が人について言う語だからである。

想灞橋、春色老於人、恁江南夢香　（賀鋳「連理枝」）

可憐春似人将老　（李清照「蝶恋花、上巳召親族」）

人与春将老　（韓滮「桃源憶故人、杏花風」）

事実、「春老」はわずかではあるが、

早是被、暁風力暴、更春共、斜陽倶老　（秦観「迎春楽」）

又新枝嫩子、総随春老　（王沂孫「掃花游、緑陰」）

怕一似飛花、和春都老　（張炎「珍珠令」）

のように、「春帰」や「春去」と同様の変奏も試みられている。

宋詞が、唐詩の詩語のなかから「春帰」と「春去」を選び取ったということは、春という季節やその景物をも擬人的に見ようとする志向の表われであったと考えられる。そこで、小論冒頭に引いた王沂孫の詞に立ち返って言えば、後闋第七句の「残春到了無憑拠」（残んの春は当てにならぬ）という詠嘆も、決して「無情」のものとして春を見ているのではなく、あたかも人の如く「有情」のものとして春を見るという、宋人の自然に対する思い入れの深さを窺わせるのである。「春帰」と「春去」という詩語は、宋代の文学における自然の擬人化という問題、延いては宋人の自然観を探る上で、ひとつの資料となるだろう。(21)

おわりに

以上、「春帰」を中心に、春の終わりを表わす〈春＋動詞〉型の詩語の流れをたどりつつ、関連するいくつかの問題に言及した。ただ、宋代については、詞だけでなく詩についても検討せねばならない。しかし、厖大な量を持つ宋詩について検討することは、筆者の能力の及ぶところではない。そこで、とりあえず『宋詩鈔』と『宋詩鈔補』に拠って検索した結果を次に示す。ある程度宋詩における傾向を反映しているはずである。

表（８）

春―	
帰	43
去	33
老	25
尽	19
残	17
晩	15
暮	6

これによれば、宋詩も宋詞と同様の傾向を見せていると言えようが、詞の場合のように「春帰」と「春去」が他を圧倒しているとは言えない。また、宋詩にも、

巻将春色帰何処、尽在車前楡莢中

事如夢断無尋処、人似春帰挽不留（張耒「晩春初夏絶句」）

何曾繫住春帰脚、只解縈長客恨眉（范成大「代聖集贈別」）

春風取花去、酬我以清陰（楊万里「紅錦帯花」）

芍薬截留春去路、鹿葱斉上夏初天（王安石「半山春晩即事」）

（楊万里「初夏清暁赴東宮云云」）

といった例があり、詞と同様の変奏を見せるが、詞の場合ほど多くはないようである。宋詩は基本的には詞と同様の傾向を持つと言ってよいが、それは詞ほど顕著ではないと言えるだろう。

中国の詩は、「何を」うたうかをもちろん重視してきた。しかし、また一方では、「如何に」うたうかにも意を注いできた。同じひとつの素材であっても、それをどのように詠じて、ことばによる新たな世界の創造へとつなげることができるか。それは修辞的技量ばかりでなく、いわば詩人としての感性の純度をも問われるところなのである。宋詞における「春帰」と「春去」の変奏を見ると、詞が「如何にうたうか」に、とりわけ意を注いだ文学様式であったことを知るのである。

〈注〉

（1）「春」の代わりに、主語として「春色」「春風」「春事」あるいは「三春」「青春」などが立つ場合も含めて、小論では〈春＋動詞〉型と呼ぶ。

（2）用例の検索は、逯欽立輯『先秦漢魏晉南北朝詩』に拠った。

（3）『玉台新詠』巻九および『楽府詩集』巻六八では、いずれも楽府古辞とされている。

（4）嗟嗟保介、維莫之春（周頌、臣工）

（5）『楚辞』招隠士の「王孫遊兮不帰、春草生兮萋萋」は、「春」が「帰って来れ」ば、王孫も当然「帰って来て」よいはずだという前提のもとにうたわれていると言えよう。とすれば、「春帰」を「春帰来」の意で用いるのは、この著名な句と関連しているのかも知れない。このことは清水茂氏の指教による。

（6）以下、唐詩の用例は『全唐詩』に拠る。

（7）ただ、次の例は、あるいは「春帰去」の意で用いられているのかも知れない。

客心千里倦、春事一朝帰　（王勃「羈春」）

上陽柳色喚春帰、臨渭桃花払水飛　（張説「奉和聖製初入秦川路寒食応制」）

そうだとすれば、これが最も早い例と言えよう。しかし、孤立した例となるので、以下の本稿の論旨に影響はないと思う。

（8）詩人名と作品を、平岡武夫等編『唐代の詩篇』の作品番号によって示す。なお、『全唐詩』で一巻以上を当てられる詩人について調査した。ただし、初盛唐はほぼすべての詩人を調査してある。詩題に用いられた場合も用例に含めた。遺漏はまぬがれまいが、調査の結果が大きく変わることはないだろう。

〈春去〉李義府（02552）宋之問（03277）駱賓王（04148 04252）張説（04518 04519）張柬之（05158）

〈春晩〉劉洎（02485）韋承慶（02909）李嶠（03566）盧蔵用（04898）呉少微（04941）

〈春尽〉張九齢（03008）劉希夷（04313）張説（04667）
〈春暮〉陳子良（02681）張説（04718）呉少微（04941）
なお、「春晩」と「春暮」に重出させた呉少微の例は、「春色転晩暮」というものである。

(9)〈春尽〉袁暉（05416）徐延寿（05512）孫逖（05598）崔国輔（05655 05681）王維（05944）孟浩然（07724）李白（08818）
張謂（09453）杜甫（11242）
〈春晩〉崔顥（06231）孟浩然（07600 07754）杜甫（11148）皇甫冉（13001 13174）劉方平（13249）
〈春暮〉李頎（06313）李収（09946）杜甫（11803）劉眘虚（13351）
〈春老〉李頎（06383）岑参（09612 09724 09776）
〈春去〉李白（08568 08642）岑参（09594）

(10) 惜春の詩が中唐以後に著しく流行したことは、第一章注（9）松浦論文に指摘がある。

(11) 中唐については煩雑になるので、二例以上を持つ詩人名と用例数のみを挙げる。晩唐も同様だが後に挙げる。
〈春尽〉戴叔倫（2）、劉禹錫（2）、元稹（7）、白居易（25）、徐凝（2）、鮑溶（2）、賈島（2）、釈皎然（2）
〈春去〉李益（2）、王建（2）、劉禹錫（2）、孟郊（2）、白居易（5）
〈春帰〉韓愈（3）、白居易（9）、姚合（3）
〈春暮〉劉禹錫（3）、元稹（2）、白居易（4）
〈春老〉李賀（2）、白居易（4）
〈春晩〉張籍（2）、白居易（2）

(12)〈春尽〉雍陶（2）、杜牧（3）、許渾（3）、李商隠（2）、趙嘏（4）、温庭筠（2）、劉滄（4）、李昌符（3）、陸亀蒙（2）、
韓偓（5）、崔道融（2）
〈春残〉崔塗（2）、釈斉己（4）
〈春帰〉陸亀蒙（2）

(13)　注(11)参照。

(14)　題下の自注に「開成五年三月三十日作」とある。

(15)　ただし、「三月尽」は白居易個人にきわめて密着した詩語であったらしく、彼以後の詩詞において頻用されることはなかった。このことについては、附論二を参照されたい。

(16)　春の到来を表わす詩語としての「春回」が、用例は少ないが初唐のころから使われるようになっている。ところが、この「春回」を「春回去」の意で用いる例が晩唐から五代にかけてある。

　千門共惜放春廻、半鎖楼台半復開　　（羅鄴「長安惜春」）

　花枝千万趁春開、三月瓓珊即自回、　　（王周「春答」）

これはおそらく「春帰」を意識した用法であろう。

(17)　注(11)参照。

(18)　詞人名は煩雑を避けて一々挙げることはしない。少なくとも四、五十首を存する詞人ということを大まかな基準として、北宋は柳永から蔡伸までの四十一人、南宋は李弥遠から張炎までの八十八人について調査した。

(19)　「送春去」の例は「送春帰」に比べるとずっと少なく、唐詩では次の一例を得たのみである。

　秖愁明日送春去、落日満園啼竹鶏　　（殷尭藩「春怨」）

しかし、宋詞になると、

　送春去、春去人間無路　　（劉辰翁「蘭陵王、丙午送春」）

など数例を見ることができる。

(20) 劉禹錫の「柳花詞三首」其三に、

晴天闇闇雪、来送青春暮

とあるのは唯一の例外と思われる。

(21) 唐宋の詩における擬人法については、小川環樹先生の「自然は人間に好意をもつか――宋詩の擬人法――」(『風と雲』所収)に、簡略ながら興味深い見解が示されている。小論は、この論文によって啓発されたところが大きい。また、澤崎久和「唐詩における擬人法」(『高知大国文』第一三号)は小川論文を補う意図で書かれたものであるが、そのなかで唐詩、とくに中晩唐の詩に見える擬人法が、宋詩のそれにつながることが指摘されている。

第三章　李義山「楽遊原」と宋人

はじめに

漢語は、文と文をつなげる際に必ず連詞を必要とするわけではないと思われる。つまり、ある二つの文AとBを並べたとき、その接続関係（いわゆる文脈）は、ABそれぞれの文の内容によっておのずから決まるのであり、必ずしも連詞を必要としないだろう。連詞はこの関係を明示する場合に使われるのだと理解される。したがって、たとえば文意の転折の場合、ある語Xが転折の連詞と思われても、それはXがいま現に置かれている文脈の支えがあるために、あたかも連詞として働いているように見えるだけで、本来の語義はいささかも薄れていない、ということがあるのではないか。とくに、それが後文の冒頭に置かれていると、本義と派生義の境界を截然と区切るのは極めて難しい。(1)

晩唐の詩人李義山の五言絶句の傑作「楽遊原」(2)にも、右に述べたような問題が存在する。すなわち、「夕陽無限好、只是近黄昏」の「只是」を、「ただ～だけ、ほかでもなく～、ひたすら～」の意の限定あるいは強調の副詞と見るか、あるいは「しかし～」という転折の連詞と見るか、という問題である。従来漠然と転折の連詞と考えられてきた「楽遊原」の「只是」は、実は本来の副詞として働いているのであり、「楽遊原」の二句の間には文意の転折はないとされたのは、日本では入矢義高先生であり、中国では周汝昌氏であった。(3)筆者は「楽遊原」の「只是」はやはり副詞と見るべきだと思うが、それにしても「只是」の語義の決定は難しい、というのが正直なところである。本章では、冒頭で述べたような観点に立ち、この問題に対する私見を宋人の詩詞の用例を通して述べてみたい。

第一節　宋人における「楽遊原」の理解（一）

南宋の楊万里に次のような発言がある。これは義山の「楽遊原」の末二句についての宋人の発言のなかで、著名なもののひとつであろう。

五七字絶句、最少而最難工、雖作者亦難得四句全好者、晩唐人与介甫最工於此、如李義山憂唐之衰云、夕陽無限好、其奈近黄昏、……皆佳句也、如介甫云、更無一片桃花在、為問春帰有底忙、……不減唐人、然鮮有四句全好者、杜牧之云、清江漾漾白鷗飛、緑浄春深好染衣、南去北来人自老、夕陽長送釣船帰、……四句皆好矣

（五七字の絶句は、最も少けれど最も工みなり難し。作者と雖も亦た四句の全て好き者を得るは難く、晩唐の人と介甫と最も此れに工みなり。如《たと》えば李義山の唐の衰うるを憂えて、夕陽無限に好し、其れ黄昏に近きを奈んせんと云い、……皆佳句なり。如えば介甫の、更に一片の桃花の在る無く、為に問う　春帰りて底《なん》の忙しき有らんと云い、……唐人に減ぜず。然れども四句全て好き者有ること鮮《すくな》し。杜牧之の、清江漾漾として白鷗飛び、緑浄く春深くして衣を染むるに好し、南去北来人自ら老い、夕陽長く送る　釣船の帰るをと云い、……四句皆好きなり）

（『誠斎集』巻一一四）

この文章の趣旨は、四句すべてが優れた絶句が少ないことを言うのに在るのだが、楊万里はまず二句のみが優れているものとして、義山の「楽遊原」以下の例を挙げている。(4) そして、義山の「楽遊原」は唐朝の衰微を憂えた詩だと言う。とすれば、例の転結二句については、「楽遊原を紅く染める夕陽は美しい。しかし、背後には黄昏の薄暗闇が迫っている」と解釈していると考えられる。宋末の人蔡正孫はこれを承けて、『詩林広記』巻六で次のように言う。

楊誠斎云、義山此詩、蓋憂唐之衰也、愚謂明道程先生禊飲詩末句、是用此意、翻一転語

（楊誠斎云う、義山の此の詩、蓋し唐の衰うるを憂うるなり、と。愚謂えらく 明道程先生の禊飲詩の末句は、是れ此の意を用い、翻って語を一転す、と）

蔡正孫は楊万里の見解を肯定した上で、程顥の「禊飲詩」の末句は義山の句意を逆転させたものだと指摘している。程顥の「禊飲詩」とは、「陳公廙園修禊事席上賦」と題する詩で、その末二句は「未須愁日暮、天際是軽陰（日が暮れると愁えることはない。空はまだ薄暗くなったばかりだ）」というものである。(5) ともかくも、義山の「楽遊原」には唐朝滅亡への予感が読み取れると明白に述べるのは、どうやら楊万里あたりが始めであるらしい。

また、宋末元初の人、兪琰の『周易集説』は「離」卦の「九三」象伝の「日昃之離、何可久也」について、

夕陽無限好、只是近黄昏、猶人之暮年、景薄桑楡、安能長久也、伊川程子曰、明者知其然也、故求人以継其事、退処以休其身

（夕陽無限に好し、只だ是れ黄昏に近しなり。猶お人の暮年のごとくして、景は桑楡に薄《せま》り、安んぞ能く長久ならん。伊川の程子曰く、明るき者は其の然るを知れり。故に人の以て其の事を継ぐを求め、退処して以て其の身を休ます、と）

と言い、義山の「楽遊原」の末二句をそのまま引いて、「人之暮年」の譬えとしている。兪琰も楊万里と同じく、二句の関係を転折と見做していたようである。これは、義山の「楽遊原」を人生遅暮の詠嘆と捉えるごく初期のものと言えよう。

要するに、義山の「楽遊原」を唐朝の衰微を予感したもの、あるいは人生の遅暮を詠じたものとする説は、すでに宋代から始まっていた。

第二節　宋人における「楽遊原」の理解（二）

楊万里は、義山の「楽遊原」の末二句の関係を転折と捉え、唐朝衰微の予感を詠じたものだと理解した。しかし、「楽遊原」の末二句の関係を転折と捉えるのは、実は楊万里が最初なのではなく、すでに北宋から例がある。まず挙げられるのは蘇東坡の詞である。(6)

浣渓沙　春情

桃李渓辺駐画輪　　桃李の渓《かわ》の辺《ほとり》に　画輪を駐め
鷓鴣声裏倒清尊　　鷓鴣の声の裏《うち》に　清尊を倒《かたむ》く
夕陽雖好近黄昏　　夕陽　好しと雖も　黄昏に近し
香在衣裳妝在臂　　香は衣裳に在り　妝は臂に在り
水連芳草月連雲　　水は芳草に連なり　月は雲に連なる
幾時帰去不銷魂　　幾時か帰り去って　銷魂せざる

第三句「夕陽雖好近黄昏」は、まさに義山の「楽遊原」の末二句「夕陽無限好、只是近黄昏」を一句にまとめたものであり、東坡がこの二句を転折の関係にあると理解していたことは明らかである。さらに、東坡と同時期の晏幾道には、

可恨良辰天不与　　恨む可し　良辰　天は与えず
纔過斜陽　　纔《いま》し斜陽を過ぎしに
又是黄昏雨　　又たも是れ黄昏の雨なり
（「蝶恋花（笑艶秋蓮生緑浦）」）

とある。晏幾道も義山の二句を踏まえ、かつ文意は転折していると見ているらしい。また、政和年間の進士である郭印の「再和四首」(7) 其二に、

夕陽正好無多景　　夕陽　正に好けれど　多景　無く
春序纔移已復秋　　春序　纔かに移りて　已に復た秋なり

とあるのも、少しバリエーションを施しているが、義山の二句を踏まえており、末二句の関係はやはり転折と見ていたと考えてよいだろう。

時代が下って南宋に至ると、王質の詞「江城子（細風微掲碧鱗鱗）」に、

莫催行　　行くを催す莫かれ
只恨夕陽　　只だ恨む　夕陽の
雖好近黄昏　　好しと雖も黄昏に近きを

という表現を見ることができる。これは直接的には東坡の「浣渓沙」をまねたものであろうが、王質は東坡の義山の二句に対する理解を承けていると考えられる。さらに時代が下ると、かの趙孟頫の「多景楼」にも、

白露已零秋草緑　　白露　已に零《したた》り　秋草　緑にして
斜陽雖好暮雲稠　　斜陽好しと雖も　暮雲稠《あつ》し

（『松雪斎集』巻四）

という句が見える。ここには「黄昏」の語は使われていないが、やはり義山の二句を踏まえ、それを転折の関係にあると捉えていると言える。因みに、宋末を飾る代表的詞人、張炎の詞「梅子黄時雨（流水孤村）」に見える「最愁人是黄昏近（最も人を愁えしむるは是れ黄昏の近きこと）」という句に、遠く義山の「楽遊原」の響きを聞くこともあながち無理ではないだろう。義山の「楽遊原」の詩意はともかく、転句と結句のつながりを転折と理解するのは、すでに北宋の時から、それも東坡あたりから始まっていたようである。

　さらに、「楽遊原」の末二句の語をそのまま用いてはいないが、明らかに義山の句法を模倣している例もある。まず、北宋末から南宋初めの人、呂本中の「宿昔」に、

晩節労千慮　　晩節　千慮を労し
経年走数州　　経年　数州に走る
新涼事事好　　新涼　事事に好し
只是迫防秋　　只だ是れ防秋に迫らる

とある。「防秋」とは、ここでは金を指していようが、秋に南侵してくる異民族に対して防備をすること。「新涼事事好、只是迫防秋」とは、「素晴らしい秋の時節だが、金に対する防備を固めねばならぬ」という意になろう。少し後の楊万里にも、

黄花非不好　　黄花　好からざるに非ず
只是挿離筵　　只だ是れ離筵に挿す
（「送丁子章将漕湖南三首」其一）[8]

という例がある。やはり義山の句法をまね、「菊の花は美しくないわけではないが、別れの宴で挿すことになるとは」と言っている。さらにひとつ、韓淲の五言絶句「爆竹」も、

爆竹焼残歳　　爆竹　残歳を焼き
家家把一盃　　家家　一盃を把る
西湖元自好　　西湖　元自《もと》より好し
只是欠徘徊　　只だ是れ徘徊するを欠く

とうたっている。

以上の例から見て、宋人の多くは、義山「楽遊原」の結句を、転折の関係で前の転句を承けているものとして読んでいたと認められる。したがって、宋人は結句の「只是」を転折の連詞と捉えていたのだ、と結論付けられるであろうか。ことはそれほど容易ではなさそうである。

第三節　宋人における「只是」の理解

冒頭で述べたように、漢語は文と文をつなげる際に必ず連詞を必要とするわけではないと考えられる。義山の二句の場合も、宋人は転句「夕陽無限好」と結句「只是近黄昏」のそれぞれの意味内容によって、転折の文脈が予約されているとみたのではないだろうか。たとえば、北宋の趙令時に次のような詞がある。(9)

蝶恋花

巻絮風頭寒欲尽　絮《わた》を巻く風頭　寒さ尽きんと欲す
墜粉飄香　墜ちし粉　飄える香り
日日紅成陣　日日　紅は陣を成す
新酒又添残酒困　新酒　又た添う　残酒の困《くる》しきに
今春不減前春恨　今春　減ぜず　前春の恨みに

蝶去鶯飛無処問　蝶去り鶯飛び　問うに処無し
隔水高楼　水を隔てる高楼
望断双魚信　望断す　双魚の信《たより》を
悩乱横波秋一寸　悩乱す　横波の秋一寸なるを

斜陽只与黄昏近　　斜陽　只だ黄昏と近し

詞の内容はお決まりの閨情だが、後関末句の「斜陽只与黄昏近」は明らかに義山の二句を踏まえている。これは義山の二句を一句にまとめているところも、さらに句作りも、東坡の「夕陽雖好近黄昏」と酷似している。ただ、東坡が「雖」を使っているのに対して、「只」を使っているのが異なる。この「只」は転折の連詞ではなく、「ただ、ひたすら」を意味する限定の副詞である。趙令時の義山の二句の関係についての理解は、おそらく転折であったろうが、それは「只是」が転折の連詞として使われていると考えてのことではないと思われる。また、南宋の李萊老の詞「杏花天（年時中酒風流病）」の後関に見える句、

斜陽苦与黄昏近　　斜陽　苦《はなは》だしく黄昏と近し
生怕画船帰尽　　生《た》だ怕る　画船の帰り尽くすを

における「苦」は強調の副詞であり、趙令時の「只」と同じ方向の意を持つと言え、この例も同様に考えてよいだろう。(10)

そこで、はじめに挙げた楊万里の文に戻ろう。楊万里は、

如李義山憂唐之衰云、夕陽無限好、其奈近黄昏、……皆佳句也
（如《たと》えば李義山の唐の衰うるを憂えて、夕陽無限に好し、其れ黄昏に近きを奈んせんと云い、……皆佳句なり）

と言っていた。楊万里が義山「楽遊原」の結句を、「只是近黄昏」ではなく、「其奈近黄昏」としていることは示唆的である。「憂唐之哀」という理解がなぜ出てくるかと言えば、それは義山の二句の関係を転折と捉えているからだと思われる。ところが、楊万里は「只是近黄昏」ではなく、「其奈近黄昏」として義山の結句を引いているのである。この「其奈」にまさか転折の連詞の用法はあるまい。楊万里の記憶違いの可能性が高いが[11]、これは、彼が「楽遊原」を「憂唐之哀」を詠じたものと捉えたのは、「只是」が転折の連詞だからではなかったことを逆に示しているだろう。つまり、唐朝の衰微を予感したものと捉えるにしても、あるいは人生の遅暮を詠じたものと捉えるにしても、そうした理解を導き出したのは「只是」が連詞であるか否かに関わるのではなく、その転句と結句の内容自体が形成する文脈にあったと考えられるのである。そこで、義山「楽遊原」の「只是」自体に戻って少し検討を加えてみよう。

第四節　李義山の「只是」

義山の「只是」の用例は他に七例あり、計八例となる。この数は唐代の詩人のなかでは最も多い。義山が如何に好んでこの語を使ったかが知れる[12]。いま、煩を厭わずに他の七例をすべて挙げよう。

（1）　此情可待成追憶　　此の情　追憶と成るを待つ可けんや
　　　只是当時已惘然　　只だ是れ当時　已に惘然たり

（2）未曾容獺祭　未だ曾《すなわ》ち獺祭を容れず
只是縦豬都　只だ是れ豬都を縦《ほしいまま》にす　（「錦瑟」）

（3）姮娥無粉黛　姮娥　粉黛無し
只是逞嬋娟　只だ是れ嬋娟を逞《たくま》しうす　（「異俗二首」其二）

（4）年華無一事　年華　一事無し
只是自傷春　只だ是れ自ら春を傷む　（「月」）

（5）殷勤報秋意　殷勤に秋意を報ずるは
只是有丹楓　只だ是れ丹楓有るのみ　（「清河」）

（6）楊朱不用勧　楊朱　勧むるを用いず
只是更霑巾　只だ是れ更に巾を霑《ぬ》らさん　（「訪秋」）

（7）如何湖上望　如何せん　湖上に望めば
只是見鴛鴦　只だ是れ鴛鴦を見るを　（「離席」）

（「柳枝五首」其五）

この七例のうちで、「楽遊原」の「只是」を連詞と見る論者が同様の用法だとするのは（3）のみであり、他の六例をすべて副詞とすることでは一致している。そこで、（3）の全文を挙げてみよう。

月

池上与橋辺　　池上と橋辺と
難忘復可憐　　忘れ難く　復た憐れむ可し
簾開最明夜　　簾は開く　最も明るき夜
簟巻已涼天　　簟は巻かる　已に涼しき天
流処水花急　　流るる処　水花　急に
吐時雲葉鮮　　吐く時　雲葉　鮮やかなり
姮娥無粉黛　　姮娥　粉黛無し
只是逞嬋娟　　只だ是れ嬋娟を逞《たくま》しうす

この五律の尾聯を「姮娥（＝月）は化粧をしていないけれど、しかしとてもあでやかだ」、と面白みも何もないのっぺらぼうの表現と理解するのは、おそらく義山の詩の読みとしては正しくない。それこそ詩にならない。「只是」は本来の副詞用法と見るべきである。「姮娥は化粧をしていない。しかし／だからこそ、ひたすらあでやかさを振り撒いている」のであり、二句の間に文意の転折を見るか否かは、読者自身に委ねられているように思える。そして、五絶「楽遊原」の「只是」も同様だろう。楽遊原に登った義山は辺りを紅に染める夕陽を限りなく美しく感じた（「夕陽　無限に好し」）。そして、その美しい夕陽の背後からは黄昏がひたひたと押し寄せていることに思いを致したのである（「只だ是れ黄昏に近し」）。この二句の間に文意の転折を見るか否かは、「月」の例と同様に、やはり読者に委ねられているのであり、宋人の多くはそこに文意の転折を見たのである。(13)

このように考えてみると、たとえば、注（12）で挙げた白居易の「重到毓村宅有感」はどうなろうか。

欲入中門涙満巾　　中門に入らんと欲して　涙　巾を満たす
庭花無主両迴春　　庭花　主無く　両迴の春
軒窓簾幕皆依旧　　軒窓　簾幕　皆旧に依り
只是堂前欠一人　　只だ是れ堂前に一人を欠く

この「只是」はいかにも連詞として意味が通じるのだが、果たして限定あるいは強調の副詞としての機能が薄れて、連詞に転化したものであるかと言えば、断定し難いように思える。単に「住居はもとのままだ。しかし、主人はいない」という平板なつながりではなく、「堂前欠一人」を強調すべく使われたのが「只是」であるようにも読めるのではなかろうか。(14) これに対して、南宋の楊万里の「正月晦日、自英州舎舟出陸、北風大作」は、

北風吹得山石裂　　北風　吹き得て　山石　裂け

北風凍得人骨折　北風　凍らし得て　人骨　折る
南来何曾識此寒　南来　何ぞ曾ち　此の寒さを識らん
便恐明朝丈深雪　便ち恐る　明朝　丈深の雪ならんを
今朝幸不就船行　今朝　幸いに船行に就かず
白浪打船君更驚　白浪　船を打ちて　君　更に驚かん
只是山行也不好　只だ是れ山行も也《ま》た好からず
筝輿寸歩風吹倒　筝輿　寸歩にして　風に吹き倒されん

とうたう。第七句の「只是」はどう見ても連詞と化している。「只是」の詩における連詞としての用法が確立するのは宋代を待つとするのが、穏当ではなかろうか[15]。

おわりに

宋人は、なぜ義山の転句と結句の間に文意の転折を見たのだろう。また、なぜそこに唐朝衰微への予感を読み取ったのであろうか。その理由を直接に示してくれる資料は残念ながら見当たらない。しかし、ここでひとつの見方を示しておくのも意味のないことではなかろう。それはひとつには、宋人は唐の滅亡を知っている、という単純な事実が挙げられるのではないか。そしてもうひとつは、詩における「夕陽」と「王朝の興亡」との結びつきであり、その淵源はおそらく中唐の劉禹錫の次の詩にある。

金陵五題　烏衣巷

朱雀橋辺野草花　　朱雀橋辺　野草　花さき
烏衣巷口夕陽斜　　烏衣巷口　夕陽　斜めなり
旧時王謝堂前燕　　旧時　王謝堂前の燕
飛入尋常百姓家　　飛びて入る　尋常の百姓の家

南朝の栄華を代表する王氏・謝氏一族の邸宅の並んでいた金陵の烏衣巷、その烏衣巷を紅く染める夕陽、王朝の興亡に対する詠嘆を見事にイメージ化した詩であり、宋詩においてその影響を受けたと思われる句は少なくない。たとえば、北宋の蘇舜欽が玄宗ゆかりの興慶宮を訪れて作った五排「遊南内九竜宮」の末二句に、

興亡何足問　　興亡　何ぞ問うに足らん
一一夕陽中　　一一　夕陽の中

とあるのは、「夕陽」と「興亡」の結びつきの普遍化を示唆するし、北宋末の詞人周邦彦の「金陵懐古」と題する詞「西河（佳麗地）」の後闋に、

想依稀　王謝鄰里　　想う　依稀たり　王謝の鄰里に
燕子不知何世　　燕子は知らず　何《いず》れの世なるかを
入尋常　巷陌人家相対　　尋常の巷陌の人家に入りて相対し
如説興亡斜陽裏　　興亡を斜陽の裏に説くが如し

というのは、直接劉禹錫を踏まえるものである。さらに、

江頭一帯斜陽樹　　江頭一帯　斜陽の樹
総是六朝人住処　　総て是れ六朝の人の住まいし処
（辛棄疾「玉楼春　乙丑京口奉祠西帰将至仙人磯」）

興亡誰与問　　興亡　誰か与《ため》に問わん
馬首夕陽斜　　馬首　夕陽　斜めなり
（李曾伯「淮西幕自皂口入潁道間作」）

も同様の例として挙げられるだろう。義山の「楽遊原」の転句と結句の間に文意の転折を見るが、「只是」自体は「ほかでもない、ひたすら」の意の副詞と捉えた。宋人の「楽遊原」の読みはそのようなものであったのではなかろうか。

以上、私見を述べたが、筆者は語彙論や語法論の専家ではないので知識不足や誤解があるかも知れない。諸賢の議論に供するところがいささかなりともあれば幸いである。

〈注〉

（1）このことは、太田辰夫氏の名著『中国語歴史文法』（江南書院、一九五八）の「連詞」の解説部分に多少の歯切れの悪さがあることにも表れているように思える。

（2）あまりにも有名な詩だが、全文を挙げておく。なお、以下、唐詩の引用は『全唐詩』に拠る。

向晩意不適、駆車登古原、夕陽無限好、只是近黄昏

（3）入矢説・周説が発表されると、それを機に、賛否両論が湧き起こった。しかし、ことが詩の内容の理解に深く関わってくるので難しい問題であり、大方の理解がどちらかに一致するところまでには至っていないと言える。いま、その主なものを挙げておく。

（a）入矢義高「黄昏と夕陽」（全釈漢文大系『文選三』月報12、集英社、一九七四）

（b）周汝昌『唐詩鑑賞辞典』該詩解説文（上海辞書出版社、一九八三）

（c）鄭詩群「試論李商隠《楽游原》的思想内容和美学意義――兼評歴来注釈」（『中南民族学院学報（哲学社会科学版）』一九八五年第三期）

（d）須藤健太郎「李商隠「楽遊原」詩の「只是」をめぐって――唐詩虚詞初探――」（『中国文学研究』第二二期、一九九六）

（e）下定雅弘「「夕陽無限好、只是近黄昏」をどう読むか?――入矢教授の説を検討する」（『興膳教授退官記念中国文学論集』、汲古書院、二〇〇〇）

（f）荒井健「囲城周辺・その六――『入矢義高先生追悼文集』」（『飈風』三五号、二〇〇一。後に『シャルパンティエの夢』（朋友書店、二〇〇三）に収められる）

（c）（e）が入矢説・周説に反対の立場から書かれ、「只是」は転折の連詞であるとする。

（4）因みに、楊万里の引く王安石の句は、「陂麦」の末二句。以下、宋詩の引用は『全宋詩』に拠る。

陂麦連雲惨淡黄、緑陰門巷不多涼、更無一片桃花在、借問春帰有底忙

また、杜牧の七絶は「漢江」。

溶溶漾漾白鷗飛、緑浄春深好染衣、南去北来人自老、夕陽長送釣船帰

（5）題中の陳公廙は陳知倹のこと。公廙は字。

なお、同様の見解がやはり宋末の無名氏撰とされる『愛日斎叢抄』（巻三）に見え、次のように言う。

李商隠詩、夕陽無限好、只是近黄昏、足以戒盛満、而意似迫促、程子云、未須愁日暮、天際是軽陰、悠然無尽之味、詩家未能及

（李商隠の詩に、夕陽無限に好し、只だ是れ黄昏に近し、と。以て盛満を戒しむるに足れど、而も意は迫促するに似たり。程子云く、未だ日暮を愁うるを須いず、天際是れ軽陰、と。悠然として尽くる無きの味、詩家も未だ能く及ばず）

同じ夕暮れでも、義山の詩はめそめそ悲観的、それに比べると程顥の詩は大らかで楽観的、詩人の器の大きさは道学者に及ぶべくもない、とでも言いたげである。

（6）以下、宋詞の引用は『全宋詞』に拠る。ただし、句読を改めたものがある。

（7）「再和四首」とは、その前に見える「憲司後園葺旧亭、榜以明秀、元少監有詩次韻」と題する詩に和したもの。

（8）丁子章は、丁時発。紹興三十年の進士。

（9）この詞は晏幾道の『小山詞』にも見えるが、唐圭璋「宋詞互見考」（『宋詞四考』修訂本、江蘇古籍出版社、一九八五）が、「案以上二首楽府雅詞、草堂詩余並作趙徳麟詞。惟又見晏幾道小山詞、恐非」と言うのに従う。なお、『花菴詞選』も趙令畤の作として収める。

（10）時代はずっと下って明代に入るが、王世貞の「江口」（『弇州四部稿』巻四五）に、

秋雲無限好　　秋雲　無限に好し
只傍蒋山青　　只《ひとえ》に蒋山の青きに傍《よりそ》う

とあるのも、注目される例である。

(11) 引用文は四部叢刊本『誠斎集』に拠る。四庫全書本は「其奈」を「只是」に作るが、これはおそらく義山の集に拠った修正を経たものであろう。因みに、北宋の韓宗道の「江瀆泛舟、次呉中復韻」（宋、程遇孫『成都文類』巻三）の末二句は、

留連晩景殊多適　　留連す　晩景　殊に適うこと多きに
無奈黄昏送夕陽　　奈《いか》んするも無し　黄昏に夕陽を送るを

といい、明らかに義山の「楽遊原」に拠っているが、転折の語気を表に出さずに「無奈」を使っている。

(12) 次いで多いのは白居易の七例である。義山と白居易との差はわずか一だが、現存する作品数の違いを考慮すれば、使用頻度は義山の方がはるかに高い。いま、白居易の用例を挙げておく。

(1) 軒窓簾幕皆依旧、只是堂前欠一人　（「重到毓村宅有感」）
(2) 別来只是成詩癖、老去何曾更酒顛　（「十年三月三十日別微之於澧上云云」）
(3) 城中展眉処、只是有元家　（「吟元郎中白鬚詩兼飲雪水茶因題壁上」）
(4) 年年只是人空老、処処何曾花不開　（「与諸客携酒尋去年梅花有感」）
(5) 出多無伴侶、帰只是妻孥　（「和微之春日投簡陽明洞天五十韻」）
(6) 少有人知菩薩行、世間只是重高僧　（「贈草堂宗密上人」）
(7) 微躬所要今皆得、只是蹉跎得校遅　（「閑適」）

ただし、（5）は四庫全書本『白氏長慶集』に拠るもの。他のテキストは「是」を「対」に作る。

(13) ただ、ここに文意の転折を見るにしても、見ないにしても、あたりを紅に染めている夕陽の美しさを、背後に黄昏が迫っているがゆえの一瞬の美しさだと、義山は詠じていると見做すべきであろう。

(14) 同じく白居易「閑適」の「微躬所要今皆得、只是蹉跎得校遅（微躬の要する所　今　皆得たり、只だ是れ蹉跎として得ること校《や》や遅し）」や呉融「簡州帰降、賀京兆公」の「功名一似淮西事、只是元臣不姓裴（功名　一に似たり　淮西の事に、只だ是れ元臣　裴を姓とせず）」も同様に考えられそうである。

(15) 因みに、「只」と同じく限定の意を持つ「但」も、「但是」となって連詞としての用法を派生させたのは言うまでもないが、小川環樹先生がその『唐詩概説』（岩波書店）で連詞としての用例は唐詩に見えないと言うように（一九六頁）、管見でも唐詩に連詞の「但是」はない。また、注（1）に挙げた太田辰夫氏の『中国語歴史文法』が「但是」の連詞としての用例として挙げるのは、詩ではなくて『朱子語類』である（三二六頁）。実際、宋詩には「但是」自体が滅多に見られないのであるが、北宋末の釈恵洪「贈別若虚」に、「今不欠無言、但是欠一死（今無言を欠かさず、但だ是れ一死を欠く）」とある「但是」は連詞のようで、これが最も早い例と言えるかも知れない。

なお、太田氏は、羅振玉旧蔵敦煌本「天下伝孝十二時」の「縦然子孫満山河、但是恩愛非前後」も連詞として挙げているが、これは氏のいう唐代の用例の意である「凡是」で解せると思う。

第四章　韓愈の「約心」と宋人

はじめに

宋末元初の人、趙文（一二三九～一三一五）に「約心堂記」（『青山集』巻三）という一文があり、次のように始まる。

彭君秉周、取昌黎復志賦語、名其読書之所曰約心、余問於秉周曰、子知昌黎復志賦之所由作乎、子楽甚、昌黎何能及也

（彭君秉周、昌黎の復志賦の語を取りて、其の読書の所を名づけて約心と曰う。余秉周に問いて曰く、子は昌黎の復志賦の由りて作る所を知るか。子が楽しみは甚し、昌黎何ぞ能く及ばん、と）

知人の彭秉周（未詳）がその書斎を韓愈の「復志賦」の語に因んで「約心堂」と名付けたので、趙文は、韓愈が「復志賦」をなぜ作ったかを分かっているのか、君は韓愈よりずっと楽しい境地に居るではないか、と秉周に問うたと言うのである。しかし、秉周はその質問の意図が分からない。そこで、趙文は説明を加えた。

秉周未達、余曰、復志賦之作也、昌黎従隴西公於宣武、意必有不得以行其志者、故其為此賦、自述平生欿嵜歴落、

無所不至、其詞大槩嫉貪佞之汙濁、懲此志之不修而曰、苟不内得其如斯兮、孰与不食而高翔(1)
（秉周未だ達せざれば、余曰く、復志賦の作るや、昌黎隴西公に宣武に従い、意は必ず以て其の志を行うを得ざる者有れば、故に其れ此の賦を為れり。自ら平生の嵚嵜歴落たるを述べて、至らざる所無し。其の詞は大槩貪佞の汙濁を嫉《にく》み、此の志の修めざるを懲らしめて曰く、苟も内に其の斯くの如きを得ずんば、食らわずして高く翔くるに孰与《いずれ》ぞ、と）

韓愈の「復志賦」は貞元十三年、韓愈三十歳の作で、「愈既に隴西公の汴州を平らぐるに従い、其の明年七月に負薪の疾有れば、居に退休して、復志賦を作れり。其の辞に曰く」と始まる(2)。隴西公は、宣武軍節度使の董晉。韓愈は辟召されてその観察推官となったが、病を得て退居していたときにこの賦を作ったという。韓愈は賦の本文で董晉の幕下に官を得るまでの道程を振り返るのだが、趙文の記に「自ら平生の嵚嵜歴落たるを述べて、至らざる所無し」というのがそれであり、さらに、「復志賦」の制作意図は「其の詞は大槩貪佞の汙濁を嫉《にく》み、此の志の修めざるを懲らしめ」るのにあると言う。これは「復志賦」の結尾の部分、

昔余之約吾心兮、誰無施而有獲、嫉貪佞之洿濁兮、曰吾其既労而後食、懲此志之不修兮、愛此言之不可忘、情怊悵以自失兮、心無帰之茫茫、苟不内得其如斯兮、孰与不食而高翔

を踏まえているのだが、趙文は次いで、そこに見える「約心」の語に言及する。

吾然後知昌黎之所謂約心也、君子読書為士、莫不各有一初心、自古聖賢出処、此身可困可戹、而不可以負吾心之約、負約於人、猶曰不信、吾与吾心言矣、能愛富貴而食言乎

（吾然る後に昌黎の所謂約心を知れり。君子は読書して士と為り、各おの一初心有らざる莫し。古自り聖賢の出処するは、此の身は困しむ可く戹《なや》む可きも、以て吾が心の約に負く可からず。約に人に負くは、猶お不信と曰う。吾は吾が心と言えり、能く富貴を愛して食言せんや）

ここで、趙文は「復志賦」中の「約心」を、「心に約す」、すなわち「心と約束をする（「心に誓う」と言い換えてもよいかも知れない）」と解していると考えられるのだが、そのことはさらに記の末尾で、

君読書為士之初、所以与此心約者何事、豈非欲為聖為賢、豈非欲窮則独善其身、達則兼善天下、今雖未得以遂兼善之願、豈不可以如独善之約、願君夙夜無負斯約也、与心約而負之、対鏡窺影、必有靦然于其面目者、此即我心之責也、今世纍纍若若、決非我与秉周所可徒手得、幸而得之、必有負其初心者、故不為秉周願之也、秉周起謝曰、如約、遂書以為記

（君の読書して士と為りしの初め、此の心と約せる所以の者は何事ぞ。豈に聖と為り賢と為らんと欲するに非ざらんや。豈に窮すれば則ち独り其の身を善くし、達すれば則ち兼ねて天下を善くせんと欲するに非ざらんや。今未だ以て兼ねて善くするの願いを遂ぐるを得ずと雖も、豈に以て独善の約の如くす可からざらんや。願わくは君夙夜斯の約に負く無からん。心と約してこれに負かば、鏡に対して影を窺うに、必ずや其の面目に靦然たる者有らん。此れ即ち我が心の責めなり。今世に纍纍若若たるは、決して我と秉周との徒手にて得可き所に非

ず。幸いにしてこれを得ば、必ずや其の初心に負く者有らん。故に秉周の為にこれを願わざるなり、と。秉周起ちて謝して曰く、約の如くにせん、と。遂に書して以て記と為せり）

と言っていることで確認される。趙文のこの解釈は、実は誤りらしい。本章では、韓愈の「約心」の語義と宋人の理解について探る。

第一節　「約心」の語義

「約心」の用例は唐以前にはほとんど見当たらない。『晉書』王導伝に次のようにあるのが、唯一の例と思われる。(3)

咸康五年薨、時年六十四、帝挙哀於朝堂三日、……冊曰、……惟公邁達沖虚、玄鑒劭邈、夷淡以約其心、体仁以流其恵

（咸康五年に薨ず。時に年六十四、帝は哀しみを朝堂に挙ぐること三日、……冊に曰く、……惟れ公は邁達沖虚にして、玄鑒劭邈なりて、夷淡にして以て其の心を約し、仁を体して以て其の恵みを流す）

「夷淡以約其心」とは、王導の為人を言うものだが、この「約心」は、「心と約す」とは解せない。「約」とは「約束（制限する、制御する）」の意であり、平静で感情に流されることのない王導の心の有り様を言ったものと解される。

では、唐代はどうであるか。唐代においても「約心」の用例はそれほど多いわけではないが、まず挙げられるのは、『尚書正義』「甘誓」の条の「正義」に見える次の例である。

甘誓牧誓費誓、皆取誓地為名、湯誓挙其王号、泰誓不言武誓者、皆史官不同、故立名有異耳、泰誓未戦而誓、故別為之名、泰誓自悔而誓非為戦、誓自約其心、故挙其国名

（甘誓、牧誓、費誓は、皆誓地を取りて名と為す。湯誓は其の王号を挙げ、泰誓は武の誓いを言わざる者なり。皆史官同じからず、故に名を立つるに異なる有るのみ。泰誓は自ら悔いて而して戦いを為すに非ざるを誓い、自ら其の心を約するを誓う、故に其の国の名を挙げり）

次いで、開元年間に活躍した張廷珪の上書（『旧唐書』本伝所載）には、

臣愚誠願、陛下約心削志、澄思励精、考羲農之書、敦素朴之道

（臣愚誠に願わくは、陛下心を約し志を削り、思いを澄ませ精を励まし、羲農の書を考《しら》べ、素朴の道を敦《あつ》うせんことを）

とある。さらに、中唐初期の人、常袞の「授李深兵部郎中制」（『文苑英華』巻三九〇）にも、

経通以済於用、廉介以約其心

（経通にして以て用を済《たす》け、廉介にして以て其の心を約す）

と言う。これを要するに、いずれも『晉書』の例と同じく「心を約す」と読むべきであり、「約心」とは、感情や怠惰、欲望などに流れやすい心を制御する意と考えてよいだろう。

また、少し毛色が異なって、伝奇小説のなかにも「約心」の語が見える。李朝威の伝奇「柳毅」（汪辟疆校録『唐人小説』六七頁）[4]に、

（妻）対毅曰、……君附書之日、笑謂妾曰、他日帰洞庭、慎無相避、誠不知当此之際、君豈有意於今日之事乎、其後季父請於君、君固不許、君乃誠将不可邪、抑忿然邪、君其話之、毅曰、似有命者、僕始見君於長涇之隅、枉抑憔悴、誠有不平之志、然自約其心者、達君之冤、余無及也、以言慎勿相避者偶然耳、豈有意哉

（（妻は）毅に対して曰く、……君は書を附せし日に、笑いて妾に謂いて曰く、他日洞庭に帰らば、慎みて相避くること無かれ、と。誠に知らず　此の際に当たりて、君豈に今日の事に意有るかを。其の後季父君に請えども、君は固く許さず。君は乃ち誠に将た可とせざるか、抑《そもそも》忿然たりしか。君其れこれを話せ、と。毅曰く、命有る者に似たり。僕始めて君を長涇の隅に見るに、枉抑憔悴し、誠に不平の志有り。然れども自ら其の心を約せる者は、君の冤みを達せんとし、余は及ぶこと無ければなり。以て慎みて相避くること勿かれと言える者は偶然のみ。豈に意有らんや）

とあるのがそれである。紆余曲折を経てわが妻となった竜王の娘に、初めて出会ったときから私に気があったのかと

問われて、柳毅は、「あのとき自制したのは（自約其心者）、あなたの怨みを伝えることだけを考えて、他のことは考えなかったからだ。また出会ったら私を避けたりしないでくれと言ったのは偶々のことで、他意はなかった」と答えたのであった。この柳毅の言葉に見える「約其心」が「自制する」意であるのは、柳毅がこの後で、

夫始以義行為之志、寧有殺其壻而納其妻者邪、一不可也、善素以操真為志尚、寧有屈於己而伏于心者乎、二不可也

（夫れ始め義行を以てこれが志と為せば、寧くんぞ其の壻を殺して其の妻を納るる者有らんや。一の不可なり。善く素より操真を以て志尚と為せば、寧くんぞ己に屈して心に伏せらるる者有らんや。二の不可なり）

と言っていることからも知れる。

以上、「約心」とはすべて「心を制御する」意であった。「復志賦」の「約吾心」も、やはり「吾が心を約す」と読み、「心を制御する」意と解するのが妥当であろう。趙文は韓愈の「約心」を誤解していたらしい。因みに、孫昌武『韓愈選集』（上海古籍出版社、一九九六）も、「約吾心、約束自己的心志」（四六七頁）と注している。

第二節　元和期の詩人と「約心」

「復志賦」に戻ろう。「復志」とは、初志に帰るの意であるが、韓愈の初志とはどのようなものであったか。それは、

昔余之約吾心兮、誰無施而有獲、嫉貪佞之洿濁兮、曰吾其既労而後食、懲此志之不修兮、愛此言之不可忘

（昔余の吾が心を約して、誰か施す無くして獲る有らんと。貪佞の洿濁を嫉《にく》み、曰く、吾其れ既に労して而る後に食さん、と。此の志の修めざるを懲らし、此の言の忘る可からざるを愛《お》しむ）

ということであった。地位を得られなければ「独善」に努めるが、一旦地位を得たからには「兼済」に努める。士大夫たる者の処世はかくあるべきだということは、とくに中唐以後の士大夫の持つ意識であったと言えようが、韓愈にとっての初志もそうであったはずだ。ところが、官吏となるとややもすればその地位に安住して、士大夫としての初志を忘れがちになる。それならば「独善」に努めるべきであると、韓愈は自らを戒めているのである。

苟不内得其如斯兮、孰与不食而高翔、抱関之阨陋兮、有肆志之揚揚、伊尹之楽於畎畝兮、焉富貴之能当、恐誓言之不固兮、斯自訟以成章

（苟も内に其の斯くの如きを得ずんば、食らわずして高く翔くるに孰与《いず》れぞ。抱関《もんばん》の阨陋たるも、志を肆《ほしいまま》にするの揚揚たる有り、伊尹の畎畝に楽しむは、焉くんぞ富貴の能く当たらん。誓言の固からざるを恐れ、斯に自らを訟《とが》めて以て章を成す）

韓愈の「約吾心」とは、ともすれば安易な生き方に流される心を制御することだと考えられる。

そして、同じく中唐の人、孟郊の詩「靖安寄居」（四部叢刊本『孟東野詩集』巻四）にも「約心」の語が見える。

寄静不寄華　静に寄りて華に寄らず
愛茲嵽嵲居　茲の嵽嵲の居を愛す
（中略）
外物莫相誘　外物　相誘う莫かれ
約心誓従初　心を約し　誓いて初めに従わん
碧芳既似水　碧芳　既に水に似たり
日日詠帰歟　日日　帰歟を詠わん

「碧芳」は碧芳酒のこと。「帰歟」は『論語』「公冶長」の「子陳に在りて曰く、帰らんか、帰らんか、と」に拠る。孟郊の場合は俗世の功名と帰隠とを対比しており、ともすれば「外物」に引きずられる心を制御して初志に帰ろうとうたうのである。そして、これまた中唐の人、白居易にはそのものずばりに「約心」と題する詩がある。いま全篇を引く。

約心
黒鬢糸雪侵　黒鬢　糸雪に侵され
青袍塵土涴　青袍　塵土に涴《けが》る
兀兀復騰騰　兀兀たり　復た騰騰たり

江城一上佐　江城の一上《じよう》佐《さ》
朝就高斎上　朝には高斎の上に就き
薫然負暄臥　薫然として暄《ひざし》を負うて臥せ
晩下小池前　晩には小池の前に下り
澹然臨水坐　澹然として水に臨んで坐す
已約終身心　已に終身の心を約せば
長如今日過　長く今日の如く過ごさん

（朱金城『白居易集箋校』巻七）

元和十一年、四十五歳のときに左降の地江州で詠まれたもので、「閑適詩」に入れられている。白居易は兼済のかなわぬ境遇に陥り、吏隠という立場にしか立ち得ないことを肯定しようとする。それを表しているのが、「一生このように過ごしていくようにわが心をコントロールしたのだ」という末二句であろう。筆者は例の「与元九書」をいわば「閑適詩宣言」と見ているが、この「約心」はそれに通ずるように思う。

「約心」の宋代以前の用例は、おそらく以上ですべてであるが、[5] 韓愈、孟郊、白居易の三例では、制御する心の内容が他の例とはいささか異なっているようだ。それまでの用例では、「感情や欲望などの恣意に流されやすい心」を制御することを意味していたが、韓愈らの「約心」は「おのれの生き方がどうあるべきか、そのことに揺れる心」を制御することであったと言えるのではないか。中唐の士大夫たちの自己の生き方に対する思索の表現のひとつが、この「約心」であったと思われる。

第三節　宋人と「約心」

さて、宋代の「約心」はどのようなものであったろうか。実は宋代の用例はきわめて少ない。管見に入ったのは二例のみで、ひとつは趙文と同じく宋末元初の人、林景熙の「洗心録序」（『霽山先生集』巻五）に見える。

上焉者、不待勧戒而自為善、下焉者、雖有勧戒而不能已其為悪、将使観是録者、洗其不善之心、而復其本善之心、其為中人設乎、吾能約心而致謹於善悪所自出、中人以上者也

（上なる者は、勧戒を待たずして自ら善を為し、下なる者は、勧戒有りと雖も而も其の悪を為すを已む能わず。将に是の録を観る者をして、其の不善の心を洗いて、其の本善の心に復さしめんとするは、其れ中人の為に設くるか。吾能く心を約して謹しみを善悪の自りて出づる所に致すは、中人以上の者なり）

もうひとつは南宋の姜特立の五絶である。

寄方叔游法輪寺三首　其三（『全宋詩』第三八冊）

境静約心兵　　境　静かにして　心兵を約せば
無由起妄情　　妄情を起こすに由無し
擬将笙笛耳　　笙笛の耳を将《も》って

同聴夜泉声　　同《とも》に夜泉の声を聴かんと擬《ほっ》す

「心兵」とは、『呂氏春秋』「蕩兵」に、「察兵之微、在心而未発、兵也、疾視、兵也、作色、兵也、傲言、兵也云云（兵の微なるを察するに、心に在りて未だ発せざるは、兵なり。疾視するは兵なり。色を作すは兵なり。傲言は兵なり云云）」とあるのに基づき、韓愈「秋懐詩十一首」其十には「詰屈避語穽、冥茫触心兵（詰屈として語穽を避け、冥茫として心兵に触る）」とある。

「洗心録」の「心」と姜詩の「心兵」は、いずれも韓愈らの「約心」における「心」ではなく、『晉書』等の「約心」における「心」に通ずる。どうやら宋代の士大夫たちは韓愈らの「約心」は受け継がなかったようである。ところが、宋人の詩のなかには次のような表現も見える。まずは王禹偁（九五一～一〇〇一）の例を挙げよう。

老態

白髪不相饒　　白髪　相饒《ゆる》さず
秋水生鬢辺　　秋水　鬢辺に生ず
黒花最相親　　黒花　最も相親しみ
終日在眼前　　終日　眼前に在り
老態固具矣　　老態　固より具われり
宦情信悠然　　宦情　信に悠然たり
唯当共心約　　唯だ当に心と約すべし

収拾早帰田　　収拾して早く帰田せんと

（『小畜集』巻五）

王禹偁は、末二句において、早々に帰田することを「心と約そう」と言う。どうやら「心と約す」の意は、「約心」ではなく、「共心約」のように「介詞＋心＋約」の形で表されるようなのである。同様の例は沈遼（一〇三二～八五）の詩にも見え、その「送智印師還会稽」（『全宋詩』第一二冊）には、

吾已与心約　　吾は已に心と約せり
行当宅楡枌　　行くゆく当に楡枌に宅すべしと

とある。「楡枌」は「枌楡」に同じく故郷の意。この二句の趣旨は王禹偁の例と同様であるが、「共」の代わりに「与」が用いられている。さらに興味深いのは、王禹偁と同時代の晁迥（九五一～一〇二四）に次のような例があることである。

擬白楽天遣懐

羲和走馭趁年華　　羲和　走馭して　年華を趁い
不許人間歳月賒　　人間　歳月の賒《はる》かなるを許さず
春正艶陽春即老　　春は正に艶陽たるも　春は即ち老い

日方停午日還斜　日は方に停午なるも　日は還た斜めなり
時情莫測深如海　時情　測る莫く　深きこと海の如く
世事難斉乱似麻　世事　斉《おさ》め難く　乱るること麻に似たり
已共身心要約定　已に身心と約定するを要せり
古今如此勿驚嗟　古今　此くの如し　驚嗟する勿かれと

（『全宋詩』第一冊）

第七句は、単に「心」ではなく「身心」、「約」ではなく「要約定」となっているが、その基本構造は王禹偁や沈遼の例と同じである。そして、この詩で注目すべきはその詩題「擬白楽天遺懐」である。晁迥は白居易の「遺懐」に擬したと言っている[6]。となれば、白居易の詩を見なければなるまい。

遺懐

羲和走馭趁年光　羲和　走馭して　年光を趁い
不許人間日月長　人間　日月の長きを許さず
遂使四時都似電　遂に四時をして都て電に似さしめ
争教両鬢不成霜　争で両鬢をして霜を成さざらしめん
栄銷枯去無非命　栄の銷えて枯れ去さるは　命に非ざる無く
壮尽衰来亦是常　壮の尽きて衰え来るは　亦た是れ常なり

已共身心要約定　　已に身心と約定するを要せり
窮通生死不驚忙　　窮通　生死　驚忙せずと

（『白居易集箋校』巻一七）

晁迥の第七句は、白居易の第七句をそのまま使っていたのだった。そして、この詩が江州司馬時代の作であり[7]、同時期に白居易には「約心」と題する詩もあったことは留意すべきだろう。そこで改めて動詞「約」の用法を考えてみれば、「約＋目的語」の「約」は「制御する、コントロールする」の意の動詞として使われているのであり、「介詞＋目的語＋約」となって始めて「約束する」の意となるのだ、と考えてよいだろう。白居易の「效陶潜体詩十六首」其十一（『白居易集箋校』巻五）に「心与口相約、未酔勿言休（心は口と相約せり、未だ酔わざれば休むを言う勿かれと）」と言うのを見れば、この見方は恐らく誤りないと思われる[8]。しかし、翻って「約心堂記」に「所以与此心約者何事」とあったことからも知れるように、趙文は「約心」も「与（共）心約」も同じと理解していたらしい。ただ、それが彼の個人的理解にとどまるのか、あるいは多くの宋人に共有された理解であるのかを見極めるためは、いま少し探索が必要のようである。

おわりに

以上、「約心」の語義と用法については一定の結論を得ることができたと思う。その過程で明らかになってきたのが、言葉と表現の問題からさらに一歩進んで、韓愈、孟郊、白居易という中唐期を代表する士人たちにおける「約心」の内容の問題である。とりわけ、白居易の「約心」詩は、江州左降期における彼の思索の内容に深く関わるようだ。そして、それは中唐の士大夫の精神の有り様、延いてはその継承者である宋代の士大夫の精神の有り様、という問題につながっていくように思われる。

〈注〉

（1）四庫全書本『青山集』は「孰与」を「孰有」に作るが、「復志賦」の原文に従って改める。
（2）原文は「愈既従隴西公平汴州、其明年七月有負薪之疾、退休于居、作復志賦、其辞曰」。
（3）『宋書』孝武帝紀に、
（大明四年夏四月）丙午詔曰、……朕綈帛之念、無忘于懐、雖深詔有司、省游務実、而歳用兼積、年量虚広、豈以捐豊従損、允称約心、四時供限、可詳減太半
とあるが、この「約心」の意は解しにくいので、しばらく除外しておく。ただ、「心と約す」の意ではないだろう。
（4）『唐人小説』によれば、李朝威は貞元元和の間の人であろうという。
（5）たとえば、『法苑珠林』巻七三「業因部」に、「第二約心者、結罪由心、業有軽重、如瞋重則罪重、瞋軽則罪軽（第二約心なる者は、罪を結ぶは心に由ればなり。業に軽重有りて、瞋《いか》り重ければ則ち罪重く、瞋り軽ければ則ち罪軽きが如し）」とあるように、仏教や道教関連の文献にも「約心」の用例がいくつか見出されるが、小論では除外した。ただし、その意は、やはり感情、欲望などを制御することである。
（6）晁迥の現存作品は少なく、『全宋詩』にはわずかに五十六首を収めるのみであるが、そのなかに白居易に擬した詩が多数見られる。
（7）花房英樹『白氏文集の批判的研究』、『白居易集箋校』ともに元和十三年の作とする。

（8）晩唐の高駢の七絶「写懐二首」其二にも、

花満西園月満池　　花は西園に満ち　月は池に満つ
笙歌揺曳画船移　　笙歌　揺曳して　画船　移る
如今暗与心相約　　如今　暗かに心と相約す
不動征旗動酒旗　　征旗を動かさずして　酒旗を動かさんと

とある。

第三部　詞と北曲

一二三四年、モンゴルは金を滅ぼして北中国を支配すると、一二七一年には国号を元と改め、その八年後には南宋を滅亡に追いやって中国全土を支配下に置いた。この間の文学史上の事象としては、金末元初に北中国において新しい歌辞文芸として北曲（元曲）が誕生し、隆盛を見たことが第一に挙げられる。その北曲のなかでも、雑劇中に使用されるいわゆる劇套ではなく、雑劇から離れて単独で作られ歌唱されるものは散曲と呼ばれる。散曲は実は詞とかなり似た歌辞文芸であり、元代に至ると詞は新興の散曲によって圧倒され、衰退したとされる。

では、元人は詞を作らなかったのかと言えば、決してそうではなく、『全金元詞』下冊に四千首近い作品を見ることができる。しかし、元詞に関する研究は宋詞と比べると寥々たるものである。これには、元代、詞は散曲に圧倒されて楽曲の伝承を絶った、つまり詞は歌唱されずに朗誦される歌辞文芸になった、という通説の影響が大きいのではなかろうか。果たして、元代に詞の楽曲の伝承は絶え、詞はいわば「死んだ」歌辞文芸になったのであろうか。元代、とくに江南においては、散曲と詞は並存していたのではあるまいか。通説は再検討されるべきだろう。また、その結果として元詞と散曲ともに、さらなる研究が求められることになると思われる。第三部では、元代江南における詞と北曲との関連を探る。

第一章　元代江南における詞楽の伝承

はじめに

元朝が江南を支配下に置くと、詞は北曲に圧倒されてその曲（メロディー）の伝承を断ったとこれまで考えられてきた。近年においても、たとえば丁放氏の「論詞楽亡于元初及其原因」はそうした認識に基づく。(1) しかし、南宋滅亡からわずか三、四十年で詞楽が北曲に圧倒されて伝承を絶ったとは、常識的には考えにくい。『詞源』の著者で楽曲に精通した詞人の張炎が卒したのは、元の延祐七年（一三二〇）ごろであった。とすれば、十四世紀初頭までは、張炎と同様に南宋末に生を享けた士人や妓女たちによって、詞楽は伝えられていたと考えるのが妥当なところではあるまいか。このことはすでに萩原正樹氏が資料を挙げて論じられている。(2) 本章では萩原氏の論を承け、十四世紀の間、江南では詞楽のかなりの部分が伝えられていたと見るべきことを論じる。それは同時に、元朝支配下の江南の文化状況を考えるための材料を提供することにもなるだろう。

第一節　虞集とその周辺（一）

趙孟頫（一二五四〜一三二二）のあとを承け、仁宗朝から文宗朝にかけて文臣として重きをなしたのは虞集（一二七二〜一三四八）であった。虞集は元の代表的詩人であるが、また詞も曲も作っていて、詞三十一首（『全金元詞』下八六一頁）、散曲一首（『全元散曲』上六九三頁）を今に伝えている。その虞集の「蝶恋花」詞の小序に次のように言う。

> 故遼主得其臣所献黄菊賦、題其後云、昨日得卿黄菊賦、細剪金英題作句、袖中猶覚有余香、冷落西風吹不去、二月末、与楊鎮庭陳衆仲観杏城東、坐客有為予誦此者、因括騒帰腔、令佐酒者歌之
>
> （故の遼主其の臣の献ずる所の黄菊の賦を得て、其の後に題して云う、昨日得たり　卿の黄菊の賦、細く金英を剪りて題して句と作《な》す、袖中　猶お覚ゆ　余香の有るを、冷落たる西風も吹きて去らず、と。二月の末、楊鎮庭、陳衆仲と杏を城東に観る。坐客に予が為に此を誦する者有り。因りて括騒して腔《しらべ》に帰し、酒を佐《たす》くる者をしてこれを歌わしむ）
>
> （『道園遺稿』[3] 巻六）

虞集は、遼主が臣下の賦に題した詩の内容を、「帰腔」つまり「蝶恋花」の曲に合わせて、「括騒」したわけだが、それを「佐酒者」おそらくは妓女に歌わせたのである。これは当時詞が歌われていたことを示そう。惜しむらくはこの序に制作時期は記されていない。しかし、それを知る手掛かりはある。虞集は楊鎮庭、陳衆仲の二人と「杏を城東

に観」たと言っている。楊鎮庭がいかなる人物かは分からないが、陳衆仲とは陳旅（一二八七～一三四二）のことであって、『元史』に伝がある。

陳旅、字衆仲、興化莆田人、……適御史中丞馬雍古祖常使泉南、一見奇之、謂旅曰、子館閣器也、胡為留滞于此、因相勉遊京師、既至、翰林侍講学士虞集見其所為文、慨然歎曰、此所謂我老将休、付子斯文者矣、即延至館中、朝夕以道義学問相講習、自謂得旅之助為多、……除国子助教、居三年、考満、諸生不忍其去、請於朝、再任焉、元統二年、出為江浙儒学副提挙、至元四年、入為応奉翰林文字、至正元年、遷国子監丞、階文林郎、又二年卒、年五十有六

（陳旅、字は衆仲、興化莆田の人なり。……適《たま》たま御史中丞の馬雍古祖常泉南に使いし、一たび見てこれを奇とし、旅に謂いて曰く、子は館閣の器なり。胡為《なんす》れぞ此に留滞せる、と。因りて相勉《すす》めて京師に遊ばしむ。既に至るや、翰林侍講学士の虞集其の為る所の文を見、慨然として歎じて曰く、此れ所謂我老いて将に休《や》まんとすれば、子に斯の文を付せん者なり、と。即ち延《まね》きて館中に至らしめ、朝夕に道義学問を以て相講習し、自ら謂えらく、旅の助けを得ること多しと為す、と。……国子助教に除せられ、居ること三年、考満ちて、諸生其の去るに忍びず、朝に請えば、再任せり。元統二年、出でて江浙儒学副提挙と為り、至元四年、入りて応奉翰林文字と為る。至正元年、国子監丞に遷り、文林郎に階《すす》む。又た二年にして卒す。年五十有六なり）

陳旅は大都に出て当時翰林侍講学士であった虞集の知遇を得、その才能を高く評価された。後に国士助教に除せられておそらく六年ほど在任し、次いで江浙儒学副提挙となって大都を離れたという。陳旅が大都を離れた元統二年（一

三三四）には虞集はすでに帰隠していたので、[4] 虞集が陳旅と「杏を城東に観」たのは一三二八年から一三三三年の間のことであったと思われる。つまり、一三三〇年前後に「蝶恋花」の曲は伝承されていて、妓女に歌われていたのである。陳旅の名は、さらに虞集の「賀新郎」詞の小序にも見える。

五月中、以小疾家居、陳衆仲助教言、乳燕飛華屋調最宜時、連度数曲、病其辞妙則声劣、律穏者語卑、適有友人期家人到官所而弗至、賦此

（五月中、小疾を以て家居す。陳衆仲助教言う、乳燕飛華屋の調は最も時に宜《よ》ろし、と。連《つづ》けて数曲を度《つく》るも、其の辞の妙なれば則ち声劣り、律穏やかなる者は語卑しきを病む。適たま友人の家人の官所に到るを期すも至らざる有れば、此れを賦せり）

（『道園遺稿』巻六）

虞集はここでは陳旅を「陳衆仲助教」と呼んでいる。したがって、この詞も前掲「蝶恋花」と同様に、陳旅が国士助教であったときに作られたものである。「乳燕飛華屋調」が、「乳燕飛華屋」で始まる蘇東坡の「賀新郎」を指すことは言うまでもない。東坡のそれが夏景を詠っているので陳旅は「最宜時」と言ったのであろう。それはさておき、数曲を作ったものの「其辞妙則声劣、律穏者語卑」つまり「歌詞がすぐれていればメロディーに合わずに聞き苦しく、メロディーに合っているものは歌詞が一段落ちる」と嘆いたというのは、彼らが「賀新郎」の曲を知っていなければ出てくるはずのない言葉である。陳旅は詞を今に伝えていないのだが、詞にはいささか詳しかったと思われる。それは、虞集の「題宋人詞後」（『道園学古録』巻四）と題する七絶の序文からも窺える。[5]

紹興間、臨安士人有賦曲、……思陵見而喜之、恨其後畳第五句重携残酒酸寒、改曰重扶残酔、因欧陽原功言及此、与陳衆仲尋腔度之、歌之一再、董北宇求書其事、因書之、幷系以此詩

（紹興の間、臨安の士人に曲を賦する有り。……思陵は見てこれを喜ぶも、其の後畳の第五句「重ねて残酒を携う」の酸寒なるを恨み、改めて「重ねて残酔を扶《ささ》う」と曰う。欧陽原功の此れに言及するに因って、陳衆仲と腔を尋ねてこれを度《はか》り、これを歌うこと一再なり。董北宇其の事を書くを求む。因りてこれを書きて、幷びに系《か》くるに此の詩を以てす）

欧陽原功は欧陽玄（一二八三～一三五七）のことで、一三三〇年前後にやはり朝に在った（『元史』本伝）。董北宇は未詳。「紹興の間」云々のことは周密の『武林旧事』巻三に見え、臨安の士人の賦した曲とは「風入松」詞である。(6)「思陵」とは高宗を指す。この序の言うところは、高宗の手直しした士人の詞を「風入松」の曲に合わせて歌ってみたということである。

以上に挙げた資料は、虞集周辺の状況を伝えているわけだが、彼らが例外的存在だとは思えない。彼らの背後には詞楽を伝える多くの人々の存在があったはずである。また、楊鎮庭、董北宇については分からないが、虞集が江西臨川の人、陳旅が福建莆田の人、欧陽玄が湖南瀏陽の人であり、すべて南宋の故地の出身であることは留意しておくべきであろう。

第二節　虞集とその周辺（二）

陳旅の文集を『安雅堂集』という。四庫全書本の巻首には至正九年（一三四九）の張翥（一二八七～一三六八）の原序が見え、そのなかで次のように言う。

陳君衆仲為国子丞、而予助教於学、且居官舎相邇也、其日従論議者、殆踰年

（陳君衆仲は国子丞為りて、予は学に助教たり。且つ官舎に居ること相邇《ちか》く、其の日び論議に従う者、殆ど年を踰ゆ）

前掲の『元史』本伝に「至正元年（一三四一）、遷国子監丞、階文林郎、又二年卒、年五十有六」というように、陳旅は至正元年から三年まで国子監丞であり、また『元史』の張翥の本伝には「至正初、召為国子助教」とある。二人はこの時期に親しく交わったのであった。彼らの「論議」はもちろん学問が中心であったろうが、時には詞に及んだと想像される。なぜならば、張翥こそ元代で最もすぐれるとされる詞人だからである。そこで、『元史』の張翥の本伝をいま少し詳しく見てみよう。

張翥字仲挙、晋寧人、其父為吏、従征江南、……翥少時負其才儁、豪放不羈、好蹴踘、喜音楽、不以家業屑其意、……乃謝客、閉門読書、昼夜不暫輟、因受業於李存先生、存家安仁、……翥従之游、……未幾、留杭、又従仇遠

先生学、遠於詩最高、翥学之、尽得其音律之奥、於是翥遂以詩文知名一時、已而薄游維揚、居久之、学者及門甚衆、至元末、同郡傅巖起居中書、薦翥隠逸、至正初、召為国子助教、分教上都生、尋退居淮東

（張翥、字は仲挙、晋寧の人なり。其の父吏為り、江南に征くに従う。……翥少き時其才の雋なるを負《たの》み、豪放不羈、蹴踘を好み、音楽を喜《この》み、家業を以て其の意を屑しとせず。……乃ち客を謝し、門を閉ざして読書し、昼夜暫くも輟めず。因りて業を李存先生に受く。存は安仁（饒州）に家し、……翥はこれに従って游ぶ。……未だ幾ならずして、杭に留まり、又た仇遠先生に従いて学ぶ。遠は詩に於て最も高く、翥はこれを学んで、尽く其の音律の奥を得たり。是に於て翥は遂に詩文を以て名を一時に知らる。已にして薄《いささ》か維揚（揚州）に游び、居ることこれを久しうし、学ぶ者門に及ぶこと甚だ衆し。至元の末、同郡の傅巖起（孟伝）中書に居り、翥の隠逸を薦む。至正の初め、召されて国子助教と為り、分かちて上都の生を教う。尋いで淮東に退居す）

張翥はもとは晋寧（山西）の人であるが、父に従って江南に移ったので、江南の人と言ってもよいだろう。音楽を好んだこと、杭州で宋末元初の詩人であり、詞人としても知られる仇遠に学んだことが、彼をすぐれた詞人たらしめた一因であったと思われる。[7] その張翥の「春従天上来」詞（彊村叢書本『蛻巖詞』巻上）の小序に次のように言う。[8]

広陵冬夜、与松雲子論五音二変十二調、且品簫以定之、……松雲子吹春従天上来曲、音韻凄遠、予亦飄然作霞外飛仙想、因倚歌和之、用紀客次勝趣、是夕丙子孟冬十又三夕也

（広陵の冬夜、松雲子と五音二変十二調を論じ、且つ簫を品して以てこれを定む。……松雲子春は天上従り来るの曲を吹けば、音韻凄遠たり。予も亦た飄然として霞外の飛仙の想いを作《な》す。因りて倚歌してこれに和し、用

て客次の勝趣を紀《しる》せり。是の夕べは丙子孟冬十又三の夕べなり）

丙子の年すなわち順帝の至元元年（一三三六）の十月十三日夜、揚州で松雲子[9]と音楽を論じ合ったが、そのとき松雲子が簫で「春従天上来」の曲を吹いたので、曲に合わせて歌詞を作ってこのことを詠じたというのである。張翥と松雲子は明らかに「春従天上来」の曲を知っていた。さらに張翥の「声声慢」詞（同前巻下）の小序には、

揚州箏工沈生弾虞学士浣渓沙、求賦

（揚州の箏工の沈生　虞学士の浣渓沙を弾じ、賦すを求む）

とある。[10]ここでも箏工の沈生が虞集の「浣渓沙」詞を演奏した（あるいは妓女が歌詞を歌ったのかも知れない）と言っているわけだが、この「声声慢」はその求めに応じて作ったのであり、その前関では、

金鑾学士　　金鑾の学士
天上帰来　　天上より帰り来り
蘭舟小駐蕪城　　蘭舟　小《しば》らく蕪城に駐《とど》まれり
供奉新詞　　供奉の新詞
幾度慣賦鳴箏　　幾度か鳴箏に賦すに慣れたる
相逢沈郎絶芸　　沈郎の絶芸の

為尊前　細写余情　　為に尊前に　細やかに余情を写すに相逢えり
問何似　　何にか似ると問えば
似秦関雁度　　似たり　秦関に雁の度《わた》り
楚樹蟬鳴　　楚樹に蟬の鳴くに

とうたう。「金鑾学士」とは虞集を指し、冒頭三句は、虞集が朝を退き、帰郷の途次に蕪城（揚州）に立ち寄ったことを言う。そのときに虞集は沈生に逢ったものと思われる。したがって、この「声声慢」は、一三三三年以後の作となろう。[11]「声声慢」はいざ知らず、当時「浣渓沙」の曲が伝わっていたのは疑いないところである。

『全金元詞』によれば、張翥は百三十三首の詞をいまに伝え、その半数を越える七十四首が慢詞である。かつ慢詞の詞牌は四十五種に達する。[12]このように慢詞を多作し、その詞牌の種類も多い詞人を宋代に求めれば、柳永、周邦彦、姜夔、呉文英、周密、張炎が挙げられる。いずれも音楽に精通した詞の専家である。張翥がただ宋人の歌詞のみを見て、それを模倣して詞を塡めたとは考えられない。[13]さらに、仇遠に学んだことに留意すれば、張翥はかなりの数の曲を知っていたと思われる。十四世紀に入っても、張翥ほどの人は稀だとしても、詞楽は滅亡の危機に瀕するような状況にはなかったのである。

さらに、張可久（一二八〇？～一三四九以後）は張翥とほぼ同時代の人で、詞ではなくて散曲の作者として著名であるが、その作品にも実は詞楽への言及を見出せる。張可久は浙江寧波の人で、少数ながら詞も伝える。その「百字令（念奴嬌）」詞（『張可久集校注』[14]五八二頁）の小序に、

舟泊小金山下、客有歌大江東去詞者、喜而為賦
（舟にて小金山の下に泊る。客に大江東去の詞を歌う者有り、喜びて為に賦す）

とあり、本文に、

倦客能吟　　倦客　能く吟じれば
倚歌而和　　倚歌して和し
酔写滄浪曲　　酔いて写す　滄浪の曲

とある。旅人のなかに「大江東去詞」すなわち蘇東坡の「念奴嬌」を歌う者があったのを喜び、みずからもそれに「倚歌而和」して、一首をものしたというのである。張可久は、さらに散曲のなかでも、当時詞が歌われていたことを伝えている。

（中呂）朝天子　梅友元帥席上（朝天子　梅友元帥の席上にて）

老夫　　老夫は
病余　　病の余《のち》
尚草長門賦　　尚お草す　長門の賦
阿蓮嬌吻貫驪珠　　阿蓮の嬌吻　驪珠を貫き

試聴鶯啼序　　試みに聴く　鶯啼序
玉露冰壺　　玉露　冰壺
香風瓊樹　　香風　瓊樹
酔帰来不用扶　　酔って帰り来るも扶《たす》くるを用いず
小奴　　小奴
按舞　　按舞し
看了梅花去　　梅花を看了《おわ》りて去れり

（『張可久集校注』一一九頁）

「梅友元帥」がいかなる人物かは分からないが、その宴席で妓女「阿蓮」の歌ったのは最長編の「鶯啼序」であったという。

第三節　顧徳輝・楊維楨とその周辺

次は虞集や張翥より少し後の世代の人々を取り上げよう。まずは顧徳輝(15)（一三一〇～六九）である。顧徳輝は江蘇崑山の人で、代々の素封家であったが、四十歳過ぎに家産を譲り、園林「玉山佳処」を営んで文事にいそしみ、悠々自適の生活を送った人物である。当時の江南の文人たちのパトロン的存在でもあった。明の朱珪編『名蹟録』（四庫全書

本）巻四に収める顧徳輝自撰の「金粟道人顧君墓志銘」には、

三十而棄所習、復読旧書、日与文人儒士為詩酒友、又頗鑒古玩好、年踰四十、田業悉付子壻、于旧第之西偏、壘石為小山、築草堂于其址、左右亭館若干所、傍植雑花木、以梧竹相映帯、総名之為玉山佳処

（三十にして習う所を棄て、復た旧書を読み、日び文人儒士と詩酒の友と為る。又た頗る古玩の好きを鑒《めきき》す。年四十を踰えて、田業を悉く子壻に付し、旧第の西偏に于て、石を壘《つ》みて小山を為《つく》り、草堂を其の址に築く。左右の亭館若干所、傍に雑花木を植え、梧竹を以て相映帯せしめ、総べてこれを名づけて玉山佳処と為す）

と言う。顧徳輝は知友の作品を収めて小伝を付した『草堂雅集』および「玉山佳処」を詠じた作品を集めた『玉山名勝集』を編んでおり、ともに四庫全書に収められている。これは、当時の江南文人社会の状況や交流を探る上で重要な資料である。その顧徳輝の「題桐花道人巻」と題する「清平楽」詞の序に、[16] 次のようにある。

桐花道人呉国良、雪中自雲林来、持所製桐花煙見遺、留玉山中数日、……道人復以碧玉簫作清平楽、……時至正十年臘月廿二日也

（桐花道人呉国良、雪中に雲林自り来り、製る所の桐花煙を持ちて遺《おく》る。玉山中に留まること数日、……道人復た碧玉の簫を以て清平楽を作《な》す。……時に至正十年臘月廿二日なり）

（読画斎叢書本『玉山逸稾』巻二）

呉国良は呉善のことで、元、孔斉『至正直記』[17]巻二「墨品」に、

江南之墨、称于時者三、竜游、斉峯、荊渓也、……後至元間、姑蘇一伶人呉善字国良者、以吹簫游于貴卿士大夫之門、偶得造墨法来荊渓

（江南の墨、時に称せらるる者は三。竜游、斉峯、荊渓なり。……後至元の間に、姑蘇の一伶人呉善字は国良なる者、簫を吹くを以て貴卿士大夫の門に游び、偶たま造墨の法を得て荊渓に来る）

と言うように、墨の製作と簫の演奏で知られていた。その呉善がみずから製作した墨を携えて玉山佳処に至り、「清平楽」の曲を簫で演奏したのである。それは至正十年すなわち一三五〇年の十二月、すでに元末のことであった。

さて、「清平楽」の序にいう「雲林」とは何処かと言えば、元末の代表的画家、倪瓚（一三〇一～七四）の無錫の園林である。呉善は倪瓚とも親交があり、[18]このときは荊渓（宜興）からまず無錫の倪瓚を訪ね、次いで崑山の顧徳輝を訪ねて来たらしい。[19]そして、倪瓚の尺牘「与彝斎学士先生」（『清閟閣全集』巻一〇）も詞楽に関わる情報を伝えている。

瓚再拝、夜来獲聚言笑之楽、経宿不面、想履候平善也、漢鑑書中有一紙草稿、恐在葉内、蓬上雨潺潺、及白推訪寄、幸一検付、無則已、并書院中几上、有貞居写夷則宮雪獅児二詞、後有賤子写満江紅未了、如在彼、乞付至、検本写足付去、不在則已

（瓚再拝す。夜来聚《つど》いて言笑するの楽しみを獲たり。経宿面《あ》わざれば、候を履むこと平善なるを想う。漢鑑書

中に一紙の草稿有り、恐らくは葉内に在らん。蓬上に雨溽溽たれば、白むに及んで推して訪ね寄するなり。幸いに一たび検べ付せよ。無くば則ち已む。幷びに書院中の几上に、貞居の写せる夷則宮の雪獅児の二詞有り、後に賤子の写せる満江紅の未だ了らざる有り。如し彼に在らば、乞う付し至らんことを。本を検べて写し足らば付し去らん（?）。在らずば則ち已む）

「彝斎学士」とは、王令顕、字は光大のこと。宜興の人で倪瓚と親しく交わっていたらしいことが『清閟閣全集』から知れる。「貞居」は張雨。この書簡の内容は分かりにくいのだが、王令顕に昨夜の歓談の折に貸した（?）本（『漢鑑書』については未詳）に草稿が挟まっていないか、また、張雨が書いた「夷則宮雪獅児二詞」とみずからの書きかけの「満江紅」の原稿も見当たらないのでそちらにないか、と言っているらしい。注目すべきは「夷則宮雪獅児二詞」の部分である。夷則宮は曲調名で、俗名は仙呂宮という。「四犯剪梅花」は、前後闋ともに「解連環」→「酔蓬萊」→「雪獅児」→「酔蓬萊」と曲調を転じさせるものだが、万樹『詞律』巻一四は宋の劉過の作を挙げて次のように注記する。

此調為改之所創、採各曲合成、前後各四段、故曰四犯、柳詞酔蓬萊属林鍾商調、或解連環、雪獅児亦是同調也
（此の調は改之（劉過）の創る所と為す。各曲を採りて合成し、前後は各おの四段なり。故に四犯と曰う。柳（永）詞の酔蓬萊は林鍾商調に属せば、或は解連環、雪獅児も亦た是れ同調ならん）

万樹は「雪獅児」は林鍾商（俗名）の曲だろうと言うが、残念ながら「雪獅児」がどの曲調の曲であったかを伝える資料は見つからない。いずれにしても、詞牌「雪獅児」にわざわざ曲調名を付しているのは、その曲が伝存していた

可能性がきわめて高いことを示唆している。

次に、当時の江湖の詩壇の指導者であった楊維楨[20]（一二九六～一三七〇）の例を挙げよう。楊維楨は顧徳輝、倪瓚の二人と交流があった。[21] まず、「香奩集序」（四部叢刊本『鉄雅先生復古詩集』巻五）である。

雲間詩社香奩八題、無春坊才情者、多為題所困、縦有篇什、正如三家村婦学宮妝院体、終帯鄙状可醜也、晩得玉楼子八作、衆推為甲、而長短句楽府絶無可拈出者、雲庵老先生寄示踏莎行八闋、読之驚喜、先生蓋松雪翁門倩、今年八十有三矣、而堅強清爽、出語娟麗流便、此殆雪月中神仙人也、謹以付翠児、度腔歌之、又評付竜洲生、附八詠詩後繡梓、以見王孫門中旧時月色、雖閲喪乱、固無恙也、至正丙午春三月初吉、錦窶老人楊楨叙

（雲間詩社の香奩八題は、春坊の才情無き者は、多く題の困しむ所と為る。縦い篇什有れども、正に三家村婦の宮妝院体を学ぶが如く、終に鄙状を帯びて醜《にく》む可し。晩に玉楼子の八作を得て、衆は推して甲と為す。而も長短句の楽府は絶えて拈《と》り出だす可き者無し。雲庵老先生寄せて踏莎行八闋を示せば、これを読みて驚喜す。先生は蓋し松雪翁の門倩にして、今年八十有三なるも、而も堅強清爽にして、語を出だすこと娟麗流便として、此れ殆ど雪月中の神仙の人なり。謹んで以て翠児に付し、腔を度《はか》りてこれを歌わしむ。又た評して竜洲生に付し、八詠詩の後に附して繡梓せしめ、以て王孫門中の旧時月色の、喪乱を閲すと雖も、固より恙無きを見《あら》わす。至正丙午春三月の初吉、錦窶老人楊楨叙す）

楊維楨は、字を廉夫、号を鉄崖といい、浙江諸曁の人で、元末は浙江松江に仮寓していた。[22] 文中の「雲間」は松江のことである。楊維楨は雲間詩社の指導者であったと思われる。序文の言うところは、雲間詩社で韓偓の香奩体の題

詠を競ったところ、みな苦労した。ようやく「玉楼子」の作（詩であろう）を得て、これが第一とされたが、「長短句楽府」には取り上げるべき作がなかった。そこに「雲庵老先生」が「踏莎行」八首を寄せてくれ、それが素晴らしい出来だったので、評語を加えて（自作の）「八詠詩」の後に附して刊行させる、ということらしい。「玉楼子」は詩社のメンバーの号であろうが、詳細は分からない。「雲庵」の方は王国器（一二八四～一三六六以後）のことで、字は徳璉、号を雲庵という。浙江湖州の人で、文中に「松雪翁門倩」というように、かの趙孟頫の女婿であった。当時八十三歳の高齢にも関わらず、矍鑠としたものだったらしい。さて、その王国器が寄せた「踏莎行」だが、「踏莎行」は詞にも北曲にもあるので、「長短句楽府」というだけでは果たしていずれであったのか分からない。しかし、『復古詩集』は八題それぞれの七律に王国器の「踏莎行」を付しており、たとえば第一題「金盆沐髪」の「踏莎行」は、

宝鑑凝膏、温泉流膩。璚繊一把青糸墜。氷膚浅漬麝煤春、花香石髄和雲洗。
玉女峰前、咸池月底。臨風軽把犀梳理。陽台行雨乍帰来、羅巾猶帯瀟湘水。

というものである。これはまさに詞の「踏莎行」であり、北曲の「踏莎行」の句式は全く異なる。[23]「長短句楽府」とは詞であったと知れる。楊維楨はこれを「付翠児、度腔歌之」つまり歌妓に歌わせたのである。序文の書かれたのは「至正丙午」すなわち至正二十六年（一三六六）であり、それは元の滅亡の前年であった。そして、「以見王孫門中旧時月色、雖閲喪乱、固無恙也」とは、直接的には元末の喪乱を指すのだろうが、南宋、さらに溯れば六朝以来の江南の文化伝統に思いを馳せているようにも思われる。なお、「竜洲生」とは、『復古詩集』の編者で楊維楨の門人でもある章琬、字は孟文のことで、雲間の人である。[24]

楊維楨の例をもうひとつ挙げよう。「花游曲」序（四部叢刊本『鉄崖先生古楽府』巻三）である。

至正戊子三月十日、偕茅山貞居老仙、玉山才子、烟雨中遊石湖諸山、老仙為妓者璚英賦点絳唇詞、已而午霽、登湖上山、歇宝積寺行禅師西軒、老仙題名軒之壁、璚英折碧桃花、下山、予為璚英賦花游曲、而玉山和之

（至正戊子三月十日、茅山貞居老仙、玉山才子と偕《とも》に、烟雨の中に石湖の諸山に遊ぶ。老仙は妓者の璚英の為に点絳唇詞を賦す。已にして午に霽《は》れ、湖上の山に登り、宝積寺の行禅師の西軒に歇《やす》む。老仙軒の壁に題名し、璚英は碧桃花を折る。山を下り、予は璚英の為に花游曲を賦し、玉山これに和す）

「至正戊子」とは至正八年（一三四八）、「貞居老仙」とは張雨、「玉山才子」とは顧徳輝である。これによれば張雨が妓女の璚英のために「点絳唇」の歌詞を書いてやったのであり、もちろんそれは彼女に歌わせるためであったろう。「花游曲」は「三月十日春濛濛、満江花雨湿東風、美人盈盈烟雨裏、唱徹湖烟与湖水」とうたい始める。[25]

さらに、楊維楨の門弟の袁華（一三一六～？）の「天香詞」序（四庫全書本『可伝集』[26]）もまた、当時詞が歌唱されていたことを示す。

至正竜集壬辰之九月、玉山主人宴客於金粟影亭、時天宇澂穆、丹桂再花、水光与月色相盪、芳香共逸思倶飄、衆客飲酒楽甚、適銭塘桂天香氏来、靚糚素服、有林下風、遂歌淮南招隠之詞、玉山於是執觴起而言曰、夫桂盛于秋、不凋于冬、又不与桃李競秀、或者以為月中所植、信有之矣、今桂再花、天香氏至、豈非諸君子躡雲梯、占鰲頭之徴乎、請為我賦之、汝陽袁華子英、乃口占水調、俾歌以復主人、率座客咸賦焉、詞成者六人

（至正竜集壬辰の九月、玉山主人客を金粟影亭に宴す。時に天宇澂穆として、丹桂再び花ひらき、水光は月色と相盪《ゆら》ぎ、芳香は逸思と倶に飄《ひるがえ》り、衆客酒を飲んで楽しむこと甚し。適たま銭塘の桂天香氏来り、靚粧素服にして、林下の風有り。遂に淮南招隠の詞を歌う。玉山是に於て觴《さかずき》を執りて起ちて言いて曰く、夫れ桂は秋に盛んにして、冬に凋《しお》れず、又た桃李と秀を競わず、或《あるいは》者以て月中に植うる所と為すは、信にこれ有り。今桂の再び花さき、天香氏至るは、豈に諸君子の雲梯を躡み、鼇頭を占むるの徴《しるし》に非ざらんや。請う我が為にこれを賦せ、と。汝陽の袁華子英、乃ち水調を口占して、歌いて以て主人に復《こた》えしむ。率ね座客咸《みな》賦せり。詞の成る者は六人なり）

至正壬辰すなわち至正十二年（一三五二）の九月、顧徳輝の玉山佳処での宴に、当時の銭塘の名妓桂天香がやって来て、素晴らしいのどを披露した。袁華は主人顧徳輝の求めに応じて、「水調（水調歌頭）」の詞を作って彼女に歌わせたところ、座に在った者五人も続いて作ったという。『玉山名勝集』巻八には、袁華、于立、顧徳輝、岳楡、陸仁、張遜の六人の「水調歌頭」が収められている。なお、岳楡の作には「天香、姓桂、名真」との注記がある。

第四節　明初の状況

顧徳輝、倪瓚、楊維楨は明代に入るとすぐに亡くなっている。ここでは十四世紀末まで活躍した人物を取り上げる。まず王行（一三三一～九五）である。王行は、字を止仲といい、半軒などと号した。江蘇呉県の人で、『墓銘挙例』の著者として知られる。その「聯芳詞」序（四庫全書本『半軒集』巻一一）には次のように言う。

青陽肇令、淑気載新、万卉未芳、梅先応候、継梅而艶、惟杏能之、梅杏聯芳、春物滋麗、韶華九十、二卉開端、杏雖晩生、見梅之清、深知加敬、故度夷則商一曲以美之、曲曰品字令、梅亦愛杏之麗、因荅以夾鐘商之曲、曰迎春楽、春見二卉交歓、不能自黙、亦度林鐘羽一曲以嘉賞焉、曲曰解語花、夫梅杏皆色以事春者、乃能不妬忌而相敬愛、賛美如此、可謂賢矣、既賢之、其詞不可不録、故録之

（青陽肇めて令し、淑気載ち新たなり。万卉未だ芳《かお》らず、梅先ず候に応ず。梅を継いで艶《あで》やかなるは、惟だ杏のみこれを能くす。梅杏芳を聯《つら》ね、春物滋いよ麗し。韶華九十にち、二卉端を開く。杏は晩く生ずると雖も、梅の清らかなるを見て、深く敬を加うるを知る。故に夷則商の一曲を度《はか》りて以てこれを美《よみ》し、曲を品字令と曰う。梅も亦た杏の麗しきを愛づ。因りて荅うるに夾鐘商の曲を以てし、迎春楽と曰う。春は二卉の交歓するを見て、自ら黙する能わず、亦た林鐘羽の一曲を度りて以てこれを嘉賞す。曲を解語花と曰う。夫れ梅と杏とは皆色を以て春に事うる者なれば、乃ち能く妬忌せずして相敬愛し、賛美すること此くの如し。賢と謂う可きなり。既にこれを賢とすれば、其の詞は録さざる可からず。故にこれを録す）

これは直接に詞の歌唱のことを言うものではないが、「度夷則商一曲以美之、曲曰品字令」、「荅以夾鐘商之曲、曰迎春楽」、「亦度林鐘羽一曲以嘉賞焉、曲曰解語花」と、曲調に言及していることに注目したい。「夷則商」は俗名「商調」、「夾鐘商」は俗名「双調」、「林鐘羽」は俗名「高平調」である。王行はこの三曲（同名の曲牌は北曲にない）を知っていたか、あるいは楽譜を見ていたと思われるのである。なお、「品字令」は「品令」のことで、王行の作は『詞律』巻五

に見える周邦彦の五十五字体である。(27) さらに王行の例を挙げれば、同じく『半軒集』巻一一に見える「清風八詠楼 贈送朱彦祥」の序がある。

沈隠侯守東陽、建八詠楼、……朱公子彦祥家本呉、喜遊歴、時寓東陽、一住十余載、今年六月、還訪親旧、秋復南轅、約来春携其徳曜驥子、帰復故宇、臨歧無以寓情、因尋林鐘商曲有名清風八詠楼者、南宋詞林所製也、調既適時、譜又合東陽故事、塡一闋以餞云

（沈隠侯は東陽に守たりて、八詠楼を建つ。……朱公子彦祥は家は本より呉にして、遊歴を喜び、時に東陽に寓し、一たび住んで十余載なり。今年六月、還りて親旧を訪ね、秋に復た南轅し、来春其の徳曜と驥子とを携えて、故宇に帰復するを約す。歧《わか》れに臨んで以て情を寓する無し。因りて林鐘商の曲を尋ねて清風八詠楼と名づくる者有り、南宋詞林の製る所なり。調は既に時に適《かな》い、譜も又た東陽の故事に合えば、一闋を塡めて以て餞《はなむけ》すと云う）

「八詠楼」は、南朝斉の東陽太守沈約の創建にかかり、宋代に至って沈約の「八詠詩」に因んでかく名付けられた。東陽は浙江婺州のこと。王行は、郷里の呉に妻子（徳曜は後漢の隠士梁鴻の妻孟光の字）を連れ帰るために東陽に向かう朱彦祥に、送別の詞を贈った。その際、秋に相応しい曲調である「林鐘商」すなわち俗名で言えば「歇指調」（北曲では用いない）の曲のなかから、これから向かう東陽に因んで「清風八詠楼」を選んだと言うのである。王行はやはり詞楽に詳しかったと思われる。あるいは詞の楽譜集を所有していたのかも知れない。なお、王行は「清風八詠楼」を「南宋詞林所製」というが、他に関連する資料を見出せない。博雅のご示教を請う。

最後に、劉楚（一三二二～八一）の「劉尚賓東渓詞稿後序」（嘉靖元年徐冠刻本『槎翁文集』巻八）を挙げておこう。劉楚は字を子高といい、明に入って名を崧と改め、吏部尚書に至った（『明史』本伝）。江西泰和の人である。

余友陳子泰、蕭子儀数過余、称東渓劉尚賓之賢、因出其所賦詞藁一帙、凡数十闋、余亟請誦之、……昔稼軒送春一詞、沈痛忠憤、悲動千古、至今読之、使人毛髪寒竪、涙落胸臆、真悲歌慷慨之雄士哉、尚賓芳年雅志、亹亹傾竭、庶幾聞風而興者、惜余不習音律、不能為尚賓商歌之、然憂患之余、亦不忍聞矣、余友有蕭翀者、雅好古、善洞簫、他日尚賓能過余武山北岩下、風清月白之夕、当与数子者命洞簫為子和品令之章、而尚賓自歌之、其亦有足楽於余志者乎、二友帰、其為尚賓言之

（余が友陳子泰、蕭子儀は数しば余に過《よぎ》り、東渓の劉尚賓の賢なるを称え、因りて其の賦する所の詞藁一帙を出だす。凡そ数十闋なり。余亟ちこれを誦するを請う。……昔稼軒の送春の一詞、忠憤沈痛にして、千古を悲動す。今に至りてこれを読めば、人をして毛髪寒け竪《だ》ち、涙胸臆に落とさしむ。真に悲歌慷慨の雄士たるかな。尚賓は芳年の雅志を、亹亹として傾け竭くし、風を聞いて興こる者に庶幾《ちか》し。惜しむらくは余は音律に習わず、尚賓の為にこれを商歌する能わず。然れども憂患の余、亦た聞くに忍びず。余が友に蕭翀なる者有りて、雅に古を好み、洞簫を善くす。他日尚賓能く余が武山の北岩の下に過らば、風清く月白きの夕べに、当に数子の者と洞簫を命じて子が為に品令の章に和せしめ、尚賓自らこれを歌うべし。其れ亦た余が志を楽しましむるに足る者有らんか。二友帰らば、其れ尚賓の為にこれを言え）

劉楚は『東渓詞稿』の作者劉尚賓を辛棄疾に擬して称揚する。ただし、劉尚賓の閲歴については分からない。これ

によれば、劉楚自身は「余不習音律」と言うように、音楽は得手ではなかったらしいが、友人の蕭翀は洞簫を吹いて詞を演奏できたし、劉尚賓は詞を歌えたらしいのである。詞を作る者は歌えて当然だと劉楚は思っていたのかも知れない。

以上、これまで述べて来たところをまとめれば、南宋の故地江南においては、元代でも詞楽は生きていたと考えざるを得ないということになる。そして、余波は少なくとも明初の十四世紀末までに及んでいたのである。

第五節　呉訥のことば

江南においては、詞楽は元一代を通じて伝えられていた。決して北曲に圧倒されて消滅したわけではない。詞曲は並存していたと思われる。しかし、明人はしばしば詞は北曲に圧倒されたと言う。一例を挙げれば、徐謂『南詞叙録』(28)（嘉靖三十八年（一五五九）序）に、

元初、北方雑劇流入南徼、一時靡然向風、宋詞遂絶

（元初、北方の雑劇流れて南徼に入り、一時に靡然として風に向かう。宋詞遂に絶えたり）

今之北曲、蓋遼金北鄙殺伐之音、壮偉很戾、武夫馬上之歌、流入中原、遂為民間之日用、宋詞既不可被弦管、南人遂尚此

（今の北曲は、蓋し遼金の北鄙殺伐の音にして、壮偉にして很戻たり。武夫馬上の歌、流れて中原に入り、遂に民間の日用と為る。宋詞既に弦管を被むる可からず、南人遂に此を尚ぶ）

と言うのは、その早い例だと思うが、徐謂は二百年以上の時を経た嘉靖年間の現状を、そのまま元代に当てはめただけであろう。それよりも、元人自身が詞楽の絶えたことを言うものとしてよく引かれる文章がある。虞集の「葉宋英自度曲譜序」（『道園学古録』巻三二）である。これは臨川の詞人、葉宋英の自作曲集のために書かれたものであるが、そのなかに次のようにある。

近世士大夫、号称能楽府者、皆依約旧譜、倣其平仄、綴緝成章、徒諧俚耳則可、乃若文章之高者、又皆率意為之、不可叶諸律不顧也、太常楽工知以管定譜、而撰詞実腔、又皆鄙俚、亦無足取、求如三百篇之皆可弦歌、其可得乎

（近世の士大夫の、楽府を能くするを号称する者は、皆旧譜に依約し、其の平仄に倣い、綴緝して章を成す。徒《た》だ俚耳に諧えば則ち可なり。乃ち文章の高き者の若きも、又た皆率意にしてこれを為り、律に叶う可からざるも顧みず。太常の楽工は管を以て譜を定めて、詞を撰して腔《しらべ》に実《あ》つるを知るも、又た皆鄙俚にして、亦た取るに足る無し。三百篇の皆弦歌す可きが如きを求むるも、其れ得可けんや）

元代に詞楽の伝承が絶えたとする論者は、おそらく「近世士大夫、号称能楽府者、皆依約旧譜、倣其平仄、綴緝成章」の部分のみから結論を導き出しており、いわゆる「断章取義」に陥っていると思われる。この部分は、三つのタイプの作詞者を対比しつつ論じているのであって、一つは「号称能楽府者」つまりみずから詞の名手を任じている者、

二つには「文章之高者」つまり詩文にすぐれた者、三つには「太常楽工」つまり専門の楽士、である。虞集は、「号称能楽府者」は旧人の歌詞をそっくりまねして（実は曲に合っていないということだろう）、俚俗に受ける歌詞を作っているだけ、「文章之高者」は適当に作ってメロディーに合っていなくても気にしない、「太常楽工」は音楽の専門家らしくメロディーに合わせた歌詞を作るが、それは俗で取るに足らない、メロディーにもぴったり合い、かつ俗に堕しない詩経のような作品は滅多にお目にかかれない、と言っているのである。そして、これを承け、その滅多にお目にかかれないすぐれた詞人のひとりが葉宋英だとして、

臨川葉宋英、予少年時識之、観其所自度曲、皆有伝授、音節諧婉、而其詞華則有周邦彦姜夔之流風余韻、心甚愛之

（臨川の葉宋英は、予は少年の時にこれを識れり。其の自度する所の曲を観るに、皆伝授有り。音節諧婉にして、其の詞華は則ち周邦彦姜夔の流風余韻有り。心に甚だこれを愛す）

と言うのである。虞集は、詞楽が伝承を断たれて歌唱できなくなっているとは、決して言っていない。

先に注（5）で触れたように、虞集の文集は通行の『道園学古録』とは別に『道園類稿』もあり、両者の間にはしばしば作品の出入りや文字の異同が見える。とくに、この「葉宋英自度曲譜序」は文章の趣旨に違いはないが、文字にはかなりの異同がある。(29)そこで『道園類稿』本の本文の対応する部分も挙げておこう。あるいはこちらの方が虞集の意図を理解しやすいかも知れない。

今民俗之声楽、自朝廷官府皆用之、士大夫或依声而為之辞、善聴者或愕然不知其帰也、前朝文士、或依旧曲譜而新其文、往往不協於律、歌者委曲融化而後可聴焉、楽府之工、稍以鄙文実其譜、於歌則協矣、而下俚不足観也、識者常両病之、臨川葉宋英、天性妙悟、能自製譜、而其文華、乃在周美成姜堯章之次、発乎情而不至於蕩、宣其文而不至於靡、有爾雅之風焉

（今民俗の声楽は、朝廷官府自り皆これを用う。士大夫或は声に依りてこれが辞を為るも、善く聴く者は或は愕然として其の帰するを知らず。前朝の文士も、或は旧曲の譜に依りて其の文を新たにすれば、往往にして律に協《かな》わず、歌者の委曲し融化して而る後に聴く可し。楽府の工は、稍や鄙なる文を以て其の譜に実《あ》てれば、歌に於ては則ち協うも、下俚にして観るに足らざるなり。識者常に両つながらこれを病とす。臨川の葉宋英は、天性妙悟にして、能く自ら譜を製る。而して其の文華は、乃ち周美成姜堯章の次に在り。情に発して蕩に至らず、其の文を宣べて靡に至らず、爾雅の風有り）

「前朝文士」とは、おそらく宋人を指すのであろうが、実際に宋代においても、蘇東坡を代表とする音楽的には非専門家の詞は曲に合わない、としばしば言われたのは詳説する必要もあるまい。いま、ひとつだけ例を挙げれば、沈義父『楽府指迷』去声字の項に「腔律豈必人人皆能按簫塡譜（腔律は豈に必ずしも人人皆能く簫を按じて譜を塡めんや）」とあるが、村上哲見氏は「呉文英（夢窓）とその詞」(30)でこの条を引き、

宋代の詞の作者のすべてが、音楽に通じた上で作っているわけではない。だからこの面からいうと、宋代の詞人には、単に句法、押韻、平仄などを按じて作詞し、歌うことは楽工にまかせるというような人と、みずから音楽

にも通じ、微妙なところまで楽曲に合わせて詞を作る人との二種があったといえる。後者は専門的詞人であり、前者はいわばしろうとの旦那芸のようなものと解してよいであろう。

と言う。音楽に通じず、いわゆる「楽譜の読めない」者は、旁譜を見て曲を再現させて、それに合うように歌詞を塡めることはできないだろう。メロディーを知らなければ、旁譜を見てもメロディーを十全に想起することができなかったはずである。したがって、勢い単に平仄を合わせて新しい歌詞を作るしかなくなるのである。宋代においても、専家といわれる詞人を除けば、多くの詞人は限られた数の詞牌しか使っていない。とくに慢詞はそうである。(31) 曲にぴったり合い、かつ文学的にすぐれた歌詞を作るのは難しい。これは士大夫の歌辞文芸に当初から付きまとう宿命であった。

確かに、『中原音韻』に収められる羅宗信の序には、「学宋詞者、止依其字数而塡之耳（宋詞を学ぶ者は、止だ其の字数に依ってこれを塡めるのみ）」とあって、(32) あたかも詞楽が滅びてしまったかのように思わせるが、これは北曲の宣揚を目的とした、為にする議論であろう。『中原音韻』が成立したのは、元の泰定元年（一三二四）であり、当時詞楽が生きていたと考えるべきはすでに述べたところである。それよりも、我々は明の呉訥（一三六八〜一四五四）の言葉に耳を傾けよう。呉訥は、字を敏徳、号を思庵といい、江蘇常熟の人である。『明史』本伝によれば、永楽年間に医をもって京師に出、監察御史から左副都御史に至った。正統四年（一四三九）に致仕している。諡は文恪。呉訥は各種文体を論じて模範作を輯めた『文章弁体』で知られる。その「外集序題目録」の「巻五　近代詞曲」の条で彼は次のように言う。(33)

竊嘗因而思之、凡文辞之有韻者、皆可歌也、第時有升降、故言有雅俗、調有古今爾、昔在童稚時、獲侍先生長者、見其酒酣興発、多依腔塡詞以歌之、歌畢、顧謂幼稚者曰、此宋代慢詞也、当時大儒、皆所不廃、今間見草堂詩余、自元世套数諸曲盛行、斯音日微矣、迨余既長、奔播南北、郷邑前輩、零落殆尽、所謂塡詞慢調者、今無復聞矣

（竊かに嘗て因りてこれを思うに、凡そ文辞の韻有る者は、皆歌う可きなり。第《た》だ時に升降有れば、故に言に雅俗有り、調に古今有るのみ。昔童稚の時に在りて、先生長者に侍るを獲て、其の酒酣にして興発し、多く腔に依りて詞を塡めて以てこれを歌うを見る。歌い畢りて、顧みて幼稚の者に謂いて曰く、此れ宋代の慢詞なり、と。当時の大儒は、皆廃せざる所なり。今間《まま》に草堂詩余を見るのみ。元の世に套数の諸曲盛行して自り、斯の音日びに微《おとろ》えり。余の既に長じて、南北に奔播するに迨んで、郷邑の前輩は、零落して殆ど尽き、所謂慢調を塡詞する者、今は復た聞く無し）

呉訥は、少年のころ、酒宴の折に長老たちが曲に合わせて詞を作って歌うのを聞いている。長老は、宋代の慢詞だ、と言った。呉訥によれば、当時の学者はみな慢詞をまだ作れたという。それは呉訥の生年から考えるに、一三八〇年前後のことであったろうか。やはり十四世紀末までは詞楽は生きていたのである。呉訥は『百家詞』の編者でもあった。(34)

おわりに

十五世紀以降にも、詞楽が伝わっていた可能性を示唆する資料はある。例を挙げれば、まず呉寛（一四三五～一五〇四）の「跋天全翁詞翰後」（四部叢刊本『匏翁家蔵集』巻四九）には、

長短句莫盛於宋人、若吾郷天全翁、其庶幾者也、……既没、而前輩風流文采、寥寥乎不可見已、明古旧為翁所知愛、得此数篇、示予光福舟中、酒酣耳熱、相与歌一二闋、水風山月間、有不勝其慨然者矣

（長短句は宋人より盛んなるは莫し。吾が郷の天全翁の若きは、其れ庶幾き者ならん。……既に没して、前輩の風流文采は、寥寥乎として見る可からざるのみ。明古は旧《もと》翁の知愛する所と為る。此の数篇を得て、予に光福（江蘇呉県の西）の舟中にて示す。酒酣にして耳熱く、相与に一二闋を歌う。水風山月の間、其の慨然たるに勝えざる者有り）

とある。呉寛は、字を原博といい、江蘇長洲の人である。この跋は、「天全翁」すなわち徐有貞（一四〇七～七二）、字は元玉（江蘇呉県の人）の詞稿のために書かれたものである。また、「明古」とは史鑑の字で、呉寛に「隠士史明古墓表」（『匏翁家蔵集』巻七四）がある。そして、その史鑑にも「書贈卜子華詞後」（四庫全書本『西村集』巻六）があり、次のように言う。なお、「卜子華」については未詳。

自金源氏入中国、有新声楽府、即今所謂北曲也、元人因之、遂大行於世、而唐宋之音則幾乎熄矣、然浙人所歌、猶旧声也、豈当南渡之後、流風遺韻、猶有存者乎、今聞子華之歌、紆徐宛転、得古人一唱三歎之旨、因戯塡一闋遺之

（金源氏の中国に入りて自り、新声の楽府有り。即ち今の所謂北曲なり。元人これに因り、遂に大いに世に行なわれて、唐宋の音は則ち幾乎《ほとん》ど熄《や》めり。然れども浙の人の歌う所は、猶お旧声なり。豈に南渡の後に当たって、流風遺韻は、猶お存する者有るか。今子華の歌を聞くに、紆徐宛転として、古人一唱三歎の旨を得たり。因りて戯れに一闋を塡めてこれを遺る）

こうしてみると、江南においては十五世紀以降も、曲によってはメロディーが伝承されていたと考えられるのだが、小論ではひとまず十四世紀における詞楽の伝存を確認するにとどめておく。元代において詞と北曲は如何なる関係にあったのか。また、北曲といっても劇套（雑劇）、散套（散曲）、小令（散曲）があるが、これはひとまとめに考えてよいものなのか。さらには、十五世紀以降に詞楽の伝承が絶えた要因は何であったのか。いずれもこれから探るべき課題である。

〈注〉

（1）『南京師範大学文学院学報』二〇〇二年第二期。また、陶然「論元詞衰落的音楽背景」（『文学遺産』二〇〇一年第一期）も同様の見方をしている。なお、楊棟『中国散曲学史研究』（高等教育出版社、一九九八）のように、ごく少数ながら、元代では詞と曲が並行していたとする論もある。ただし、楊氏は「這有芝菴《唱論》、夏庭芝《青楼集》以及大量元人詞作的序跋為証」（三

七頁）と言うのみで、具体的な論証はされていない。

（2）萩原氏には、（a）「元代における詞の歌唱について」（『学林』第二〇号、一九九四）および（b）「元代後期の詞牌と詞体」（『学林』第二三号、一九九五）があり、（a）は主として詞序を資料にし、（b）は同調異体の存在を論拠とされている。氏は（b）論文でメロディーが存在しなければ異体は生じ得ないとされるが、一概には言えない。たとえば、「帰朝歓」は『詞律』『欽定詞譜』ともに百四字体しか載せないが、明末の曹元方（崇禎十六年進士）には百五字体（『明詞彙刊』所収「淳村詞」）があるように、異体はメロディーの有無にかかわらず作り得るだろう。異体の存在すなわち詞楽の伝承の証左と見做すのには、いささか慎重でありたい。小論は（a）論文を承ける。

（3）元、至正十四年金伯祥刊本（「北京図書館古籍珍本叢刊」所収）に拠る。

（4）元、趙汸「邵庵先生虞公行状」（四庫全書本『東山存稿』巻六）に、「今上皇帝（順帝）入纂大統、被旨赴上都、秋以病謁告、帰田里、元統二年、有旨召還禁林、従使者至、即疾作不能行而帰」と言うように、虞集は元統元年（一三三三）に帰郷したが、翌年再び召された。しかし、都に至るとすぐに病を発して帰郷している。

（5）『道園学古録』（四部叢刊本）には「題宋人詞後」の詩題はなく、「紹興間」以下が直接詩題となっている。いま『道園類稿』（「元人文集珍本叢刊」所収）巻一〇に拠って補い、「紹興間」以下を序文と見做す。

（6）「西湖遊幸」の条に次のようにある。

湖上御園、南有聚景、真珠、南屏、北有集芳、延祥、玉壺、然亦多幸聚景焉、一日、御舟経断橋、橋旁有小酒肆頗雅潔、中飾素屏風、書風入松一詞於上、光堯（＝高宗）駐目、称賞久之、宣問何人所作、乃太学生兪国宝酔筆也、其詞云、……上笑曰、此詞甚好、但末句未免儒酸、因為改定云、明日重扶残酔、則迥不同矣、即日命解褐云

（7）張翥については、附論三「中原音韻序と葉宋英自度曲譜序」をも参照。

（8）萩原論文（a）に既出。

（9）松雲子は、熊夢祥、字は自得のこと。江西の人であるが、淮浙の間を放浪して、後に江蘇呉県に住んだ。群書を博覧し、音律に通じていた。顧徳輝『草堂雅集』（四庫全書本）巻六「熊夢祥小伝」を参照。なお、顧徳輝については後述する。

(10) 萩原論文（a）に既出。
(11) 注（4）を参照。
(12) その詞牌を列挙しておく。作品が複数ある場合は、下にその数字を付す。
六州歌頭、瑞竜吟、多麗3、蘭陵王、摸魚児8、金縷詞2、沁園春4、蘇武慢2、風流子2、疏影、望海潮、解連環、春従天上来2、南浦、花心動、綺羅香、眉嫵、喜遷鶯、石州慢2、水竜吟7、憶旧游、斉天楽2、桂枝香、木蘭花慢2、真珠簾、丹鳳吟、高陽台、百字令2、玉蝴蝶、東風第一枝、陌上花、定風波、八声甘州、声声慢2、掃花遊、水調歌頭2、鳳凰台上憶吹簫、玉漏遅、一枝春、満江紅2、意難忘、露華、孤鸞、江城梅花引、洞仙歌
因みに小令五十九首についても、三十二種という多くの詞牌が用いられている。
(13) いま、慢詞の数／全作品数・使用した慢詞詞牌数、を張翥および柳永以下の六人について示すと次のようになる。張翥が詞の専家たちと同様の傾向を有するのが見て取れるだろう。柳永以下は『全宋詞』に拠る。
張翥：　七四／一三三（＝56％）・45種
柳永：　一二一／二一三（＝57％）・85種
周邦彦：　七四／一八四（＝42％）・63種
姜夔：　三七／八四（＝44％）・33種
呉文英：二一〇／三四〇（＝61％）・96種
周密：　八二／一五二（＝54％）・52種
張炎：　一七四／三〇二（＝57％）・60種
なお、慢詞の認定の仕方によってはその数に多少の出入りがあり得るので、ここに挙げた数字は絶対のものではない。また、本書第一部第二章の注（26）も参照。
(14) 呂微芬、楊鐮校注、浙江古籍出版社、一九九五。
(15) 一名を瑛、また阿瑛ともいう。字は仲瑛。『明史』文苑伝に伝がある。

(16)　萩原論文（a）に既出。

(17)　宋元筆記叢書本（上海古籍出版社、一九八七）に拠る。

(18)　たとえば、倪瓚の「題荊渓清遠図」（四庫全書本『清閟閣全集』巻九）に、

荊渓呉国良、工製墨、善吹簫、好与賢士大夫遊、張貞居毎館寓其家、艤舟籬傍、興尽便返、故国良得貞居翰墨為多、今年夏、予以事至郡中、泊舟文忠祠後、国良便従渓上具小舟相就語、為援簫作三五弄、慰予寂寞、幷以新製桐花煙墨為贈、予嘉其思致近古、遂写荊渓清遠図以遺之、実至正十年四月廿一日也、東海倪生記

と言う。なお、張貞居とは、張雨（一二八三～一三五〇）のこと。字は伯雨。銭塘の人で、若くして茅山に登り道士となり、句曲外史と号した。多くの文人墨客と交わり、書でも知られた。詞五十一首をいまに伝える（『全金元詞』下九〇七頁）。

(19)　『玉山名勝集』巻四に郯韶（字は九成、号は雲台散史、湖州の人）の詩が見え、その詩題に「至正十年十二月十九日、義興呉国良持倪雲林詩、来玉山中、相与徜徉数日（至正十年十二月十九日、義興の呉国良は倪雲林の詩を持ちて、玉山中に来り、相与に徜徉すること数日なり）」とある。

(20)　たとえば、吉川幸次郎『元明詩概説』（岩波書店、中国詩人選集二集）を参照。

(21)　『明史』文苑伝の楊維楨の伝に次のように言う。

維楨詩名擅一時、号鉄崖体、与永嘉李孝光、茅山張羽（疑当作雨）、錫山倪瓚、崑山顧瑛為詩文友、碧桃叟釈臻、知帰叟釈現、清容叟釈信為方外友、張雨称其古楽府出入少陵二李間、有曠世金石声

(22)　『明史』本伝および明、宋濂「元故奉訓大夫江西等処儒学提挙楊君墓誌銘」（四部叢刊本『宋学士文集』巻一六）を参照。

(23)　鄭騫『北曲新譜』（台北芸文印書館、一九七三）二一二頁を参照。

(24)　明の瞿佑（一三四一～一四二七）は銭塘の人で、『剪灯新話』の撰者として知られているが、その叔祖瞿士衡が楊維楨と親しく、弱年より楊維楨の知遇を得ていた。その瞿佑の『帰田詩話』巻下（知不足斎叢書本）に、「香奩八題」と題する一条が見える。

楊廉夫晩年居松江、有四妾竹枝柳枝桃花杏花、皆能声楽、乗大画舫恣意所之、豪門巨室争相迎致、……或過杭、必訪予叔

祖、宴飲伝桂堂、留連累日、嘗以香奩八題見示、予依其体作八詩以呈、藁附家集中、忘之久矣、今尚記数聯、……廉夫加称賞、謂叔祖云、此君家千里駒也、因以鞋盃命題、予製沁園春以呈、大喜、即命侍妓歌以行酒、……歓飲而罷、袖其藁以去

瞿佑は、楊維楨が瞿佑の早熟の才を愛で、鞋盃（女性の靴のなかに盃を置いて飲むこと）をテーマに題詠をさせたので、「沁園春」の詞を作ってみせた。楊維楨は大いに喜んで、早速妓女に歌わせた、と言う。妓女たちは「沁園春」を歌えたわけで、これも当時における詞楽の伝承の例証となろう。

(25) 銭良祐（一二七八～一三四四）の『詞源』後跋によれば、張雨と張炎は交遊があり、張炎には「浪淘沙　作墨水仙寄張伯雨」がある。張雨はある程度詞楽を知っていたであろう。なお、顧徳輝の和した「花游曲」も『鉄崖先生古楽府』に載せられているが、顧徳輝『玉山逸稾』巻三（読画斎叢書本）にも序とともに収められている。序の内容は楊維楨の序と同様である。

(26) 『可伝集』は袁華の詩集であるが、楊維楨の刪定にかかる。詳しくは『可伝集』巻首の楊維楨の序を参照。

(27) いま王行の「品字令」の本文を引いておく。

飛瓊環珮。在縹緲　香雲影裏。氷糸瑩躄霞綃帔。瑤階玉砌。雪月看初霽。不奈妖妍相嫵媚。任天然風致。綽約仙姿真絶世。衆芳無地。先得春風意。

(28) 『中国古典戯曲論著集成』第三冊（中国戯劇出版社、一九八〇（一九五九初版））に拠る。

(29) 因みに、『道園類稿』本の「葉宋英自度曲譜序」の一部は、これも虞集の作である「中原音韻序」（文集には見えない）の一部と瓜二つである。このことについては、注（7）で触れた附論三で詳論しておいた。

(30) 『岡村繁教授退官記念論集中国詩人論』（汲古書院、一九八六）所収。

(31) いま、『全宋詞』によって、主だった詞人で三十種類以上の慢詞を塡めている詞人を拾えば、

柳永（85）、晁端礼（31）、晁補之（30）、周邦彦（63）、辛棄疾（32）、姜夔（33）、史達祖（34）、呉文英（96）、劉辰翁（44）、周密（52）、張炎（60）

となる。辛棄疾と劉辰翁は蘇軾の流れを汲む詞人とされ、その他の詞人は詞の専家とされる。辛棄疾と劉辰翁が多くの詞牌

を使っているのは意外ではあるが、実は彼らはそれほど多くの曲を自分のものにしていたわけではなさそうである。なぜならば、宋人に最も好まれた、言い換えれば、みなが知っていた慢詞の曲を挙げれば、

水調歌頭、念奴嬌、満江紅、沁園春、賀新郎、満庭芳、水竜吟、木蘭花慢、摸魚児

となろうが、辛棄疾はこの九種だけで慢詞総数二百十九首中百五十四首（70％）、劉辰翁は百六十三首中百九首（67％）を作っているからである。宋代においても、多くの曲を自在に扱えた詞人はきわめて少なかったと思う。

（32）本書における『中原音韻』からの引用は、訥菴本に拠る。訥菴本については附論三注（２）を参照されたい。

（33）「四庫全書存目叢書」所収明天順八年刻本に拠る。

（34）『百家詞』すなわち『唐宋名賢百家詞』は、明、正統六年（一四四一）に成ったという。天津図書館蔵明紅糸欄鈔本『百家詞』（天津古籍出版社、一九八九）の唐圭璋氏の序を参照されたい。なお、呉訥の生卒年は唐序に従った。

第二章　元代江南における北曲と詞

はじめに

元代を代表する文学は北曲（元曲）であり、当時新興の歌辞文芸として隆盛を見たことは言うまでもない。ただし、そのことがすぐさま唐五代以来の歌辞文芸である詞の極端な衰微を意味するものではない。南宋の故地である江南では、詞は少なくとも十四世紀のあいだはなお生きた歌辞文芸であった。このことについては前章で論じた。本章では、元代の江南において、北曲と詞はどのような関係にあったのかを探ってみたい。

第一節　北曲の音楽

陶宗儀『輟耕録』巻二八「楽曲」に、

達達楽器、如箏、秦琵琶、胡琴、渾不似之類、所弾之曲、与漢人曲調不同
（達達の楽器の、箏、秦琵琶、胡琴、渾不似の類の如き、弾く所の曲は、漢人の曲調と同じからず）

とあるように、(1)「達達」つまりモンゴルの音楽は、漢族の音楽とは大分異なっていたようだ。しからば、モンゴル音楽やその他の胡楽が在来の漢族の音楽を圧倒してこれに取って代わり、北曲をのせる音楽になったかというと、どうもそうとは思えない。たとえば、元末から明初にかけての人、夏庭芝の編んだ『青楼集』は元代の名妓について伝える書だが、彼女たちは主として北曲の歌い手であり、雑劇の演者であった。その『青楼集』の「陳婆惜」の条に次のように言う。(2)

善弾唱、……在弦索中、能弾唱韃靼曲者、南北十人而已

（弾唱を善くす。……弦索中に在りて、能く韃靼の曲を弾唱する者、南北に十人のみ）

「モンゴル系の曲を弾唱できるのは南北で十人しかいない」、このようなコメントが付されるということは、『青楼集』の妓女たちのほとんどがモンゴル系音楽に習熟していなかったことを示唆する。一方で、『青楼集』を繙けば容易に知れるように、妓女のなかには詞の歌い手をも兼ねる者がいた。(3)どうやら北曲の音楽と詞の音楽は全く質の異なるものではなさそうである。北曲は金末元初に起こったと考えられる。(4)そこで、モンゴルの前に北中国の支配者となった金の音楽はどのようなものであったかと言えば、『金史』楽志の「雅楽」の条に、

凡大祀、中祀、天子受冊宝、御楼肆赦、受外国使賀則用之、初太宗取汴、得宋之儀章鐘磬楽簴、挈之以帰

（凡そ大祀、中祀、天子の冊宝を受け、楼に御して肆赦し、外国の使の賀を受くるは則ちこれを用う。初め太宗

汴を取りて、宋の儀章、鐘磬、楽簴を得、これを挈《たずさ》えて以て帰る）

とあるように、金は北中国を支配下に置くや、積極的に漢族の音楽を取り入れたのであった(5)。のみならず、実はそれ以前から漢族の音楽を吸収していたらしく、そのことを示す資料として「宣和乙巳奉使金国行程録」が挙げられる(6)。

第二十八程、自興州九十里至咸州、未至州一里許、有幕屋数間、供帳略備、州守出迎、礼儀如制、就坐、楽作、有腰鼓、芦管、笛、琵琶、方響、箏、笙、箜篌、大鼓、拍板、曲調与中朝一同、但腰鼓下手太闊、声遂下、而管笛声高、韻多不合、毎拍声後継一小声

（第二十八程。興州自り九十里にして咸州に至る。未だ州に至らざること一里許《ばかり》にして、幕屋数間有りて、供帳略ぼ備わる。州守出で迎え、礼儀は制の如し。坐に就くや、楽作《お》こる。腰鼓、芦管、笛、琵琶、方響、箏、笙、箜篌、大鼓、拍板有り。曲調は中朝と一に同じ。但だ腰鼓の下手は太《はなは》だ闊ければ、声遂に下《ひく》し。而も管笛の声は高く、韻多く合わず。拍声毎に後に一小声を継ぐ）

一行が咸州（今の遼寧省開原市）に着くと、州の長官が迎えに出て音楽が奏されたが、楽器の細部とアンサンブルにいささか違いはあったものの、「曲調は中朝とまったく同じであった」という。したがって、金代に当時の北方民族の音楽が中国北部を席捲したとは考えにくい。北宋以来の音楽はなお生き続けたのである。それはおそらく雅楽以外でも同様であって、漢族の音楽はなお主流の位置を占めていたと見るべきであろう。以上の見方は、実はすでに青木正児『支那近世戯曲史』において提出されていたところであり、ここではそれにいささか補足を加えたに過ぎない(7)。

さらに、北曲の音楽について伝える資料と言えば、燕南芝菴先生「唱論」が最も古いことは言うまでもない。[8] その「唱論」に、

大凡声音、各応律呂、分於六宮十一調、共計十七宮調、仙呂宮……、南呂宮……、中呂宮……、黄鍾宮……、正宮……、道宮……、大石……、小石……、高平……、般渉……、歇指……、商角……、双調……、商調……、角調……、宮調……、越調……

とある。「大凡《おおよそ》声音は、各おの律呂に応じ、六宮十一調に分かたれ、共計するに十七宮調なり」、つまり北曲には十七の宮調があるというのであり、ここに挙げられた「仙呂宮」以下の宮調名は、実は詞に用いられるのと同じである。これは何も取り立て言う程のことのない、周知のことではあるが、北曲の音楽が詞の音楽と同様の宮調方式に拠っているということは、両者の音楽が同質のものであったことを示していると考えるべきだろう。再び青木正児『支那近世戯曲史』によれば、

畢竟南曲の旋律は五音階より成り、北曲は七音階より成れり。南北朝以前の古楽は概ね五声即ち五音階を用ひしが、北朝周の武帝の時（西紀五六〇―七七）西域より七声即ち七音階の楽が輸入せられ、（「隋書」音楽志）遂に隋唐の燕楽即ち俗楽を発達せしめ、宋楽之を承け、南北曲は宋楽に拠るが故に並に燕楽の流を汲める者なり。……南曲も其始は必ず二変即ち『乙』『凡』有りしならん。後其曲が鼓板を伴奏として旋律を司る管絃を用ひざるに至り、其音律は再び中国固有の単純なる五声に復帰し、是に於て二変を失ふに至れるなるべし、北曲は琵琶を伴奏と為

して音律を正しく制し来りしにより、二変失はる、こと無くして今日に至れるなるべし。

（第五篇余論　第十四章　南北曲の比較）

という。では、北曲が十七調を用いていたかというとそうではなく、実際には十二の宮調しか用いられていなかったらしい。『中原音韻』の「正語作詞起例」に、「楽府共三百三十五章」として、「黄鍾」以下の各宮調に属する曲牌を列挙する部分があるが、その原注には、

自軒轅制律、一十七宮調、今之所伝者、一十有二

とあって、「自軒轅制律」は荒唐の言ではあるものの、当時実際に用いられたのは十二調であったというのは信頼できるだろう。(9) そこで、このことを踏まえた上で、前章でも取り上げた元、張翥の「春従天上来」詞の序（『全金元詞』下一〇〇四頁）を見てみよう。(10)

広陵冬夜、与松雲子論五音二変十二調、且品簫以定之、……松雲子吹春従天上来曲、音韻凄遠、予亦飄然作霞外飛仙想、因倚歌和之、用紀客次勝去、是夕丙子孟冬十又三夕也

（広陵の冬夜、松雲子と五音二変十二調を論じ、且つ簫を品して以てこれを定む。……松雲子は春は天上従り来るの曲を吹き、音韻凄遠たり。予も亦た飄然として霞外飛仙の想いを作《な》し、因りて倚歌してこれに和し、用て客次の勝去を紀せり。是の夕べは丙子（一三三六）の孟冬十又三夕なり）

張翥が松雲子と「論」じたのは、詞の音楽としての「五音二変十二調」であった。「五音二変」とは、「宮、商、角、徴、羽」の五音と「変徴、変宮」の二変、すなわち七音のことだろう。とすれば、「五音二変十二調」とは、七音音階とそれをのせる十二の宮調、と理解される。ところが「十二」が引っ掛かる。[11]詞で用いられたのは、張炎の『詞源』によれば、十九調であり、十二調ではなかったからである。[12]「十二調」とは、まさに『中原音韻』にいうように、北曲で用いられる宮調の数であった。張翥は北曲と詞を音楽的に厳密に区別することはなかったかのようである。彼は前章で述べたように、音楽に詳しい人であって、北曲と詞とが音楽的に別種のものであれば、このような言い方はしなかったであろう。[13]

第二節　平仄通押

北曲の歌詞が詞と大きく異なる点は平仄通押に在る。[14]しかし、平仄通押は詞との音楽的差異によって齎されたものでは、おそらくない。なぜならば、平仄通押はすでに詞においても存在していたからである。王力『漢語詩律学』[15]はその第三十九節「詞韻（中）」において、まず詞における平仄通押（王氏は「平仄互叶」という）を説明して、

此外、還有一種平仄互叶。平仄互叶和上去通押的性質不同：上去通押是任意用上用去、没有一定的；平仄互叶却是規定某処用平、某処用仄。平仄互叶又和平仄転韵不同：平仄転韵只是由平韵転仄韵、或由仄韵転平韵、其韵部

並不相同；平仄互叶却是在一定的位置上、由同一韵部的平仄間用

と述べて、その後に七種八体の平仄通押詞牌を挙げている。いまそれをまとめると（○は散句、平は平声韻の句、仄は仄声韻の句）、

1、西江月（甲種）＝双調八句六韻
　○平平仄　○平平仄（一韻到底）

2、西江月（乙種）＝双調八句六韻
　○平平仄　○平平仄（二種の韻）

3、換巣鸞鳳＝双調十九句十二韻
　平○平○平平平○仄　仄仄仄○○仄○仄○仄

4、漁家傲（乙種）＝双調十句十韻
　平平仄仄仄　平平仄仄仄

5、酔公子＝双調八句八韻

仄仄平仄　平平仄平

6、蝶恋花（乙種）＝双調八句八韻

平仄平仄　仄仄仄仄

7、二郎神＝双調二十四句九韻

○○仄○○仄○○仄○○仄　仄○仄○○仄○○仄○○平

8、宣清＝双調二十二句八韻

○○平○○○仄○○仄○○仄　○○仄○仄○○仄

となる。なお、甲種、乙種というのは、『詞律』の同調異体の順序に従った呼称である。これによれば、詞における平仄通押詞牌は意外に多いようだが、5「酔公子」以下の四詞牌は、それぞれ王氏のコメントが付されていて、実は検討の余地がある。直ちに平仄通押とは認め難い。そこで、王氏は最後に次のような但し書きを付けている。

厳格説起来、只有西江月和換巣鸞鳳漁家傲（乙種）一類的詞可認為平仄互叶；酔公子与石式蝶恋花在疑似之間；至於像二郎神和宣清之類、只能認為平仄通叶。平仄互叶是規定平仄相間的、平仄通押則是従寛通用而已。普通最常見的平仄互叶是西江月甲種。

つまり、厳密に言えば「西江月」「換巣鸞鳳」「漁家傲（乙種）」の三詞牌が平仄通押（平仄互叶）と認められ、代表は「西江月（甲種）」だということになる。そこで、「西江月」について、『詞律』に見える南宋、史達祖の五十字体（王氏のいう甲種）の押韻状況を図示（○は平声字、●は仄声字）してみれば、

「○●●○○●、○○●●○蓉、●○○●●○公、○●●○○鳳」
●●○○●●、●○●●○風、○○●●●○同、●●●○○夢

となり、韻母の同じ平声の「蓉」「公」「風」「同」と仄声の「鳳」「夢」で通押している。また、王氏は取り上げていないが、「少年心」も平仄通押すると考えられる。これも『詞律』に見える北宋、黄庭堅の六十字体を例として示そう。

「●●●●○悶、●○○●○○寸、●○○○●●、○○●倖、●●●●●○嗔」
●●○○○問、●●●●○●分、●●○○○○、○○○恨、○○●●●●○人

「西江月」では、前闋、後闋の最後の句の韻が仄声であったが、これはちょうど逆のパターンで、前闋、後闋の最後の韻に平声が使われるものであり、具体的には仄声の「悶」「寸」「倖」「問」「分」「恨」と平声の「嗔」「人」が通押していると見做される。さらに、『詞律』に見える南宋、張炎の百字体の「渡江雲」も平仄通押と言えるかも知れない。いま、それを図示すると、

○○●●、●○●●、○●●○初、●○○●●、●●○○、●●●○鋤、○○●●、●○○　○●○湖、○●
●　○○○●、○●●○株」
○余、○○●●、●●○○、●○○○処、○●●　○○●●、●●○孤、○○●●○○●、●●○　○●○書、
○●●、○○●●○無

となる。仄声韻は「処」のみであるので、留保はしなければならないが、『欽定詞譜』は平仄通押と見做している。[16]

詞は、朗誦される韻文、たとえば詩とは異なって、基本的にメロディーに合わせて作られる歌辞文芸である。たとえば平声韻を使っていても、ある押韻箇所では仄声韻の方がメロディーに合う場合もあり得る。そして北曲も同じ歌辞文芸である。したがって、平仄通押の出現は、[17]詞にとっても北曲にとっても、べつに特異な現象ではなく、また、それが両者の間を截然と画すものでもないだろう。詞と北曲はここでも連続する。ただし、北曲と詞の平仄通押は全く同じではない。詞における平仄通押は、平声と上・去声との間の通押に過ぎず、もうひとつの仄声である入声は平声と通押しない。入声は他の三声とは異質な声調であって、その韻尾を保ったままでは平声と通押できないことは容易に理解される。詞においては、完全な平仄通押は不可能だった。それを可能にしたのが、北方における入声韻尾の消滅ではなかったか。金代の北方における入声韻尾の消滅は、必然的に歌曲の歌詞の平仄通押を促したと思われる。こうして、詞とは異なった平仄と押韻の形式を具えた新しい歌曲が出現した。民間で作られる歌曲は実際の発音に依拠して作られるだろう。北方で入声韻尾が消滅すると、楽曲の基盤となる音楽が在来の漢族のそれであったとしても、それぞれの句の平仄や押韻の形式は変化せざるを得なかったと思われるのである。北曲の誕生の主因はその辺りに

在ったのではなかろうか。(18)

第三節　北曲と詞の境界

詞曲が音楽的には同質の基盤の上に立っているなら、人々の詞曲の境界に対する意識もかなり曖昧になるだろう。実際、元代江南の士大夫の北曲に言及する文章にはそうした傾向が強いと思う。いくつか例を挙げよう。

虞集に、「中原音韻序」と「葉宋英自度曲譜序」という二つの文章がある。前者は言うまでもなく北曲の韻書『中原音韻』のための序であり、後者は十三世末から十四世紀前半にかけての詞人、葉宋英の自作曲譜集のための序である。詳しくは附論三に譲るが、両者は、片や北曲の韻書のための序文、片や詞の自作曲譜集のための序文であるにも関わらず、論旨の展開は類似していて、虞集が北曲と詞に明確な境界を引いているとは思えない。なかでも末尾の部分は、

余昔在朝、以文字為職、楽律之事、毎与聞之、嘗恨世之儒者、薄其事而不究心、俗工執其芸而不知理、由是文律二者、不能兼美、毎朝会大合楽、楽署必以其譜来翰苑請楽章、唯呉興趙公承旨、時以属官所撰不協、自撰以進、并言其故、為延祐天子嘉賞焉、及余備員、亦稍為隱括、終為楽工所哂、不能如呉興時也、当是時、苟得徳清之為人、引之禁林、相与討論斯事、豈無一日起余之助乎、惜哉、余還山中、眊且廃矣、徳清留滞江南、又無有賞其音者、方今天下治平、朝廷将必有大製、作興楽府以協律、如漢武宣之世、然則頌清廟、歌郊祀、攄和平正大之音、以揄揚今日之盛者、其不在於諸君子乎、徳清勉之

「中原音韻序」（訥菴本巻首）

予後在朝、以文字為職、楽律之事、毎与聞之、俗工執其芸而不知理、儒者薄其事而不究心、是以終莫之合、毎朝会大合楽、楽署以其譜来翰苑請楽章、唯呉興趙公承旨、時以属官所撰不協、自撰以進、拝言其故、延祐天子嘉賞焉、及予備員、亦稍為櫽括、不至大劣、為工所哂耳、不能如呉興時也、当是時、深懐宋英之為人、而引之禁林、必有所裨助、問諸郡人之在京者、則曰宋英之歿久矣、惜哉、予還山中、従其子邦用得所自度曲譜及楽律遺書一二巻読之、歎惋不能去手、天下治平、朝廷必将有制作之事、而衰朽既帰、不復有所事於此、姑書其後而帰之

「葉宋英自度曲譜序」（『道園類稿』巻一九）

となっており、同一の文章と言ってもよいほどである。虞集は、北曲と詞の楽律について区別をしていない。(19)

次に、楊維楨の「周月湖今楽府序」（四部叢刊本『東維子文集』巻一一）を挙げる。周月湖なる人物の北曲集への序文である。

士大夫以今楽府鳴者、奇巧莫如関漢卿、庾吉甫、楊淡斎、盧踈斎、豪爽則有如馮海粟、滕玉霄、醞藉則有如貫酸斎、馬昂父、其体裁各異、而宮商相宣、皆可被於絃竹者也、継起者不可枚挙、往往泥文釆者失音節、諧音節者虧文釆、兼之者実難也、夫詞曲本古詩之流、既以楽府名編、則宜有風雅余韻在焉、苟専逐時変、競俗趨、不自知其流於街談市彦之陋、而不見夫錦臟繍腑之為懿也、則亦何取於今之楽府可被於絃竹者哉

（士大夫の今楽府を以て鳴る者は、奇巧なるは関漢卿、庾吉甫（天錫）、楊淡斎（朝英）、盧踈斎（摯）に如くは莫

く、豪爽なるは則ち馮海粟（子振）、滕玉霄（斌）の如き有り、醞藉なるは則ち貫酸斎（雲石）、馬昂父（超吾、即薛昂父）の如き有り。其の体裁は各おの異なれど、而も宮商は相宣《の》び、皆絃竹に被むる可き者なり。継起する者枚挙す可からざるも、往往にして文采に泥《なず》む者は音節を失い、音節に諧《かな》う者は文采を虧き、これを兼ぬる者は実に難し。夫れ詞曲は本は古詩の流れにして、既に楽府を以て編に名づくれば、則ち宜しく風雅の余韻の在る有るべし。苟も専ら時変を逐い、俗趣を競い、自ら其の街談市彦の陋に流るるを知らず、夫の錦臓繍腑の懿《よ》しと為すを見ずんば、則ち亦た何ぞ今の楽府の絃竹に被むる可き者に取らんや）

前半では、関漢卿以下の「楽府」で鳴る名人を挙げたあとで、後継者に文彩と音節を兼ねる者の得難いことを嘆く。

そして、後半部では、

四明周月湖文安、美成也公之八葉孫也、以詞家剩馥、播於今日之楽章、宜其於文采音節兼済而無遺恨也、間嘗令学子呉毅輯而成帙、薫香摘艶、不厭其多、好事者又将繍諸梓、以広其伝也、不可無一言以引之、故為書其編首者如此、至正七年十一月朔序

（四明の周月湖文安は、美成也公の八葉の孫なり。詞家の剩馥を以て、今日の楽章に播《およ》ぼせば、宜しく其の文采音節に於て兼済して遺恨無かるべし。間に嘗て学子の呉毅をして輯めて帙を成さしめば、薫香艶なるを摘りて、其の多きを厭わず。好事の者も又た将に梓に繍して、以て其の伝を広めんとすれば、一言以てこれに引する無かる可からず。故に為に其の編首に書くこと此くの如し。至正七年（一三四七）十一月朔に序す）

と言う。「月湖」は周文安の号であろう。次の「美成也公」の「也」はおそらく衍字であって、「美成公」とは、他ならぬ宋詞の集大成者で楽律に通じた周邦彦を指すに違いない。周文安は周邦彦の八世の孫なのであった(20)。それゆえに「詞家の剰馥を以て、今日の楽章に播《およ》ぼせば」と言うのである。楊維禎においても、詞曲の境界は意識されていないと言えよう(21)。

第四節　『製曲十六観』と詞

顧徳輝は江蘇崑山の人。前述の楊維禎の友人でもある(22)。その顧徳輝に北曲の指南書『製曲十六観』がある。それは序と第一観から第十六観までの十六条から成るもので、いまその第一観を引いてみよう(23)。

製曲看是甚題目、先択曲名、然後命意、命意既了、思其頭如何起、尾如何結、方復選韻、而後述曲、最是過変不要断了曲意、須要承上接下、如姜白石詞云、曲曲屏山、夜涼独自甚情緒、於過変則云、西窓又吹暗雨、此則曲意不断、製曲者当作此観

（曲を製るは是れ甚《なん》の題目なるかを看、先ず曲名を択び、然る後に意を命ず。意を命ずること既に了れば、其の頭の如何に起こし、尾の如何に結ぶかを思い、方に復た韻を選び、而る後に曲を述ぶ。最たるは是れ過変は曲の意を断了するを要さず、須らく上を承け下に接するを要すべし。姜白石の詞に、曲曲たる屏山、夜涼しくて独自《ひと》り甚の情緒ぞと云い、過変に於て則ち、西窓　又た暗雨吹くと云うが如きは、此れ則ち曲の意断たれず。

曲を製る者は当に此の観を作《な》すべし）

十六条は、いずれも最後に「製曲者当作此観」の句を置く。いかにも北曲の指南書であるかのごとくであるが、実は序文を含めて第十五条までがほとんど張炎（一二四八～一三二〇？）の『詞源』下巻（第六観末尾は陸行直『詞旨』）からの引き写しであり、第十六観は周徳清『中原音韻』の「正語作詞起例」からの引き写しなのである。その対応は次のようになる。

序文＝（序）
第一観＝製曲
第二観＝句法
第三観＝字面
第四観＝虚字
第五観＝清空
第六観＝意趣・詠物＋『詞旨』詞説
第七観＝令曲
第八観＝雑論二
第九観＝雑論七
第十観＝用事

第十一観＝詠物・意趣
第十二観＝雑論三・四
第十三観＝賦情
第十四観＝節序
第十五観＝離情
第十六観＝正語作詞起例（作詞十法　陰陽）

いま第一観に対応する部分を『詞源』（巻下「製曲」）から引いておく。(24)

作慢詞看是甚題目、先択曲名、然後命意、命意既了、思量頭如何起、尾如何結、方始選韻、而後述曲、最是過片不要断了曲意、須要承上接下、如姜白石詞云、曲曲屏山、夜涼独自甚情緒、於過片則云、西窓又吹暗雨、此則曲之意脈不断矣

要するに、『製曲十六観』はハサミと糊で切り貼りした、まことに好い加減な書と言えそうである。四庫館臣もすでにそのことに気付いていて、『四庫全書総目』存目の「楽府指迷」(25)の提要で、

曹溶学海類編収此書、……又収金粟頭陀製曲十六観一巻、……而其文全抄此書、惟毎条之末増製曲者当作此観一句、語語雷同、竟不一検、尤可怪矣

（曹溶の学海類編此の書を収む。……又た金粟頭陀（顧徳輝のこと）の製曲十六観一巻を収め、……而も其の文は全て此の書を抄して、惟だ毎条の末に曲を製る者は当に此の観を作《な》すべしの一句を増すのみにして、語語雷同し、竟に一つも検せず。尤も怪しむ可きなり）

と貶している。しかし、この好い加減な書の出現には、それなりの必然性があったのではないか。詳しくは前章に譲るが、顧徳輝の周囲では詞はなお実際に歌われており、彼が詞楽を知らないはずはなかった。それにも関わらず、顧徳輝はなぜこのような書を編んだかと言えば、彼にとっても、やはり詞と北曲は同質の歌辞文芸であったからだろう。ただ、こうした見方は別に筆者の創見ではない。清末民初の学者であり書家であった沈曾植の『菌閣瑣談』詞曲用字有陰陽（『詞話叢編』本）には、次のように言う。

顧仲瑛製曲十六観、全抄玉田詞源下巻、略加点竄、以供曲家之用、於此見元人於詞曲之界、尚未顕分、蓋曲固慢詞之顕分者也

（顧仲瑛の製曲十六観は、全て玉田の詞源下巻を抄して、略ぼ点竄を加え、以て曲家の用に供す。此に於て元人の詞曲の界に於るや、尚お未だ顕らかに分かたざるを見る。蓋し曲は固より慢詞の顕らかに分かるる者なり）

沈曾植は、元人にとって詞曲の境界は分明なものではなかったと知れ、それは曲は詞の慢詞から別れたものだったからだ、と言うのである。曲が慢詞から別れたものだと言うのにはいささか問題があろうが、『製曲十六観』の編まれたゆえんについては、筆者と同じ観点に立つものである。

さらに言えば、顧徳輝が『製曲十六観』に取り込まなかった『詞源』の項目を見てみると、まず「音譜」「拍眼」の二条がある。これはかなり音楽に通じていないと理解しにくく（顧徳輝は音楽に精通してはいなかっただろう）、また法曲や大曲などの唐五代以来の楽曲に言及するので、北曲にはそぐわないと思われる。残るは「雑論」の諸条だが、「雑論」十六は「楊守斎作詞五要」と題されて楽律に及ぶので、「音譜」「拍眼」の二項目に準じるだろう。「雑論」五は詞のアンソロジーについて述べるものであり、「雑論」六、八は、詞で盛んに作られた寿詞と詠梅詞を扱い、「雑論」九、十、十一、十二、十三、十四、十五は、それぞれ周邦彦、蘇東坡、秦観、晁補之、楊守斎（纘）、元好問・辛棄疾、康与之・柳永を論じており、いわば宋金詞人論である。残るは「雑論」一だが、

詞之作必須合律、然律非易学、得之指授方可、若詞人方始作詞、必欲合律、恐無是理、所謂千里之程、起於足下、当漸而進可也、……音律所当参究、詞章先宜精思、俟語句妥溜、然後正之音譜、二者得兼、則可造極元之域、今詞人纔説音律、便以為難、正合前説、所以望望然而去之、苟以此論製曲、音亦易諧、将于于然而来矣

（詞の作は必ず須らく律に合うべし。然れども律は学び易きに非ずして、これを指授に得て方《はじ》めて可なり。若し詞人の方始《はじ》めて詞を作らば、必ず律に合わせんと欲すれども、恐らくは是の理無からん。所謂千里の程は、足下に起くるにして、当に漸く進むべくして可なり。……音律は当に参究すべき所なれど、詞章は先ず宜しく精思すべし。語句の妥溜するを俟ちて、然る後にこれを音譜に正し、二者兼ぬるを得ば、則ち極元（玄）の域に造《いた》る可し。今の詞人は纔かに音律を説くや、便ち以て難しと為す。正に前説に合し、望望然としてこれを去る所以なり。苟も此の論を以て曲を製らば、音も亦た諧《かな》い易く、将に于于然として来らん）

とある。作詞の際にいきなり音律に合うようにするのは難しいので、まずは歌詞を練り、その後に音律に合うように修正すべしと言う。これは北曲に応用できそうに思えるが取り込まれていない。とは言え、この条を除けば、顧徳輝は『詞源』の内容に対して相応の取捨選択を加えているように思える。また、北曲の詞と異なる特徴のひとつに、平声が陰陽に分かれるということがあるが、第十六観はそのことを言う。

曲中用字有清濁法、人声自然音節、到音当軽清処、必用陰字、音当重濁処、必用陽字、方合腔調、用陰字法、点絳唇首句、韻脚必用陰字、試以天地元黄為句歌之、則歌黄字為荒字、非也、若以宇宙洪荒為句、協矣、蓋荒字属陰、黄字属陽也、用陽字法、如寄生草末句、七字内第五字、必用陽字、以帰来飽飯黄昏後為句歌之、協矣、若以昏黄後歌之、則歌昏字為渾字、非也、蓋黄字属陽、昏字属陰也、製曲者当作此観

（曲中の用字に清濁の法有り。人声は自然の音節にて、音の当に軽清なるべき処に到れば、必ず陰の字を用い、音の当に重濁なるべき処には、必ず陽の字を用いば、方に腔調に合すべし。陰の字を用うる法、点絳唇の首句は、韻脚は必ず陰の字を用う。試みに天地元（玄）黄を以て句と為してこれを歌わば、則ち黄の字を歌いて荒の字と為す、非なり。若し宇宙洪荒を以て句と為さば、協《かな》えり。蓋し荒の字は陰に属し、黄の字は陽に属すればなり。陽の字を用うる法、寄生草の末句の如きは、七字の内の第五字は、必ず陽の字を用う。帰来飽飯黄昏後を以て句と為してこれを歌わば、協えり。若し昏黄後を以てこれを歌わば、則ち昏の字を歌いて渾の字と為す、非なり。蓋し黄の字は陽に属し、昏の字は陰に属せばなり。曲を製る者は当に此の観を作すべし）

これはすでに触れたように『中原音韻』に拠っており、文中の「用陰字法」から「昏字属陰也」までが「正語作詞

起例・作詞十法・陰陽」そのままである。[26] ただし、「曲中用字有清濁法」から「方合腔調」までは拠るところを知らない。あるいは顧徳輝自身の言葉かも知れない。南方方言を話す者が北曲を作る際、「平声有陰陽」は「入声派入三声」とともに留意しなければならないことであり、こうして曲がりなりにも北曲の特徴を押さえた条を加えているのも、やはり顧徳輝なりの配慮であったろう。顧徳輝に現代の我々のいうところの剽窃の意識があったかどうかは別として、『製曲十六観』は当時の江南における歌辞文芸の状況を映し出した書であったと言えるのではなかろうか。

第五節　張炎『詞源』と北曲の影

南宋の文化を受け継いで宋末元初を生きた詞人、換言すれば、新興の北曲が歌唱される場に居合わすことのできた南宋の詞人たちの著作のなかにも、実は北曲が影を落とすことがあったようである。それは、ほかならぬ張炎の『詞源』である。

『詞源』は上巻の音楽論と下巻の歌詞論の部分から成り、宋詞について最も体系的にまとまった理論書であった。張炎が楽律に通暁していたことは言うまでもない。その『詞源』に、次のような一節がある。

詞之難於令曲、如詩之難於絶句、不過十数句、一句一字閑不得、末句最当留意、有有余不尽之意始佳、当以唐花間集中韋荘温飛卿為則、又如馮延巳賀方回呉夢窓亦有妙処、至若陳簡斎杏花疏影裏、吹笛到天明之句、真是自然而然、大抵前輩不留意於此、有一両曲膾炙人口、余多鄰乎率、近代詞人、却有用工於此者、倘以為専門之学、亦

詞家之射雕手

（詞の令曲に難きは、詩の絶句に難きが如し。十数句に過ぎざれば、一句一字も閑にし得ず。末句は最も当に留意すべし。余り有りて尽きざるの意有りて始めて佳なり。当に唐の花間集中の韋荘、温飛卿を以て則と為すべし。又た馮延巳、賀方回、呉夢窓の如きも亦た妙処有りて、陳簡斎の杏花疏影の裏、笛を吹きて天明に到るの句の若きに至っては、真に是れ自ら然うして然り。大抵前輩は此れに留意せず、一両曲の人口に膾炙する有るも、余りは多く率なるに鄰《となり》す。近代の詞人、却て工を此れに用いる者有り。倘し以て専門の学と為さば、亦た詞家の射雕の手ならん）

（『詞源』巻下・令曲）

これは詞における「小令」の難しさを言うものであるが、その末尾の「近代詞人、却有用工於此者、倘以為専門之学、亦詞家之射雕手」という部分は、実は具体的に誰を指して言っているのかが分かりにくい。『詞源』は詞の理論書なのであるから、「近代詞人」というのは南宋の詞人、それも「令曲」の名手として呉夢窓（文英）をその前にすでに挙げているところから見て、南宋末の詞人を指すと考えられる。同じ『詞源』下巻の「雑論」五には、

近代詞人用功者多、如陽春白雪集、如絶妙詞選、亦自可観、但所取不精一、豈若周草窓所選絶妙好詞之為精粋、惜此板不存、恐墨本亦有好事者蔵之

（近代の詞人に功を用うる者多し。陽春白雪集の如き、絶妙詞選の如きは、亦た自ら観る可きも、但だ取る所は精一ならず。豈に周草窓の選ぶ所の絶妙好詞の精粋と為すに若かんや。惜しむらくは此の板存せず、恐らくは

墨本も亦た好事の者有りてこれを蔵さん）

とあって、この「近代詞人」は確かに南宋の詞人を指していると考えてよい。しかし、「令曲」の条の「近代詞人」とは、「雑論」五のそれと同様に南宋の詞人なのであろうか。南宋末において「用工於此者（小令の制作に励んでいる詞人）」とは具体的に誰を指すのか、すぐには思い浮かばない。この「近代詞人」とは、実は北曲の小令を制作している詞人ではあるまいか。

張炎が元の大都に行ったことがあるのは周知のことであるし、その詞集『山中白雲詞』には、

和韓竹間韻、贈歌者関関、在両水居　「声声慢」小序（彊村叢書本『山中白雲』巻五）

為小玉梅賦、幷柬韓竹間　「甘州」小序（同前）

というように、『青楼集』に見える江南の名妓、小玉梅や関関（雑劇や北曲の歌唱を善くしたようである）との交流[27]や、

題末色褚仲良写真　「蝶恋花」小序（同前）

のように、「末色」つまり雑劇の俳優との交流を窺わせる作品がある。『詞源』が成ったのは張炎の晩年であろうと考えられるので、「令曲」の条の「近代詞人」を北曲小令の制作者とするのも、あながち牽強付会ではないように思える。(28)
清末民初の人、姚華も『菉猗室曲話』巻一（『新曲苑』本）で次のように言う。

玉田為宋遺民、已入渥奇之世、正元曲発軔時也、故其時令曲、已入論著、後世所謂曲、当由此而起、予謂詞曲転捩、消息於小令、猶蘇李古詩之於五言、玉樹後庭、春江花月之於近体、晩唐五代長短句之於宋詞、観玉田所云、豈不益信、又詞源此篇末云、近代詞人、卻有用力於此者、倘以為専門之学、亦詞家之射雕手、……東籬小山蘭谷諸家、蓋由此起也、惜玉田所指、不挙其例、以其時考之、倘亦可尋者也

（玉田は宋の遺民と為りて、已に渥奇の世に入る。正に元曲の発軔の時なり。故に其の時の令曲、已に論著に入る。後世の所謂《いわゆる》曲は、当に此れ由り起る。予謂えらく、詞曲の転捩するは、小令に消息し、猶お蘇李の古詩の五言に於る、玉樹後庭、春江花月の近体に於る、晩唐五代長短句の宋詞に於るがごとし、と。玉田の云う所を観れば、豈に益ます信ぜざらんや。又た詞源の此の篇の末に云う、近代の詞人は、卻て力を此れに用うる者有り。倘し以て専門の学と為さば、亦た詞家の射雕の手ならん、と。……東籬（馬致遠）小山（張可久）蘭谷（白樸）の諸家は、蓋し此れ由り起くるなり。惜しむらくは、玉田の指す所、其の例を挙げず。其の時を以てこれを考えば、倘《あるい》は亦た尋ぬ可き者なり）

姚氏は『詞源』の「令曲」の条を引き、「近代詞人」とは「元曲」の「令曲」の作者を指すのではないかとして、張炎が具体的に名を挙げてくれなかったのを惜しんでいる。

張炎も当時新興の歌辞文芸である北曲を、とくに詞と区別することはなかったのではなかろうか。そうであれば、楽律に詳しい張炎の発言であるがゆえに、いささか重いものとなるだろう。(29)

おわりに

元代の江南においては詞が生きており、北曲は、詞と同じく七音音階の宮調に基づく歌辞文芸であったがゆえに、士大夫たちは詞曲の境界を意識しなかったと思われる。しかし、それは限定条件付きであった。なぜなら、元代江南の士大夫たちの間には、詞において〝雅詞〟を尊重する南宋以来の意識が色濃く残っていたはずで、同じ北曲ではあるが俗の代表たる雑劇につながる套数は、彼らにとって表立っては受け容れられぬものであったろう。当時なお生きていた詞と並行し得たのは、散曲、それも小令だった。(30)十四世紀の前半、周徳清が『中原音韻』を編んだ当時、北中国起源の新興の歌曲である北曲（散曲）は、江南においては、いわば〝雅詞〟ならぬ〝雅曲〟に向かわざるを得なかったと思われる。詞が〝俗詞〟から〝雅詞〟へと転じるには、二、三百年の長い時間を要した。ところが、北曲はその誕生（金末元初）からわずか半世紀ほどで、早くも〝雅曲〟であることを求められたのである。それには、江南に根付いていた南宋士大夫の文化、なかんずく詞が音楽的にも生きていたことが強く影響していたと思われる。張炎の『詞源』にちらつく北曲小令の影は、元代江南における北曲の〝雅曲〟化を予言していたのではなかろうか。

〈注〉

（1）『南村輟耕録』（中華書局、二〇〇四）に拠る。

（2）孫崇濤、徐宏図『青楼集箋注』（中国戯劇出版社、一九九〇）に拠る。

（3）たとえば、張怡雲、解語花、王玉梅、張玉蓮など。

（4）廖奔「北曲的縁起」（『中華文史論叢』二〇〇一年第四輯）は、民間での発生はもう少し早く、金末元初は士大夫が北曲（雑劇）の制作を始めた時期としている。

（5）たとえば、王福利『遼金元三史楽志研究』（上海音楽学院出版社、二〇〇五）を参照されたい。

（6）「宣和乙巳奉使金国行程録」は、宣和七年（一一二五）に金国への使者となった許亢宗の著作とされるが、実際は随行した押礼物官の鍾邦直の著したものという。引用は崔文印『靖康稗史箋証』（中華書局、一九八八）に拠る。

（7）一九三〇年、弘文堂刊。その第一篇「南戯北劇の由来」第三章「南北曲の分岐」第一節「元代雑劇の改進」（二）楽曲、に次のように言う。なお、引用は『青木正児全集』（春秋社）第三巻に拠る。（　）内は原文の双行注。

明の王世貞は「芸苑卮言」（附録一）に説を為して曰く『金元中国に入りてより、用ふる所の胡楽嘈雑淒緊にして、緩急の間、詞按ずる能はず。乃ち新声を為して以て之に媚ぶ』と。則ち蕃楽の輸入が宋詞を変じて元曲と為さしむるの因を為すと観察せるものにして、徐文長等明人多く此説に雷同せり。然れども吾人の知れる文献の範囲に於て金元時に於ける胡曲輸入の痕跡は甚だ微少にして、「金史・音楽志」に金人が宋楽を用ひしこと記して詳かなれど未だ女真の蕃楽を中国に流行せしめしを謂はず。「元史・礼楽志」と雖も亦然り、太宗の金を亡ぼすや即ち亡金の礼楽を求め、世祖中国を統一するや用ふる所の礼楽一つに中国の旧による。而して蒙古の楽を用ひしことを記さず。然れども蕃人が入つて中国を支配する以上若干番楽の輸入せられたる可きは固り論を俟たず。元曲の牌名にも「阿那忽」「也不羅」「忽都白」「唐兀夕」の如き明に番語を用ふるもの数曲あり。又元人の「青楼集」に『陳婆惜……弾唱を善くす。……絃索中に在りて能く韃靼の曲を弾ずるもの南北十人のみ』と云へるを以て徴すべし。然れども胡曲の当時に行はる、稀なりしこと「青楼集」に謂ふ所の如し。何ぞ之を以て元曲改革の原動力を為すものと認むるを得んや。況んや元曲の牌名には中国の旧曲に其の系統を求め得べきもの極めて多きをや。（王氏の戯曲史第八章に詳かなり。）是れ余が元曲に於て外来の胡楽の影響を重大視せずして、寧ろ之を中国の旧楽に求めし所以なり。

（8）「唱論」は、楊朝英『陽春白雪』巻一に引かれるのが最も早いが（『輟耕録』巻二七にも見える）、その内容は、より厳密に言えば「北曲歌唱論」である。以下、「唱論」の引用は『新校九巻本陽春白雪』（中華書局、一九八七）に拠る。なお、「唱論」の成書年代は、楊棟「芝庵《唱論》論考」（『河北学刊』一九九八—五）に拠れば一三〇〇年前後であり、注（4）廖奔論文は金朝後期とする。また、『陽春白雪』の成書年代は、楊棟「試論楊朝英的散曲学観」（『求是学刊』第二九巻第二期、二〇〇二）に拠れば、延祐元年（一三一四）から泰定元年（一三二四）の間とされる。

（9）現在最も拠るべき曲譜である鄭騫『北曲新譜』（台北芸文印書館、一九七三）もその「凡例六」（二頁）で、

北曲共有：黄鍾、……等六宮、大石、……等十一調、合称十七宮調。其中歇指、宮調、角調三者、只有名目而無作品、旧譜謂之「有目無詞」、自来存而不論。道宮、高平二者則僅諸宮調中有之、……故本譜僅収黄鍾等十二宮調。

と言う。

（10）張翥については前章および附論三を参照。また、松雲子については前章の注（9）を参照されたい。

（11）「十二」については、知不足斎叢書本『蛻巌詞』巻上、彊村叢書本『蛻巌詞』巻上、百家詞本『蛻岩詞』巻上など、諸版に異同はないようである。

（12）『宋史』楽志によれば、宋の教坊楽では十八調。

（13）注（4）廖奔論文には、「北曲有一個突出的特点、就是其曲調大多能够被納入宮調体制、……其原因在於北曲採用弦索楽器伴奏、為了協律定弦、人們対北曲做了長期的帰宮入調的工作」と言う。

なお、楊蔭瀏『中国古代音楽史稿』（人民音楽出版社、一九八一）は、北曲の伴奏楽器を「弦索」とするのは明人の誤解で、笛、板、鼓、鑼などが伴奏楽器であり、宋代の「鼓板」で用いられたものとほぼ同じであったろうと言う（下冊六二九頁）。「鼓板」については同書上冊三七四頁を参照されたい。

（14）北曲の特徴を歌詞の内容について求めるなら、田中謙二「元代散曲の研究」（『東方学報　京都』第四〇冊、一九六九）が論

ずるごとく、口語体を使用した側艶と諧謔にそれを求めることができる。これは、とくにいわゆる〝雅詞〟の段階を登り詰めていた南宋時代の詞とは大いに異なると感じられるだろう。しかし、側艶は言うまでもなく詞が本来的に持つ性格であるし、諧謔も、たとえば曹組の作品のように宋詞に例がないわけではない。歌詞の内容から北曲と詞の間に截然とした境界線を引くことは難しいだろう。

(15) 一九五八年、新知識出版社刊。

(16) 『欽定詞譜』巻二八に、「此調後段第四句、例用仄韻、亦是三声叶、乃一定之格、宋元人倶如此塡、惟陳允平有全押平韻、全押仄韻二体」と言う。

(17) 中田勇次郎「唐五代詞韻考」(『支那学』8―4、一九三六)によれば、『花間集』『尊前集』には平声と仄声の通押はない。平仄通押は宋詞から始まったと思われる。

(18) 前章で触れたように、虞集は北曲を一首(『全元散曲』上冊六九三頁)伝えるが、それは『輟耕録』巻四が伝えるもので、次のように言う。

虞邵菴先生集在翰苑時、宴散散学士家、歌児郭氏順時秀者、唱今楽府、其折桂令起句云、……一句而両韻、名曰短柱、極不易作、先生愛其新奇、席上偶談蜀漢事、因命紙筆、亦賦一曲曰、……蓋両字一韻、比之一句両韻者為尤難、先生之学問該博、雖一時娯戯、亦過人遠矣、……今中州之韻、入声似平声、又可作去声、所以蜀術等字、皆与魚虞相近

虞集が即席で曲を作り得たのは、「折桂令」の曲を現に聞いていて、そのメロディーに合わせることができ、かつ「入作平、上、去」を理解していたからだろう。陶宗儀が末尾に加えた「今中州之韻」以下のコメントは、南方人が北曲を作るとき、入声の消滅以外には大きな障害のなかったことを示唆する。

(19) 虞集の文集には大別して二種類の版本がある。一つはここに引いた『道園類稿』であり、一つは『道園学古録』である。両者は同じく五十巻本であるが、収録作品に出入りがあり、同一作品でもときに本文に異同がある。『道園学古録』(巻三二)では、引用部分は短く、「及忝在朝列、与聞制作之事、思得宋英其人、本雅以訓俗、而去世久矣、不可復得、老帰臨川之上、因其子得見其遺書十数篇、皆有可観者焉、俯仰疇昔、為之増慨、序其故而帰之」となっている。また、虞集には「笙鶴清音序」(『道

園類稿』巻一九）なる文章もあり、モンゴル人の溥博（字仲淵）の北曲集の序と見られるが、これも詞と北曲を区別していない。

(20) 周邦彦の子孫が四明の地にいたことは、南宋、楼鑰の「清真先生文集序」（四部叢刊本『攻媿集』巻五一）に、「公嘗守四明、而諸孫又寓居于此、嘗訪其家集而読之」というのから知れる。

(21) 「沈生楽府序」（『東維子文集』巻一一）も、北曲を論ずるのに北宋の賀鋳から始め、詞曲を同列に扱っている。

(22) 顧徳輝については前章を参照。また、楊維楨との交遊については前章注（21）を参照。

(23) 学海類編本に拠る。

(24) 詞源研究会編『宋代の詞論―張炎『詞源』―』（中国書店、二〇〇四）所収の校訂本に拠る。

(25) 『詞源』には『楽府指迷』の名で伝わるテキストがある。詳しくは前注『宋代の詞論―張炎『詞源』―』の松尾肇子氏による「解題」を参照されたい。

(26) 「作詞十法」については、拙稿「『中原音韻・作詞十法』訳注」（『均社論叢』第九号・一〇号、一九七九・一九八一）を参照されたい。

(27) 関関は『青楼集箋注』一三二頁に、小玉梅は同一七〇頁に見える。なお、韓竹間については未詳。龔璛に「雨中簡韓竹間二首」（『存悔斎稿』）なる詩がある。

(28) 注（25）所掲の松尾氏の「解題」によれば、張炎最晩年の成立であろうという。

(29) すでに触れたように『製曲十六観』の第七観は、『詞源』の「令曲」の条を引き写したものである。参考までに引いておく。

曲之難於令、如詩之難於絶、不過十数句、一句一字閑不得、末句最当留心、有有余不尽之意、如陳簡斎杏花疏影裏、吹笛到天明之句、乃自然而然、大抵前輩不留意於此、有一両曲膾炙人口、余多鄰乎率易、近或有用力於此者、倘以為専門之学、亦詞家之射鵰手、製曲者当作此観

(30) 吉川幸次郎『元雑劇研究』（一九四八）が、鍾嗣成『録鬼簿』下巻に載せられる雑劇作者（ほとんど全てが南方の人）について、

更にまた、注意すべきことは、これら下巻の作者が、当時の詩文家とは全く交渉をもたぬことである。……いかにも張小山、銭素庵その他、散曲の作者とは、稀に酬答の文字を見出だす。しかし雑劇作者との交遊を示す文字は皆無に近く、……つまり下巻の時代の雑劇の作者は、当時の詩文の作者とは、別箇のグルウプに属する人たちであった。

（『吉川幸次郎全集』第一四巻、一七三頁）

と言うのは示唆的である。たとえば、周徳清は『中原音韻』において套数（とくに劇套）を極力排除しようとし、小令であっても文彩のあること、すなわち「雅」であることを求めているのだが、これもそうした状況を背景に持つがゆえのことであろう。

附論

附論一　温庭筠詩における色彩語表現

はじめに

第一部第三章では、温庭筠の詞について修辞面に焦点を当てて論じた。では、李商隠とともに晩唐を代表する詩人でもあった温庭筠は、詩においてはどのような表現の特徴を持っているのであろうか。小論ではそれを色彩語を用いた表現（以下、「色彩語表現」と言う）のなかに探り、附論とする。

第一節　李賀の色彩語表現と温庭筠

中唐の鬼才李賀の詩は、奇怪な幻想と華麗な表現に彩られて、独自の世界をかたちづくっているが、その表現手法について見てみると、色彩語の用い方に特徴のひとつがあると言える。(1)温庭筠は、李商隠とともに李賀の影響を強く受けていると言われているが、(2)李賀の色彩語表現について言えば、その手法を直接的なかたちで継承したのは温庭筠の方であることも、すでに李賀や李商隠を論じるなかで指摘されている。(3)以下、李賀の場合と比較しつつ、温庭筠の詩の色彩語表現の特徴を論じてゆこう。(4)まず、李賀の色彩語表現の特色のひとつに、色彩語「白」のもつ独特の内容がある。

秋野明　秋の野は明るく
秋風白　秋の風は白し
（「南山田中行」）

荒井健氏はこの二句を引いて、

第一句の明るさには、寒ざむとした空虚感があるだけだ。第二句の「秋風白」は、その第一句と密接に連関する。空しく果てしなくひろがる秋の荒野、そこを吹き抜ける「風は白い」と言うとき、ありありと目に映るのは、この詩のなかでその部分だけにポッカリとあいた空白——色彩の欠落（白は白色ではなく、色がないのだ）である。

と言う。[5] 李賀はこのような「白」をしばしば用いているが、温庭筠にもひとつ次のような例がある。

遺簪可惜三秋白　遺簪　惜しむ可し　三秋の白きを
蠟燭猶残一寸紅　蠟燭　猶お残す　一寸の紅を
（「晩坐寄友人」）

この「三秋白」は、おそらく李賀の「秋白」を襲ったものであろう。また、「三秋白」と「一寸紅」という色彩の対比は、李賀の「月漉漉篇」の

秋白鮮紅死　　秋白くして鮮紅死す

を想わせる。しかし、「遺簪可惜三秋白」の「白」に、李賀の〝色彩の欠落〟の如き独特の内容を読み取ることはできまい。この場合、温庭筠は単に李賀の措辞を模倣したに過ぎないようだ。では、温庭筠が李賀に学んだ色彩語表現とはいかなるものかと言えば、それは色彩語を提喩として用いる手法である。

まず、次の李賀の例を見てみよう。

（1）芙蓉凝紅得秋色　　芙蓉　紅を凝らして　秋色を得たり　（「梁台古意」）

（2）椒花墜紅溼雲間　　椒花　紅を墜とす　溼雲の間　（「巫山高」）

（1）（2）ともに色彩語として「紅」が使われている。その「紅」が、（1）では「芙蓉」の、（2）では「椒花」の紅い花を指していることは見やすいだろう。温庭筠にも同様の例がある。

（3）紅垂果蔕桜桃重　紅　果蔕より垂れて　桜桃重く
　　黄染花叢蝶粉軽　黄　花叢を染めて　蝶粉軽し
（「偶題」）

（4）渭水波揺緑　渭水　波は緑を揺らす
（「華清宮和杜舎人」）

（3）の「紅」と「黄」は、それぞれ「桜桃」と「蝶粉」とを指しており、（4）の「緑」は「波」を指している。これは、実は第一部第三章で述べたところの「明示型」の描写パターンである。では、次に挙げる李賀の例はどうであろうか。

（5）施紅点翠照虞泉　紅を施し翠を点じて　虞泉を照らす
（「瑤華楽」）

これは「紅」「翠」というのみで、それが何を指すのかは句中に明示されていない。ただ、句の主体は西王母と考えられるので、「紅」「翠」で比喩されている対象は〝べに〟と〝翠鈿〟の類だと理解される。このような例が、温庭筠の詩においてもしばしば見られる。

（6）紅深緑暗径相交　紅深く緑暗くして　径は相交わる

（7）緑溼紅鮮水容媚　（「寒食日作」）

緑溼《うるお》おい紅鮮やかにして　水は容媚す　（「春洲曲」）

（6）の「紅」の指すものは〝花〟であり、「緑」は〝草木の葉〟であると理解される。（7）の「緑」と「紅」も同様である。これが第一部第三章の「暗示型」に当たるのは言うまでもないだろう。暗示型は、色彩語の指すところが句中に明示されておらず、暗示されるにとどまっている分だけ、そのイメージは後退して、色彩そのもののイメージがより一層強くなると言える。温庭筠の詩における色彩語の用法は、その詞の表現の特徴と同様に、提喩を駆使するところにあるのである。[6] ただ、（5）（6）（7）は提喩としての色彩語が一字の名詞として放り出されているために、そのイメージはいわば裸のままで強調されているだけである。つまり、色彩のイメージにさらに何かが付け加えられているということはない。このような色彩語の提喩であれば古くから使われており、すでに『文選』や『玉台新詠』に見ることができるので、[7] 温庭筠がとくに李賀から学んだと限定する必要はあるまい。李賀の色彩語表現の特色のひとつであり、温庭筠が学んだところの色彩語の提喩とは、さらに一歩進んだかたちのものである。

第二節　李賀の色彩語の提喩

提喩としての色彩語が他の語によって修飾されて、

〈修飾語＋色彩語〉

という型の提喩となるとき、色彩のイメージはさらにかたちや表情を帯びるようになる。これは川合康三氏の「提喩型代詞」に当たるが、小論では、その構造を具体的に見ておくために、〈修飾語＋色彩語〉型提喩と呼ぶことにする。[8]この型の色彩語の提喩にこそ、李賀の特色が見られるのである。〈修飾語＋色彩語〉型提喩は必ずしも李賀の独創ではないが、これを多用し、かつ自己の表現の核となるまでに錬磨したと言えるのは李賀であった。[9]たとえば、

（1）斉人織網如素空　斉人　網を織って　素空の如く
　　張在野春平碧中　張りて野春の平碧の中に在り　（「艾如張」）

（2）蘭風桂露洒幽翠　蘭風　桂露　幽翠に洒《そそ》ぐ　（「洛姝真珠」）

（3）昌谷五月稲　昌谷　五月の稲
　　細青満平水　細青　平水に満つ　（「昌谷詩」）

（4）細露湿団紅　細露　団紅を湿おす　（「石城暁」）

における（1）「平碧」（2）「幽翠」（3）「細青」（4）「団紅」がそれである。その指す対象はと言えば、（1）は春

草、（2）は桂葉、（3）は稲、（4）は花である。これらの対象をうたうとき、李賀はその色彩を抽出するのだが、単に「碧」「翠」「青」「紅」とだけ放り出すのではなく、「平碧＝たいらかにひろがるみどり」、「幽翠＝ひそやかなみどり」、「細青＝かぼそいあお」、「団紅＝まるいあか」というように、色彩にかたちや表情を賦与したのである。

そこで、いま数ある色彩語のなかでもよく使われると思われる、「紅」「白」「緑」「碧」「翠」「青」「黄」「紫」、の八語について用例を調べると、李賀の〈修飾語＋色彩語〉型提喩は三十六種、三十九例を得る。[10] このなかで複数の用例があるのは「平碧」「団紅」「空緑」の三種だが、いずれも二例に過ぎない。次に、これを同一の修飾語をもつものまでに範囲を広げてみると、左の如くになる。（色彩語の下の数字は用例数を示す）

長―紅（1）―翠（1）
小―白（1）―緑（1）
平―碧（2）
幽―紅（1）―翠（1）
細―緑（1）―青（1）
団―紅（2）
空―緑（2）

複数の用例をもつ修飾語は七つあるが、どれもやはり二例を越えない。李賀は〈修飾語＋色彩語〉型提喩を多用したが、特定の語どうしの結びつきを愛用することはなかったと知れる。では、李賀のこの型の色彩語の提喩にはどのような特色があるのだろうか。

荒井健氏は、「頽緑」「走紅」「落紅」などの例を挙げ、〝その中に動的要素を合みつつ、そのまま凝固した形態〟だとし、李賀の詩のもつ〝流動するものをつねに凝結させようとする傾向〟の表われとする。[11] また、川合康三氏は、「寒緑」や「冷紅」などの語における〝種類のちがう感覚の混合〟を李賀の特色とし、それは〝外界の忠実な描出〟ではなく、〝詩人独自の感覚を事物に賦与したもの〟であると言う。[12] このように、李賀の〈修飾語＋色彩語〉型提喩には、詩人独自の感覚の賦与という特色が見られのだが、ここでは、その感覚のひとつを修飾語からすくい上げてみよう。

（5）　遙巒相圧畳　遙巒　相《あい》圧畳し
　　　頽緑愁堕地　頽緑　地に堕つるを愁う
（「昌谷詩」）

（6）　堕紅残蕚暗参差　堕紅　残蕚　暗に参差たり
（「河南府試十二月楽詞　四月」）

（7）　沙砲落紅満　沙砲　落紅満つ
（「蘭香神女廟」）

（8）　芳径老紅酔　芳径　老紅酔う
（「昌谷詩」）

（9）　飢虫不食堆砕黄　飢虫　食らわずして　砕黄　堆《うずたか》し
（「堂堂」）

（5）～（9）の五例では、「頽」＝くずれる、「堕」「落」＝おちる、「老」＝おいる、「砕」＝くだける、がそれぞれ色彩語を修飾している。この「頽」「堕」「落」「老」「砕」の語は類似した感覚を惹起すると言えるのではないか。それはいわば〝衰残頽落〟の感覚である。このような語が、寒色である「緑」を修飾するとき、その〝みどり〟のイメージは深い沈鬱の調子を帯びるのであり、また暖色である「紅」や「黄」を修飾するとき、〝あか〟や〝き〟の色のイメージは、いわば相反する感覚の浸食を受けてあやしい輝きを見せるのである。(13)

いずれにしても、李賀の〈修飾語＋色彩語〉型提喩の特色とは、川合氏の言葉を借りて言えば、外界の事物から抽出された色彩のイメージを、詩人独自の感覚を賦与したかたちで浮かびあがらせたものだ、とまとめておいてよいだろう。それでは温庭筠の場合はどうであるのか。次節において述べよう。

第三節　温庭筠における色彩語の提喩

温庭筠の〈修飾語＋色彩語〉型提喩は、すべて三十六種、四十八例を数える。(14) 李賀は三十六種、三十九例であった。温庭筠三百三十余首、李賀二百四十余首という作品数の違いを考慮に入れても、温庭筠が李賀の影響をいかに強く受けているかが数の上から知れよう。これに対して、李商隠の場合は、その「河陽詩」に、

側近嫣紅伴柔緑　　嫣紅に側近して　柔緑を伴う

とあるように、李賀の得意の手法の導入を試みた形跡はみとめられる。しかし、温庭筠や李賀に比べると用例は極めて少ないし、[15] 目立った表現も見あたらない。李商隠は〈修飾語＋色彩語〉型提喩を、みずからの表現の主要な技法とすることはなかったと言える。[16]

では、次に温庭筠の〈修飾語＋色彩語〉型提喩の主なものを列挙しよう。

（1）乱珠凝燭涙　　乱珠　燭涙を凝らし
　　微紅上露盤　　微紅　露盤に上る
　　　　　　　　　　　　　　（「詠暁」）

（2）掌中無力舞衣軽　　掌中　力無く　舞衣軽く
　　翦断鮫綃破春碧　　鮫綃を翦断して　春碧を破る
　　　　　　　　　　　　　　（「張静婉采蓮曲」）

（3）春緑将年到西野　　春緑　年《みのり》を将《もつ》て西野に到る
　　　　　　　　　　　　　　（「会昌丙寅豊歳歌」）

（4）遠翠愁山入臥屏　　遠翠　愁山　臥屏に入る
　　　　　　　　　　　　　　（「春愁曲」）

（5）平春遠緑窓中起　　平春の遠緑　窓中に起こる
　　　　　　　　　　　　　　（「呉苑行」）

（6）畳瀾不定照天井　畳瀾　定まらずして　天井を照らし
倒影蕩揺晴翠長　倒影　蕩揺して　晴翠長し
（「太液池歌」）

（7）水漾晴紅圧畳波　水は晴紅を漾《ただよ》わせて　畳波を圧す
（「牡丹」其二）

（8）晴碧煙滋重畳山　晴碧　煙は滋おす　重畳の山
（「郭処士撃甌歌」）

（9）廃緑平煙呉苑東　廃緑　平煙　呉苑の東
（「蓮浦謡」）

（10）芊綿平緑台城基　芊綿たる平緑　台城の基
（「鶏鳴埭歌」）

（11）平碧浅春生緑塘　平碧　浅春　緑塘に生ず
（「太液池歌」）

（12）不尽長員畳翠愁　長員（＝円）を尽くさずして　畳翠愁え
柳風吹破澄潭月　柳風　吹き破る　澄潭の月
（「觱篥歌」）

（13）錦畳空牀委墜紅　錦　空牀に畳ぬ　委墜たる紅
（「春愁曲」）

（14）水極晴揺泛灩紅　水　極まりて　晴れは揺らす　泛灩たる紅
（「晩帰曲」）

（15）艸平春染煙緜緑　艸　平らかにして　春は染む　煙緜たる緑
（「晩帰曲」）

（16）二月艶陽節　二月　艶陽の節
一枝惆悵紅　一枝　惆悵たる紅
（「敷水小桃盛開因作」）

（17）恨紫愁紅満平野　恨紫　愁紅　平野に満つ
（「懊悩曲」）

（18）毛羽斂愁翠　毛羽　愁翠を斂《ひそ》む
（「詠嚬」）

（19）五陵愁碧春萋萋　五陵の愁碧　春　萋萋たり
（「湖陰詞」）

（20）恨紫愁紅満平野　恨紫　愁紅　平野に満つ
（「懊悩曲」）

温庭筠の〈修飾語＋色彩語〉型提喩の三十六種、四十八例のうち、各一例ずつ二十種を挙げた。これについて述べるまえに、まず李賀の場合と同じく、複数の用例をもつものを挙げると、（1）微紅(3)、（2）春碧(2)、（10）平緑(4)、

(17)愁紅(6)、(19)愁碧(2)の五種、十七例（カッコ内は用例数）ある。これが同一修飾語のものとなると、

微―紅（3）
春―緑（1）―碧（2）
遠―緑（1）―翠（1）
晴―紅（1）―碧（1）―翠（1）
平―緑（4）―碧（1）
愁―紅（6）―碧（2）―翠（1）

の六種、二十五例を数える。これによって、温庭筠がいかに特定の修飾語を愛用したかが知れよう。李賀の場合は七種あってもそれぞれ二例に過ぎなかったが、温庭筠は「微」三例、「春」三例、「晴」三例、「平」五例、「愁」九例と、明らかに集中の傾向を見せるからである。これは温庭筠の特徴と言ってよい。ただ、これは数字の比較から導かれたものであり、現象を指摘したに過ぎない。温庭筠のこの型の提喩独自の特色を探るためには、やはり修飾語の内容を検討しなければならない。それによって、温庭筠が李賀の手法を継承するに際して、単なる模倣に終ってはいなかったことが知れるだろう。

まず、(13)～(16)の例を再び挙げよう。

(13)　錦畳空牀委墜紅、

（愛する人のいないベッドの上におりかさなる錦のしとね、そのしなだれおちる紅）

(14) 水極晴揺泛灩紅

（果てしない水は明かるく、きらめく紅）

(15) 艸平春染煙緜緑

（野にひろがる草は春色に染まり、はるけき緑）

(16) 二月艶陽節、一枝惆悵紅

（はなやげる春二月、枝いっぱいになげきの紅）

右の四例において、修飾語である「委墜」「泛灩」「煙緜」「惆悵」が、いずれも双声あるいは畳韻の擬態語であることに注目したい[17]。このような例は李賀にはない。温庭筠独自の手法と考えられる。双声や畳韻の擬態語は、事物の形態を音声面からイメージさせるものであり、また音声的諧調を感じさせる。そして、ここではさらにもうひとつの効果にも留意したい。つまり、双声や畳韻の語は二字すなわち二音節から成っていることによる効果である[18]。修飾語が一音節から二音節になるとは、全体が二音節から三音節にのびるということである。この音声の時間的延長の感覚は、双声畳韻の擬態語自体の持つ、音声的諧調を伴った聴覚的イメージとひとつに溶け合って、中心となる色彩のイメージに一種の揺曳感を付加していると考えられる。それはたとえば、

遠緑 → 煙緜緑

落紅、堕紅 → 委墜紅

というように、字義的イメージでは同様と考えられる一字の修飾語を用いた場合と対比させることによって首肯されるのではないだろうか。

李賀の〈修飾語＋色彩語〉型提喩の特異性とは、詩人独自の感覚に裏打ちされた感覚語を修飾語に用いるところにあった。これに対して、温庭筠の場合は、感情を表わす語を修飾語に用いた例が目立つ。たとえば、(16)「惆悵紅」＝なげきの紅、(20)「恨紫」＝うらみの紫、がそうである。「紅」「紫」という色彩語が「惆悵」「恨」という感情語によって修飾されて、提喩によって強調される色彩のイメージそのものが、一種の情感をたたえて浮かび上がるのである。ただ、温庭筠は修飾語としての感情語を何種類も使うことはしない。感情語を修飾語に用いた例は十一例あるが、すでに挙げた「惆悵」と「恨」の各一例を除く残り九例すべてが「愁」なのである。ここに、温庭筠の詩人としての感傷性を見ることは、あながち的外れではないだろう。それでは「愁」を用いた九例について個々に検討してみよう。まずは、

(18)　毛羽斂愁翠
(かわせみの羽根はうれいの翠をひそめる)

が挙げられる。これは詩題「詠顰」からも了解されるように、女性の眉をひそめるさまをうたった句。「愁翠」はもちろん感情を賦与された色彩語の提喩として働いているのだが、「斂」という動詞の客語となっているために、「愁」はすぐさま「斂」の主体である女性の感情として了解されるだろう。つまり、「愁」は「翠」と結びつくよりも、「斂」

の主体としてテキスト内に現われている女性の感情に結びつくのだと言える。これに対して、

(19)　五陵愁碧春萋萋
(五陵のうれいの碧《みどり》は春に生い茂る)

さらに、

(21)　愁碧竟平泉
(うれいの碧が水辺の平地をおおい尽くす)
(「寒食節日寄楚望二首」其二)

となると、指し示す対象が〝春草〟であるという了解を伴いつつも、「愁碧」が句中で主語として機能しているために独立性が強く、「愁」は色彩語「碧」と強く結びつく。「愁」の主体は「碧」という色彩そのものである。つまり、「愁碧」とは〝愁えている碧〟なのだ。これは、

(17)　恨紫愁紅満平野
(うらみの紫とうれいの紅が平らかな野に満ちる)

における「愁紅」についても言える。愁いの表情をたたえて、くれないの色は野をうめ尽くすのである。[19]「愁碧」「愁紅」というのは、色彩のイメージに客観的な形状や状態を付加するのではない。たとえば、(19)(20)において、描写の対象は〝春草〟であると了解されるが、それが「愁碧」と表現されるとき、「平碧」などの非感情語を伴った場合に比べて、イメージされる〝春草〟の輪郭は一層うすれているだろう。「愁碧」「愁紅」とは、色彩のイメージに愁いの表情を帯びさせて、有情のものとして擬人化しているのである。温庭筠の〈修飾語＋色彩語〉型提喩におけるもうひとつの特色とは、〝色彩の擬人化〟だと言えよう。そして、この〝色彩の擬人化〟を生む修飾語「愁」に最も多く結びつけられたのが「紅」である。あざやかな紅の色が愁いの表情を帯びて浮かび上がる「愁紅」という提喩、おそらく最も感傷をさそうイメージであろう。[20]以下、残りの「愁紅」の例を挙げてゆこう。

(22)　倒影回澹蕩、愁紅媚漣漪
(水にうつるかげはゆらゆら揺れて、うれいの紅はさざ波のなかであでやかだ)
(「和沈参軍招友生観芙容池」)

(23)　一夜西風送雨来、粉痕零落愁紅浅
(秋風がはこんできた一夜の雨に、おしろいがはげ落ちて、うれいの紅は色あせた)
(「張静婉采蓮曲」)

この二つの「愁紅」も、それぞれ主格の機能を持ち、〝色彩の擬人化〟がなされている。

(24)　秦女含嚬向煙月、愁紅帯露空迢迢
（秦女は眉をひそめておぼろ月に向かい、うれいの紅は露にぬれてむなしくはるか）
（「惜春詞」）

(25)　侵簾片白揺翻影、落鏡愁紅写倒枝
（すだれにしのび込むひとひらの白は舞い散るすがたを揺らめかし、鏡に落ちるうれいの紅はたおれた枝にふりそそぐ(21)）
（「偶題林亭」）

この二例もまた主格の位置にあることは同じで、「紅」のイメージは愁いの表情を帯びて擬人化されているのだが、(24)は上の句に「秦女含嚬」とあり、(25)は女性の縁語と言える「鏡」の語があるため、女性の愁わしげな表情が連想され、そのイメージが重ねられることになる。とくに(24)の二句は女性をうたっているのかあるいは花をうたっているのか、いずれとも分かち難いため一層そうである。さらにまた、「紅」も女性の縁語と言ってよい。つまり、「愁紅」の語自体が、すでに女性の愁い顔への連想を強く誘うものだったのである。そこで、最後の例は詩全篇を挙げる。

蓼穂菱叢思蟪蛄　　蓼穂　菱叢　蟪蛄を思い
水蛍江鳥満煙蒲　　水蛍　江鳥　煙蒲に満つ
愁紅一片風前落　　愁紅　一片　風前に落ち
池上秋波似五湖　　池上の秋波　五湖に似たり

（「元処士池上」）

これは「元処士の池の上にて」、その幽居のさまをうたったもので、結句に「五湖に似たり」と言い、処士の隠逸の風をたたえるという姿勢は示されている。しかし、この詩から感じられるのは一般の隠士を詠ずる詩とは異なって、隠逸の雰囲気というよりも、感傷的でややエロチックな情緒である。それは「愁紅」という語の使用に負うところが大であると思われる。

愁紅一片風前落

（うれいの紅がはらりと風に舞い落ちる）

この「愁紅」がたとえば「花枝」などの語であったならば、そうした情緒はよほど薄れるにちがいない。この詩は温庭筠の得意とする艶詩の類とは距離のある作品であるが、表現の面に注目すれば、かえってその詩風を逆説的に示している作品でもあるのだ。そして、その主因は「愁紅」という〈修飾語＋色彩語〉型提喩の使用にある。

おわりに

以上、これまで李賀や李商隠を論ずる立場から言及されてきた温庭筠の色彩語表現の特色について、用例を挙げて論じてみた。温庭筠の色彩語表現は李賀から直接的に学んだものであり、とくに〈修飾語＋色彩語〉型提喩の頻用はそのことをよく示している。しかし、温庭筠は単に李賀を模倣したのではなかった。表現技法は直接的に李賀に学んでいるが、語彙やその内容は独自の性格をもったものに置換されているのである。そのひとつが、双声や畳韻の擬態語の修飾語としての使用であった。温庭筠はしばしば詩中に双関語を用いる。その音声による修辞効果を用いる手法は、色彩語表現における双声や畳韻の擬能語の使用とあい通ずるものがあると言えよう。さらにもうひとつの特色は、修飾語に感情語を用いることであった。これによって、色彩語の喚起するイメージは擬人化され、感情を持ったものとして浮かび上がるのである。それも、あたかも美しい女性であるかのように。

江南の春景と、それを背景にした男女の恋情や南朝への憧景をしばしばうたい、たゆたう温暖の感覚[22]に包まれて、官能的でもありまた感傷的でもある温庭筠の詩。その詩を語彙と表現のレベルで支えるもののひとつとして、こうした色彩語表現はあったのだと言えるのではないだろうか。

〈注〉

(1) もっぱら李賀の色彩感覚をあつかったものとしては、荒井健「李賀の詩――特にその色彩について――」(『中国文学報』第三冊、のちに「李賀の色彩感覚」と題して『秋風鬼雨』(筑摩書房刊)に収められる)を参照されたい。

(2) たとえば、山之内正彦氏は「李商隠表現考・断章――艶詩を中心として――」(『東洋文化研究所紀要』第四八冊)のなかで三者の関連を論じられている。

(3) 〈1〉川合康三「李商隠の恋愛詩」(『中国文学報』第二四冊)
〈2〉同「李賀の表現――「代詞」と形容詞の用法を中心に――」(東北大学文学部『文化』第四四巻第三・四号)

(4) 用例の検索には、岩間啓二編『温庭筠歌詩索引』(朋友書店)、唐文等編『李賀詩索引』(斉魯書社)、早稲田大学中国文学会

編『李商隠詩索引』（竜渓書舎）を利用した。テキストも上記三書の底本に拠ったが、李賀については宋宣城本を、李商隠については百名家全集本を参照して改めたところがある。

（5）『李賀』（岩波書店　中国詩人選集14）の解説（一〇頁）。

（6）提喩の持つ効果はもちろん色彩語に限らないし、また詩に限られるものでもない。詳しくは第一部第三章を参照。

（7）晉の潘岳「西征賦」（『文選』巻一〇）に「繊経連白、鳴根厲響」、梁の簡文帝「東飛伯労歌」（『玉台新詠』巻九）に「裁紅点翠愁人心」とある。

（8）注（3）の川合論文〈2〉を参照。川合氏は「円蒼」「冷紅」「寒緑」「細緑」「団紅」を例に挙げて、これを「提喩型代詞」と呼び、〝形容詞同志の新たな結合によって合成された語が、名詞としての機能をもつもの〟と説明する。

（9）このことについては、注（1）荒井論文および注（3）の川合論文〈2〉を参照。

（10）ここで、本文に挙げる（1）～（9）以外の例を列挙しておく。

花枝草蔓眼中開、小白長紅越女腮（「南園十三首」其一）
未盥邵陵瓜、瓶中弄長翠（「安楽宮」）
帰霞帔拖蜀帳昏、嫣紅落粉罷承恩（「牡丹種曲」）
南浦芙蓉影、愁紅独自垂（「黄頭郎」）
新桂如蛾眉、秋風吹小緑（「房中思」）
看見秋眉換新緑、二十男児那刺促（「浩歌」）
上客留断纓、残蛾闘双緑（「石城暁」）
暁涼暮涼樹如蓋、千山濃緑生雲外（「河南府試十二月楽詞　四月」）
蜂語繞粧鏡、画蛾学春碧（「難忘曲」）
竹香満凄寂、粉節塗生翠（「昌谷詩」）
飛光染幽紅、誇嬌来洞房（「感諷六首」其一）

今年水曲春沙上、笛管新篁抜玉青（「昌谷北園新筍四首」其三）
細緑及団紅、当路雑啼笑（「春帰昌谷」）
角声満天秋色裏、塞上燕脂凝夜紫（「雁門太守行」）
苔絮縈澗礫、山実垂赬紫（「昌谷詩」）
秋涼経漢殿、班子泣衰紅（「感諷六首」其五）
秋白鮮紅死、水香蓮子斉（「月漉漉篇」）
雲根苔蘚山上石、冷紅泣露嬌啼色（「南山田中行」）
飛香走紅満天春、花竜盤盤上紫雲（「上雲楽」）
春営騎将如紅玉、走馬捎鞭上空緑（「貴主征行楽」）
回雪舞涼殿、甘露洗空緑（「河南府試十二月楽詞　五月」）
薄薄淡靄弄野姿、寒緑幽風生短糸（「同前　正月」）
蛮娘吟弄満寒空、九山静緑涙花紅（「湘妃」）
古春年年在、閑緑揺暖雲（「蘭香神女廟」）
夜残高碧横長河、河上無梁空白波（「有所思」）
上楼迎春新春帰、暗黄著柳宮漏遅（「河南府試十二月楽詞　正月」）
冬樹束生渋、晩紫凝華天（「洛陽城外別皇甫湜」）

(11) 注（1）荒井論文。
(12) 注（3）の川合論文〈2〉。
(13) ただ、（7）の「落紅」は、「落花」というすでに常套語となっていたと思われる語の存在に留意すべきかも知れない。とすると、「落紅」の「落」の与える〝衰残頽落〟の感覚は割引きして考えなければならないだろう。
(14) 後に挙げる（1）～（20）以外の十六種を挙げておく。

汪汪積水光連空、重畳細紋交瀲紅（「昆明治水戦詞」）
細光穿暗隙、軽白駐寒条（「雪二首」其一）
繡領金須蕩倒光、団団皺緑鶏頭葉（「蘭塘詞」）
払塵生嫩緑、披雪見柔荑（「原隰荑緑柳」）
天香熏羽葆、宮紫暈流蘇（「苦楝花」）
愁碧竟平皐、韶紅換幽圃（「寒食節日寄楚望二首」其一）
一尺深紅蒙麺塵、天生旧物不如新（「新添声楊柳枝辞二首」其一）
銀河欲転星靨靨、碧浪畳山埋早紅（「暁僊謡」）
已落又開横晩翠、似無如有帯朝紅（「反生桃花発因題」）
侵簾片白揺翻影、落鏡愁紅写倒枝（「偶題林亭」）
生緑画羅屏、金壺貯春水（「湘宮人歌」）
三秋庭緑尽迎霜、唯有荷花守紅死（「懊悩曲」）
檐柳初黄燕初乳、暁碧芊緜過微雨（「酔歌」）
湘東夜宴金貂人、楚女含情嬌翠嚬（「湘東宴曲」）
宮花有露如新涙、小苑叢叢入寒翠（「暁僊謡」）

なお、これは李賀の場合と同じく、「紅」以下八つの色彩語の用例である。

（15）李商隠の作品は約六百首を数えるが、〈修飾語＋色彩語〉型提喩は管見では十例に満たない。

（16）李商隠における李賀受容については、注（2）山之内論文の、とくに「Ⅱ李賀との関係」の章に詳論があり、「河陽詩」も取り上げられている。

（17）「委墜」という畳韻の語はあまり見られないようだが、温庭筠は他に二つ用いている。そのひとつを挙げておく。

蘭釵委墜垂雲髪、小響丁当逐回雪（「郭処士撃甌歌」）

(18) 同じ二音節の語が修飾するものに、「一闌紅」などの数量を表わすものが他にあって、これも同様の効果をもつと言える。ただ、その効果は、双声畳韻の擬態語に劣ると思う。

(19) すでに挙げた(16)「惆悵紅」と(20)「恨紫」についても同じことが言えよう。

(20) ただし、「愁紅」の語自体は温庭筠の独創ではない。李賀の「黄頭郎」に、

　南浦芙蓉影、愁紅独自垂

と見え、これも李賀を襲ったものと言える。なお、このことはすでに注(3)の川合論文〈2〉で指摘されている。

(21) この二句は具体的情景がよく分からない。詩は「月樹　風亭　曲池を繞り」とうたい出して、池のほとりの情景と考えられるので、上句の「揺翻影」は花びらの舞う影が水面に写ってゆれると解すべきかも知れない。となると、「侵簾」とはすだれ越しに見えることを言うのだろうか。下句は「倒枝」とあり、これは実景としてのたおれた木の枝のことであろうから、「鏡」は水面の比喩と解してよいのだろう。読者のご指教を待つ。

(22) 温庭筠の「温暖感覚」とは、注(2)山之内論文のことば。

附論二　詩語「三月尽」試論

はじめに

中唐の詩人白居易が、四季折々の自然や風物に触れての感慨をしばしば詩に詠じているのは、改めて言うまでもない。そうした詩に用いられている言葉のなかでも、「三月尽」は白居易に特徴的な詩語である。たとえば、平岡武夫氏は、「この言葉、そしてこれを詩に表現することは、まさしく白居易の独壇場なのである」と言う。(1) たしかに、白居易の「三月尽」の用例は八例にものぼり、「白居易がこうして三月尽をしきりにいうのに反して、彼と共に並べ称せられる唐の代表詩人、李白・杜甫・韓愈らの作品には、三月尽の言葉はついに用いられていない。もとより『文選』の言葉ではない」(2) のだが、こうした見方にはいささか修正を加えなければならないようである。

第一節　「〜月尽」という表現

まずは、以下の叙述の便のために、白居易の「三月尽」の用例を制作年次に従って挙げておこう。(3)

〈1〉592　送春帰：元和十一年（八一六）　四十五歳　在江州
　送春帰、三月尽日日暮時

〈2〉1022　潯陽春　春去：元和十二年（八一七）　四十六歳　在江州
　四十六時三月尽、送春争得不殷勤

〈3〉990　酬元員外三月三十日慈恩寺相憶見寄：元和十二年（八一七）　四十六歳　在江州
　悵望慈恩三月尽、紫桐花落鳥関関

〈4〉1365　飲散夜帰贈諸客：長慶三年（八二三）　五十二歳　在杭州
　明朝三月尽、忍不送残春

〈5〉369　南亭対酒送春：長慶四年（八二四）　五十三歳　在杭州
　冉冉三月尽、晩鶯城上聞

〈6〉2337　柳絮：長慶四年（八二四）　五十三歳　在杭州
　三月尽時頭白日、与春老別更依依

〈7〉 2290　三月三十日作‥大和四年（八三〇）　五十九歳　在洛陽

・　今朝三月尽、寂寞春事畢

〈8〉 3446　春尽日宴罷成事独吟‥開成五年（八四〇）　六十九歳　在洛陽

　五年三月今朝尽、客散筵空独掩扉

「三月尽」とは、陰暦「三月」が「尽きる」、すなわち春が終わることを意味し、さらには春が終わるその日、三月晦日をも指す。たしかに白居易に特徴的な詩語なのであるが、実はかれが初めて用いたわけではない。そのことは後で述べるとして、まずは、「三月尽」につながる「月尽」あるいは「〜月尽」ということばの歴史をたどってみよう。

そもそも、「月尽」とは、具体的に、天空の月が欠けてその光が消滅するという、天文現象を指すことばであった。『釈名』の釈天に、

　晦、灰也、火死為灰、月光尽似之也

と言い、『説文』に、

　晦、月尽也

と言うのがそれである。さらに、唐の韓鄂の『歳華紀麗』朔晦の条に、

晦、月尽之名、晦、灰也、死為灰、又月光尽、色似灰

と言うのは、明らかに『釈名』を承けている。それが延いては暦の上での月が終わることを指し、晦日（みそか）の意をも持つことは、同じく『歳華紀麗』の晦日の条、「大酺小尽」の注に、

月有小尽、大尽、三十日為大尽、二十九日為小尽

とあり、さらに唐の釈道世の『法苑珠林』巻四（『大正蔵』）に、

如起世経云、……復何因縁名為月耶、此月宮殿於黒月分、一日已去乃至月尽、光明威徳漸漸減少、以此因縁名之為月（原注云、西方一月分為黒白、初月一日至十五日、名為白月、十六日已去至於月尽、名為黒月、此方通摂黒月、合為一月也）

とあることからも知れる。また、『礼記』祭義「歳既単矣」の鄭注に、

歳単、謂三月月尽之後也

とあるのも、同様である。

次に、具体的にある月が終わることやある月の晦日を意味することになる「～月尽」について言えば、まず『漢書』の「文三王伝」に、

時冬月尽、其春大赦、不治

とある。この「冬月」はひとつの月ではなく、冬の三か月を意味しているが、ことばの構造から言えば「～月尽」の類である。また、少し時代が下ると、次のような例もある。

王隠晋書曰、恵帝時謡曰、二月尽、三月初、桑生裴雷柳葉舒、荊筆楊板行詔書
（『太平御覧』巻六〇六　文部　板）(4)

また、仏教では「六斎日」なるものがあって、毎月の八日、十四日、十五日、二十三日、二十九日、三十日がこれに当たり、その日には八斎戒を持するのだが、このうちの三十日の斎は「月尽斎」と呼ばれたようである。(5)

以上、管見に入った例を挙げたが、「月尽」あるいは「～月尽」ということばは古くからあり、そう珍しいものではなかったようだ。とすれば、もちろん「三月尽」も、その用例はなかなか見当たらないが、おそらく古くから使われていたと考えてよいだろう。

では、唐詩においてはどうかと言えば、初唐の詩人、宋之問に「上陽宮侍宴応制得林字」なる詩があり、

砌蓂霜月尽、庭樹雪雲深

と言う。「霜月」とは、通常陰暦七月と解されるが、「雪雲深」の三字および『全唐詩』に「一本題上有九月晦日四字」との注記があるのを考えると、あるいはここでは九月を指すかも知れない。いずれにしても、唐詩における「~月尽」の形の用例のごく早いものである。少し時代が下って、盛唐の張説の「三月閨怨」には、

三月時将尽、空房妾独居

という例が見える。「三月　時に将に尽きんとし、空房　妾は独居す」とうたうこの例は、唐詩における「三月尽」の初出と言えるかも知れない。[6] さらに、盛唐の岑参には「二月尽」の例が見える。

長安二月眼看尽、寄報春風早為催　（「春興戯題贈李侯」）

また、白居易より少し先輩で、ほぼ同時代の王建の「初冬旅遊」には、

為客悠悠十月尽、荘頭栽竹已過時

と、「十月尽」の例も見える。

以上を要するに、白居易の「三月尽」がかれの独創ではないことは明らかであろう。さらに言えば、白居易の詩に「三月尽」が現われるのは元和十一年からであるが、実はすでにそれ以前の元和四年に、元稹の詩の題注に使われている。いま、それを引こう。

使東川　望駅台（題注云、三月尽）

可憐三月三旬足　憐れむ可し　三月　三旬足り
悵望江辺望駅台　悵望す　江辺の望駅台
料得孟光今日語　料り得たり　孟光　今日の語
不曾春尽不帰来　曾《すなわ》ち春尽きざれば帰り来らざらん

（『元稹集』巻一七）(7)

この詩には白居易の唱和の作があるので、それも引いておこう。

767　酬和元九東川路詩　望駅台（題注云、三月三十日）

靖安宅裏当窓柳　靖安宅裏　窓に当たる柳
望駅台前撲地花　望駅台前　地を撲《う》つ花

両処春光同日尽　　両処の春光　同日に尽き
居人思客客思家　　居人は客を思い　客は家を思う

元稹の原唱は、望駅台にあって長安の家で我が帰りを待つ妻韋氏を思いやるものであり、白居易の和唱はこれを承けて、元稹の自宅のある靖安里で帰りを待つ韋氏（居人）と望駅台にある元稹（客）とを対比させて詠じている。白居易の和唱の題注に「三月三十日」とあるのは、元稹の原唱の起句「三月三旬足」を承けたとも考えられるが、元和四年の三月は大の月であったので、(8)元稹の題注「三月尽」を数字に置き換えたとも考えられる。一方、元稹が「三月尽」を使ったのは、これまで述べてきたところから見て、「三月尽」が白居易の専売特許だと意識してのことではなく、すでにある「～月尽」の語を使ったに過ぎまい。と言うのも、白居易自身が「三月尽」を使い始めるのはすでに触れたように、七年後の元和十一年からのことであり、また「三月尽」ばかりではなく、「～月尽」という語は、むしろ元稹の方が先に使っているからである。

賦得九月尽

霜降三旬後　　霜降三旬の後
蓂余一葉秋　　蓂は余す　一葉の秋
玄陰迎落日　　玄陰　落日を迎え
涼魄尽残鉤　　涼魄　残鉤　尽く
半夜灰移琯　　半夜　灰は琯を移し

明朝帝御裘　　明朝　帝は裘を御す
潘安過今夕　　潘安　今夕を過ぐれば
休詠賦中愁　　詠うを休めよ　賦中の愁い

（『元稹集』巻一四）

この詩は元和元年から四年頃の作とされる。(9) 詩題に「賦し得たり」とあるので、宴席などでの題詠であったと思われる。それがどのような集まりであったかは全く分からないが、元稹に割り当てられた題は「九月尽」であった。したがって、「九月尽」という語が元稹の造語であったはずはない。座に会した人々の共有の語であったに違いない。「〜月尽」の語は、当時の詩人にとってべつに新奇なことばではなかったのである。(10) では、なぜ白居易は「三月尽」を多用したのであろうか。

第二節　三月と元稹

白居易が「三月尽」を使うのはそれほど早い時期からではない。元和十一年、四十五歳の時、左降の地江州で迎えた最初の春が終わるに当たっての作〈1〉592「送春帰」からであった。したがって、白居易がなぜ「三月尽」を多用したかを考える場合、ことばの構造を同じくし、またその意味する内容も春が終わるということでは同じである「春尽」が、それまでどのように使われているかを見てみることが糸口になろう。なぜならば、すでに第二部第二章で述べたように、「春尽」は六朝以来の詩語であり、唐詩では盛んに使われており、そのなかでも白居易の用例は二十五を数えて、その現存作品が多いからとは言え、唐人のなかでも飛び抜けて多いからである。そこで、次に「三月尽」初出以前の「春尽」の用例を、これもまた制作年次にしたがって挙げてみよう。

〈9〉　622　答韋八・貞元十八（八〇二）～十九年　三十一～二歳　在長安

麗句労相贈　　麗句　相贈るを労し
佳期恨有違　　佳期　違う有るを恨む
早知留酒待　　早に酒を留めて待つを知らば
悔不趁花帰　　花を趁って帰らざるを悔ゆ
春尽緑醅老　　春尽きて　緑醅老い
雨多紅蕚稀　　雨多くして　紅蕚稀なり
今朝如一酔　　今朝　如し一酔せば
猶得及芳菲　　猶お芳菲に及ぶを得ん

〈10〉　392　西明寺牡丹花時憶元九・永貞元年（八〇五）　三十四歳　在長安

前年題名処　　前年　題名の処
今日看花来　　今日　花を看に来たり
一作芸香吏　　一たび芸香の吏と作りてより

三見牡丹開　三たび牡丹の開くを見たり
豈独花堪惜　豈に独り花のみ惜しむに堪えんや
方知老暗催　方《まさ》に老いの暗かに催すを知る
何況尋花伴　何ぞ況んや　花を尋ぬる伴の
東都去未迴　東都に去って未だ迴らざるをや
詎知紅芳側　詎ぞ知らん　紅芳の側
春尽思悠哉　春尽きて　思い悠かなるを

〈11〉631　三月三十日題慈恩寺・永貞元年（八〇五）　三十四歳　在長安

慈恩春色今朝尽　慈恩の春色　今朝尽き
尽日徘徊倚寺門　尽日徘徊して寺門に倚る
惆悵春帰留不得　惆悵たり　春帰りて留め得ず
紫藤花下漸黄昏　紫藤花下　漸く黄昏

〈12〉759　酬和元九東川路詩　山枇杷二首　其一・元和四年（八〇九）　三十八歳　在長安

万重青嶂蜀門口　万重の青嶂　蜀門口
一樹紅花山頂頭　一樹の紅花　山頂頭
春尽憶家帰未得　春尽きて家を憶うも　帰ること未だ得ず

低紅如解替君愁　　低紅　解く君に替って愁うが如し

〈13〉 767　同　望駅台・元和四年（八〇九）　三十八歳　在長安

靖安宅裏当窓柳　　靖安宅裏　窓に当たる柳
望駅台前撲地花　　望駅台前　地を撲つ花
両処春光同日尽　　両処の春光　同日に尽き
居人思客客思家　　居人は客を思い　客は家を思う

〈14〉 66　続古詩十首　其二・元和六（八一一）～九年　四十～四十三歳　在下邽

掩涙別郷里　　涙を掩いて郷里に別れ
飄颻将遠行　　飄颻として将に遠行せんとす
茫茫緑野中　　茫茫たる緑野の中
春尽孤客情　　春尽きて　孤客の情
駆馬上丘隴　　馬を駆って丘隴に上れば
高低路不平　　高低して　路は平らかならず
（以下略）

〈15〉 269　喜陳兄至・元和十年（八一五）　四十四歳　在長安

黄鳥啼欲歇　　黄鳥　啼きて歇まんと欲し
青梅結半成　　青梅　結びて半ば成る
坐憐春物尽　　坐ろに春物の尽くるを憐れみ
起入東園行　　起ちて東園に入りて行く
携觴懶独酌　　觴を携えて独り酌むに嬾し
忽聞叩門声　　忽ち聞く　門を叩く声
閑人猶喜至　　閑人すら猶お至るを喜ぶ
何況是陳兄　　何ぞ況んや　是れ陳兄なるをや
（以下略）

以上七例のうち、〈9〉〈10〉〈12〉〈14〉〈15〉の五例は、春という季節を全体で捉えたものだが、〈11〉〈13〉はいささか異なる。いずれも詩題や題下の自注で、三月三十日、すなわち三月晦日という日付を明示している。〈11〉では「慈恩の春色　今朝尽く」、〈13〉では「両地の春光　同日に尽く」とあるように、「春が尽きる」ことを、「三月晦日」という時点において捉えた表現になっている。すでに述べたように、「～月尽」ということばはべつに新奇なことばではなかったのだから、この時点で「三月尽」を使っていてもよさそうなのだが、そうではない。〈11〉の詩が作られたのは永貞元年で、「三月尽」の初出である〈1〉の作られたのが元和十一年、実に十一年の隔たりがある。この間、白居易にとって、春、延いては三月とその晦日の意味に変化があったのだろうか。

三月晦日を意識する〈11〉「三月三十日題慈恩寺」と〈13〉「望駅台」は、どのような状況のもとで作られたのであろうか。まず〈11〉が作られたのは、永貞元年三月である。このとき白居易は長安にいたのだが、同じ頃の作に〈10〉に挙げた「西明寺牡丹花時憶元九」がある。この詩で白居易は、「何ぞ況んや　花を尋ぬる伴の、東都に去って未だ迴らざるをや」と、当時洛陽にあった元稹を思う。また、貞元十九年もしくは二十年の作とされる628「曲江憶元九」にも、

春来無伴閑遊少　　春来　伴無く　閑遊少なし
行楽三分減二分　　行楽を三分すれば　二分を減じたり
何況今朝杏園裏　　何ぞ況んや　今朝　杏園の裏
閑人逢尽不逢君　　閑人に逢い尽くすも君に逢わざるをや

とうたっている。白居易にとって親友元稹は、長安の春に欠くことのできない存在であったようだ。元和四年二月、元稹は監察御史となり、三月には瀘州の監官任敬仲の不正調査のために勅を奉じて東川に赴いた。(11)〈13〉はすでに述べたように、元稹が旅先から寄せた詩への和唱であった。これもまた親友元稹の不在が背景にある。暮春三月と元稹の不在、白居易の惜春の詩において、このことは留意してよいだろう。

元和五年、元稹の境遇に大きな変化が起こる。江陵府士曹参軍への左遷である。白居易の三度にわたる弁護も効を奏さなかった。(12)そして、元稹が長安を離れたのは、またも暮春三月であった。元稹の「桐孫詩」序（『元稹集』巻一九）には、

元和五年、予貶掾江陵、三月二十四日、宿曾峰館

と言う。「曾峰館」は商州の東、陽城山中にあり、元稹が長安を発ったのは三月十八日であろうという。(13) 元稹の出立は慌ただしく、白居易の100「和答詩十首序」にはその時のことを、

五年春、微之従東台来、不数日、又左転為江陵士曹掾、詔下日、会予下内直帰、而微之已即路、邂逅相遇於街衢中、自永寿寺南、抵新昌里北、得馬上語別、語不過相勉、保方寸外形骸而已、因不暇及他

と記している。元稹の左遷による別離は、以前にも増して白居易に強い衝撃を与えたことであろう。こうして元稹は去り、白居易はこの別れに、永貞元年春の元稹の不在を重ねる。

721　重題西明寺牡丹

往年君向東都去　　往年　君は東都に向かって去り
曾嘆花時君未迴　　曾て嘆ず　花時に君の未だ迴らざるを
今年況作江陵別　　今年　況んや江陵の別れを作すをや
惆悵花前又独来　　惆悵す　花前に又た独り来るを
只愁離別長如此　　只だ愁う　離別の長えに此くの如くならんを
不道明年花不開　　道《おも》わず　明年　花開かざらんを

永貞元年、元和四年、元和五年と、暮春三月は元稹の不在と次第に強く結びついていったと言えそうである。(14)

第三節　白居易にとっての「三月尽」

元和十年正月、元稹は五年ぶりに長安に召喚される。前年に母の喪が明け、太子左賛善大夫として官界に復帰して長安にあった白居易は、元稹との再会を喜んだ。しかし、それも束の間、元稹は再び通州司馬へと貶とされる。白居易は親友を長安の西を流れる灃水のほとり、蒲池村に送った。それはまたしても春三月、しかも晦日であった。(15) 3738「城西別元九」には次のように言う。

城西三月三十日　　城西　三月三十日
別友辞春両恨多　　友に別れ春に辞れ　両つの恨みは多し
帝里却帰猶寂寞　　帝里に却帰するも　猶お寂寞たらん
通州独去又如何　　通州に独り去るは又た如何

元和十年三月三十日は、白居易にとってまさに「友」と「春」との〝二人〟に別れた日であった。かくて、元和十年に至り、春のなかでも暮春三月という月が、親友元稹の不在に緊密に結びついたと言える。換言すれば、白居易に

とって三月とは、春の消滅という時間的喪失感と親友の不在という空間的喪失感とが重なるときとなったのである。(16)

元稹が通州へと去ってから五か月後の元和十年秋八月、宰相武元衡暗殺事件にからんで、今度は白居易自身が江州司馬へと貶とされる。(17)白居易の人生最大の事件と言ってよいだろう。そして、翌元和十一年、左降の地江州での最初の春の終わる三月、白居易はツツジの花に触発されて、暮春三月と元稹との別れを、次のような詩に詠んでいる。

593　山石榴寄元九

山石榴　　　　　山石榴
一名山躑躅　　　一名　山躑躅
一名杜鵑花　　　一名　杜鵑花
杜鵑啼時花撲撲　杜鵑の啼く時　花は撲撲たり
九江三月杜鵑来　九江の三月　杜鵑来り
一声催得一枝開　一声　催し得たり　一枝の開くを
江城上　閑無事　江城の上　閑にして事無く
山下斸得庁前栽　山下に斸《き》り得て　庁前に栽う

（略）

奇芳絶艶別者誰　奇芳　絶艶　別かつ者は誰ぞ
通州遷客元拾遺　通州の遷客　元拾遺
拾遺初貶江陵去　拾遺　初めて江陵に貶せられて去り

去時正値青春暮　　去る時　正に青春の暮れに値う
商山秦嶺愁殺君　　商山　秦嶺　君を愁殺し
山石榴花紅夾路　　山石榴の花　紅　路を夾む
題詩報我何所云　　詩に題し我に報いて何の云う所ぞ
苦云色似石榴裙　　苦《ねんご》ろに云う　色は石榴裙に似たりと
当時叢畔唯思我　　当時　叢畔に唯だ我を思い
今日欄前只憶君　　今日　欄前に只だ君を憶う
憶君不見坐銷落　　君を憶いて見ず　坐ろに銷落し
日西風起紅紛紛　　日西　風起こりて　紅は紛紛たり

このとき、白居易は、たとえば南宋の范成大が陸游について漏らした、

余与陸務観自聖政所分袂、毎別輒五年、離合又常以六月、似有数者、中巌送別、至揮涙失声、留此為贈
（『范石湖詩集』巻一八所収の詩題）

という感慨と同じような感慨に浸っていたかも知れない。その晦日に詠まれたのが、〈1〉「送春帰」であった。ここで全篇を引こう。題下には自注がある。

592　送春帰（題注云、元和十一年三月三十日作）

送春帰　春の帰るを送る
三月尽日日暮時　三月尽くる日　日の暮るる時
去年杏園花飛御溝緑　去年　杏園の花飛んで　御溝は緑なりき
何処送春曲江曲　何処にて春を送る　曲江の曲《くま》
今年杜鵑花落子規啼　今年　杜鵑花落ちて　子規は啼く
送春何処西江西　春を送るは何処ぞ　西江の西
帝城送春猶怏怏　帝城にて春を送るすら猶お怏怏たり
天涯送春能不加惆悵　天涯にて春を送るに能く惆悵を加えざらんや
莫惆悵　惆悵とする莫かれ
送春人　春を送る人
冗員無替五年罷　冗員　替わる無くんば五年にて罷まん
応須準擬五送潯陽春　応に須らく準擬《かなら》ずや五たび潯陽の春を送るべし
五年炎涼凡十変　五年の炎涼　凡そ十変
又知此身健不健　又た知んぬ　此の身の健なるや健ならざるや
好去今年江上春　好し去れ　今年　江上の春
明年未死還相見　明年　未だ死せずんば　還た相見ん

この詩に流れる感情を、いわゆる惜春の情として一般化してしまうことはできない。左遷という白居易自身の境遇に密着した形で詠まれているからである。初句から十二句目まで七度も「送春」の語を畳みかけるのは、本来なら楽府的で軽快な調子を持つと言えようが、この詩の場合はかえって白居易の切迫した感情を伝える。元和十一年三月晦日、江州初めての春の暮れの感慨を詠ずるとき、白居易には自身の現在の姿に通州へと左遷の旅に立った前年の元稹の姿が重なって見えていたにちがいない。そして、このとき、はじめて「三月尽」が選び取られたのであった。

一般に、詩句のなかの数字表現は、具体的な語義を持った詩語に比べて、なんらかの典故を背負っていない限り、その喚起するイメージの具体性あるいは多重性はかなり劣ると言えよう。しかし、一方では、ある一点を示す指示性は高くなると考えられる(18)。暮春三月と親友元稹との別れの符合から来る、すぐれて個人的な感慨をこめて春の終わりを詠ずるには、一般化されて受けとめられやすい「春尽」ではなく、より指示性の強い「三月尽」がふさわしかったのではなかろうか。換言すれば、「三月尽」はありきたりの春の感慨を詠じる詩語として取り入れられたものではなく、白居易自らの体験と実感に根差したきわめて個人的な詩語だったのではあるまいか。「三月尽」をはじめて使うに際して、白居易の脳裏には、かつて唱和した元稹の「望駅台」の詩があるいは浮かんでいたかも知れない(19)。

元和十二年、江州二度目の春が訪れ、白居易は前年につづいて「三月尽」を用いる。

〈2〉 1022　潯陽春　春去

一従沢畔為遷客　　一たび沢畔に遷客と為りし従り
両度江頭送暮春　　両度　江頭に暮春を送る
白髪更添今日鬢　　白髪　更に添う　今日の鬢

青衫不改去年身　　青衫　改めず　去年の身
百川未有迴流水　　百川　未だ有らず　迴流の水
一老終無却少人　　一老　終に無し　却少の人
四十六時三月尽　　四十六の時　三月尽き
送春争得不殷勤　　春を送るに争《いか》で殷勤ならざるを得ん

また、〈3〉の「酬元員外三月三十日慈恩寺相憶見寄」も同じ年の作とされており、

悵望慈恩三月尽　　悵望す　慈恩に三月尽き
紫桐花落鳥関関　　紫桐花おちて　鳥は関関

とうたう。(20)このように、江州時代の三年だけで八例中の三例を占めているのは、「三月尽」が白居易にとって、いかに会心の詩語であったかを示しているだろう。ただ、以後、〈4〉長慶三年、〈5〉〈6〉長慶四年、〈7〉大和四年、〈8〉開成五年と用いられていくうちに、「三月尽」は次第に詩語としてひとり歩きを始め、惜春嘆老の情を詠ずる際の常套語と化していったように思える。このことを側面から示唆しているのが、長慶二年と四年に見える「五月尽」かも知れない。ひとつは1325「九江北岸遇風雨」で、長慶二年杭州赴任の途次、江州を経ての作とされ、ひとつは2351「除官赴闕留贈微之」で、長慶四年、杭州を去るに際して元稹に贈ったものである。前者には、

九江闊処不見岸　　九江　闊き処　岸を見ず
五月尽時多悪風　　五月尽くる時　悪風多し

と言い、後者には、

去年十月半　　去年　十月半ば
君来過浙東　　君来りて浙東を過ぐ
今年五月尽　　今年　五月尽
我発向関中　　我は発ちて関中に向かう

と言う。この「五月尽」には、すでに特別の思い入れはなさそうである。

おわりに

白居易の詩が我が平安朝の人々に好まれたのは周知のことであるが、「三月尽」も積極的に取り入れられた。『千載佳句』には白居易の「三月尽」の句が引かれ、『和漢朗詠集』では「三月尽」という部が立てられたし、また、『古今集』をはじめとする和歌の世界にまでその影響は及んでいる。このあたりの事情はすでに指摘されているので贅言は要すまい。[21] いま、ひとつだけ付け加えておくならば、「三月尽」はさらに、藤原長能と藤原公任を主人公とする「三月尽説話」なる説話まで生み出している。それは、藤原長能がある年の「三月尽」の歌講の折りに、「心うきとしにもあるかなはつかあまりここぬかといふに春のくれぬる」という歌を詠じたところ、公任に「春は三十日やはある」と難じられ、気に病んで死ぬ、というものであった。[22] では、一方、中国ではどうであるのか。どうも日本とはよほど事情が違うようだ。「三月尽」が唐の詩人達に広く受け入れられたとは思えない。白居易の生きた中唐期、これに続く晩唐期の詩人達の作品に見える「三月尽」をはじめとする「～月尽」の用例は、相変わらず寥々たるものなのである。元稹も結局詩のなかには使わなかった。いま管見に入っているのは次の三例だけである。

（イ）　三月尽頭雲葉秀、小姑新著好衣裳　（徐凝「過馬当」）

（ロ）　一灯前雨落夜、三月尽草青時　（韓偓「六言三首」其二）

（ハ）　九月将欲尽、幽叢始綻芳　（釈斉己「庭際晩菊上主人」）

また、後世の詩話の類にも、詩語としての「三月尽」に言及して、これを評価しているものはないのではなかろうか。

「三月尽」と同じ構造を持つ「春尽」は、中唐以後、この種の詩語のなかで用例数が他を圧倒するようになった。同じく「尽」の語で承ける形をとりながら、「三月尽」と「春尽」とで詩人達による使用状況がかくも対蹠的なのはなぜであろうか。それは、おそらく「春」という語と「三月」という語の違いによる。つまり、「春」という語と「三月」という語を比べてみると、イメージの喚起力は「春」の方が勝っていると言えよう。数字を含んだ「三月」という表現は、数字の指示性によってイメージの喚起力が弱められているのである。「春」のイメージを呼び起こすには、「三月」→「春の最後の月」という翻訳過程が必要になる。「三月尽」はイメージを犠牲にして、指示性をとったのである。「三月尽」は白居易にとっては意味のある重いことばであったが、その指示性ゆえに含蓄には欠けると言えよう。含蓄に欠けるということは、汎用性に乏しいということになろう。「三月尽」は多くの詩人に受け入れられるような詩語ではなかったのである。つまり、詩人たちの共有する詩語とはなりにくかった。中国の詩語に対する伝統的な観点は、指示性よりもイメージの喚起力の強さや喚起されるイメージの多様性、言い換えれば含蓄のあるのをよしとするものであろう。川合康三氏は白居易の詩が「白俗」と評されるのは、その表現がすべてを言い尽くそうとして余韻あるいは含蓄のないという特徴をもつからであると指摘する。[23] とすれば、「三月尽」は、あるいは「白俗」を代表する詩語だと言えるかも知れない。

〈注〉

（1）「三月尽――白氏歳時記――」（『日本大学人文科学研究所研究紀要』一八号）。

（2）前注の平岡論文のことば。

（3）白居易の詩の繫年は基本的に花房英樹『白氏文集の批判的研究』に拠り、引用の詩にはその設定する作品番号を付す。また、白居易の閲歴は同氏『白居易研究』所収の年譜に主として拠る。なお、テキストは那波本に拠り、自注を含めて他のテキストを参照した。
（4）唐の虞世南『北堂書鈔』巻一〇四「筆」の条にも、「王隠晉書云、恵帝謡曰、二月尽、三月初、葉生襄藩柳葉舒、荊筆揚板行詔書」とある。ただし、現行の『晉書』は、「二月尽」を「二月末」（五行志・中）としている。
（5）高田時雄「チベット文字書写「長巻」の研究」（『東方学報』京都　第六五冊）によると、大英図書館に収められる敦煌発見チベット文写本のいわゆる「長巻」に、月尽斎に関する問答があり、「月尽斎甚事啊、斎是戒、戒甚事啊、戒是道、念甚仏啊、念釈迦牟尼仏」と漢字に還元されるという。
（6）この詩は『全唐詩』に収められるもので、張説の別集には見えない。また、『全唐詩』は、同じ開元のころの人である袁暉の作としても載せる。ただし、題を「三月閨情」、「三月時将尽」を「三月春将尽」としている。この場合、「三月」は直接「尽」に係らない。したがって、張説の句を「三月尽」の初出とするのは留保つきである。
（7）元稹の閲歴と作品の制作年に関しては、花房英樹・前川幸雄『元稹研究』（彙文堂書店、一九八〇）および卞孝萱『元稹年譜』（斉魯書社、一九八〇）に拠った。また、元稹の詩文は、冀勤点校『元稹集』（中華書局、一九八二）に拠った。
（8）平岡武夫等『唐代の暦』および陳垣『二十史朔閏表』を参照。
（9）注（7）に同じ。
（10）注（1）平岡論文では、先に引用した部分に続けて、「白居易の詩の相手である元稹はどうか。その詩にもその題にも三月尽の言葉はない。但だ「望駅台」の題下に「三月尽」と注をしている。この詩は実は白居易と緊密に関係しているのである。この詩は彼の『東川巻』二十二首の一つ。この詩巻を彼は白居易の弟の行簡に手写してもらっている。しかも白居易に同じ題の和詩（0767）がある。はじめから白居易を意識して作られているのである」と言うが、従えない。
（11）卞氏年譜参照。また、平岡武夫『白居易』（筑摩書房、一九七七）の「元稹の任官と左遷」の章をも参照。
（12）1965「論元稹第三状」が伝わる。
（13）注（11）平岡書一五八頁を参照。
（14）733「独酌憶微之」もまた元稹を思っての作である。

独酌花前酔憶君、与君春別又逢春、惆悵銀杯来処重、不曾盛酒勧閑人

この詩は元和五年の作とされる。したがって、承句の「与君春別」とは元和四年の元稹の東川行を指すことになろうが、「春に別れ」てから「又た春に逢う」まで、元稹の不在は続いていたと承句からは理解される。しかし、元稹は元和四年五月に東川から長安に帰り、しばらくして洛陽勤務となっている。その間に白居易との再会はあったはずなので、承句には合わないように思える。あるいは元和五年、元稹が江陵に去ってから一年後、すなわち元和六年春の作と見做すべきかも知れない。いずれにしても、白居易においては、春という季節が元稹の不在と印象深くつながっていたことがこの詩からも知れる。

(15)　白居易に1107「十年三月三十日別微之於灃上云云」の詩があり、

灃水店頭春尽日、送君上馬謫通州

と言う。また、元稹にも「灃西別楽天博載樊宗憲李景信両秀才姪谷三月三十日相餞送」(『元稹集』巻一九)と題する詩がある。

(16)　菅野礼行氏は「〈春尽〉の詩」(『静岡大学教育学部研究報告』人文社会科学篇三五号)のなかで、すでに永貞元年の元稹の不在と元和十年の元稹との別離に言及されているが、白居易の元稹への思いを「白氏の人恋しい気持ち」と、いささか一般化した形で受けとめられている。

(17)　事件の詳細は注(11)平岡書等に譲る。

(18)　白居易の詩における数字表現については、川合康三「長安に出てきた白居易——喧噪と閑適——」(『集刊東洋学』五四号)を参照されたい。小論はその用語等を川合氏の説に負っている。

(19)　なお、白居易が「三月尽」を用いたのには、次のような外的要因も作用したかも知れない。つまり、『唐代の暦』や『二十史朔閏表』によると、元和十一年の三月は実は二十九日までしかない小の月であった。したがって、元和十一年三月晦日を表現するのに、「三月三十日」とすることはできない(因みに、前年の元和十年の三月は大の月)。「三月二十九日」の六字では句になりにくいし、「三月二十九」の五字に縮めても、もとより三月晦日を指しているとは限らない。元和十一年三月二十九日に春が尽きるとを端的に表現できる語としては、「三月尽」でなければならなかったというものである。ただ、「送春帰」には「元和十一年三月三十日作」という自注がある。これをどう考えるかだが、〈11〉「三月三十日題慈恩寺」の作られた永貞元年三月

は大の月で、〈13〉「望駅台」の元和四年三月も大の月であった。さらに、2835「独遊玉泉寺」の題注に「三月三十日」とあるが、この詩は2290「三月三十日」と同じく大和四年の作で、この年の三月も大の月であった。〈8〉「春尽日宴罷感事独吟」にも「開成五年三月三十日作」の題注があって、やはり大の月であった。また、元和二年の作である642「酔中留別楊六兄弟」の題注には「三月二十日別」とあり、詩中に「猶残十日好風光」と言う。この三月は小の月であったが、二十日から数えればちょうど十日が残る。同じく2465「三月二十八日贈周判官」は「一春惆悵残三日」の句があって、二十八日から三十日までの三日を残すとの意であるが、この詩の作られた宝暦二年の三月は果たして大の月であった。以上、すべて『唐代の暦』に合っている。したがって、「送春帰」の題注「元和十一年三月三十日作」は、後人の付加の誤りか、伝写の間の誤りではないかと思われる。ただ、『唐代の暦』の「序説」によれば、元和二年から長慶元年までの十五年間施行された「観象暦」には詳しい記述が残っておらず、その前の「正元暦」で計算したとのことで、「観象暦」施行期間中の作である「送春帰」の題注には、それが正しい可能性もわずかながらありそうである。これと同様に、白居易や元稹の詩題と『唐代の暦』とが合わない場合が三つほどあるので、参考のために挙げておこう。

（ア）990「酬元員外三月三十日慈恩寺相憶見寄」は元和十二年の作とされるが、その三月は小。

（イ）元稹の「三月三十日程氏館餞杜十四帰京」（『元稹集』巻二六）は元和九年の作とされるが（『元稹研究』）、その三月は小。

（ウ）2507「宝暦二年八月三十日夜夢後作」は詩題に宝暦二年とあるが、その八月は小。

いずれも詩題に誤りがあるか、繋年を再吟味しなければならないと思われるが、（ア）（イ）の場合は「観象暦」施行中であり、「送春帰」と同じく詩題の方が正しい可能性が残っていそうである。筆者は暦法には全く不案内であるので、ここでは問題を指摘するに止め、しばらく『唐代の暦』に従っておく。博雅の御指教を請う。

(20)『唐代の暦』によれば、元和十二年も小の月で、詩題にいう「三月三十日」と合わない。翌元和十三年なら大の月である。この詩についても注（19）で述べた問題が残る。

(21)たとえば、注（1）平岡論文および小島憲之「四季語を通して――「尽日」の誕生」（『国語国文』五〇九号）を参照されたい。

（22）「三月尽説話」については、たとえば松原一義「藤原長能と三月尽説話」（『国文学攷』第九二号　広島大学国語国文学会）を参照。なお、このことは友人山口眞琴氏の指教による。

（23）「「白俗」の検討」（『白居易研究講座』第五巻、勉誠社、一九九四）。

附論三　中原音韻序と葉宋英自度曲譜序

はじめに

元代仁宗朝から文宗朝にかけて文臣として重きをなした虞集（一二七二～一三四八）に、周徳清『中原音韻』の序があるのは周知のことであろうが、この「中原音韻序」は虞集の文集には見えず、『中原音韻』巻頭に付載されて伝わる。一方、虞集の文集には「葉宋英自度曲譜序」なる一文が見え、その一部は実は「中原音韻序」の一部とほとんど同文である。このことはすでに第三部第一章、第二章で触れてきたが、小論はこの問題にしぼって述べる。

第一節　「中原音韻序」

まずは、「中原音韻序」の内容を（A）（B）（C）の三つの段落に分けて確認しておこう。(1) 以下の引用は、訥菴本に拠る。(2)

（A）　楽府作而声律盛、自漢以来然矣。魏晉隋唐、体製不一、音調亦異、往往於文雖工、於律則弊。宋代作者、如蘇子瞻変化不測之才、猶不免製詞如詩之誚、若周邦彦姜堯章輩、自製譜曲、稍称通律、而詞気又不無卑弱之憾。辛幼安自北而南、元裕之在金末国初、雖詞多慷慨、而音節則為中州之正、学者取之。我朝混一以来、朔南曁声教、士大夫歌詠、必求正声、凡所製作、皆足以鳴国家気化之盛。自是北楽府出、一洗東南習俗之陋。大抵雅楽之不作、声音之学不伝也久矣、五方言語、又復不類。呉楚傷於軽浮、燕冀失於重濁、秦隴去声為入、梁益平声似去、河北河東取韻尤遠。呉人呼饒為堯、読武為姥、説如近魚、切珍為丁心之類、正音豈不誤哉。

虞集ははじめに、楽府（歌辞文芸）の歴史を大雑把に通観する。それは、歌詞の楽曲との整合性という観点（「往往於文雖工、於律則弊」）からするもので、漢の楽府から説き起こして、宋詞に至り、最終的に北曲（虞集の言に従えば「北楽府」）の詞に対する優越を主張する（この後にある「一洗東南習俗之陋」とはその表れだろう）。ただし、この議論にはやや奇異に思われるところがある。「辛幼安自北而南、元裕之在金末国初、雖詞多慷慨、而音節則為中州之正、学者取之」というのは、辛棄疾、元好問という二人の著名な詞人を挙げているわけだが、詞について「音節則為中州之正」というのは、歌詞の内容が「中州之正」だというならともかく、「音節」の面で、入声の消滅している北曲とそうではない詞とを同列に論じていることになる。これを承けた「我朝混一以来」以下の議論は、やや強引に進められていると言える。虞集は意識的にこの強引さを用いたのかも知れぬが、あるいは虞集においては詞と北曲は明確な区別をされるものではなかったのかも知れない。なお、「呉楚傷於軽浮」から「河北河東取韻尤遠」までは、『切韻』序の語を用いる。

（B）　高安周徳清、工楽府、善音律。自著中州音韻一帙、分若干部、以為正語之本、変雅之端。其法以声之清濁、定字為陰陽、如高声従陽、低声従陰、使用字者随声高下、措字為詞、各有攸当、則清濁得宜、而無淩犯之患矣。以声之上下、分韻為平仄、如入声直促、難諧音調、成韻之入声、悉派三声、誌以黒白、使用韻者随字陰陽、置韻成文、各有所協、則上下中律、而無拘拗之病矣。是書既行、於楽府之士、豈無補哉。又自製楽府若干調、随時体製、不失法度。属律必厳、比事必切、審律必当、択字必精、是以和於宮商、合於節奏、而無宿昔声律之弊矣。

次いで虞集は、『中原音韻』の眼目である「陰陽二種類の平声」と「入声派入三声」を取り上げ、かつ周徳清自作の楽府を高く評価する。ただし、最後の「無宿昔声律之弊矣」も、入声の消滅という音韻的変化の存在を考慮せずに、詞と曲を単純に結びつけている。

（C）余昔在朝、以文字為職、楽律之事、毎与聞之。嘗恨世之儒者、薄其事而不究心、俗工執其芸而不知理、由是文律二者、不能兼美。毎朝会大合楽、楽署必以其譜来翰苑請楽章。唯呉興趙公承旨、時以属官所撰不協、自撰以進、幷言其故、為延祐天子嘉賞焉。及余備員、亦稍為隱括、終為楽工所哂、不能如呉興時也。当是時、苟得徳清之為人、引之禁林、相与討論斯事、豈無一日起余之助乎。惜哉。余還山中、眊且廃矣。徳清留滞江南、又無有賞其音者。方今天下治平、朝廷将必有大製、作興楽府以協律、如漢武宣之世。然則頌清廟、歌郊祀、攄和平正大之音、以揄揚今日之盛者、其不在於諸君子乎。徳清勉之。前奎章閣侍書学士虞集書。

最後の段落は、周徳清の才能を称賛するために虞集自身の経験を引き合いに出す。文中の「呉興趙公承旨」とは、かの趙孟頫のこと。宋の宗室に連なる彼は元に仕え、官は翰林学士承旨に至っている。「延祐天子」とは仁宗のことで、在位は一三一一～二〇年。虞集は実際、趙孟頫の後に文臣中の重鎮として活躍したのだが、音楽的才能は趙孟頫には及ばず、楽工に笑われたと言い、当時、周徳清を知っていたら呼び寄せたものを、と言うのである。「余還山中、眊且廃矣」とあるので、この序は虞集が郷里の臨川（江西）に完全に帰田した元統二年（一三三四）以降のものと考えられ、(3)おそらく帰田した虞集に周徳清あるいはその縁故者から序を依頼したものであろう。

この序で言われる、歌詞の洗練とそのメロディーへの合致の困難という問題は、すでに詞において繰り返し取りざたされてきたものである。(4)同じ歌辞文芸である北曲もやはり同じ問題を抱えざるを得ないのだが、虞集は、詞と北曲の間にある懸隔をいとも簡単に飛び越えて議論しているようである。虞集には、やはり詞と曲を截然と区別するという意識はなかったのではないかと疑われる。

第二節　葉宋英と自度曲譜

一方、「葉宋英自度曲譜序」であるが、まず、葉宋英とはいかなる人物であるか。実はわずかな資料しか残っておらず、詳しい閲歴は分からない。葉宋英の名は、虞集の序のほかに、まず元、張翥（一二八七～一三六八）の詞の小題に見える（『全金元詞』下一〇一九頁）。

虞美人　題臨川葉宋英千林白雪、多自度腔、宋英自号峰居

（虞美人　臨川の葉宋英の千林白雪に題す。自度の腔多し。宋英は自ら峰居と号す）

千林白雪花間譜　　千林白雪　花間の譜
価重黄金縷　　　　価は黄金の縷より重し
尊前自聴断腸詞　　尊前　自ら聴く　断腸の詞
正是江南風景落花時　正に是れ江南の風景　落花の時

紅楼翠舫西湖路　　紅楼　翠舫　西湖の路
好写新声去　　　　好し　新声を写し去れ
為憑宮羽教歌児　　為に宮羽に憑りて歌児に教うるも
不道峰居才子鬢如糸　道《おも》わざりき　峰居の才子　鬢は糸の如し

張翥は、字を仲挙といい、元代後期を代表する詞人である。山西の人であるが、長く江南の地にあり、宋末元初の詩人で、詞人としても著名な仇遠に学んだ(5)。小題からは、葉宋英に『千林白雪』という詞集があって、それには彼の自作曲（自度腔）が含まれていたことが知れる。葉宋英の『自度曲譜』とは、その自作曲を集めて旁譜を施したものであろう。また、葉宋英が江西臨川の人で、峰居と号した（宋英はおそらく字であろう）ことも知れる。さらに、宋の淳祐十年（一二五〇）の進士で、同じく江西（分寧）の人である陳杰（字は寿夫、号は自堂）に「和葉宋英三絶句」（『自堂存藁』巻四）があるので、葉宋英は陳杰と同様に南宋末から元初にかけての人であると考えられる。また、後述の虞集の序に、虞集が在朝の時、亡くなって久しかったというので、一三二〇年前後にはすでに世を去っていたのではなかろうか。

次いで「葉宋英自度曲譜序」に移るが、虞集の文集には大別して二種類の版本がある。一つは『道園学古録』（以下

『学古録』と言う）と名付けられ、一つは『道園類稿』（以下『類稿』と言う）と名付けられている。両者は同じく五十巻本であるが、収録作品に出入りがあり、同一作品でもときに本文に異同がある。(6)「葉宋英自度曲譜序」は『学古録』巻三二と『類稿』巻一九に収められている。異同が多いので、両者を対比しつつ、「中原音韻序」の場合にならって（A）（B）（C）の三段落に分けて示す。

（A）

詩三百篇、皆可被之絃歌。或曰、雅頌施之宗廟朝廷、関雎麟趾為房中之楽、則是矣。桑間濮上之音、将何所用之哉。噫、歌永言、声依永、律和声、蓋未有出乎六律五音七均、而可以成声者。古者子生師出、皆吹律以占之。蓋其進反之間、疏数之節、細微之弁、君子審之。是故鄭衛之音、特其発於情、措諸辞有不善爾。声必依律而後和、則無以異也。後世雅楽、黄鍾之寸、卒無定説。今之俗楽、視夫以夾鍾為律本者、其声之哀怨淫蕩、又当何如哉。近世士大夫、号称能楽府者、皆依約旧譜、倣其平仄、綴緝成章、徒諧俚耳則可。乃若文章之高者、又皆率意為之、不可叶諸律不顧也。太常楽工知以管定譜、而撰詞実腔、又皆鄙俚、亦無足取。求如三百篇之皆可弦歌、其可得乎。（『学古録』）

或曰、三百篇皆可絃歌。則桑間濮上之音、将安所施乎。曰、鄭衛不善矣。淫声逸志、誠不可取、然出乎六律五声七均、則亦不可以成声。故曰皆可絃歌云耳。黄鍾九寸之管、既無定論、不過随所置律、而上下損益以為声、均存而律不可弁矣。然以夾鍾為律本者、亦不知何当。但知其愈高急、則愈哀怨耳。今民俗之声楽、自朝廷官府皆用之、士大夫或依声而為之辞、善聴者或愕然不知其帰也。前朝文士、或依旧曲譜而新其文、往往不協於律、歌者委曲融化而後可聴焉。楽府之工、稍以鄙文実其譜、於歌則協矣、而下俚不足観也。識者常両病之。

（『類稿』）

（B）

臨川葉宋英、予少年時識之。観其所自度曲、皆有伝授。音節諧婉、而其詞華則有周邦彦姜夔之流風余韻、心甚愛之。蓋未及与之講也。

（『学古録』）

臨川葉宋英、天性妙悟、能自製譜。而其文華、乃在周美成姜堯章之次、発乎情而不至於蕩、宣其文而不至於靡、有爾雅之風焉。

（『類稿』）

（C）

及忝在朝列、与聞制作之事。思得宋英其人、本雅以訓俗、而去世久矣、不可復得。老帰臨川之上、因其子得見其遺書十数篇、皆有可観者焉。俯仰疇昔、為之増慨、序其故而帰之。

（『学古録』）

予後在朝、以文字為職、楽律之事、毎与聞之。俗工執其芸而不知理、儒者薄其事而不究心、是以終莫之合。毎朝会大合楽、楽署以其譜来翰苑請楽章。唯呉興趙公承旨、時以属官所撰不協、自撰以進、拝言其故、延祐天子嘉賞焉。及予備員、亦稍為檃括、不至大劣、為工所哂耳、不能如呉興時也。当是時、深懐宋英之為人、而引之禁林、必有所裨助、問諸郡人之在京者、則曰宋英之歿久矣。惜哉。予還山中、従其子邦用得所自度曲譜及楽律遺書一二巻読之、嘆惋不能去手。天下治平、朝廷必将有制作之事、而衰朽既帰、不復有所事於此。姑書其後而帰之。(7)

（『類稿』）

『学古録』と『類稿』との間には一見してかなりの字句の異同がある。とくに（C）については、『類稿』が『学古録』の3倍以上の長さを持ち、詳細に書かれている点が大いに異なる。では、両者が全く別物かと言えば、そうではない。全篇を通じての趣旨は同じである。こうした大幅な字句の異同が生じた理由はよく分からないが、あるいは初稿と修正稿の関係であるのかも知れない。

第三節　詞と北曲

ここで「葉宋英自度曲譜序」と「中原音韻序」とを比べてみよう。まず、制作時期であるが、「葉宋英自度曲譜序」は「老帰臨川之上、因其子得見其遺書十数篇、皆有可観者焉。俯仰疇昔、為之増慨、序其故而帰之」（『学古録』）、あるいは「予還山中、従其子邦用得所自度曲譜及楽律遺書一二巻読之、嘆惋不能去手。……姑書其後而帰之」（『類稿』）というところからして、「中原音韻序」と同様に、虞集が撫州崇仁に完全に帰田してから後の作と思われる。つまり、両者はほぼ同じ時期に書かれたことになる。また、全文の構成を見てみると、これも同一であると言ってよく、（A）さらに（B）において、歌詞の洗練とそのメロディーへの合致の困難という問題に言及するのも同様である。しかも、両者の類似はこれに止まるものではない。「葉宋英自度曲譜序」（C）は、「中原音韻序」（C）と同趣旨のことを述べているばかりでなく、『類稿』の方はなんと「中原音韻序」と瓜二つなのである。それは両者を並べれば一目瞭然であろう。

「葉宋英自度曲譜序」

予後在朝、以文字為職、楽律之事、毎与聞之（a）。

俗工執其芸而不知理、儒者薄其事而不究心、是以終莫之合（b）。

毎朝会大合楽、楽署以其譜来翰苑請楽章。唯呉興趙公承旨、時以属官所撰不協、自撰以進、拝言其故、延祐天子嘉賞焉（c）。

及予備員、亦稍為隱括、不至大劣、為工所哂耳、不能如呉興時也（d）。

当是時、深懐宋英之為人、而引之禁林、必有所裨助（e）、問諸郡人之在京者、則曰宋英之歿久矣。惜哉。予還山中（f）、従其子邦用得所自度曲譜及楽律遺書一二巻読之、嘆惋不能去手。

天下治平、朝廷必将有制作之事（g）、而衰朽既帰、不復有所事於此。姑書其後而帰之。

「中原音韻序」

余昔在朝、以文字為職、楽律之事、毎与聞之（a）。

嘗恨世之儒者、薄其事而不究心、俗工執其芸而不知理、由是文律二者、不能兼美（b）。

毎朝会大合楽、楽署必以其譜来翰苑請楽章。唯呉興趙公承旨、時以属官所撰不協、自撰以進、并言其故、為延祐天子嘉賞焉（c）。

及余備員、亦稍為檃括、終為楽工所哂、不能如呉興時也（d）。

当是時、苟得徳清之為人、引之禁林、相与討論斯事、豈無一日起余之助乎（e）。

惜哉。余還山中、眊且廃矣（f）。徳清留滞江南、又無有賞其音者。

方今天下治平、朝廷将必有大製、作興楽府以協律、如漢武宣之世（g）。然則頌清廟、歌郊祀、攄和平正大之音、以揄揚今日之盛者、其不在於諸君子乎。徳清勉之。


傍線部（a）～（g）は、実によく対応している。（a）～（d）はほとんど同じと言ってよく、（e）～（g）もかなりの語彙が共通する。これは一体どのように理解すればよいのであろうか。「中原音韻序」と「葉宋英自度曲譜序」は、どちらかが一方に拠って偽作されたのであろうか。その場合、文集に見えないことを考慮すれば、「中原音韻序」の方が偽作の可能性が高いとは言えそうである。しかし、たとえば『元史』虞集伝に、「平生為文万篇、藁存者十二三（平生文を為ること万篇、藁の存する者は十に二、三なり）」というように、虞集は大量の詩文を作ったが、そのかなりの部分は早くから散佚していた。したがって、文集に収められぬ詩文も多かったらしく、[8] 文集に見えないからといって偽作であるとは言いにくい。とすれば、あるいは次のようなことであったろうか。虞集は序文等を依頼されると片端からそれに応じた。その際、旧稿の内容を使い回して依頼に応えることもあったろう。「中原音韻序」と「葉宋英自度曲譜序」の場合、どちらが旧稿に当たるかは分からないが、虞集の文集に残っている点を重視すれば、「葉宋英自度曲譜序」が旧稿であったかも知れない。また、意図するしないに関わらず、似通った文を作ってしまう場合もあり得るだろう。しかし、これもまた憶測に止まる。(9)

いずれにしても、片や北曲の韻書のために書かれ、片や詞の楽譜集のために書かれながら、「中原音韻序」と「葉宋英自度曲譜序」は何故にかくも似ているのであろうか。先に「中原音韻序」の内容を確認した際、虞集が詞と北曲との違いを意識していない可能性に言及したが、「中原音韻序」と「葉宋英自度曲譜序」の類似も、そのことを示唆しているように思われるのである。虞集においては、詞と北曲は音楽的に異質のものとは捉えられておらず、「陰陽二種類の平声」と「入声派入三声」以外には両者を明確に区別する指標はなかったのではなかろうか。(10)

おわりに

虞集の「中原音韻序」と「葉宋英自度曲譜序」は、詞と北曲の関係を考えるに際して色々と示唆を与えてくれそうである。また、これまでの『中原音韻』研究では虞集の「中原音韻序」は無条件に受け入れられてきたが、「葉宋英自度曲譜序」の存在はそれに一定の慎重さを求めていると言えるだろう。

〈注〉

(1)　虞集の「中原音韻序」には佐々木猛氏の訳注があり、「『中原音韻』「正語作詞起例」訳註～『中原音韻』の新研究・其一」(『均社論叢』第六号、一九七八)に見える。

（2）訥菴本（中華書局影印、一九七八）末尾には、明、正統辛酉（六年、一四四一）の跋を載せる。陸志韋氏の「前言」によれば、通行本で元刊本とされる鉄琴銅剣楼本は、明の弘治、正徳年間（一四八八〜一五二一）の刊本で、訥菴本が現存最古の版本である。また、楊耐思『中原音韻音系』（中国社会科学出版社、一九八一）の「二《中原音韻》的版本」を参照。

（3）元、趙汸「邵庵先生虞公行状」（四庫全書本『東山存稿』巻六）に、「今上皇帝（順帝）入纂大統、被旨赴上都、秋以病謁告、帰田里、元統二年（一三三四）、有旨召還禁林、従使者至、即疾作、不能行而帰」と言う。

（4）たとえば、一つだけ例を挙げれば、沈義父『楽府指迷』の「豪放与叶律」の条に「近世作詞者不暁音律、乃故為豪放不羈之語、遂借東坡稼軒諸賢自諉」とある。

（5）『元史』本伝に、「其父為吏、従征江南、調饒州安仁県典史、又為杭州鈔庫副使、翥少時負其才雋、豪放不羈、好蹴踘、喜音楽、不以家業屑其意、……乃謝客、閉門読書、昼夜不暫輟、因受業於李存先生、存家安仁、江東大儒也、其学伝於陸九淵氏、翥従之游、道徳性命之説、多所研究、未幾、留杭、又従仇遠先生学、遠於詩最高、翥学之、尽得其音律之奥、於是翥遂以詩文知名一時」とある。また、第三部第一章も参照。

張翥は江西の各地に足跡を残しており、臨川には長く滞在したようなので、葉宋英と交流があったかも知れない。施常州「元代詩詞大家張翥生平考証」（『西華師範大学学報（哲社版）』二〇〇四年第六期）を参照されたい。なお、虞集との直接的交流の跡は見つからない。

（6）『道園学古録』は四部叢刊に収められ、現在はこれが通行している。一方、『道園類稿』は元人文集珍本叢刊（新文豊出版公司、一九八五）に収められ、潘柏澄氏の「叙録」には、「『道園学古録』為集幼子翁帰与門人李本等編次、至正元年閩海廉訪使斡玉倫徒鋟梓於建安、凡五十巻、……明清両代迭経翻刻、盛行於世、亦収入清四庫全書。而『道園類稿』於至正五年由集門人江西廉訪使劉沙剌班刻於撫州路学後、即罕見流伝、学者至不能挙其名。殊不知『類稿』内篇章多『学古録』所失収、極富参考価値、編次亦較佳。……二書雖同為五十巻、珠玉紛陳、或此有彼無、或文字出入、正不妨相輔相成、並存不廃」と言う。

（7）「其子邦用」については、元の李存に「贈臨川葉以清入京幷呈其兄邦用」（四庫全書本『俟菴集』巻三）なる詩がある。

江城六月暑、来此幽人廬。沈沈千竹林、炯炯双玉株。伯氏清不槁、季子通有余。為言秋風起、逝将遊帝都。秋風万里長、吹子舟与車。堯舜相揖讓、皐夔協謀謨。孰云百代下、而不回古初。人生於此時、誰能守丘隅。況子富且美、行哉莫躊躇。
詩題によれば葉氏兄弟は臨川の人であり、詩中の「千竹林」は葉氏の園林を指しているらしい。張翥によれば、葉宋英の詞集は『千林白雪』というが、「千竹林」はこれに通ずるようだ。この序の葉邦用と同一人物と見てよいだろう。なお、李存（一二八一～一三五四）は、字は明遠、饒州安仁すなわち江西の人で、危素（一三〇三～七二、字は太樸、臨川の人）の「李存墓志銘」（『俟菴集』巻首）に、元末に「俄兵興、門人何琛迎養于臨川、居二年而卒」とあるので、この詩は臨川に居たときの作と思われる。

（8）『学古録』巻末の李本の跋に、「蓋先生在朝時、為文多不存藁、固已十遺六七、帰田之藁、間亦放軼、今特就其所有者而録之、所謂泰山一豪芒也（蓋し先生朝に在りし時、文を為りて多く藁を存せず、固より已に十に六七を遺つ。帰田の藁も、間亦た放軼せり。今特だ其の有する所の者に就きてこれを録すも、所謂泰山の一豪芒なり）」とある。「泰山一豪芒」は韓愈の「調張籍」の句。

（9）虞集の序跋類の真偽は、たとえば、『西遊証道書』の序、五代の画家石恪の作と伝えられる「二祖調心図」に付された跋のように、しばしば我々を悩ます。前者については、磯部彰「「元本西遊記」をめぐる問題――『西遊証道書』所載虞集撰「原序」と丘処機の伝記――」（『文化』四二巻第三・四号、一九七九）、後者については、角井博「二祖調心図〈伝石恪画・重要文化財〉に付属する虞集跋の問題」（『MUSEUM』第四〇〇号、一九八四）を参照されたい。

なお、旧稿発表後、宮紀子『モンゴル時代の出版文化』（名古屋大学出版会、二〇〇六）が、すでに両序の酷似を指摘している（七六頁）のを平田昌司氏の教示によって知った。疎漏を宮氏に謝さねばならない。

宮氏は「元刻本を覆刻したはずの『中原音韻』虞集序は、「延祐天子」で一字空格も改行抬頭もしておらず、かぎりなく偽作の可能性が高い」とされる。しかし、訥菴本（欧陽玄の序は収めない）と通行の鉄琴銅剣楼本とを比べてみると、欧陽玄の序はほとんど偽作と断定できようが、虞集の序については、にわかにはその真偽を断定し難いと思う。小論はしばらく虞集の作であるとの立場をとる。あるいはかりに「中原音韻序」が偽作だとしても、それがすでに訥菴本に見えるところからして、第三部第一章に論じたとおり、詞楽は十四世紀末までは確実に伝わっていたのであるから、そうした環境のなかで元代あるいは明初のひとの筆に成ったものであろう。

因みに、『中原音韻』そのものについては、諸序や「正語作詞起例」を読めば読むほど、当時全国に知られた韻書であったというよりも、江南で伝えられた地方出版物に過ぎなかったのではないかと思えてくる。

(10)　第三部第一章で触れたとおり、虞集は詞も北曲も作ったらしく、詞三十一首(『全金元詞』下八六一頁)、北曲一首(『全元散曲』上六九三頁)を今に伝えている。なお、北曲(「折桂令」)は、元、陶宗儀『輟耕録』巻四によって伝えられるもので、虞集が大都に在ったときの作だという(第三部第二章注(18))。

あとがき

いささか懐旧談にわたるが、大学の教養部の二年間が終わろうとする秋、三年次からの専攻を決めるに際して、中国文学を選んだのは漠然とした興味以外のなにものでもなかった。翌年春からは、教養時代に中国語を履修していなかった付けを早速支払わされることになるのだが、それはまた別の話で、三年次夏の集中講義に来られたのが当時東北大学にいらした村上哲見先生で、その講義題目はたしか「宋代詩余」だった。実は村上先生の講義で私は詞の存在を初めて知った。これをきっかけとして詞に興味を持ち、卒業論文のテーマに北宋の柳永の詞を選んで以来、研究テーマはいつしか宋詞になっていた。

私の宋詞に対する基本的な観点は割合と早くにでき上がって、それはいまでもほぼ変わっていないのだが、ただ、そうした枠組みのなかで対象の詞人を変えながら安易に論を積み重ねてゆくことに、次第に飽き足らないものを覚えるようになった。このまま詞を中心に研究を続けることで、詞という文学様式の性格をつかめるのか、心許ないし、また、それができても、あくまで宋人の文学の一部を研究しているに過ぎないわけで、宋代の文学という観点に立てば、詞と詩文とをトータルに把握する努力が必要だと思われた。しかし、それには宋代の詩文、とくに散文についての勉強があまりにも不足していた。そういうこともあって、宋代の詩文や唐代、とくに中国近世士大夫の萌芽の時代と思われる中唐の詩文、さらには宋末元初の詩文についての勉強がいつしか中心となり、私はしばらく詞の世界から遠ざかった。こうして狭義の宋詞研究について言えば、十五年近い空白が生じてしまった。

本書の第一部には、狭義の宋詞研究ともいうべき論稿を収め、第三部には、詞の勉強を始めた当初から抱いていた通説に対する漠然とした疑問について、私なりに検証した結果を収めてあるのだが、お読みいただけば分かるとおり、宋詞研究としては不十分であり、たとえば詞人論や作品論を着実に積み上げてゆくという形には至っていない。それゆえ、いまみずからを宋詞の専家と称するにはためらいがある。しかし、宋人の文学をトータルに捉えることができるようになったか否かをしばらく横に置けば、新しい発見や研究テーマに出会うこともできて、前述の空白期間は私自身にとってそれなりに実りのある摸索期間だったと思っている。

本書のもうひとつの柱は第二部の詩語の研究であるが、私の詩語研究は詞の研究と強く結び付いている。というのも、たとえば第三章は、これも村上先生の集中講義のなかで、「春帰」が「春が終わる」意だと教えていただいて興味を覚えたことが発端となっている。ただ、「春帰」は以後ずっと私の頭の片隅に置かれたままで、論文としてまとめることができたときには、村上先生の集中講義からすでに十五年ほどが経過していた。それは単に怠け癖からであって、それ以外のものとは言えそうもないのだが、あるいはテーマをじっと温めていると、結果として何とか書ける時期がやって来るのかも知れない。李義山の「只是」の理解についても、入矢義高先生の敦煌変文輪読会の雑談（もっぱら聞き役だったが、先生と同学諸兄の雑談は楽しかった。色々なことを教えていただいた）の折に、直接にお説をうかがったあとで東坡の「浣渓沙」の句に出くわして、さてどう理解したものかと考えあぐねているうちに三十年ほど経ってしまった。いずれの場合も、私の能力からして、曲がりなりにも論としてまとめるにはそれ相応の時間が必要だったのだといまでは思っている。

＊　＊　＊

本書は「初出一覧」に掲げた各論文をまとめたものである。今回まとめるに当たって、できれば全体を新たに書き下ろしたかったが、残念ながら校務の多忙などによってそれを果たすことができず、全体的な内容の整合性と表記の統一を図るので精一杯だった。したがって、なかには重複する記述のあることを読者にはお許しいただきたい。ただ、内容については、韋応物の墓誌などの新たな資料による成果を取り入れることができたし、旧稿の論旨は変えずにかなり手を加えた部分もある。本書を定稿としたい。

昨今は、四部叢刊や四庫全書の全文検索ソフトや全唐詩や全宋詩の検索ソフトなどを代表として、いわゆる電子テキストが豊富に出回っている。用例の検索はむかしに比べて随分と容易になった。今回はこれらのソフトを使って用例の再検索をする時間はなかったが、手作業で用例を拾った部分について、ソフトによる検索結果と齟齬を来すことはないだろうと考えている。電子テキストによって用例の検索は容易になり、私たちは積極的にそれを利用すべきではあるけれど、電子テキストそのものの校勘の信頼性に留意し、かつ膨大な量の用例をきちんと「読む」ことをゆるがせにしないことが、これからの研究には重要なことだろう、というのが手作業の時代から電子テキストの時代への過渡期を過ごしてきた私の感想である。

宋人の文学をトータルに把握すること。それは〝談何容易〟であって、なかなか容易なことではない。したがって、本書が全体として〝宋代文学をトータルに捉えた〟成果を提示し得ているかといえば、残念ながらそうとは言えず、能力と努力の不足を認めざるを得ない。書名を「宋代文学研究」とすることもあり得たのだが、それはあまりにもおこがましい、と考えた結果が本書の題名である。しかし、私なりに詞から詩へ、そして散文へと、勉強の対象を広げてゆくなかで得た収穫をまとめたものとして、いくばくかの意義はあろうと思っている。

＊　＊　＊

本書の刊行に当たっては、佛教大学より二〇〇九年度出版助成費の交付を受けた。ここに記して謝意を表する。また、専門書の出版環境のきびしいなかで、汲古書院の石坂叡志社長には本書の刊行を快諾していただいた。編集の小林詔子さんにはたいへんお世話になった。とくにその内校の精確さには随分と助けていただいた。石坂社長をはじめとする汲古書院の方々に厚くお礼を申し上げる。

最後に、本書を二人の先師にささげたい。ささやかで拙い成果ではあるけれど、お二人に出会わなければあり得なかった成果として。

二〇〇九年七月一八日

初出一覧

第一部

宋詞略説〔原題：第四章　詞〕
　　興膳宏編『中国文学を学ぶ人のために』一九九一年三月　世界思想社

宋詞の一側面――陳宓の詞を題材に〔原題：陳宓の詞について〕
　　『文学部論集』（佛教大学）第八九号　二〇〇五年三月

温庭筠詞の修辞〔原題：温庭筠詞の修辞――提喩を中心として――〕
　　『東方学』第六五輯　一九八三年一月〔王水照等編『日本学者中国詞学論文集』（一九九一年五月　上海古籍出版社）に翻訳転載〕

柳永の艶詞とその表現〔原題：柳永詞について――その艶詞に関する一考察――〕
　　『中国文学報』第二五冊　一九七五年四月

蘇東坡と悼亡詞〔原題：蘇東坡の悼亡詞について〕
　　『人文学論集』（佛教大学学会）第二四号　一九九〇年一二月

蘇東坡の「羽扇綸巾」とその変容〔原題：羽扇綸巾のひと――周瑜と諸葛亮〕
　　『興膳教授退官記念中国文学論集』二〇〇〇年三月　汲古書院

「羽扇綸巾」の誕生〔原題：蘇軾と羽扇綸巾〕
　　『中国言語文化研究』第一号　二〇〇一年七月

第二部

詩語「断腸」考［原題：唐詩における〝断腸〟――読詞のための覚え書き――］『人文研究』（小樽商科大学）第六八輯　一九八四年八月

詩語「春帰」考『東方学』第七五輯　一九八八年一月

李義山「楽遊原」と宋人［原題：李義山「楽遊原」と宋人――「只是」をめぐって］『中国学志』臨号　二〇〇四年一二月

韓愈の「約心」と宋人［原題：「約心」ということ］『中国言語文化研究』第六号　二〇〇六年七月

第三部

元代江南における詞楽の伝承『中国文学報』第七三冊　二〇〇七年四月

元代江南における北曲と詞『風絮』第四号　二〇〇八年三月

附論一

温庭筠詩における色彩語表現『高知大国文』第一八号　一九八七年一二月

附論二

詩語「三月尽」試論『未名』第一三号　一九九五年三月

附論三

中原音韻序と葉宋英自度曲譜序『吉田富夫先生退休記念中国学論集』二〇〇八年三月　汲古書院

著者紹介

中原　健二（なかはら　けんじ）
1950年生。
佛教大学教授。唐宋文学専攻。
著書に『宋代詩詞』（共著、角川書店「鑑賞　中国の古典」22、1988）、論文に「詩人と妻――中唐士大夫意識の一断面」（『中国文学報』第47冊、1993）、「夫と妻のあいだ――宋代文人の場合」（平凡社『中華文人の生活』、1994）などがある。

宋詞と言葉

平成二十一年九月八日　発行

著　者　中　原　健　二
発行者　石　坂　叡　志
整版印刷　中台整版
　　　　　モリモト印刷

発行所　汲　古　書　院
〒102-0072　東京都千代田区飯田橋二―五―四
電　話〇三（三二六五）九七六四
FAX〇三（三二二二）一八四五

ISBN978-4-7629-2867-3　C3098

索　引

人名索引……1
書名索引……9

人名索引

ア行

青木正児　301,302
荒井健　240,332,338,350
晏幾道　73,227,241
晏殊　77,87,89,92,106
韋応物　111,120,129,130,188
韋承慶　219
韋荘　179,181,183,188
磯部彰　395
入谷仙介　124
入矢義高　223,240
岩間啓二　350
尹鶚　84,89
殷堯藩　188,221
殷文圭　188
于鄴　188
于鵠　188
于武陵　188
于濆　188
于立　282
恵洪（釈）　107,126,243
袁説友　134
袁華　281,282,297
袁暉　220,379
郯韶　296
燕南芝菴先生　302
閻立本　149
小川環樹　7,22,106,222,243
王安石　20,119,218,240
王維　187,220
王禹偁　256～258
王運熙　75
王炎　47
王涯　188,200,206
王翰　187
王観　214
王沂孫　26,192,193,216
王玉梅　323
王建　188,208,209,220,360
王行　282～284,297
王国維　21
王国器　280
王士禛　150
王質　228
王周　133,221
王昌齢　187
王世貞　241
王績　187
王千秋　210
王冑　195
王貞白　188
王導　248
王福利　323
王勃　187,219
王力　304
王令顗　278
汪遵　188
欧陽炯　86
欧陽玄（欧陽原功）　269,395
欧陽脩　31～35,48,77,87,92,106,107,111,112,114,122,186,209
欧陽詹　188
翁承賛　188

太田辰夫　240,243
温庭筠　4～8,53,71,73,74,79～83,95,97,98,105,106,188,220,331～335,339,340,342～345,347,349,350,353,354

カ行

何夢桂　209
和凝　96,98
夏庭芝　300
華連圃　63
賈至　187
賈島　188,204,205,220
賀知章　187
賀鋳　114,115,215,326
解語花　323
角井博　395
郭印　227
郭震　187
郭文　161
岳榆　282
川合康三　75,336,338,350,378,380
関漢卿　311
関関　320,326
韓偓　188,220,279,377
韓鄂　358
韓翃　188
韓宗道　242
韓琮　183,188
韓竹間　326
韓淲　216,230
韓愈　21,188,200,204,206,208,209,220,245,248,251,252,254,256,260,395
簡文帝（梁）　172,188,189,195,351
顔真卿　187
危素　395
冀勤　379
綦毋潜　187
義山→李商隠
魏承班　86
魏徴　187
仇遠　271,273,387
丘濬　131,132,148
許亢宗　323
許渾　188,220
許棠　188
許岷　86
許彬　188
姜夔　23,51,273,295,297
姜特立　255
強至　114
強汝詢　125
喬叙　154
喬知之　187
龔璛　326
龔晸　50
龔茂良　50
金文京　148
瞿士衡　296
瞿佑　296,297
虞集　266～270,272,273,275,287,288,297,309,310,325,383～387,390,392～396
虞世南　187,379
桂真（桂天香）　282
倪瓚　277,279,282,296
倪志雲　47
璚英　281
権徳輿　188
元結　188
元好問　134,149,316,384
元稹　111,124,129,178,188,204,205,220,361～363,368～371,374,375,379～381
元帝（梁）　196
元蘋　129
玄宗（唐）　50,173,187
厳維　188
小島憲之　381
胡仔　78
胡曾　133,149,188
顧雲　188
顧況　188
顧敻　86
顧徳輝　275～277,279,281,282,294,297,312,315～318,326
顧非熊　188
呉寛　292
呉少微　219,220
呉善（呉国良）　277
呉曾　78
呉訥　286,290,291,298

呉文英（夢窓）　24,25,51,210,273,295,297,319
呉融　183,188,243
孔斉　277
孔凡礼　29
孔明→諸葛亮
江淹　111
江総　194
洪适　212
皇甫冉　187,220
皇甫曾　188
耿湋　177,188
貢性之　134
高蟾　188,201
高宗（宋）　269
高適　175,187
高駢　188,261
康与之　316
皎然（釈）　220
黄幹　29
黄庭堅　209,307
黄滔　188
項斯　188
興膳宏　73

サ行

佐々木健一　74
佐々木猛　393
佐藤保　124
佐藤信夫　74
査慎行　146,164
崔珏　188
崔顥　187,220
崔国輔　187,220
崔曙　187
崔塗　182,188,220
崔峒　188
崔道融　188,220
崔文印　323
崔融　187
蔡京　126
蔡伸　221
蔡正孫　225
薩都剌　142,144,150
薩竜光　149
澤崎久和　222
支遁（釈）　194
司空曙　188
司空図　188
司馬懿　154
司馬扎　188
史鑑　292
史達祖　297,307
史弥遠　30
施肩吾　188
施常州　394
施蟄存　47
清水茂　129,219
下定雅弘　240
謝安　152,163
謝玄　163
謝万　152,153,160,163
謝霊連　194
朱熹　29,45,46,48,50～52
朱金城　254
朱珪　275
朱慶余　188
朱彦祥　284
朱放　188
朱湾　188
周賀　188
周頡　138
周彦暉　198
周汝昌　223,240
周徳清　313,322,327,383,385,386
周曇　188
周文安（周月湖）　310,312
周邦彦　13,16,17,23,24,26,51,77,238,273,284,295,297,312,316
周朴　188
周密　26,52,209,269,273,295,297
周瑜　132,133,135～138,142,144,145,147,148,150,151,153,155,158～160,162～166
周繇　188
戎昱　188,189
順帝（元）　272
諸葛亮（孔明）　132,133,138～140,142,144～151,153,154,158,159,162～165
徐安貞　198
徐謂　286,287
徐賁　180,188
徐延寿　220

徐凝　188,220,377
徐彦伯　187
徐宏図　323
徐有貞　292
舒元輿　188
小玉梅　320,326
向子諲　186
松雲子→熊夢祥
邵謁　188
邵祖壽　126
章琬　280
章碣　188
章孝標　188
蔣幹　165
鍾嗣成　326
鍾振振　115,126
鍾邦直　323
蕭穎士　188
蕭子顕　194
蕭貃　286
上官儀　187
常建　187
常袞　249
聶夷中　188
岑参　173,187,199,220,360
沈亜之　188
沈義父　289,394
沈佺期　173,187,198
沈曾植　315
沈約　111,172,195,284
沈遼　257,258
辛棄疾　26,52,211,214,239,285,297,298,316,384
真徳秀　51
秦観　213,216,316
秦系　188
秦韜玉　188
仁宗（元）　385
須藤健太郎　240
菅野礼行　380
斉己（釈）　220,377
石恪　395
薛能　188
薛逢　188
銭起　157,188
銭珝　188
銭良祐　297
祖詠　187
蘇舜欽　238
蘇拯　188
蘇軾（東坡）　17～24,26,45,50,51,109～111,114～123,127,128,130～135,137,138,146,147,150,151,153～155,157～160,163～165,226～229,232,274,289,316
蘇頲　173,187
蘇轍　20,119
蘇東坡→蘇軾
蘇味道　187
宋璟　50
宋之問　173,174,187,197,219,359
宋濂　296
曹鄴　188
曹元方　294
曹松　188
曹組　325
曹操　136,137,150,164,165
曹唐　188
曹銘樹　17
曾鞏　112,114
孫惟信（孫花翁）　45,51
孫権　150
孫昌武　251
孫崇濤　323
孫逖　187,198,220

タ行

田中謙二　324
太宗（唐）　187
戴螢　47
戴叔倫　188,220
戴復古　136
高田時雄　379
高橋和巳　129
段成式　188
褚亮　173,187
儲光羲　187
儲嗣宗　188
晁迥　257～260
晁端礼　126,297
晁補之　127,163,166,210,297,316
晁無咎　78
張怡雲　323
張謂　187,220
張雨　278,281,296,297

張説　187,219,220,360,379
張炎　26,45,52,216,221,229,265,273,295,297,304,307,313,318,320～322,326
張可久　273,274
張華　161
張東之　219
張九齢　187,220
張喬　188
張玉蓮　323
張継　188
張憲　141
張祜　188
張孝祥　26,51
張子容　187
張志和　6
張錫　198
張舜民　107
張翥　270～273,275,294,295,303,304,324,386,387,394,395
張籍　188,204,220
張先　17,20,77,87,89,92,106,118,127
張遜　282
張仲素　188
張廷珪　249
張南史　188
張蠙　188
張耒　115,116,218
暢当　188
趙以夫　135
趙嘏　188,220
趙彦昭　187
趙彦端　213
趙師俠　212,215
趙文　245～248,251,255,259
趙汸　294,394
趙無媿　163
趙孟頫　228,266,280,385,386
趙翼　149
趙令畤　231,232,241
陳允平　45,211,213
陳羽　188
陳垣　379
陳杰　387
陳子良　220
陳師道　186
陳衆仲→陳旅
陳俊卿　29
陳舜兪　158
陳淳　51
陳振孫　106
陳子昂　187
陳知倹　241
陳宓　29～31,43～48,50,51
陳旅　266～270
陳亮　26,51
土屋文子　149
丁時発　241
丁仙芝　198
丁放　265
程垓　210,213
程遇孫　242
程顥　225,241
鄭悟　187
鄭可学　51
鄭騫　296,324
鄭谷　179,188
鄭詩群　240
鄭真　141,149
鄭性之　48
鄭巣　188
杜荀鶴　188
杜審言　187,197
杜甫　173,187,199,204,220
杜牧　21,74,133,149,182,188,201,220,241
東坡→蘇軾
唐求　188
唐圭璋　29,87,105,148,241,298
唐彦謙　188
唐文　350
唐文鳳　141
陶淵明　21,22,158,161
陶翰　187
陶弘景　161
陶然　293
陶宗儀　299,325,396
湯恵休　171
董晉　246
董北宇　269
鄧子勉　47
道世（釈）　358
独狐及　188

ナ行

中田勇次郎 325
中村明 74
寧宗（宋） 30
野口一雄 124

ハ行

馬驥 129
馬戴 188
裴夷直 188
裴説 188
裴啓 148,154
裴度 188
梅堯臣 111,112,120～124,128～130
萩原正樹 265
白居易 6,8,155,156,184,188,200,204～206,209,212,214,220,221,236,242,243,253,254,258～260,355,357,360～364,367～372,374～378,380,381
花房英樹 260,378,379
范成大 218,372
潘岳 110,111,123,124,126,129,351
潘柏澄 394
万樹 278
皮日休 156,184,188
費昶 195
平岡武夫 355,379
平田昌司 395
苻堅 163
傅幹 18,148
傅伯成 46,48,49
溥博 326
武元衡 188,371
武帝（梁） 193
武平一 187
馮延巳 6,79,82～84,86,98,185
馮子振 150
深沢一幸 130
藤原長能 377
藤原公任 377
文帝（魏） 170
文同 158
卞孝萱 379
浦江清 64
方干 188
方孝儒 134,144
包何 187
包佶 187
宝月（釈） 171
彭秉周 245
鮑照 171
鮑溶 188,220
牟融 188

マ行

前川幸雄 379
松浦友久 185,187
松尾肇子 326
松原一義 382
宮紀子 395
村上哲見 17,47,81,105,124,127,289
孟雲卿 188
孟郊 188,204,220,252,254,260
孟浩然 187,220
毛文錫 76
毛滂 210
森山秀二 124

ヤ行

山口眞琴 382
山之内正彦 350
兪琰 225,226
兪平伯 64,75
庾信 111,155
喩坦之 188
喩鳧 188
熊孺登 188
熊夢祥（松雲子） 272,294,304,324
羊士諤 188
姚華 321
姚合 188,200,204,206,208,209,220
姚鵠 188
姚翻 195
楊維楨 275,279～282,296,297,310,312,326
楊蔭瀏 324
楊凝 188
楊巨源 188
楊炯 187

楊慶存　166
楊衡　177,188
楊纘（守斎）　316
楊師道　173,187
楊耐思　394
楊朝英　324
楊鎮庭　266,267,269
楊棟　293,324
楊万里　137,218,224～226,229,232,233,236,240
楊憑　188
楊凌　188
楊鏞　295
葉宋英　287,288,309,386,387,394,395
葉邦用　395
葉夢得　107
雍陶　188,220
雍裕之　188
吉川幸次郎　296,326

ラ行

羅隠　182,188
羅虬　188
羅鄴　188,221
羅振玉　243
羅宗信　290
来鵠　188
駱賓王　187,219
李煜　6,79,106
李一氓　9,74,106
李郢　188
李璟　6,79
李益　188,220
李遠　188
李華　187
李嘉祐　188
李賀　188,220,331～340,342～345,349～351,353,354
李乂　187
李咸用　188
李義山→李商隠
李義府　219
李九齢　188
李秬　163,166
李嶠　187,197,219
李群玉（羣玉）　188,201
李建勲　180,181
李元膺　126
李更　47
李山甫　188
李収　220
李昌祺　135
李昌符　188,208,209,220
李渉　188
李商隠（義山）　180,183,188,220,223,225～233,235～237,239,241,242,331,339,340,349,351,353
李紳　178,188
李清照　78,216
李清臣　127
李清馥　48
李石　140
李頎　187,220
李曾伯　239
李存　394,395
李端　188
李朝威　250,260
李適　187,197
李洞　188
李徳裕　188
李白　48,133,148,156,162,173,174,187,189,198,204,220
李弥遠　212,221
李百薬　187
李頻　188
李本　395
李萊老　232
陸亀蒙　188,220
陸行直　313
陸志韋　394
陸仁　282
陸暢　188
陸游　26～28,46,75,372
柳永　9,11～13,16,17,21,74,77～80,86,87,89,92,94,98,102,104～108,119,126,221,273,295,297,316
柳宜　77
柳宗元　188,204
竜沐勛　17
劉禹錫　188,200,204,206,220,222,238,239
劉過　278
劉駕　188
劉希夷　173,187,189,198,

204,220
劉洎 219
劉憲 187
劉言史 157,188
劉克荘 26,43,46,49,51,138
劉叉 188
劉宰 164,166
劉尚賓 285,286
劉商 188
劉辰翁 26,51,215,221,297,298
劉脊虚 187,220
劉楚 285,286
劉滄 188,220
劉乃昌 166
劉長卿 176,188
劉得仁 188
劉弥邵 46,49
劉備 144
劉攽 114
劉秉忠 134
劉方平 187,220
呂温 188
呂巖 165
呂微芬 295
呂本中 229
梁交 154
廖奔 323
林寛 188
林景熙 255
林光朝 46
林鴻 136
林雪云 124
令孤楚 188
ローマン＝ヤコブソン 74
魯訔 139
魯粛 165
盧鴻一 187
盧象 187
盧照鄰 173,187,197,199
盧蔵用 219
盧肇 188
盧仝 188,200
盧綸 188
郎士元 188
楼鑰 326
逯欽立 219

書名索引

ア行

愛日斎叢抄　241
青木正児全集　323
安雅堂集　270
渭南文集　28
遺山先生文集　134,149
入矢教授小川教授退休記念中国文学語学論集　124
運甓漫稿　135
演義→三国志演義
宛陵集　121
宛陵先生集　130
弇州四部稿　241
甌北集　149
岡村繁教授退官記念論集中国詩人論　297
温庭筠歌詩索引　350

カ行

可伝集　281,297
花菴詞選　241
花間集　6,7,53,74,76,79,80,84,85,95,97,185
花間集校　9,74,106
花間集注　63,107
画墁録　107
楽府指迷　289,326,394
楽府詩集　219
楽章集　78,79,88,90,92,98,100,102,104,107
風と雲　222
学古録→道園学古録
漢語詩律学　304
漢書　359
韓愈選集　251
雁門集　142,149
紀念西安碑林九百二十周年華誕国際学術研討会論文集　129
帰田詩話　296
求益斎文集　125
玉山逸稾　276,297
玉山名勝集　276,282,296
玉笥集　141
玉台新詠　170,171,219,335,351
金史　300
菌閣瑣談　315
欽定詞譜　294,308,325
旧唐書　249
敬業堂詩集　146
滎陽外史集　141
慶湖遺老集　115
芸文類聚　164
剣南詩稿　27
元雑劇研究　326
元史　267,269,270,394
元稹研究　379,381
元稹集　361,363,368,379～381
元稹年譜　379
元豊類藁　113,124
元明詩概説（中国詩人選集二集）　296
現存宋人別集版本目録　30
古今集　376
古今小説　108
居士外集　124,126
居士集　129
梧岡集　141
語林　148,154
攻媿集　326
後村先生大全集　43,49,51,52
興膳教授退官記念中国文学論集　240
江表伝　165

サ行

槎翁文集　285
西遊証道書　395
歳華紀麗　358
三国志　133,149,150,165
三国志演義　132,144,145,147,149～151,164
三国志演義の世界　148
三国志平話　144,145,150
三才図絵　165
山中白雲詞（山中白雲）　320

支那近世戯曲史 301,302
四庫全書総目 126,314
四庫提要→四庫全書総目
至正直記 277
俟菴集 394,395
祠部集 125
詞源 265,297,304,313,314,316～319,321,322,326
詞旨 313
詞律 278,283,294,306,307
詞話叢編 315
詩経 194
詩語の諸相 187
詩林広記 225
自堂存藁 387
シャルパンティエの夢 240
釈名 357,358
朱子語類 243
周易集説 225
秋風鬼雨 350
小山詞 241
小畜集 257
尚書正義 249
松雪斎集 228
晉書 152,161,165,248,250,256,379
新曲苑 321
新校九巻本陽春白雪→陽春白雪
新唐書 149
新編酔翁談録 108
人間詞話 21
酔翁琴趣外篇 92,107
成都文類 242
西山文集 51
西村集 292
青山集 245,260
青楼集 300
青楼集箋注 323,326
斉職儀 162
清閟閣全集 277,278,296
清平山堂話本 108
靖康稗史箋証 323
誠斎集 137,224,242
製曲十六観 312,314,316,318,326
霽山先生集 255
蛻巖詞（蛻岩詞） 271,324
石屛詩集 136
石門文字禅 107
切韻 384
説文（説文解字） 357
千載佳句 376
先秦漢魏晉南北朝詩 165,219
剪灯新話 296
全漢三国晉南北朝詩 172
全金元詞 150,264,266,273,296,303,386,396
全元散曲 150,266,325,396
全宋詞 4,9,29,45,51,148,164,165,207,241,295,297
全宋詞補編 29
全宋詩 4,133,139,165,240,255,257,258,260
全唐詩 165,169,173,176,178,187,219,240,360,379
楚辞 219
蘇軾（中国詩人選集） 22,106
蘇軾詩集 164
蘇軾文集 21,123,133,149,164
蘇文忠公詩合註 127,128
双渓類稿 52
宋学士文集 296
宋元学案 46,50
宋史 29,30,43,48,49,77,324
宋詞研究——唐五代北宋篇 17,124,127
宋詞四考 241
宋詩鈔 217
宋詩鈔補 217
宋詩選 7
宋書 260
宋代詩詞 149
宋代の詞論—張炎詞源— 326
草堂雅集 276,294
蔵春集 134
尊前集 79,85
遜志斎集 134,144

タ行

太平御覧 148,162,164,359
中華文人の生活 126
中原音韻 290,298,303,304,309,313,317,322,327,

383,385,393,396
中原音韻音系　394
中国古代音楽史稿　324
中国古典戯曲論著集成　297
中国語歴史文法　240,243
中国散曲学史研究　293
中国文学の女性像　124
注坡詞　18
苕渓漁隠叢話　78
重編瓊台会稾　131,148
晁氏琴趣外篇・晁叔用詞　166
張可久集校注　273,275
張右史文集　126
朝野新声太平楽府　150
直斎書録解題　106
鉄雅先生復古詩集　279,280
鉄崖先生古楽府　281,297
輟耕録（南村輟耕録）　299,323〜325,396
東維子文集　310,326
東渓詞稿　285
東山詞　126
東山存稿　294,394
東塘集　134
東坡烏台詩案　127
東坡楽府箋　17,127
東坡志林　166
東坡詞　17
唐詩概説　243
唐人小説　250,260
唐宋八家文　129
唐宋名賢百家詞　291,298
唐代の暦　379〜381
道園遺稿　266,268
道園学古録　268,287,288,294,325,387,389,390,394,395
道園類稿　288,294,297,325,388〜391,394
読詞偶得　64,76

ナ行

南湖集　134
南史　161
南詞叙録　286
南村輟耕録→輟耕録
南唐二主詞　106,185
二十史朔閏表　379,380
能改斎漫録　78

ハ行

白居易　379
白居易研究　378
白居易集箋校　254,259,260
白氏長慶集　243
白氏文集の批判的研究　260,378
博物志　161
半軒集　283,284
范石湖詩集　372
比喩表現辞典　74
避暑録話　107
美学事典　74
百家詞→唐宋名賢百家詞
閩中理学淵源考　48
武林旧事　269
復斎先生竜図陳公文集　30
復古詩集→鉄雅先生復古詩集
文苑英華　249
文章弁体　290
浦江清文録　65,68
補註東坡先生編年詩　164
墓銘挙例　282
方舟集　140
法苑珠林　260,358
匏翁家蔵集　292
彭城集　125
北渓字義　51
北堂書鈔　164,379
北曲新譜　296,324

マ行

漫塘集　164,166
明史　285,290,295,296
明詞彙刊　294
名蹟録　275
鳴盛集　136
モンゴル時代の出版文化　395
孟東野詩集　252
文選　170,335,351

ヤ行

陽春集　79,82,106,185
陽春白雪　324

ラ行

礼記　358
李賀（中国詩人選集）　351
李賀詩索引　350
李商隠詩索引　351
六朝楽府与民歌　75
呂氏春秋　256
遼金元三史楽志研究　323
類稿→道園類稿
レトリック感覚　74
冷斎夜話　126
老学庵筆記　75
菉猗室曲話　321
録鬼簿　326
論語　118,253

ワ

和漢朗詠集　376